Simon Beckett ist einer der erfolgreichsten englischen Thrillerautoren. Seine Serie um den forensischen Anthropologen David Hunter wird rund um den Globus gelesen und wurde für Paramount+ als sechsteilige Serie verfilmt: «Die Chemie des Todes», «Kalte Asche», «Leichenblässe», «Verwesung», «Totenfang» und «Die ewigen Toten» waren allesamt Bestseller, ebenso sein atmosphärischer Psychothriller «Der Hof». «Die Verlorenen», der Auftakt einer neuen Thrillerserie um den ehemaligen Polizisten Jonah Colley, stand mehrere Wochen auf Platz 1 der SPIEGEL-Bestsellerliste. Sein Thriller «Obsession» verkaufte sich über eine Million Mal. Simon Beckett ist verheiratet und lebt in Sheffield.

Andree Hesse wurde 1966 in Braunschweig geboren und wuchs bei Celle auf. Bevor er sich an der Filmhochschule in München einschrieb, erlernte er das Sattlerhandwerk. Sein erster Roman erschien 2001. Andree Hesse lebt als freier Autor und Übersetzer in Berlin.

Simon Beckett

OBSESSION

Thriller

Aus dem Englischen
von Andree Hesse

Rowohlt Taschenbuch Verlag

Die englische Originalausgabe erschien 1998 unter dem Titel
«Owning Jacob» bei Hodder and Stoughton, London.

3. Auflage Oktober 2025
Veröffentlicht im Rowohlt Taschenbuch Verlag
Rowohlt Verlag GmbH, Kirchenallee 19, 20099 Hamburg

Neuausgabe
Zuerst veröffentlicht im Rowohlt Taschenbuch Verlag, Hamburg,
Januar 2025
Copyright © 2009 by Rowohlt Verlag GmbH, Reinbek bei Hamburg
«Owning Jacob» Copyright © 1998 by Simon Beckett
Redaktion Jan Möller
Die Nutzung unserer Werke für Text- und Data-Mining
im Sinne von § 44b UrhG behalten wir uns explizit vor.
Covergestaltung Hafen Werbeagentur, Hamburg
Satz aus der Aldus bei hanseatenSatz-bremen, Bremen
Druck und Bindung GGP Media GmbH, Pößneck
ISBN 978-3-499-01631-8

Kontaktadresse nach EU-Produktsicherheitsverordnung:
produktsicherheit@rowohlt.de

Danksagung

Ich danke Peter Liver von NSPCC South Yorkshire (Nationale Gesellschaft zur Prävention von Gewalt gegen Kinder) und Sarah Pimlott für ihre Auskünfte in Rechtsfragen, Dick Bunting für technische Details über Schusswaffen und Hinweise zur Vorgehensweise der Polizei sowie Rob Quayle von der Rowan School für Informationen über Autismus. Außerdem danke ich besonders Sheila und Frank Beckett, meinen Eltern, für ihre Unterstützung.

Sheffield, 1997

Für Hilary

Kapitel 1

Er entdeckte die verschlossene Kassette am Tag nach der Beerdigung.

Schon bevor er sie öffnete, war es der schlimmste Tag seines Lebens gewesen. Bis dahin hatte er ein Ziel gehabt, auf das er sich konzentrieren konnte und das den Tagen wenigstens die Illusion von Sinn gab. Er hatte sich hinter den bürokratischen Ritualen rund um Tod und Bestattung verstecken können, während die Beerdigung selbst unwirklich gewesen war, ein Schauspiel, das er mit betäubter Distanz beobachtete. Sobald jedoch die letzten Freunde und Trauergäste verabschiedet waren, füllte nichts mehr die Leere, die Sarahs Tod verursacht hatte. Er hatte Jacob zu Bett gebracht, den Fernseher eingeschaltet und sich einsam und allein betrunken, bis er im Nebel des Alkohols vergaß, dass das Leben weitergehen würde.

Als er am nächsten Morgen aufwachte, war es draußen so kalt und trostlos wie das leere Bett neben ihm. Er stand auf und zog sich an, als könnte er durch die Bewegung der traurigen Erkenntnis seines Verlustes entfliehen. Jacob war still, als Ben Milch über seine Cornflakes goss, aber er schaute sich unruhig in der Küche um, als würde er etwas suchen. Ben fragte sich, ob der Sechsjährige verstand, was geschehen war. Er legte eine Hand auf den Kopf seines Stiefsohnes.

«Tessa bringt dich heute zur Schule, okay?»

Jacob reagierte nicht. Mit einem Ohr über der Schüssel lauschte er dem Knistern der Cornflakes in der Milch. Ben überlegte, was er sagen könnte, doch jedes Wort kam ihm wie eine Last vor, die er stemmen musste. Er strich kurz durch das Haar des Jungen und ging davon.

Tessa war wie immer pünktlich und platzte aufgesetzt fröhlich in die Küche. Als sie Jacob mit einer Begeisterung begrüßte, die sowohl unangenehm als auch falsch war, unterdrückte Ben seine Verärgerung. Jacob nahm keine Notiz von ihr. Seine Aufmerksamkeit war noch immer auf die Cornflakes gerichtet, die mittlerweile die Milch aufgesogen hatten und keinen Ton mehr von sich gaben. Einen Teil hatte er bereits gegessen, den Rest arrangierte er nun sorgfältig entlang dem Schüsselrand.

Tessa sah Ben mit einer gekünstelt sorgenvollen Miene an. «Wie geht es dir?»

«Okay.» Er wandte sich ab, ehe sie ihm ihr Mitgefühl aufdrängen konnte. «Möchtest du einen Kaffee?»

«Nein. Wenn Jacob fertig ist, fahren wir besser gleich los. Im Radio haben sie gesagt, dass es auf dem Weg zur Schule Baustellen gibt. Bestimmt kommen wir in einen Stau.»

«Du denkst daran, die gewohnte Strecke zu nehmen, ja?»

Ihr Lächeln zuckte ein wenig. «Natürlich.»

Als sie eines Morgens einen anderen Weg zur Schule genommen hatte, war Jacob im Wagen ausgeflippt. Ben hatte sich entschuldigt und ihr erklärt, dass der Junge bei jeder Veränderung seiner Gewohnheiten wütend wurde. Dass sie das bereits wusste, überging er dabei geflissentlich. Tessa hatte ihr Bedauern ausgedrückt, es war allerdings ein bisschen zu süßlich ausgefallen, um aufrichtig zu klingen. Und Ben kam es vor, als ob sie Jacob seitdem immer ein wenig misstrauisch betrachtete.

Während er dem Jungen in Schuhe und Jacke half, plapperte sie weiter drauflos. «Soll ich ihn wirklich nicht auch abholen?», fragte sie. «Das würde keine Umstände machen.»

«Nein, es geht schon, danke.» Er rang sich ein Lächeln ab, bis Tessa sich zufriedengab. Zum Abschied nahm sie ihn nicht nur in den Arm, sondern gab ihm auch einen Kuss auf die Wange. Ihre war so stark gepudert, dass sie sich wie Wildleder anfühlte. Ihr Parfüm roch genauso aufdringlich wie die Blumen auf Sarahs Sarg. «Wenn ich irgendetwas tun kann, ruf mich einfach an.»

Ben sagte, dass er das tun würde, und bückte sich, um Jacob einen Kuss zu geben. «Bis später, Jake. Sei lieb zu Tessa.»

Der Junge antwortete nicht. Er hatte ein Geduldspiel in der Hand, ein Labyrinth aus Plastik, durch das eine winzige Kugel rollte. Sobald er es schaffte, die Kugel ans Ziel zu lenken, schüttelte er das Spiel und begann von vorn. Auch als er mit Tessa hinausging, ließ er es nicht aus den Augen. In der Tür stehend, schaute Ben zu, wie die beiden in den Wagen stiegen, in dem Scott und Andrew, Tessas Söhne, warteten. Als sie davonfuhren, winkte er.

Dann schloss er die Tür und ging zurück ins Haus.

In jedem Zimmer wurde er daran erinnert, dass Sarah nicht mehr da war. Mit diesem schmerzlichen Gefühl kehrte er in die Küche zurück. Er nahm seinen Kaffee, aber der war kalt. Ben stellte ihn wieder ab. Selbst der Klang des auf den Tisch treffenden Bechers erschien laut in der Stille. Obwohl sich äußerlich nichts verändert hatte, hatte ihr Zuhause die vertraute Normalität verloren. Ben schloss seine Augen vor dieser Tatsache und wurde sofort von grausamen Trugbildern gequält. Er konnte Sarah sehen, die sorglos eine Melodie aus dem Radio mitsummte, während sie in der Küche herumlief und innehielt, um schnell einen Schluck Kaffee zu trinken. Aus ihrem blauen Lieblingsbecher. Im Geiste konnte er deutlich ihre Stimme hören, als sie mit Jacob sprach. «Beeil dich mit dem Frühstück, Jake, sei ein lieber Junge.» Während sie vor dem Spiegel ihr hellbraunes Haar richtete, drehte sie sich halb zu Ben um. «Ich habe dir noch gar nicht erzählt, dass ich Imogen vorgeschlagen habe, wir könnten uns dieses Wochenende mit ihr und Neil treffen.»

«O nein, das ist nicht dein Ernst», hörte er sich sagen und bewegte die Lippen synchron zu den erinnerten Worten. «Neil ist der größte Langweiler auf der Welt.»

Im Spiegel sah er ihr Lächeln. «Dann musst du wohl doppelt interessant sein, um das wettzumachen.» Sie drehte ihren Kopf und begutachtete ihr Haar kurz von der Seite. «Ach, was soll's. Das muss reichen.»

Als sie zur Garderobe ging, um ihre Jacke zu holen, streifte der kurze Rock gegen ihre Beine. «Mach schon, Jake, wir müssen los.» Sie schlang von hinten einen Arm um ihren Sohn und kitzelte ihn, bis er sich wand. Das Lachen der beiden hatte ihn damals zum Lächeln gebracht, und beim Gedanken daran musste er auch jetzt wieder lächeln.

Sarah küsste Jacob auf den Kopf und beugte sich dann hinab, um die Schnürsenkel seiner Turnschuhe zu binden. «Musst du heute lange arbeiten?»

«Ich glaube nicht. Gegen sieben müsste ich zurück sein.»

Er schaute zu, wie sie den Stuhl zurückzog und Jacob hinuntersprang. Als sie sich aufrichtete, zuckte sie zusammen und rieb sich die Schläfe. «Ich glaube, ich hatte gestern Abend ein Glas zu viel», sagte sie. Schlank und elegant kam sie zu ihm. Er konnte genau das zarte Muster der Sommersprossen sehen, die sich über ihre Wangen und den Nasenrücken ausbreiteten, und ihr Parfüm riechen. «Bis später.» Als sie ihn anlächelte und in Erwartung eines Kusses das Gesicht hob, war das geistige Bild so lebendig, dass er nach vorn schwankte und die Augen öffnete.

Die leere Küche lag vor ihm. Das Frühstücksgeschirr stand noch auf dem Tisch. Nur sein eigenes und das von Jacob. Jetzt wünschte er, er hätte Tessas Angebot, den Jungen zur Schule zu bringen, nicht angenommen. Für einen Moment war er versucht, hinauszugehen und in eine neutralere Umgebung zu entfliehen, in der er Sarahs Abwesenheit nicht spürte. Aber damit hätte er nur aufgeschoben, womit er früher oder später würde klarkommen müssen. Je früher, desto besser.

Sie würde nicht zurückkehren.

Er nahm eine Rolle Müllsäcke und ging hinauf ins Schlafzimmer. Hier schrie alles nach ihr. Bemüht, nicht daran zu denken, was er tat, öffnete er den Schrank und packte einen Schwung ihrer Kleider. Sarahs Geruch hing an ihnen wie ein Destillat des Kummers. Er konnte nicht glauben, dass sie diese Sachen nie wieder tragen würde. Nach einer Weile wurde er von seiner Trauer derart überwältigt, dass er mit dem Bündel vor seiner Brust schluchzend innehielt.

Der Anruf war erst eine Woche her. Ben war im Studio mitten in einer Fotosession gewesen, als Zoe, seine Assistentin, ihm mitteilte, dass Keith am Telefon sei. Keith war Tessas Ehemann und sein ältester Freund, er arbeitete als Anwalt in derselben Kanzlei wie Sarah. Ohne von der Kamera aufzuschauen, bat Ben auszurichten, dass er ihn zurückrufen werde.

«Ich glaube, du gehst besser dran», hatte Zoe entgegnet. Er war kurz davor gewesen, sie anzuschnauzen, doch dann bemerkte er ihren Gesichtsausdruck.

Die Ärzte hatten den Begriff Aneurysma benutzt, der für ihn bis dahin nur ein Wort unter vielen gewesen war. Im Grunde hatte er nicht einmal genau gewusst, was es bedeutete. Jetzt wusste er, dass es der Fachausdruck für eine geschwollene und geplatzte Ader war. Ein winziger Teil Sarahs, ein Bruchteil des gesamten Menschen, der seine Frau gewesen war, hatte nachgegeben und sie auf die Intensivstation gebracht. Es hatte keine Vorwarnung gegeben, abgesehen von der beiläufigen Erwähnung der Kopfschmerzen am Morgen. Ben empfand es als himmelschreiende Ungerechtigkeit, als der Arzt von Computertomographie und der Möglichkeit einer Notoperation sprach.

Anfänglich wollte man ihn nicht zu ihr lassen. Vom Verstand her war ihm klar gewesen, dass es ernst war, vom Gefühl her konnte er es kaum begreifen. Noch am Abend zuvor hatten sie gemeinsam gekocht, Jacob ins Bett gebracht und eine Flasche Wein getrunken. Es erschien ihm einfach unmöglich, dass sie plötzlich ernsthaft krank war. Selbst als der Arzt zu ihm kam und sagte, dass Sarah mittlerweile an lebenserhaltenden Systemen angeschlossen sei und dass sie alles in ihrer Macht Stehende getan hätten, konnte Ben nicht begreifen, was geschah. Erst als er sie reglos und ohne Bewusstsein, mit rasiertem Kopf und geschwollenem, blassem Gesicht in dem Krankenhausbett liegen sah, wusste er, dass sie sterben würde.

Die Maschinen hatten sie drei Tage am Leben erhalten. Als sie am vierten Tag abgeschaltet worden waren, hatte Ben neben ihr gesessen und ihre Hand gehalten und mit ihr gesprochen, bis sie mit grausamer Beiläufigkeit aufgehört hatte zu atmen.

Tessa und Keith hatten ihn nach Hause gebracht. Ben kannte Keith seit dem Studium, er hatte in betrunkenem

Zustand versucht, ihn vor einer Ehe mit Tessa zu warnen, und war widerwillig sein Trauzeuge gewesen. Doch in diesem Moment hatte er weder ihn noch Tessa richtig wahrgenommen. Sie hatten mit ihm gewartet, bis Jacob aus der Schule zurückgekehrt war, und waren dann gegangen, damit Ben dem Jungen erklären konnte, dass seine Mutter tot war. Jacob hatte ihn dabei nicht angesehen. Nur die Art, wie er vor und zurück geschaukelt war, hatte darauf hingedeutet, dass er die Nachricht aufgenommen haben könnte.

In diesem Moment hätte Ben seinen Stiefsohn um seinen Autismus beneidet.

Er ließ seinen Tränen freien Lauf, legte die Kleider behutsam aufs Bett und nahm dann einen weiteren Armvoll aus dem überquellenden Schrank. Sarah hatte immer alles aufgehoben und Sachen erst dann wegwerfen können, wenn es nicht mehr anders ging. Er hatte sie deswegen oft aufgezogen und eine Hamsterin genannt. Im Gegenzug hatte sie ihm vorgeworfen, eine typische Konsumentenhaltung zu haben.

Bei der Erinnerung daran musste er lächeln. «Keine Sorge, in der Altkleidersammlung werden sie auch nicht weggeworfen», sagte er laut, doch der spaßige Ton klang unecht.

Er leerte den Kleiderschrank und machte dann mit ihrer Frisierkommode weiter. Er versuchte, die Sachen, die er auf dem Bett aufstapelte, nicht genau zu betrachten. Wenn er jetzt schwach wurde, das war ihm bewusst, würde er sie niemals loswerden. Es waren nur noch Stoffteile und nicht mehr ihr Lieblingskleid oder die Seidenunterwäsche, die er ihr zu ihrem letzten Geburtstag geschenkt hatte. Er leerte eine weitere Schublade, schob sie zu und öffnete die nächste. Als er hineingriff, um die zusammengelegten Sachen herauszuheben, berührten seine Finger etwas Kaltes und Hartes. Er legte die Pullover aufs Bett, ging dann zurück und holte es hervor.

Es war eine alte, verbeulte Metallkassette. Unter der abgeblätterten und ausgeblichenen schwarzen Farbe sah man das stumpfe Messing. Ben konnte sich nicht daran erinnern, sie schon einmal gesehen zu haben, aber Sarah war beinahe zwanghaft von Antikmessen oder Flohmärkten angezogen worden. Irgendwann hatte er den Überblick über ihre Käufe verloren. Dennoch kam es ihm merkwürdig vor, dass die Kassette versteckt gewesen war.

Als er sie kippte, hörte er im Inneren ein leises Rascheln, doch das Schloss war abgesperrt. Er suchte in den Schubladen nach einem Schlüssel, fand aber keinen. Nachdem er eine Weile überlegt hatte, ging er zu dem antiken Teewagen, in dem sie ihren Schmuck aufbewahrt hatte. Sie war mit ihrem Ehe- und Verlobungsring beerdigt worden, es waren aber noch einige Stücke übrig. Obwohl sie nicht besonders wertvoll waren, würde er es kaum übers Herz bringen, sie wegzugeben. Ein Gedanke, den er zu verdrängen versuchte, während er den Schmuck nach einem Schlüssel durchstöberte.

Unter ein paar zarten Goldketten wurde er fündig.

Der Schüssel passte ins Schloss der Kassette. Nach einem Klicken sprang der Deckel auf, dann klappte Ben ihn um.

Drinnen befand sich ein Stoß gefalteter und vergilbter Zeitungsausschnitte. Ganz unten lag ein größeres Schriftstück. Als er es herausnahm, sah er, dass es Jacobs Geburtsurkunde war. Ansonsten war die Kassette leer. Er legte die Urkunde beiseite und faltete die Zeitungsausschnitte auseinander.

Die Überschrift des obersten lautete: AUFRUF DER MUTTER DES KLEINEN STEVEN IM FERNSEHEN. Er drehte den Ausschnitt um, aber auf der Rückseite befand sich nur ein Teil einer Werbeanzeige. Schnell blätterte er durch den Rest. Sie waren nicht chronologisch geordnet, jeder Artikel befasste sich jedoch mit der Geschichte eines Babys, das aus einer Entbindungsklinik entführt worden war. Alle Ausschnitte stammten offenbar aus der *Daily Mail*, was ihn ein wenig überraschte, denn die einzigen Zeitungen, die Sarah seines Wissens gelesen hatte, waren der *Guardian* und der *Evening Standard* gewesen.

Kaum hatte er sich vorgenommen, sie zu fragen, warum sie die Artikel aufgehoben hatte, fiel ihm schmerzlich ein, dass es unmöglich war. Er legte die Zeitungsausschnitte weg und spürte, wie seine Neugier plötzlich versiegte. Welches Geheimnis sich dahinter auch verbergen mochte, er würde es nie herausfinden können. Er hätte sie auf der Kommode liegengelassen und irgendwann weggeworfen, wenn nicht dieses Gefühl an ihm genagt hätte, dass ihm etwas entgangen war. Er nahm sie erneut in die Hand. Insgesamt waren es fünf Artikel, an denen man ablesen konnte, wie die Geschichte aus Mangel an einer Entwicklung allmählich den aktuelleren Nachrichten weichen musste. Am Anfang war sie eine große Schlagzeile auf der ersten Seite wert, BABY AUS DER ENTBINDUNGSKLINIK ENTFÜHRT, am Ende nur noch ein paar versteckte Zeilen im hinteren Teil. Obwohl nur der Artikel von der ersten Seite mit einem Datum versehen war, schienen sie allesamt in einem Zeitraum von einer Woche erschienen zu sein, und zwar im März vor sechs Jahren. Diese Information rief etwas in Ben wach. Er schaute auf Jacobs Geburtsurkunde, dann auf das Datum des ersten Ausschnittes. Veröffentlicht am dritten März.

Jacobs Geburtstag.

Ben wurde unbehaglich zumute. Er las die Artikel erneut,

dieses Mal aufmerksamer. Sie drehten sich um die Suche nach einem neugeborenen Baby, das aus seinem Bettchen in einem Krankenhaus im Zentrum Londons verschwunden war. Die Namen der Eltern lauteten John und Jeanette Cole. Ben hatte sie noch nie gehört. Cole war Corporal der Royal Engineers, hatte in Nordirland gedient und wurde als «Veteran» des Golfkrieges bezeichnet. Es war ihr erstes Kind, ein Junge, und der Redakteur zeigte sich empört darüber, dass jemand den Sohn eines Soldaten entführt hatte, der «für sein Land kämpfte». Es gab die üblichen Aufrufe der Polizei an mögliche Zeugen sowie an den unbekannten Täter. Auf einem Ausschnitt war ein schlechtes Foto der Eltern zu sehen. Der Vater war ein jugendlicher Mann mit militärisch kurzgeschorenen Haaren, er kam gerade aus dem Krankenhaus und hatte seinen Kopf halb abgewandt. Die Frau war laut Text dreiundzwanzig Jahre alt, wirkte neben ihm jedoch älter. Aber das war wohl kein Wunder, dachte Ben, während er ihr Gesicht betrachtete, auf dem die Aufnahme ihren Schmerz eingefroren hatte.

Sein Unbehagen nahm zu. Mit einem Mal widerte ihn die Berührung der ausgeschnittenen Papierschnipsel an. Er ließ sie auf die Kommode fallen, wandte sich ab und wischte sich die Hände an seiner Jeans ab. Der Anblick von Sarahs auf dem Bett gestapelten Sachen traf ihn wie ein Schlag ins Gesicht und erschütterte den Rest seiner Selbstbeherrschung. Er lief aus dem Schlafzimmer, stürzte beinahe die Treppe hinunter und blieb unten im Flur nach Atem ringend stehen. Er spürte, wie er zu hyperventilieren begann, und versuchte die anwachsende Panik niederzukämpfen. *Hör auf damit.*

Er ging in die Küche und spritzte sich kaltes Wasser ins Gesicht. Der Schock legte sich. Er drehte den Hahn zu und stützte seine Arme auf die Spüle. Wasser rann ihm von Nase und Kinn, während er aus dem Fenster schaute. Hinter der Scheibe erschien die Straße wie immer. In der hellen Nachmittagssonne hatten die Häuser harte Kanten. Auf beiden Straßenseiten standen Autos. Ein Mann führte seinen Hund aus, blieb stehen, um ihn gegen einen Laternenpfahl pinkeln zu lassen, ging dann weiter und verschwand aus dem Blickfeld, das der Fensterrahmen bot.

Normal.

Ben ließ seinen Kopf hängen und fühlte sich erbärmlich. Was in Gottes Namen war nur mit ihm los? Der Verdacht, den er selbst jetzt noch nicht ganz glauben konnte, beschämte ihn. Jacob war Sarahs Sohn, um Himmels willen. Er klammerte sich an diesen Gedanken und bekräftigte ihn, bis die Furcht, die er im Schlafzimmer gespürt hatte, irreal und unsinnig erschien.

Dann dachte er wieder an das Datum des Zeitungsausschnittes, und alles kam zurück.

Er stieß sich von der Spüle ab, als wollte er damit die Sorge von sich schieben, trocknete sein Gesicht und schaute auf die Uhr. Bald würde er Jacob von der Schule abholen müssen. Wenn sie nach Hause kamen, sollten nicht mehr überall Sarahs Sachen herumliegen.

Ben ging wieder hinauf und verpackte sie.

Kapitel 2

Er hatte Sarah über Keith kennengelernt. Später hatten sie sich darüber amüsiert, dass sie sich wahrscheinlich schon häufiger über den Weg gelaufen waren, ehe sie schließlich miteinander gesprochen hatten, auch wenn sich keiner von beiden daran erinnern konnte. Sie waren erst aufeinander aufmerksam geworden, als sie nach einer Party, zu der Keith ihn eingeladen hatte, plötzlich gemeinsam auf der Straße standen. Keith hatte eine von seinen Anfängerbands bei einem großen Plattenlabel untergebracht und den Vertragsabschluss offenbar als persönlichen Sieg gefeiert. Manchmal hatte Ben den Eindruck, dass sein Freund mittlerweile kein Anwalt mehr war, sondern ein Manager, der es wie ein Konvertit einer neuen Religion für seine Pflicht hielt, Ben in die berauschende Welt der Musikindustrie einzuführen.

«Du musst kommen, es wird großartig!», hatte er geschwärmt. «Die Plattenfirma will die Band groß rausbringen. Es wird bestimmt ein toller Abend.»

Ben war davon nicht überzeugt gewesen. Er hatte bereits einige solcher Partys besucht und nie Spaß dabei gehabt. Von den meisten Bands hatte er nie wieder gehört, und ihre Mischung aus Naivität und Arroganz ging ihm auf die Nerven. Die ganze Sache langweilte ihn. Doch dann war der Abend alles andere als langweilig geworden. Besonders nachdem er seine Kamera auf den Kopf des Sängers geknallt hatte.

Er war schon mit schlechter Laune hingegangen. Erst kurz zuvor war seine halbjährige Beziehung mit einem Model in die Brüche gegangen, das er bei den Aufnahmen für eine Werbeagentur kennengelernt hatte. Er hatte damals noch unter der bitteren Trennung gelitten, was vielleicht der Grund dafür gewesen war, dass Keith ihn eingeladen hatte. Und vielleicht auch dafür, dass er die Einladung angenommen hatte.

Kaum war er in den Club gekommen, bombardiert von der hämmernden Musik, hatte er es bereut. Er hatte das alles schon tausendmal gesehen, nicht nur die Flaschen Champagner, Tequila, Importbier und Jack Daniel's, von denen sich jeder bedienen konnte, sondern auch solche Mätzchen wie das brennende, an Ketten von der Decke hängende Auto. Er wäre sofort auf dem Absatz umgedreht, wenn Keith ihn nicht gesehen und herbeigewunken hätte.

In seinem dunklen Anwaltsanzug stach sein Freund aus der Partymenge hervor wie eine Krähe aus einer Schar Wellensittiche. Während des Studiums hatten sie sich eine Wohnung geteilt. Der selbstdarstellerische Kunststudent im ersten Semester und der mit gebügelten Jeans bekleidete Jurastudent im dritten Semester hatten sich am Anfang argwöhnisch beäugt; beide schienen davon überzeugt, dass dem Wohnheim ein Fehler unterlaufen sein musste. Doch schon bald hatte die gegenseitige Liebe zu Fußball und Bier die kleinen Unterschiede unwichtig werden lassen. Nach dem Studium waren sie in Kontakt geblieben, obwohl Keith gegen Bens Rat Tessa heiratete, nachdem sie schwanger geworden war und die Unterschiede zwischen ihnen deutlicher zutage traten. Bens Haare wurden länger und Keiths Anzüge teurer. Tessa hatte sie häufig mit Jack Lemmon und Walter Matthau in *Ein seltsames Paar* verglichen. Nach Bens Ansicht war sie nie viel witziger gewesen.

Manchmal fragte er sich, ob Keiths Entscheidung, für die Unterhaltungsbranche und mit Musikern und Schauspielern zu arbeiten, eine Reaktion auf sein langweiliges Familienleben war. Allerdings hatte er nie ihre Freundschaft riskiert und nachgefragt. Er rang sich ein Lächeln ab, als er Keiths Tisch erreichte, und wurde den Anwälten und zwielichtigen Managern der Plattenfirma vorgestellt. Sie begrüßten Ben mit höflichem Desinteresse, was seiner Haltung zu ihnen entsprach. Sobald er konnte, entschuldigte er sich und ging los, um sich ein Bier zu holen.

Das war sein erster Fehler. Ohne Gesprächspartner trank er zu viel und zu schnell, als dass es ihm gutgetan hätte. Die Kamera hing ihm schwer um den Hals. Wider besseres Wissen hatte er sie auf Keiths Wunsch mitgenommen.

«Wenn du an dem Abend ein paar Aufnahmen machst, einfach ein paar Schnappschüsse von den Leuten, kriegst du vielleicht mehr Aufträge von der Plattenfirma», hatte Keith gesagt, obwohl Ben ihm schon mehrfach erzählt hatte, dass er kein Interesse daran hatte, mit Musikern zu arbeiten. Am liebsten fotografierte er entweder professionelle Models oder aber Leute, denen nicht bewusst war, dass sie aufgenommen wurden. Auf vier oder fünf meistens unfotogene Typen, von denen mit Sicherheit immer einer blinzelte, wenn er auf den Auslöser drückte, konnte er gut verzichten. Konzerte aufzunehmen war noch schlimmer. Ben hatte es ein paarmal versucht, kurz nach dem Studium, als er sich noch einen Namen machen musste, es aber schnell aufgegeben. Im Grunde interessierte er sich nicht genug für Musik, um diese Mühsal auf sich zu nehmen.

Er war bei seinem vierten oder fünften Bier, als Keith

neben ihm auftauchte. «Komm mit, ich stelle dich der Band vor», rief er gegen den hämmernden Beat an. Ben setzte eine begeisterte Miene auf und folgte ihm durch das Gewimmel der Leute. In einem Separee waren ein paar Tische zusammengeschoben worden, auf denen sich leere Flaschen und Gläser stapelten. Doppelt so viele Leute, wie eigentlich dort hineingepasst hätten, drängten sich um die vier Berühmtheiten, die an einem Ende Hof hielten.

Keith grüßte sie wie alte Kumpels. Die herablassenden Blicke, die sie ihm schenkten, entgingen ihm offenbar. Er war zwar noch nicht ganz dreißig, aber sein Anzug und sein ordentlich geschnittenes, bereits ziemlich dünnes, rötlich blondes Haar ließen ihn neben Ben, der nur zwei Jahre jünger war, wie einen alten Mann erscheinen. Er spulte die Namen der Bandmitglieder herunter, die sich Ben erst gar nicht zu merken versuchte. «Sie werden gewaltig durchstarten», schwärmte er an die Band gewandt.

Sie grinsten eingebildet zurück. «Ja, richtig», sagte einer von ihnen. «Gewaltig.»

Keith schien nicht aufzufallen, dass man sich über ihn lustig machte. Er klopfte Ben auf die Schulter. «Ben ist Fotograf. Er will ein paar Fotos machen.»

Ben merkte mit Unbehagen, dass er ins Zentrum der Aufmerksamkeit geriet. Als sich die herablassenden Blicke auf ihn richteten, stieg Wut in ihm auf. Ihr arroganten, kleinen Wichser, dachte er und starrte mit einem Leckt-mich-Lächeln zurück. «Wir sehen uns gleich», sagte Keith dann, drückte aufmunternd seinen Arm und ließ ihn stehen.

Innerlich verfluchte Ben ihn. Und sich selbst. Er hätte sich denken können, dass Keith glaubte, er würde ihm einen Gefallen tun. Gerade als er auch gehen wollte, sprach ihn eines der Bandmitglieder an.

«Du willst also Fotos von uns machen, ja?»

Es war derselbe Typ, der Keith lächerlich gemacht hatte. Er war Ben als der Sänger vorgestellt worden. Ein langer Lulatsch, der sich auf seinen Sessel gelümmelt hatte. Er trug ein enges schwarzes T-Shirt, hatte dichtes, dunkles Haar und sah auf eine aufsässige Art gut aus. Trotz der schummrigen Beleuchtung im Club waren seine Pupillen auf die Größe von Stecknadeln geschrumpft, ein deutliches Zeichen dafür, dass er nicht nur mit Alkohol gefeiert hatte.

«Eigentlich nicht», entgegnete Ben.

Der Sänger zeigte auf die Kamera. «Und was soll dann das Teil da um deinen Hals? Ist das eine Kette, oder was?»

Am Tisch entstand Gelächter. «Ja, ganz genau», sagte Ben und wandte sich ab.

«Hey, komm schon, Mann, du sollst ein paar Fotos machen, oder? Wie wär's damit?» Der Sänger machte einen Schmollmund und rekelte sich wie ein Model.

Normalerweise hätte Ben gegrinst und wäre gegangen. Doch die Biere, die er getrunken hatte, hatten seine Laune noch verschlechtert. Und er hatte sie auf leeren Magen getrunken.

«Tut mir leid, Arschlöcher fotografiere ich nicht», sagte er.

Die Stimmung am Tisch kippte sofort um. Der Sänger richtete sich auf, das Lächeln war ihm vergangen. «Wie redest du eigentlich mit mir, du Wichser? Und wer hat dich überhaupt eingeladen? Bist du nur hergekommen, um ein paar Drinks zu schnorren, oder was?»

Ben stellte sein Bier behutsam auf den Tisch. «Nein, ich bin wegen der gepflegten Konversation gekommen», sagte er, was ein schöner Schlusssatz gewesen wäre, wenn der Sänger nicht ein Glas genommen und ihm, ehe er sich rühren konnte, den Inhalt ins Gesicht geschüttet hätte.

Während das Gelächter am Tisch lauter wurde, galt Bens erste Sorge seiner Kamera. Sie hing ohne Tasche um seinen Hals, und jetzt tropfte das nach Johannisbeere riechende Getränk von ihr hinab. Flüssigkeiten vertrug eine Kamera nicht, erst recht keine, die süß und klebrig waren.

«Du dämliches Arschloch», schnauzte Ben und nahm die Kamera von seinem Hals. In dem Moment schnappte der Sänger danach. Der Riemen blieb an Bens Kopf hängen, nur kurz, aber lange genug, um die Kamera aus der Hand des Sängers zu reißen. Ben versuchte, sie aufzufangen, griff aber daneben. Sie krachte gegen die Tischkante und knalle dann auf den Boden.

«Ach herrje», säuselte der Sänger, als Ben sich bückte, um sie aufzuheben. Die Linse des Objektivs war zerbrochen. Ein paar Leute kicherten noch, den meisten schien jedoch klar zu sein, dass das Ganze nicht mehr lustig war. Der Sänger gehörte nicht zu ihnen.

«Du wolltest sie ja sowieso nicht benutzen», meinte er höhnisch. Da verlor Ben völlig die Beherrschung. Reflexartig holte er mit der kaputten Kamera aus. Er glaubte, der Sänger würde sie abwehren, doch der hatte sich in diesem Moment lachend zu dem Mädchen gewandt, das neben ihm saß. Er grinste immer noch, als ihm die Kamera direkt ins Gesicht knallte.

Der Sänger schrie auf und stürzte zurück. Blut spritzte aus einer Wunde auf seiner Stirn. Gerade als Ben klar wurde, dass die Sache etwas aus dem Ruder gelaufen war, sprang ein anderes Bandmitglied auf und holte nach ihm aus. Ben duckte sich weg, aber der Schlag traf ihn am Kopf. Während er instinktiv zurückschlug, wurde ihm schwarz vor Augen, dann kam er ins Stolpern und fiel hin. In den Sekunden danach nahm er nur ein Durcheinander aus Körpern, Schreien und zerbrochenem Glas wahr. Er spürte ein paar weitere Schläge und hob schützend die Ellbogen vor den Kopf, bis er von kräftigen Armen auf die Füße gehievt wurde. Mit dem Auge, das nicht schmerzte, erkannte er Keiths besorgtes Gesicht. Sein Freund versuchte die Leute zu beruhigen, auch die Türsteher, die sich offenbar an der Prügelei beteiligen wollten. Im Hintergrund sah er den Sänger, dessen Gesicht blutüberströmt war und der beide Hände auf die Stirnwunde presste. Der andere Musiker, der als Erster zurückgeschlagen hatte, wiegte stöhnend eine Hand vor seiner Brust.

«Okay, alles in Ordnung, alles in Ordnung», beschwichtigte Keith die Leute. Sein unsicherer Gesichtsausdruck verriet jedoch, dass er seinen Worten selbst nicht recht zu trauen schien. Er warf Ben einen halb besorgten, halb wütenden Blick zu und sprach dann mit jemandem neben ihm. «Bring ihn raus. Ich komme nach, wenn ich das hier geklärt habe.»

Ben dachte, er würde mit dem Rausschmeißer sprechen, der ihm aufgeholfen hatte, doch dann erkannte er eine junge Frau, die ihm zuvor an Keiths Tisch aufgefallen war. «Kommen Sie», sagte sie. «Können Sie gehen?»

Sie bahnten sich einen Weg durch den Club zum Ausgang.

«Wollen Sie sich frischmachen?», fragte die junge Frau. Sie trug ein dunkles Kostüm, das weibliche Pendant zu Keiths Anzug. Ben schüttelte den Kopf. Er hatte noch kein Wort zu ihr gesagt. Während sein Adrenalinpegel rapide abnahm, wurde ihm unangenehm bewusst, dass er sich völlig idiotisch benommen hatte.

Sie gingen hinaus und warteten vor dem Eingang. Nach der verrauchten Club-Atmosphäre schmeckte die Nachtluft wie purer Sauerstoff. Es war September und noch einigermaßen warm, doch in der frischen Brise wurde er sofort wieder nüchtern. Ben schob die Hände in die Taschen und versuchte, nicht zu zittern. Er vermied es, die Frau anzusehen, konnte aber spüren, dass sie ihn beobachtete.

«Was ist denn eigentlich passiert? Ich nehme mal an, die Band wollte nicht fotografiert werden, oder?»

Ben merkte, dass seine Zähne zu klappern begannen. «Nein, äh, es war ... es war genau andersherum. Ich wollte keine Fotos machen.» Er spürte, wie er rot wurde.

«Das ist mal was Neues. Ein Fotograf wird in einem Nachtclub verprügelt, weil er keine Fotos machen will.»

Ihre Ironie reizte ihn zu einer Erwiderung. «Tja, man muss sich immer wieder etwas einfallen lassen.»

Keith kam aus dem Club. Nicht einmal das grelle Neonlicht konnte seine geröteten Wangen überdecken.

«Großartig! Mein Gott, Ben, was hast du dir nur dabei gedacht, verdammt nochmal?»

«Was ich mir gedacht habe? Diese Typen haben meine Kamera kaputt geschlagen!»

«Ich scheiß auf deine Kamera! Für diesen Vertrag habe ich das letzte halbe Jahr gearbeitet, und kaum ist er unterschrieben, habe ich einen Sänger, der genäht werden muss, und einen Bassisten mit einer gebrochenen Hand. Und mein Gast ist schuld daran! Danke, Ben, das macht wirklich einen großartigen Eindruck, findest du nicht?»

Er hatte Keith noch nie so wütend erlebt, aber da er sich ungerecht behandelt fühlte, kehrte auch seine Wut zurück. «Was hätte ich denn deiner Meinung nach tun sollen? Lächeln und danke sagen?»

«Hätte es dich umgebracht, ein paar Fotos zu machen, damit sich die Gemüter beruhigen, und sei es nur um meinetwillen? Aber nein, das ist zu viel verlangt, oder? Du musst dich mit dem Sänger prügeln und ihm die Scheißkamera ins Gesicht knallen! Die Manager der Band überlegen schon, dich zu verklagen, mein Gott!»

Erst jetzt dämmerte es Ben, in welch peinliche Situation er Keith gebracht hatte. «Ich dachte, er wehrt sie ab», sagte er tonlos.

«Ja, hat er aber nicht.» Keith fuhr durch sein dünnes Haar. «Hör zu, ich muss wieder rein. Und du machst dich besser vom Acker. Die Jungs kommen gleich raus, um ins Krankenhaus zu fahren. Ich habe keine Lust darauf, dass sie dich sehen und es weiteren Ärger gibt.»

Ben nickte betreten. «Tut mir leid.»

Keith schaute ihn einen Moment an, als würde er überlegen, ob er die Entschuldigung annehmen sollte oder nicht, dann seufzte er auf. «Keine Sorge, ich kläre das.» Er setzte ein müdes Lächeln auf. «Es hätte schlimmer kommen können. Wenigstens hat sich nur der Bassist die Hand gebrochen. Wir wollten ihn sowieso loswerden.»

Ben hätte beinahe gelacht, aber dann sah er, dass es kein Witz war. Keith wandte sich an die junge Frau, die während ihres Wortwechsels im Hintergrund gestanden hatte. «Sarah, kannst du dafür sorgen, dass er sich in ein Taxi setzt? Danach kannst du auch nach Hause gehen. Du musst nicht länger bleiben.»

Ohne auf eine Antwort zu warten, eilte er wieder nach drinnen. In der darauffolgenden Stille hätte sich Ben am liebsten verkrochen. «Kommen Sie», sagte Sarah. «Die Straße runter können wir ein Taxi kriegen.»

Sie entfernten sich vom Club. «Ich brauche kein Taxi», sagte Ben, als sie an eine Seitenstraße kamen. «Mein Wagen steht dort hinten.»

Sie blieb stehen und schaute ihn an. «Sie sollten besser nicht fahren.»

«Mir geht's gut. Das mit dem Auge ist nicht so schlimm.» Vorsichtig berührte er die Schwellung.

«Ich meinte nicht Ihr Auge. Wie viel haben Sie getrunken?»

«Ich bin nicht betrunken», entgegnete er.

«Mag sein, aber finden Sie nicht, dass der heutige Abend schon ereignisreich genug war?»

Sie betrachtete ihn amüsiert. Sie hatte hellbraunes, schulterlanges Haar, das sie sich hinter die Ohren gesteckt hatte, und blasse Sommersprossen auf Nase und Wangen. Im Licht der Straßenlaternen konnte man schwer sagen, welche Farbe ihre Augen hatten, Ben meinte jedoch, dass sie haselnussbraun waren. Sie war ziemlich attraktiv, fiel ihm auf. Sein Ärger verflog. «Ja, vielleicht haben Sie recht.»

Sie hielten ein Taxi an. Ben wollte es ihr überlassen, doch sie lehnte ab. «Keith wird morgen alles genau von mir wissen wollen. Ich möchte ihm sagen können, dass ich gesehen habe, wie Sie sicher auf dem Heimweg waren.»

Die schlanke, junge Frau hatte etwas Verletzliches und doch Reserviertes an sich, als sie darauf wartete, dass er einstieg. Ben fühlte sich seltsam nervös. «Wo müssen Sie hin?», fragte er. «Wir können uns das Taxi auch teilen.»

Sie wohnte in Clapham. «Im Grunde haben Sie mir einen Gefallen getan», sagte sie, als das Taxi losfuhr. «Ich hätte noch mindestens eine Stunde dort bleiben müssen, und ich lasse den Babysitter nicht gerne warten.»

«Sie haben Kinder?» Es überraschte Ben, wie enttäuscht er plötzlich war.

«Einen Jungen. Jacob. Er ist jetzt fast zwei.»

«Ist Ihr Mann heute Abend auch unterwegs?»

«Ich bin nicht verheiratet.»

Sie sagte es ohne Emotionen. Ben merkte, dass er erfreut war. *Sie hat ein Kind. Reiß dich zusammen.*

«Sind Sie auch Anwältin?», fragte er.

«Nein, ich bin nur eine einfache Angestellte. Aber in meiner Freizeit studiere ich. Mit etwas Glück müsste ich in ein paar Jahren meine Prüfungen schaffen. Auf diese Weise dauert es zwar länger, aber man verdient wenigstens etwas dabei.» Sie zuckte mit den Achseln, als wollte sie damit die Probleme einer alleinstehenden Mutter abtun. «Und was ist mit Ihnen? Machen Sie tatsächlich Fotos, oder benutzen Sie Kameras nur als Angriffswaffen?»

Er grinste verlegen. «Nur wenn ich provoziert werde. Wenn ich nicht mit Kameras auf die Leute losgehe, mache ich Modeaufnahmen für Magazine oder Werbeagenturen.»

«Klingt glamourös.»

«Ungefähr so glamourös wie das Musikgeschäft.» Er fasste an sein geschwollenes Auge, und beide lachten. Als das Taxi vor ihrer Wohnung hielt, konnte er kaum glauben, dass die Fahrt so schnell vergangen war. Während sie ausstieg, fühlte er ein Bedürfnis in sich aufsteigen, das er zum letzten Mal als Teenager gespürt hatte.

«Warten Sie», sagte er schnell. «Falls Sie diese Woche noch nichts vorhaben, könnten wir doch mal etwas trinken gehen, oder?»

Sie beugte sich mit einem Lächeln durch die geöffnete Tür. «Ich kann wirklich nicht. Es war schon schwer genug, für heute Abend einen Babysitter zu finden. Aber nett, dass Sie gefragt haben.»

Belass es dabei. Bring dich nicht in Schwierigkeiten, sie hat ein Kind. Sie richtete sich auf und wollte die Tür schließen. «Wie wäre es mit einem gemeinsamen Mittagessen?», fragte er.

Sie schaute ihn an. Ihr Lächeln war etwas spöttisch geworden, so als würde das genauso wenig ihren Erwartungen entsprechen.

«Rufen Sie mich auf der Arbeit an», sagte sie.

Zwei Jahre danach waren sie verheiratet. Und zwei weitere Jahre später platzte eine Ader in ihrem Kopf und tötete sie.

Ben hatte einen Arm um Jacob gelegt, als sie beide auf dem Sofa saßen und sich *Der König der Löwen* auf Video anschauten. Es war einer von Jacobs Lieblingsfilmen, was bei ihm bedeutete, dass er ihn ohne Unterbrechung mehrere Male hintereinander bis zum Ende ansehen konnte. Mit vier Jahren hatte er gelernt, wie man den Videorecorder bediente, er hatte sich allerdings nie darum gekümmert, die Kassette zurückzuspulen, wenn sie halb abgespielt war. Er stieg einfach an der Stelle wieder ein, wo sich das Band gerade befand. Für Geschichten interessierte er sich nicht, er war nur von den Bildern gebannt.

Nun gähnte er, während er den Zeichentrickfilm ansah. Ben wusste, dass er ihn eigentlich zu Bett bringen sollte. Sie hatten einen klaren Zeitablauf entwickelt: Wenn Jacob von der Schule nach Hause kam, wusch er sich die Hände, schaute eine halbe Stunde das Kinderprogramm im Fernsehen, aß zu Abend, spielte noch eine Weile oder schaute gemeinsam mit ihnen Fernsehen, badete dann und ging zu Bett. Solche Routinen bedeuteten für Jacob Sicherheit und Geborgenheit, und jede Abweichung konnte ihn durcheinanderbringen. Ben hatte ihm bereits geholfen, einen rudimentären Wagen aus Lego-Steinen zu bauen, und nun näherten sie sich seiner Badezeit. Da es Jacob jedoch nicht aufzufallen schien, hatte Ben keine Lust, ihn schon jetzt ins Bett zu bringen. Er brauchte den körperlichen Kontakt genauso wie der Junge. Vielleicht sogar mehr als er.

Jeden Abend hatte das Telefon geklingelt, weil alle möglichen Leute wissen wollten, wie es ihm ging. Ihre Sorge hatte ihn gerührt, aber er war froh, als die Anrufe schließlich aufhörten. Die meisten «ihrer» Freunde waren eigentlich Sarahs Freunde, Eltern von Kindern, die entweder auf Jacobs Schule gingen oder die sie durch Kontaktgruppen für Autisten kennengelernt hatte. Ben hatte nicht das Gefühl, viel mit ihnen gemeinsam zu haben, und die Gespräche hatten ihm nur noch bewusster gemacht, dass Sarah nicht mehr da war. Nur noch Jacob.

Und Jacob konnte er nicht mehr anschauen, ohne an die Zeitungsausschnitte zu denken.

Als Keith angerufen hatte, hatte er ihm davon erzählen wollen, es dann aber doch nicht getan. Zuerst musste er darüber nachdenken und sich vergewissern, dass er nicht paranoid wurde. In einem Moment war er vom Schlimmsten überzeugt, im nächsten sicher, dass es eine nüchterne Erklärung gab. Manchmal fegte die Überzeugung, dass die ganze Sache lächerlich war, jeglichen Verdacht hinweg wie eine Frühlingsböe. Denn er hatte ja Fotos von der schwangeren Sarah gesehen und mit ihren Eltern über die Geburt ihres Enkels gesprochen. Er wusste, dass sie damals mit einem Arschloch namens Miles ausging, der sie sitzenließ, als sie schwanger wurde (bei dem Gedanken kam jedes Mal eine von Eifersucht durchsetzte Wut in ihm auf), und dass sie danach zu ihrer Freundin Jessica gezogen war. Ben hatte sie Jessica die Schreckliche getauft, weil sie das seiner Meinung nach war, obwohl Sarah es nicht mochte, wenn er sich über andere lustig machte. Aber ob nun schrecklich oder nicht, Jessica war damals angehende Hebamme gewesen, und als Jacob vor dem Termin geboren worden war, hatte Jessica ihn mitten in der Nacht entbunden.

Das war die Wahrheit, die er kannte. Wenn er sich daran erinnerte, fühlte er sich erleichtert, doch dann glitt ihm seine Gewissheit unmerklich wieder aus den Händen, und die gesamte innere Diskussion begann von vorn.

Jacob gähnte erneut und rieb sich die Augen. Ben musste lächeln, als er sah, wie der Junge gegen den Schlaf kämpfte. «Komm, Zeit, ins Bett zu gehen.» Er trug ihn huckepack nach oben und ließ das Bad ein. Der Junge war so müde, dass er ununterbrochen gähnte, folgte aber dennoch dem Ablauf, der auf kleinen Schaubildern an der Badezimmertür aufgeführt war. Sarah hatte sie auf Grundlage der Rebus-Symbole, die in der Schule verwendet wurden, eigenhändig gezeichnet. Es waren einfache Bilder von Strichmännchen, die die Toilette spülten, sich die Hände wuschen und die Zähne putzten. Auf manchen Bildern zeigte eine Sonne an, dass sie für den Tag galten, andere waren mit einem Halbmond versehen, und Jacob hielt sich gewissenhaft an die Abläufe. Einmal hatte Ben den Fehler begangen, sie abzunehmen, weil er dachte, sie würden nicht mehr benötigt, doch Jacob hatte ein solches Theater veranstaltet, dass er sie schnell wieder aufgehängt hatte. Ob nötig oder nicht, die Schaubilder waren ein Teil der beruhigenden Ordnung geworden.

Ben gab ihm einen Gutenachtkuss und trat zurück, während Jacob die Decke hochzog, sich umdrehte und augenblicklich einschlief. Jetzt hatte er ein schlechtes Gewissen, ihn so spät ins Bett gebracht zu haben. Äußerlich hatte man dem Jungen nicht angemerkt, ob ihm der Tod seiner Mutter bewusst war, aber er musste ihn getroffen haben. Ben war sich sicher, dass er zumindest spürte, dass etwas nicht in Ordnung war. Er glaubte nicht, dass Jacob verstand, was ein Begräbnis war – schon ein normaler Tag war für ihn verwirrend genug –, aber während des Gottesdienstes hatte er auf den Sarg gestarrt und war hin- und hergeschaukelt, was er nur dann tat, wenn eine Situation ihn beunruhigte. Tessa hatte versucht, Ben mit ihrer gewohnten Spitzfindigkeit davon zu überzeugen, den Jungen nicht mitzunehmen. Ihrer Meinung nach würde er nichts davon haben und nur Theater machen. Aber Sarah hätte gewollt, dass er dabei wäre. Sie hatte immer daran festgehalten, Jacob so weit wie möglich wie ein normales Kind zu behandeln und seinem Autismus nicht mehr Zugeständnisse zu machen, als sie musste.

«Er ist ein kluger Junge», hatte sie gesagt. «Ich werde ihn nicht bevormunden, weil er ein Autist ist. Er ist nicht zurückgeblieben.»

Doch eine Zeitlang hatten sie gedacht, dass er es sein könnte. Ben jedenfalls. Sarah gegenüber hatte er das nie ausgesprochen, obwohl er sicher war, dass auch sie es merkte. Als Baby hatte Jacob lange gebraucht, bis er krabbeln oder gehen konnte. Im Alter von drei Jahren hatte er noch kaum ein Wort gesprochen, und die Ausrede, dass er einfach langsamer war als die anderen, war nicht länger haltbar. Aber erst seine fehlenden Reaktionen überzeugten Ben, dass etwas nicht stimmte. Für Jacob schien es keinen Unterschied zu machen, ob er liebkost oder in seinem Zimmer allein gelassen wurde. Er lächelte selten, und wenn er jemanden anschaute, dann tat er es mit der gleichen Teilnahmslosigkeit, die er einem Möbelstück entgegenbrachte. Das war selbst bei Sarah nicht anders gewesen. Lange Zeit war Ben sein gleichgültiges Starren unheimlich, aber auch darüber verlor er nie ein Wort.

Schließlich hatte selbst Sarah nicht mehr verleugnen können, dass ihr Sohn ein Problem hatte. Als sie Jacobs Gehör untersuchen ließ, kam es Ben vor, als hoffte sie geradezu, der Junge wäre taub und sein Problem ein rein körperliches. Er hatte nicht daran geglaubt. Jacob schien weder zu verstehen, was man ihm sagte, noch seinen Namen zu erkennen, reagierte aber unverkennbar auf bestimmte Geräusche. Egal, in welchem Zimmer er sich aufhielt, beim Läuten der Türklingel schaute er zur Tür. Und als Sarah einmal außer Haus gewesen war, hatte Ben den Versuch gemacht, sich hinter ihn zu stellen und eine Packung Süßigkeiten zu öffnen. Sofort war der kleine Junge herumgewirbelt und hatte ihn nicht wie üblich mit leerem Blick, sondern erwartungsvoll angeschaut.

Kurz vor seinem vierten Geburtstag war bei ihm Autismus diagnostiziert worden. Wenig später war Ben zu Fotoaufnahmen nach Antigua gereist. Als am zweiten Abend das ganze Team in eine Bar gegangen war, hatte sich eines der Models an ihn herangemacht. Sie hatte einen phantastischen Körper, gebräunte, makellose Haut gehabt, und er hatte gewusst, dass Sarah nie davon erfahren würde. Er hatte dieses Versprechen auf berauschenden, problemlosen Sex vor sich gesehen und an den Stress der vergangenen Monate denken müssen. Die Besuche mit Jacob bei Spezialisten. Das Warten auf Testergebnisse. Die vergeblichen Versuche, Sarah zu trösten, als sie das erste Mal, seit sie sich kannten, weinte, nachdem sie die Ergebnisse erfahren hatte. Wollte er sich wirklich an eine Frau mit einem autistischen Kind binden, das nicht einmal sein eigenes war? Die Antwort hatte ihn im Grunde nicht überrascht.

Er hatte sich bei dem Model entschuldigt und die Nacht allein in seinem Hotelzimmer verbracht. Noch am Tag seiner Rückkehr nach London hatte er Sarah einen Heiratsantrag gemacht.

Nun stand er vor Jacobs Bett, schaute hinab auf ihren Sohn und suchte nach Ähnlichkeiten, welche die Frage ihrer Mutterschaft von allem Zweifel befreien würden. Aber es gab keine. Das Haar des Jungen war rötlich braun und viel dunkler als Sarahs. Seine Augen waren blassbraun, und seine Züge besaßen keine Spur von ihrer feinen Knochenstruktur. Ben war immer davon ausgegangen, dass der Junge nach seinem Vater kam.

Vielleicht stimmte das auch.

Er verließ das Zimmer und ging nach unten. Im Haus war es still. Er holte sich ein Bier aus dem Kühlschrank und ging ins Wohnzimmer. Sarah mochte es nicht, wenn er zu Hause rauchte, aber Jacob war im Bett, und er hatte noch nie so sehr eine Zigarette gebraucht wie jetzt. Er zündete sich eine an und sog dankbar den Rauch ein, während er zum Bücherregal ging und die Metallkassette herausnahm. Er trug sie zum Sofa und breitete die Zeitungsausschnitte auf dem Polster neben ihm aus, wo vor kurzem noch Jacob gesessen hatte. Er nahm den Ausschnitt, auf dem ein Foto der Eltern des verschwundenen Babys zu sehen war. John Cole konnte man darauf kaum erkennen, aber wenn Jacob nicht nach Sarah kam, so ähnelte er wenigstens auch nicht dem Zeitungsbild von Jeanette Cole. Ben legte den Ausschnitt zurück zu den anderen. Er hatte sie bereits unzählige Male angeschaut, ohne dass ihm etwas Neues aufgefallen wäre. Ein neugeborenes Baby war verschwunden, zufälligerweise am Tag von Jacobs Geburt. Na und? An diesem Tag waren wahrscheinlich Hunderte Babys geboren worden. Es hatte nichts zu bedeuten.

Warum hatte sie dann die Ausschnitte aufbewahrt?

Bei dieser Frage fiel jedes Mal sein gesamtes Gedankenkonstrukt in sich zusammen. Er konnte sich sagen, dass es lächerlich war, sich von ein paar alten Zeitungsausschnitten durcheinanderbringen zu lassen, und dass die Daten nur zufällig übereinstimmten. Da Sarah am Tag ihrer Niederkunft von dem Verschwinden eines anderes Babys gelesen hatte, wird sie sich dazu veranlasst gefühlt haben, die Berichte aufzuheben. Dann hatte sie die Ausschnitte beiseitegelegt und, was ihr ähnlich sah, vergessen, sie wegzuwerfen.

Ganz einfach.

Aber es funktionierte nicht. Sarah hätte vielleicht eine ganze Zeitung aufbewahrt, vielleicht sogar mehrere, aber er hatte nie erlebt, dass sie einzelne Artikel ausgeschnitten hatte. Diese Pingeligkeit passte nicht zu ihrem Naturell. Vor allem konnte er sich nicht vorstellen, warum sie gemeinsam mit der Geburtsurkunde in einer verschlossenen Kassette steckten.

Oder er konnte es doch.

Die Verwirrung kratzte an seiner Trauer. Er fuhr sich mit der Hand durchs Haar. Selbst diese Geste versetzte ihm einen Stich – ihr hatte es gefallen, wenn er das Haar lang trug, sie war gerne mit ihren Fingern hindurchgefahren. «Mein Gott, Sarah», sagte er. Das Bedürfnis, sie zu sehen, mit ihr zu reden und sie anzuhören, war so tief, dass es ihn erschreckte. Er konnte nicht glauben, dass all das nie wieder geschehen würde. Es war, als hätte jemand dort Löcher in die Welt geschnitten, wo sie hätte sein sollen. Er spürte, wie sich seine Kehle zusammenschnürte, und zog ein letztes Mal an der Zigarette. Doch als er den Rauch ausblies, entstand ein Schluchzen, und plötzlich weinte er.

Nachdem es vorübergegangen war, fühlte er sich ausgelaugt, war aber auch wieder bei sich. Sarah war seine Frau gewesen, und er hatte sie geliebt. Jacob war ihr Sohn, und das war alles, was zählte. Er verachtete sich dafür, ihr misstraut zu haben. Er drückte den Stummel aus und putzte sich die Nase. Die Zeitungsausschnitte lagen noch immer über das Sofa verteilt, doch nun hatten sie ihre Macht verloren. Es waren lediglich Papierschnipsel. Er hatte überreagiert, was ihn ärgerte. Und beschämte.

Er raffte sie zusammen, um sie wegzuwerfen. Während er sie zusammenknüllte, klingelte das Telefon. Er schniefte, räusperte sich und wischte die Tränen weg, ehe er sich meldete. «Hallo?»

«Hallo, Ben. Ich bin's, Geoffrey.»

Als er die Stimme seines Schwiegervaters hörte, bekam Ben ein schlechtes Gewissen. «Tut mir leid, Geoffrey, ich wollte anrufen, ich weiß.» Das hatte er Sarahs Eltern nach der Beerdigung zum Abschied versprochen.

«Schon gut. Du hast im Moment genug am Hals. Ich dachte nur, ich melde mich mal und schaue, wie du zurechtkommst.»

«Ach ... geht schon.» Er wechselte das Thema. «Seit ihr gut zurück nach Leicester gekommen?»

«Ohne Probleme.»

«Du weißt, dass ihr hier hättet übernachten können.» Er wusste, dass Geoffrey nicht gerne fuhr.

«Das weiß ich doch, aber Alice wollte nach Hause. Du kennst sie ja.»

Ben wusste, was er meinte. Alice hatte Sarah nie verziehen, dass sie zweimal nach London gezogen war: das erste Mal, um Arbeit zu finden, das zweite Mal, nachdem die beiden sie nach Jacobs Geburt wieder zu Hause aufgenommen hatten. «Wie kommt sie zurecht?»

«Ganz gut.» Sein Ton sagte etwas anderes. «Sie ist jetzt im Bett. Das ist alles ein bisschen zu viel auf einmal.»

Eine betretene Stille kam auf. Ben spürte, dass der ältere Mann das Gespräch nicht beenden wollte, obwohl es nichts mehr zu sagen gab, was nicht schon gesagt worden wäre. Er wusste, wie schwer Sarahs Tod seinen Schwiegervater getroffen hatte. Das Gespräch mit ihrem Ehemann war eine Art, sich ihr nahe zu fühlen. Ein schwacher Trost zwar, aber es war alles, was ihm blieb, und besser als das einsame Haus, in dem oben seine trauernde Frau schlief. Um das Telefonat zu verlängern und zugleich die letzten Zweifel zu verdrängen, sagte Ben: «Ich habe gerade daran denken müssen, wie Sarah Jacob bekommen hat.»

«Es kommt mir vor, als wäre es vor zwei Minuten gewesen. Ich kann nicht glauben, dass es sechs Jahre her ist.»

«War es eine schnelle Geburt?», fragte er, obwohl er die Antwort bereits kannte.

«Nach zwei Stunden war alles vorbei. Wir haben immer gesagt, er hatte es eilig. Die arme Alice ist fast durchgedreht vor lauter Sorge. Ein oder zwei Tage vorher waren wir gerade in London gewesen, und wenn sie gewusst hätte, dass das Kind sechs Wochen zu früh auf die Welt kommen würde, hätten sie keine zehn Pferde von dort weggekriegt. Ich war jedenfalls froh, dass Jessica zur Stelle war.»

«Es gab aber keine Anzeichen dafür, dass Jacob eine Frühgeburt wird, oder?»

«Überhaupt keine. Nein, deshalb war es ja auch so eine Überraschung. Ein paar Tage vorher hatte Sarah Krämpfe – deswegen wollte Alice sie auch unbedingt besuchen. Aber als wir dort waren, hörten sie auf. Alice hat sie zum Arzt geschleppt, aber er sagte, dass alles in Ordnung sei.»

Seine Stimme klang etwas beunruhigt. «Es gibt doch keine Probleme, oder? Mit Jacob, meine ich.»

Ben spürte, wie der letzte Hauch eines Zweifels von ihm

abfiel. «Nein, ihm geht es gut. Ich habe mich nur ... ich war nur neugierig.»

Mit einem Mal klang Sarahs Vater müde und alt. Wenn er aus der Erinnerung einen kurzen Trost gezogen hatte, dann war er nun verschwunden. «Ich habe mich oft gefragt, ob die Frühgeburt etwas mit Jacobs ... mit dem Autismus zu tun hat.»

«Das glaube ich nicht.» Es gab unterschiedliche Meinungen über die Ursachen von Autismus, aber soweit Ben wusste, zählte eine Frühgeburt nicht dazu.

«Nein, da hast du wohl recht.» Geoffrey bemühte sich, heiter zu klingen. «Er war ja auch kein armer, kleiner Wurm oder so.»

Später wünschte Ben, er hätte das Gespräch an diesem Punkt beendet und so die Frage nach Jacobs Geburt für geklärt gehalten. Aber er hatte es nicht getan.

«Nein?», fragte er, ohne noch richtig zuzuhören.

Sarahs Vater lachte in sich hinein. «Wir haben schon immer gescherzt, dass sich da jemand mit den Terminen vertan haben musste. Er wog über sechs Pfund. Hätte man es nicht besser gewusst, man hätte ihn niemals für eine Frühgeburt gehalten.»

Kapitel 3

Jessica wohnte im vierten Stock eines Mietblocks des sozialen Wohnungsbaus in Peckham. Der Aufzug funktionierte zwar, doch als Ben das Erbrochene sah, das am Boden und den Wänden trocknete, nahm er lieber die Treppe. Noch ehe er die dritte Etage erreicht hatte, war er außer Atem. Er nahm sich vor, möglichst bald wieder mit dem Fußballspielen zu beginnen. Oder irgendetwas anderes zu tun. Wenn man sich hängenließ, war man plötzlich vierzig und hatte Übergewicht. Das war zwar noch acht Jahre hin, aber bereits jetzt merkte er, dass er schon nach wenigen Wochen einrostete und es ihn immer mehr Überwindung kostete, sich wieder aufzuraffen.

Er versuchte, seine Atemlosigkeit zu ignorieren, und schleppte sich hinauf in den vierten Stock. Vor den Eingangstüren der Wohnungen verlief ein offener Gang, der nach außen hin nur von einer brusthohen Betonwand begrenzt wurde. Ben war noch nie dort gewesen. Jessica und er hatten nie einen Hehl aus ihrer gegenseitigen Abneigung gemacht. Wenn sie Sarah besucht hatte, war er normalerweise ausgegangen, und bei den wenigen Gelegenheiten, wo sie sich nicht aus dem Weg gehen konnten, hatten sie es nur mit Mühe geschafft, um Sarahs willen ein Mindestmaß an Zivilisiertheit an den Tag zu legen.

Die beiden hatten sich sofort und automatisch unsympathisch gefunden; Ben, weil er spürte, dass sie ihn nicht mochte, Jessica aus Gründen, die nur sie selbst kannte. Aber er hatte eine Vermutung. Sie war sauer auf ihn. Bevor er auf der Bildfläche erschienen war, hatten Sarah und Jacob zu ihrer erweiterten Familie gehört. Manchmal hatte er gar das Gefühl, dass sie meinte, die beiden wären tatsächlich ihre Familie gewesen. In der kleinen Einzimmerwohnung, in die Sarah nach Jacobs Geburt gezogen war, hatte sich Jessica aufgeführt, als wäre sie ihr zweites Zuhause. Sie kam unangemeldet zum Essen vorbei, blieb über Nacht und ging ans Telefon, als würde sie dort wohnen. Einmal, als er und Sarah sich erst seit wenigen Monaten kannten und er allein dort war und das Abendessen zubereitete, war Jessica ohne zu klingeln hereingekommen.

Sie war erschrocken stehengeblieben. «Was machst du denn hier?»

Er grinste sie an, weil er wusste, dass es sie wütend machen würde. «Kochen. Und du?»

Sie ignorierte seine Frage. «Wo ist Sarah?»

«Jacob hat sich einen Husten eingefangen. Sie ist mit ihm zum Arzt.»

Sie hatte auf der Schwelle zum Wohnzimmer gestanden, auf der anderen Seite von der Arbeitsplatte, die das Zimmer von der winzigen Küche abtrennte. Er sah, wie sie die Vorbereitungen für ein Abendessen zu zweit sowie die offene Flasche Wein betrachtete. «Davon hat sie mir nichts gesagt.»

«Das hat sie auch nicht im Voraus geplant.» Als er sie so schwerfällig dastehen sah, in ihrer schlichten Hebammentracht, hatte er sich erweichen lassen. «Möchtest du ein Glas Wein? Sie kommt bestimmt gleich zurück.»

Sie hatte ihn mit funkelnden Augen angesehen und die

Lippen zusammengepresst. «Nein.» Ohne ein weiteres Wort hatte sie sich umgedreht und war gegangen.

«Die arme Jessica», sagte er eines Abends im Spaß zu Sarah. «Ich glaube, sie ist eifersüchtig auf mich.»

«Ach was. Sie ist nur schüchtern, das ist alles.»

«Aber nur bei Männern. Die Frau ist doch so weit an der anderen Küste, dass sie schon nicht mehr zu sehen ist.»

Sarah knuffte ihn. «Sei nicht gemein. Zudem heißt es Ufer.»

«Schön, am anderen Ufer. Ich glaube, sie ist eine versteckte Lesbe.»

Sie lachte, aber er konnte sehen, dass sie sich unbehaglich fühlte.

«Komm schon, du weißt, dass sie eine ist», sagte er, um sie zu reizen. «Gib es doch einfach zu, es ist keine große Sache.»

«Warum reitest du dann darauf rum?»

«Ich reite nicht darauf rum. Ich verstehe nur nicht, warum du es nicht zugeben willst.» Es wunderte ihn tatsächlich. Sie beide hatten schwule und lesbische Freunde, deshalb war es seltsam, dass Sarah so eine Abwehrhaltung einnahm, wenn es um Jessicas sexuelle Orientierung ging. «Ihr beide habt doch keine dunklen Geheimnisse, oder?»

Ihm verging das Lächeln, als Sarah ihn anfuhr. «Nein, natürlich nicht! Was soll der Quatsch?»

Vor lauter Wut war sie rot geworden. Ihre Sommersprossen stachen noch mehr hervor als sonst.

«Es war ein Spaß», sagte er erschrocken.

«Ich weiß. Aber ich möchte nicht, dass du über sie lachst.»

«Ich habe nicht gelacht. Auf jeden Fall nicht viel.»

Die Röte verließ langsam ihre Wangen, aber sie war noch immer komisch.

«Es war doch nichts zwischen euch, oder? Es geht mich

zwar nichts an», fügte er schnell hinzu, «aber wenn ich dich schon verärgert habe, möchte ich auch den Grund kennen.»

«Sie ist meine Freundin, das ist alles. Wahrscheinlich habe ich bei ihr einfach immer ein bisschen das Gefühl, sie beschützen zu müssen.»

Ben hatte keine Ahnung, warum. Jessica schien ganz gut auf sich selbst aufpassen zu können. Aber nach diesem Abend versuchte er, seine Meinung über sie für sich zu behalten.

Als sie in das Haus in Camden gezogen waren, hatte er dennoch deutlich gemacht, dass er nicht wollte, dass Jessica einen Schlüssel erhielt. Da sie sowieso kaum vorbeikam, hätte er sich die Mühe sparen können. Das Haus war zu sehr von ihm geprägt. Sarah hatte in den letzten Monaten nur ein- oder zweimal mit ihr gesprochen, und ohne groß darüber nachzudenken, war Ben im Stillen froh gewesen, dass die beiden endlich getrennte Wege gingen. Egal ob sie nun Freundinnen waren oder nicht, Sarah hatte in Jessicas Gegenwart nie einen unbeschwerten Eindruck gemacht.

Und nun, dachte er, als er die richtige Türnummer erreichte, hatten sie beide Sarah verloren.

Er atmete tief durch, ehe er sich bemerkbar machte. Als ihm bewusst wurde, dass sein Herz nicht nur vor Erschöpfung raste, ballte er die Faust und klopfte an die Tür. Niemand kam, um zu öffnen.

In der Mitte der Tür befand sich ein kleiner Spion, und er hatte plötzlich das Gefühl, dass Jessica ihn dadurch beobachtete. Er klopfte erneut, etwas fester dieses Mal. Nach kurzer Zeit ging die Tür auf.

Jessica betrachtete ihn ausdruckslos. Manchmal, wenn sie bei Sarah gewesen war und sich von ihm unbeobachtet fühlte, hatte sie gelächelt und für einen flüchtigen Augenblick eine Lebhaftigkeit ausgestrahlt, die ihr fast Anmut verlieh. Diese Momente waren allerdings selten, und nun lächelte sie nicht. Sie trug ihre gestärkte Hebammentracht wie eine Rüstung. Ihr Haar war in der Mitte gescheitelt, streng zurückgekämmt und wurde von einer schwarzen Plastikspange gehalten. Ihr Mondgesicht war ungeschminkt. Ben war leicht geschockt, als ihm auffiel, wie rein und jung ihre Haut aussah. Er fragte sich, ob sie sich aus Mangel an Eitelkeit nicht schminkte oder ob das Gegenteil der Fall war.

«Ich muss in zehn Minuten zur Arbeit», sagte sie ohne Begrüßung und trat zurück, um ihn hereinzulassen.

Er ging durch den kurzen Flur ins Wohnzimmer. Es war aufgeräumt und beinahe klinisch sauber. Eingerichtet war es mit einer dreiteiligen Sitzgarnitur, von der nur ein Sessel benutzt wirkte, und einem Sperrholzschrank, in dem eine Stereoanlage und ein paar Bücher standen. Ansonsten war das Zimmer leer. Es gab nicht eine einzige Pflanze.

Er setzte sich nicht hin, und als Jessica ihm folgte, bot sie ihm auch keinen Platz an. Sie blieb mit verschränkten Armen vor dem ausgeschalteten Gasofen stehen. «Und? Du hast gesagt, du willst mit mir reden.»

Bei dem Begräbnis hatten sie sich kaum wahrgenommen, und als er sie anrief, war sie unverhohlen abweisend gewesen. Er hatte betonen müssen, dass es wichtig sei, doch nun, da er dort war, wusste er nicht, wo er anfangen sollte. «Es geht um Sarah.»

Sie schaute ihn wartend an.

«Hör zu, ich weiß, dass wir uns nie gut verstanden haben, aber du warst Sarahs beste Freundin», fuhr er fort. «Du kanntest sie schon, bevor ich sie kennengelernt habe.»

Jessica blieb reserviert. Sie starrte ihn so hart und unversöhnlich an wie ein Stein. Ben konnte sich nicht vorstellen, wie ein derart kalter und unsympathischer Mensch Hebamme sein konnte. Und nicht zum ersten Mal fragte er sich, aus welchem Grund sie diesen Beruf erlernt hatte.

Aber jetzt war nicht der richtige Moment, um darüber nachzudenken.

«Ich wollte dich über die Zeit befragen, als ihr beide zusammengewohnt habt. Als sie schwanger war. Sarah hat mir ein paar Sachen erzählt, aber nicht in allen Einzelheiten.»

«Und?»

«Es ist ein Teil ihres Lebens, über den ich kaum etwas weiß.»

Jessica lächelte beinahe. Aber es hatte nichts Hübsches oder Anmutiges an sich. «Jetzt willst du mir das also auch noch nehmen?»

Ben hatte nicht erwartet, dass sich ihre Feindseligkeit so offen Bahn brach. «Ich will dir gar nichts nehmen. Und ich habe dir auch nie etwas genommen.»

Ihre Miene sagte, dass sie anderer Meinung war. Er fühlte sich unbehaglicher denn je. «Vielleicht ist es einfach ein schlechter Zeitpunkt. Belassen wir es vorerst dabei.»

«Was dich angeht, wird es nie einen guten Zeitpunkt geben», sagte sie, und nun trat ihr ganzer Hass zutage. «Ich habe mich nur wegen Sarah auf ein Treffen mit dir eingelassen. Aber danach möchte ich dich nie wieder sehen. Also frag mich, was du wissen willst, und dann verschwinde.»

«Na schön. Der wahre Grund, warum ich gekommen bin, ist Jacob.» Er beobachtete ihre Reaktion, konnte aber keine erkennen.

«Was ist mit ihm?»

«Du hast ihn entbunden. Ich möchte nur wissen, was geschehen ist.»

«‹Was geschehen ist›? Wie meinst du das? Sie hat ihre Wehen bekommen, und ich habe die Geburt begleitet. Das war's.»

«Warum ist sie nicht in ein Krankenhaus gegangen?»

Jessicas Mund war eine schmale Linie. «Hat sie dir nichts darüber erzählt?»

«Doch, aber ich wollte dich fragen.»

Sie starrte ihn finster an und zuckte dann knapp mit den Achseln. «Es war mitten in der Nacht. Die Zeit war knapp. Sie bekam plötzlich ihre Wehen, und als uns klar wurde, was passierte, war das Baby schon unterwegs.» Sie hob ihr Kinn ein wenig und starrte ihn herablassend an. «Außerdem hatte sie keinen Grund, ins Krankenhaus zu gehen. Ich war ja da.»

«Aber du warst damals noch in der Ausbildung. Was wäre gewesen, wenn es Probleme gegeben hätte?»

«Dann hätte ich Hilfe geholt. Es gab aber keine.»

«Hast du keinen Arzt gerufen?»

«Wie gesagt, dafür gab es keinen Grund. Am nächsten Morgen haben wir einen geholt. Er kam vorbei, hat sich vergewissert, dass es beiden gutging, und ist wieder gegangen. Ich habe mehr Ahnung von einer Geburt als jeder Allgemeinarzt. Oder ihre Mutter, obwohl die einen riesigen Aufstand gemacht hat.» Sie schüttelte verärgert den Kopf. «Sie wollte ihre kleine Tochter unbedingt mit nach Hause nehmen. Als wenn ich ihr nicht alles hätte geben können, was sie brauchte.»

Sie schaute ihn nicht mehr an. Die Wut, die sie vor sechs Jahren verspürt hatte, holte sie nun wieder ein. Sie tat Ben leid. Mehr und mehr hatte er das Gefühl, seine Zeit zu vertun. Eine Frage musste er noch stellen.

«Sarahs Vater hat mir erzählt, dass Jacob ein großes Baby war und mehr als sechs Pfund gewogen hat.»

«Sechs Pfund und neunzig Gramm.»

Die Zahl wurde ihm entgegengeschleudert. Was sollte er gegen diese Genauigkeit einwenden? «Er sagte, der Junge habe überhaupt nicht wie eine Frühgeburt ausgesehen.»

«Und?»

«Ist das nicht ungewöhnlich?»

Jessica betrachtete ihn verächtlich. «Nicht besonders. Möglicherweise war er auch gar keine echte Frühgeburt. Sarahs Perioden waren unregelmäßig, man konnte also nur schwer sagen, in welcher Schwangerschaftswoche sie genau war. Und manche Babys sind eben größer als andere.» Ihre Stimme klang jetzt spöttisch. «Möchtest du sonst noch etwas wissen?»

Er fühlte sich nicht einmal erleichtert. Nur dumm. «Nein.»

«Gut. Dann kannst du ja auch gehen.»

Sie stellte sich an die Wohnzimmertür. Beschämt ging Ben an ihr vorbei in den Flur. Von dort führte ein weiterer Durchgang zur Küche, die genauso leer und sauber war wie der Rest der Wohnung. Auf einem kleinen Tisch lag ein einzelnes Platzdeckchen neben einem rostfreien Salz-und-Pfeffer-Ständer und einer Essigflasche. Die Dinge sahen aus wie fest installiert. Am Rand des Tisches lag eine ordentlich gefaltete Zeitung. Ben hielt inne und ging zurück.

Es war die *Daily Mail*.

Jessica stand hinter ihm. «Was ist los?»

«Ich wusste nicht, dass du die *Mail* liest.»

«Was hat es dich zu interessieren, welche Zeitung ich lese?»

«Ich hätte dich eher für eine *Guardian*-Leserin gehalten.»

«Bin ich aber nicht. Ich habe schon immer die *Mail* gelesen. Aber das geht dich überhaupt nichts an.»

Ben drehte sich zu ihr um. «Hast du sie auch schon gelesen, als du mit Sarah zusammengewohnt hast?»

Er hatte den Eindruck, dass ihre Verärgerung einer Verunsicherung wich. «Vielleicht. Ich weiß nicht mehr.»

«Sagtest du nicht gerade, du hast sie schon immer gelesen?»

«Und wennschon? Hör zu, du hast vielleicht alle Zeit der Welt, aber ich muss jetzt zur Arbeit gehen.»

Sie eilte an ihm vorbei zur Eingangstür. Ben blieb, wo er war. «Ich habe die Ausschnitte gefunden.»

Er hatte das Gefühl, sie würde kaum merklich innehalten. Als sie sich umwandte, war ihr Blick nicht nur reserviert, sondern wachsam.

«Welche Ausschnitte?»

«Die Berichte über ein Baby, das an Jacobs Geburtstag aus einem Krankenhaus entführt wurde.»

«Ich weiß nicht, wovon du sprichst.»

«Sarah hat die Zeitungsausschnitte gemeinsam mit Jacobs Geburtsurkunde in einer Kassette aufbewahrt.»

Er beobachtete Jessicas Reaktion. Sie zuckte mit den Achseln. «Na und?»

«Warum hat sie das getan?»

«Ich habe keine Ahnung. Spielt das eine Rolle? Sie ist tot. Oder hast du das vergessen?»

«Ich habe es nicht vergessen. Ich verstehe nur nicht, warum sie diese Ausschnitte aufbewahrt hat.»

Jessica schnaubte abweisend. «Darum geht es also, ja? Du glaubst, sie hat ein fremdes Baby entführt? Was ist los, hast du bereits die Nase voll davon, dich um Jacob zu kümmern?»

«Ich möchte nur die Wahrheit wissen, das ist alles.»

«Die Wahrheit? Die Wahrheit ist, dass Sarah ein autistisches Kind geboren hat, und jetzt, wo sie tot ist, hast du beschlossen, die Verantwortung dafür nicht übernehmen zu wollen. Du hast sie geheiratet», fauchte sie. «Also lebe auch damit!»

«Jacob ist also ihr Kind?»

«Natürlich ist er ihr Kind! Ich habe ihn entbunden! Oder willst du mich auch noch als Lügnerin hinstellen?»

Ben war sich später nie darüber klargeworden, ob er das, was er als Nächstes sagte, geplant hatte oder nicht. Doch als er die Falle formulierte, kamen ihm die Worte so flüssig über die Lippen, als hätte er sie einstudiert. «Wie kommt es dann, dass beide das gleiche Muttermal haben?»

Jessica runzelte die Stirn. «Was?»

«In der Zeitung stand, dass das Baby ein Muttermal auf der rechten Schulter hat. An der Stelle hat Jacob auch ein Muttermal.»

Er rechnete damit, dass sie wütend auf die durchsichtige Lüge reagierte. Doch Jessicas Blick ging für einen Moment ins Leere. Dann starrte sie ihn wieder an. «Das beweist doch gar nichts. Eine Menge Kinder haben Muttermale», fuhr sie fort, aber sie hatte zu lange gezögert. Ben spürte, wie sich das Entsetzen in ihm breitmachte.

«O Gott», sagte er.

«Wie gesagt, es ist nur ein Zufall. Es hat überhaupt nichts zu bedeuten.»

«Sie hat es getan, nicht wahr? Sie hat das Baby entführt.»

«Mach dich nicht lächerlich! Nur weil zwei Kinder ähnliche Muttermale haben ...»

«Es gibt keine Muttermale!»

Sie blinzelte und wich seinem Blick aus. «Hör zu, du gehst jetzt besser. Ich muss ... ich muss zur Arbeit.»

Den Worten fehlte jede Überzeugungskraft. Ihre Hände

bebten, dann ließ sie sie schlaff hängen. Ben merkte, wie er schwankte. Mit wackligen Beinen ging er zum nächsten Küchenstuhl und sank darauf nieder. Trotz aller Zweifel hatte er es nicht glauben wollen. Im Grunde war er nicht gekommen, um die Wahrheit zu hören; er war gekommen, um sich beruhigen zu lassen.

Jessica hatte sich nicht von der Tür wegbewegt. Ihr Gesicht war düster und resigniert und hatte jede Farbe verloren. Die Hebammentracht wirkte wie ein Kostüm.

«Warum?», fragte er. «Warum hat sie das getan?»

«Sie hat ihr Baby verloren.» Ihre Stimme war leblos und matt. «Als ich eines Tages nach Hause kam, saß sie im Dunkeln. Sie hatte völlig unerwartet eine Fehlgeburt. Auf einer öffentlichen Toilette.»

Jessica kam zum Tisch und setzte sich. Sie sah formlos aus, nur der gestärkte Stoff schien sie zusammenzuhalten. «Ich wollte einen Arzt rufen, aber da wurde sie hysterisch. Also habe ich es gelassen. Ich vergewisserte mich, dass sie nicht mehr blutete und so weiter. Ein Arzt hätte sowieso nicht mehr helfen können. Er hätte nur wissen wollen, was mit dem Fötus geschehen ist, und dann hätte er die Polizei gerufen. Sie hatte schon genug durchgemacht, nachdem ... nachdem dieses Arschloch sie hat sitzenlassen, als sie schwanger wurde.» Sie schaute ihn böse an. «Wusstest du, dass sie versucht hat, sich umzubringen?»

Sie nickte triumphierend, als sie sah, dass er es nicht wusste. «Nein, das dachte ich mir. Aber sie hat es versucht. Kurz nachdem sie bei mir eingezogen ist, hat sie eine Überdosis genommen. Ich habe sie gefunden und dafür gesorgt, dass sie sich übergeben musste, bevor sie bewusstlos wurde. Damals dachte ich schon, sie würde vielleicht eine Fehlgeburt erleiden, aber das war nicht der Fall. Ich wollte ihr alles andere ersparen. Ich dachte ... ich dachte, wenn ich das Baby finden und zurückbringen würde, könnte ich sagen, dass sie es zu Hause verloren hat. Dann müsste die Polizei nicht kommen, und es gäbe kein Theater.»

Ihre Finger kneteten ihr Kleid, drückten eine Falte in den Stoff, glätteten ihn dann wieder und begannen von vorn.

«Erst wollte sie nicht darüber sprechen, aber schließlich sagte sie mir, dass sie das Baby in einen Mülleimer in der Nähe der U-Bahn-Station am Piccadilly gelegt hatte. Ich steckte sie ins Bett und wollte los, aber da war es schon sehr spät. Ich dachte, ich sollte mir ein paar Stunden Schlaf genehmigen und anschließend sofort zum Piccadilly gehen. Als ich dann später losging, hat sie noch geschlafen. Ich wollte zurück sein, bevor sie aufwachte, doch als ich zu der U-Bahn-Station kam, konnte ich den richtigen Mülleimer nicht finden. Ich begann, alle zu untersuchen, bis die Straßen voller wurden und ich aufhören musste. Ich habe nie herausgefunden, wo das Baby war. Da auch in den Zeitungen nie etwas davon stand, nehme ich an, dass die Müllabfuhr es wohl einfach mitgenommen hat. Mir blieb nichts anderes übrig, als nach Hause zu gehen. Als ich zurückkam, war Sarah weg. Ich wusste nicht, was ich tun sollte. Die Polizei konnte ich ja nicht rufen. Ich habe einfach gewartet und gehofft, dass sie zurückkommt. Aber als sie kam, hatte sie ein Baby dabei.»

Ihr Mundwinkel hob sich zu einem Lächeln. «Sie sah so *glücklich* aus. Als hätte es den Tag davor nie gegeben. Sie sah so aus, wie Sarah aussehen sollte. Ich versuchte aus ihr herauszukriegen, woher sie das Baby hatte, aber sie schien nicht zu verstehen, wovon ich sprach. Und als ich fragte, wessen Baby es sei, sagte sie nur: Meins. Ich wollte ihr klarmachen, was sie getan hatte, aber das brachte sie nur durcheinander. Ich hatte Angst, dass sie wieder in den Zustand zurückfiel, in dem sie vorher war. Ich wusste nicht, was ich tun sollte. Und dann fiel es mir plötzlich ein. Ich musste gar nichts tun. Sarah war schwanger gewesen, und nun hatte sie ein Baby. Für eine Frühgeburt war es etwas groß, aber nicht so groß, dass es hätte Probleme geben können.»

Ben konnte nicht mehr an sich halten. «Probleme? Es war nicht ihr Kind! Mein Gott, sie hat es gestohlen!»

Jessica schaute ihn verächtlich an. «Was hätte ich deiner Meinung nach tun sollen? Zur Polizei gehen?»

«Ja! Ja, du hättest zur Polizei gehen müssen, verdammt nochmal! Bei so einer Sache hätte man keine Anklage erhoben. Man hätte ihr psychiatrische Hilfe gegeben!»

«Man hätte sie irgendwo weggeschlossen, meinst du? Und du glaubst, das hätte ich zugelassen?»

«Es wäre besser gewesen als das, was du getan hast!» Ihm wurde mit einem Mal klar, dass er auf eine weitere, wesentlich emotionalere Erklärung gestoßen war. «Wusste sie es? Was sie getan hat, meine ich? War es ihr danach bewusst?»

Jessica hob teilnahmslos ihre Schultern. «Ich weiß es nicht. Vielleicht, ab einem bestimmten Punkt. Ich habe die Artikel aus der Zeitung ausgeschnitten und in einer Schublade aufbewahrt, aber als ich dort nachgeschaut habe, nachdem sie zurück zu ihren Eltern gezogen war, waren sie verschwunden. Sie hat nie gesagt, dass sie die Ausschnitte mitgenommen hat, und ich habe sie nie gefragt.»

Sie schüttelte den Kopf, und zum ersten Mal schien sie eine Art Verteidigungshaltung anzunehmen. Ben glaubte zu verstehen, warum Jessica die Artikel aufbewahrt hatte. Und warum Sarah nur ungern über ihre Beziehung gesprochen hatte.

Die Frau hatte Sarah an sich binden wollen.

Er bemühte sich nicht mehr, seinen Abscheu zu unterdrücken. «Hast du dir keine Sorgen gemacht, dass man es herausfinden könnte?»

«Wer sollte es denn herausfinden? Ich war eine fast fertig ausgebildete Hebamme, niemand würde meine Aussage in Frage stellen. Der Arzt, den wir am nächsten Tag gerufen haben, hat sie kaum richtig untersucht. Wenn ich in dem Krankenhaus gearbeitet hätte, aus dem das Baby verschwunden ist, hätte sich vielleicht jemand Fragen gestellt. Aber ich habe da nicht gearbeitet. Es bestand überhaupt kein Risiko.»

«Kein Risiko? Sie hat anderen Leuten das Baby weggenommen! Okay, sie war krank, sie wusste nicht, was sie tat. Aber du bist doch eine ... Du bist Hebamme, um Himmels willen! Wie konntest du das tun?»

«Ich habe es für Sarah getan.» Jessica starrte ihn trotzig und gelassen an. «Ich hätte alles getan, um ihr zu helfen.»

«Um ihr zu helfen? Damit hast du ihr nicht geholfen! Du hast lediglich ihre Tat gedeckt! Und was ist mit den tatsächlichen Eltern? Hat es dich überhaupt nicht interessiert, was sie durchgemacht haben müssen?»

«Warum sollte es?», blaffte sie zurück. «Irgendein erbärmlicher Soldat und seine dämliche Gebärmaschine! Warum sollten die beiden mich mehr interessieren als Sarah? Diese Mischpoke erlebe ich jeden Tag, die werfen ein Gör nach dem anderen! Mittlerweile haben sie wahrscheinlich schon drei oder vier neue. Die sind darüber hinweggekommen, aber Sarah hätte es nicht geschafft. Die sollen mich interessieren? Ich hätte ihnen das Kind selbst weggenommen, wenn Sarah mich darum gebeten hätte!»

Ihre Augen waren feucht geworden. «Habe ich dich schockiert?», schnaubte sie. «Das hast du nicht gedacht, dass die langweilige Jessica zu so etwas fähig wäre, was? Gott, du kotzt mich an! Du hast sie geheiratet, du hast sie gefickt, aber du hast sie nie geliebt. Du weißt gar nicht, was Liebe ist.»

Ben ertrug es nicht mehr, noch länger zu bleiben. In der abgestandenen Luft der kleinen Küche lag plötzlich eine aggressive Spannung. Langsam stand er auf.

«Ich weiß nicht, wie man es nennt, was du getan hast», sagte er matt. «Liebe war es jedenfalls nicht.»

Vor der Tür hielt er noch einmal inne. «Ich kann nicht so tun, als wüsste ich von alledem nichts. Ich kann es nicht einfach ignorieren.»

Jessica schaute nicht auf. «Mach, was du willst», sagte sie teilnahmslos. «Mich interessiert es nicht mehr.»

Sie starrte immer noch ins Nichts, als er hinausging.

Kapitel 4

Jacob wählte ein Puzzleteil, hielt es einen Augenblick in der Hand, tauschte es dann für ein anderes aus und steckte es ordentlich an seine Stelle. Das Puzzle, eine Szene aus *Krieg der Sterne*, war fast zur Hälfte fertiggestellt. In der Nähe lag die offene Schachtel, aber Jacob würdigte das Bild auf dem Deckel keines Blickes. Es hätte ihm auch nicht geholfen, denn er fügte die Teile mit der Rückseite nach oben zusammen. Manchmal schaute er sich die gesamte Trilogie von *Krieg der Sterne* an, entzückt von den schnell geschnittenen Bildern auf dem Bildschirm und den Tönen aus dem Lautsprecher, ein statisches Foto aus den Filmen interessierte ihn jedoch nicht. Ben vermutete, dass er die Szene wiedererkannte und eine Verbindung zwischen den Filmen und dem Puzzle herstellte, sicher war er sich aber nicht. Wahrscheinlicher war, dass das Bild für ihn nur Nebensache war. Allein das Zusammensetzen der kleinen Pappteile fesselte den Jungen, nicht das Bild, das entstand, wenn er fertig war. Wie das Bild dabei gedreht wurde oder ob es überhaupt zu sehen war, beeinträchtigte seine Geschicklichkeit nicht. Für ihn schien es keinen Unterschied zu machen.

Ben beobachtete vom anderen Ende des Wohnzimmers, wie der Junge sich vom Puzzle abwandte und aus dem Fenster starrte. Vielleicht starrte er auch nur das Fenster selbst an. Ben konnte nicht sehen, was ihm ins Auge gefallen war, aber er hatte eine Vermutung. Jacob untersuchte jede gesprungene Glasscheibe, jede Scherbe oder angeschlagene Kante einer Milchflasche, die in der Sonne funkelte – alles, was das Licht brach und es in die Spektralfarben zergliederte. Ihnen war erst klargeworden, was er tat, nachdem sie beobachtet hatten, wie er einmal in den Sprühregen eines Rasensprengers geschielt und versucht hatte, den verschwommenen Regenbogen darin zu erkennen. Manchmal fragte sich Ben, ob der Junge in den Lichtbrechungen etwas sah, das für einen weniger verworrenen Geist unsichtbar war.

Doch was auch immer er gesehen hatte, es hatte seine Aufmerksamkeit schon verloren. Jacob widmete sich wieder dem Puzzle. Ob er sich Bens beobachtenden Blicks oder überhaupt seiner Anwesenheit bewusst war, konnte man ihm nicht anmerken. Normalerweise hätte er den Jungen zum Reden ermuntert, hätte ihn nach der Schule gefragt oder irgendetwas getan, um ihn zu einer Art Kommunikation zu bewegen. Doch in diesem Moment konnte er sich nicht dazu aufraffen. Jacob war es egal, der war wie immer in seiner eigenen Welt gefangen. Manchmal fragte sich Ben, ob er dort nicht glücklicher war und ob man es nicht lassen sollte, ihm eine äußere Welt aufzuzwingen, die sich ihm kaum erschloss.

Was soll ich nur tun?

Jacob streifte mit dem Ellbogen einen Stapel noch nicht eingefügter Puzzlesteine, von denen einige zu Boden fielen. Als sie über den Teppich verteilt wurden, zog sich sein Gesicht in Falten. Aufgeregt schaute er auf sie hinab, sein Atem ging schneller, doch er unternahm keinen Versuch, sie aufzusammeln. Häufig konnte man nur schwer vorhersagen, was ihn durcheinanderbringen würde, geschweige denn verstehen, warum es so war. Normalerweise war Jacob ruhig und gelassen, doch wenn er Angst bekam oder sich gestört fühlte, konnte es lange dauern, bis man ihn wieder beruhigt hatte. Einmal, als Sarah ihn irrigerweise zur Geburtstagsfeier eines anderen Jungen mitgenommen hatte, war er hysterisch geworden, als hinter ihm ein Luftballon geplatzt war. Er war hin- und hergeschaukelt und hatte mit auf den Ohren gepressten Händen so heftig geschrien, dass auch alle anderen Kinder zu weinen begonnen hatten. Das war das letzte Mal gewesen, dass sie ihn zu einer Feier mitgenommen hatte.

Ben verdrängte die Gedanken an Sarah. Jacob hatte sich frustriert in einen Sessel fallen lassen. Ben ging hinüber und hob die heruntergefallenen Puzzleteile auf. Als er sie zurück auf den Tisch legte, beruhigte sich Jacob und stapelte sie wieder auf, als wäre nichts geschehen. Während er sich über das Puzzle beugte, starrte Ben hinab auf seinen Hinterkopf. Normalerweise hätte er durch das Haar des Jungen gestrichen oder eine andere, liebevolle Geste gemacht. Dieses Mal berührte er ihn nicht. Ohne ein Wort ging er zurück an seinen Platz.

Was soll ich nur tun?

Als es an der Tür klingelte, riss Jacob seinen Kopf hoch. Er schaute Richtung Flur. «Mami?»

O Gott. «Nein, Jacob», sagte Ben. Er fühlte sich elend. «Es ist nicht Mami.»

«Mami.»

Es ist nicht Mami, verdammt! «Nein, es ist jemand anders.»

Jacob verharrte ein paar Augenblicke und widmete sich dann wieder seinem Puzzle. Als es erneut klingelte, reagierte er nicht. Und als Ben den Raum verließ, um zur Tür zu gehen, schaute er nicht einmal auf.

Keith stand auf der Vortreppe. Offensichtlich kam er geradewegs von der Arbeit, nur seine leicht gelockerte Krawatte deutete darauf hin, dass er jetzt offiziell Feierabend hatte. «Tut mir leid, dass ich zu spät komme. Eine Krisensitzung in letzter Minute.»

Er hielt inne und starrte Ben an. «Was ist mit deinem Haar passiert?»

Ben widerstand dem Impuls, die Stoppeln auf seinem Kopf zu berühren. Auf dem Rückweg von Jessica hatte er bei einem Friseur haltgemacht. Während der seiner Arbeit nachgegangen war, hatte er daran denken müssen, wie gerne Sarah durch sein Haar gefahren war. «Ich habe sie abschneiden lassen.»

«Das sehe ich.» Keith sah ihn besorgt an. «Alles in Ordnung mit dir?»

«Ja.» Ben schloss die Tür. «Hat Tessa nichts dagegen, dass du hier vorbeikommst?»

«Nee, sie ist es gewohnt, dass ich spät komme. Solange ich zurück bin, ehe Scott und Andrew ins Bett müssen, ist alles okay.» Die beiden Söhne von Keith waren älter als Jacob. Wenn sie einmal miteinander ‹spielten›, war es offensichtlich, dass sie von Tessa die Anweisung erhalten hatten, nett zu sein. Am Ende saß Jacob meistens allein da, während die beiden Brüder taten, was immer sie wollten.

«Gehen wir in die Küche», sagte Ben, als Keith das Wohnzimmer betreten wollte. Keith machte ein überraschtes Gesicht, entgegnete aber nichts.

«Ich begrüße nur kurz Jacob.» Er bemühte sich stets, Jacob normal zu behandeln, und auch wenn er sich ein bisschen zu sehr bemühte, war sein Verhalten immer noch besser als Tessas erzwungen gute Laune.

Hör auf, ungerecht zu sein. Es ist nicht ihr Fehler.

«Hallo, Jake», sagte Keith, als er zum Tisch schlenderte. Jacob schaute nicht von seinem Puzzle auf, aber als Ben sah, wie er steif wurde, wusste er, was gleich kam.

«Warte», begann er, doch Keith hatte sich bereits vor dem Jungen gebückt. Jacob drückte seinen Kopf auf die Brust und stieß seine Arme mit einer abwehrenden Geste nach vorn.

«Nein! Neinein!»

Erschrocken wich Keith zurück. «Okay, Jacob, tut mir leid.» Er schaute Ben mit erhobenen Augenbrauen an.

«In den letzten Tagen war er ein bisschen aufgekratzt», erzählte Ben ihm. Jacob saß unbeweglich da, den Kopf gesenkt, die Arme noch immer ausgestreckt. «Alles in Ordnung, es ist nur Onkel Keith. Stell dich nicht so an, du kennst ihn doch.»

Die Arme blieben abwehrend oben.

«Komm schon, hör auf damit, Jacob!», blaffte Ben.

«Immer mit der Ruhe», sagte Keith geschockt.

Ben riss sich zusammen. Er versuchte, Jacob zu beruhigen, aber es war, als würde man in einem ausgetrockneten Brunnen nach Wasser graben. Er stand nur da und wusste nicht mehr, was er tun sollte.

Keith schaute besorgt von einem zum anderen. Er zog eine Rolle Smarties aus seiner Tasche und ging wieder auf den Jungen zu. «Ich habe dir Süßigkeiten mitgebracht, Jacob», sagte er und schüttelte die Rolle, ehe er sie auf den Tisch stellte. Jacobs Blick huschte dorthin. Nach einem Moment senkte er vorsichtig die Arme und nahm die Smarties.

Während Jacob sich sichtlich entspannte, fiel auch die Anspannung von Ben ab. Der Junge drehte die Rolle in seiner Hand und wurde offenbar von der Bewegung und dem Geräusch der Schokodrops beruhigt.

«Willst du nicht danke sagen?», fragte Ben.

«Lass ihn», sagte Keith schnell, fasste Ben am Arm und führte ihn hinaus in die Küche. Ben ließ die Tür offen, sodass er in das andere Zimmer schauen konnte.

Keith wirkte noch immer bestürzt. «Was war denn das gerade?»

«Wie gesagt, er ist in letzter Zeit ein bisschen gereizt.»

«Ich meinte nicht Jacob.»

Ben ging zum Kühlschrank. «Bier?»

«Wenn du eins dahast.»

Er reichte Keith eine Dose und ein Glas. Er selbst trank direkt aus der Dose.

«Also, erzählst du es mir?», fragte Keith.

Ben zog eine Schublade auf und nahm die Zeitungsausschnitte heraus. Er warf sie auf den Küchentisch. «Du musst nicht alle lesen. Der erste reicht.»

Keith überflog sie schnell und machte dann ein verwirrtes Gesicht. «Tut mir leid, ich verstehe nicht.»

«Es ist Jacob.»

Die Worte taten weh, er spürte tatsächlich einen körperlichen Schmerz in der Kehle. Keith runzelte die Stirn. «Ich kann dir nicht folgen.»

«Das Baby, das entführt wurde, das war Jacob. Sarah hat es getan.»

Keith starrte ihn an und schaute dann wieder auf die Ausschnitte. Ben konnte sehen, wie er sich bemühte, seine Skepsis nicht zu zeigen. «Ben ...»

«Ich spinne nicht. Es ist mein Ernst.»

Er berichtete ihm, was geschehen war, von der Entdeckung der Ausschnitte bis zum Besuch bei Jessica. Es jemandem zu erzählen half nicht so sehr, wie er gehofft hatte, sondern schien die Sache nur wirklicher zu machen. Als er fertig war, schaute Keith verstohlen durch die Tür zu Jacob.

«Mein Gott.»

Ben lächelte schief. «Genau. Das habe ich auch gedacht.» Er zitterte, obwohl es im Haus warm war. Er leerte die Bierdose und setzte sich hin.

«Hast du jemandem davon erzählt?», wollte Keith wissen.

«Du bist der Erste.»

«Also weiß sonst niemand davon? Du hast es deinem Vater gegenüber nicht erwähnt?»

«Nein.» Bens Mutter war gestorben, als er auf der Universität war. Sein Vater hatte wieder geheiratet, und zwar eine zehn Jahre jüngere Frau, die klargestellt hatte, dass sie Ben als Konkurrenz um die Zuneigung ihres Ehemanns betrachtete. Selbst in ihrer Abwesenheit stand sie zwischen Vater und Sohn, wie eine unsichtbare Grenze, die mit der Zeit immer schwerer zu überwinden war. Zu Sarahs Beerdigung war sie nicht erschienen, und als Ben durch die betäubende Trauer jenes Tages die Entschuldigungen und Ausflüchte seines Vaters hörte, hatte er ihm leidgetan. Seit einem Jahr war es das erste Mal gewesen, dass sie sich sahen, und das erste Mal seit sechs Monaten, dass sie miteinander sprachen. Sein Vater war kein Mensch mehr, dem sich Ben anvertraute.

«Was ist mit Sarahs Eltern?», fragte Keith. «Wissen sie es?»

«Ich sagte doch, ich habe es niemandem erzählt.»

«Das meinte ich nicht. Glaubst du, dass sie es die ganze Zeit wussten? Könnte Sarah es ihnen erzählt haben?»

«Bestimmt nicht. Ich glaube, sie hat sich die Sache selbst nicht eingestanden. Auf jeden Fall nicht bewusst. Und wenn ihre Eltern jemals etwas vermutet hätten, dann hätte ich mit ziemlicher Sicherheit schon vorher etwas aufgeschnappt.»

Keith zupfte abwesend an seiner Unterlippe. Ben konnte

sehen, wie er die Informationen aufnahm, im Geiste ordnete und bereits begann, sie wie ein juristisches Rätsel zu behandeln. «Hast du schon darüber nachgedacht, was du unternehmen willst?»

«Ich habe an nichts anderes gedacht. Trotzdem habe ich nicht die geringste Ahnung.»

Keiths Hand glättete unbewusst seine Krawatte. Jetzt war er wieder voll und ganz Anwalt. Ben hatte immer beneidet, mit welcher Ruhe er Probleme in Angriff nahm. «Ich glaube nicht, dass du sofort etwas entscheiden musst. In diesem Stadium ist es das Entscheidende, nicht voreilig loszuschlagen. Du musst dafür sorgen, dass jeder deiner Schritte das Beste für alle Beteiligten bedeutet. Hast du zum Beispiel in Erwägung gezogen, dass Jessica lügen könnte?»

«Sie hat nicht gelogen.»

«Ich behaupte nicht, dass sie tatsächlich gelogen hat, ich sage nur, dass es eine Möglichkeit ist, die du nicht übersehen darfst. Denn was hast du im Grunde in der Hand? Ein paar alte Zeitungsausschnitte und die Geschichte von einer Person, die – sagen wir es ohne Umschweife – nicht gerade darauf aus ist, dir einen Gefallen zu tun. Kannst du dir hundertprozentig sicher sein, dass sie das nicht alles nur erfunden hat, um dir Probleme zu machen?»

Nichts hätte Ben lieber geglaubt. Doch so verlockend diese Möglichkeit auch war, er konnte es sich beim besten Willen nicht vorstellen. «Sie hätte nie eine Geschichte erfunden, die Sarah derart belastet.»

«Bist du dir da sicher? Vielleicht rechnet sie nicht damit, dass du es weitererzählst. Und du hast selbst gesagt, dass Sarah sie mehr oder weniger aus den Augen verloren hat. Möglicherweise hast du ihr eine Gelegenheit geboten, es euch beiden heimzuzahlen.»

«Ich verstehe, was du meinst, aber ich kann mir wirklich nicht ...»

Keith hob seine Hand. «Denk einen Moment darüber nach. Welche Bestätigung hast du dafür, dass ihre Geschichte wahr ist?»

«Keine, aber ...»

«Richtig, keine. Hast du überprüft, was die Zeitungen später über diese Sache geschrieben haben?»

Unsicher geworden, schüttelte Ben den Kopf.

«Es könnte also gut sein, dass der kleine Steven Cole nach einer oder zwei Wochen gesund und wohlbehalten wieder aufgetaucht ist. Und Sarah hat die Ausschnitte vielleicht einfach nur in eine Kassette gesteckt und dann völlig vergessen. Der Punkt ist: Du weißt es nicht. Wenn du dich jetzt an die Polizei oder irgendwelche Ämter wendest, könntest du dir völlig grundlos eine Menge Scherereien machen. Und Jacob genauso, vergiss das nicht. Alles nur aufgrund ein paar vager Vermutungen und einer Geschichte, die dir eine Person erzählt hat, die dich abgrundtief hasst.»

Ben rieb seine Augen. Er hatte zwar nicht mehr Hoffnung gewonnen, er wusste aber, dass an Keiths Bedenken etwas dran war. «Ich schätze, du hast recht.»

«Na schön. Vor allem müssen wir jetzt also herausfinden, ob das Baby der Coles jemals wiederaufgetaucht ist. Und ob die Eltern noch am Leben sind.» Er schaute Ben aufmerksam an. «Wenn sie nicht mehr am Leben sind, solltest du noch einmal darüber nachdenken, was du tust. Egal, ob ihr Baby gefunden wurde oder nicht.»

Er wusste, worauf Keith hinauswollte. Er wusste allerdings nicht, wie er dazu stand. «Wie kann ich es herausfinden?»

«Es bedeutet eine Menge Schnüffelei.» Keith zog beim

Nachdenken Luft durch seine Zähne und gab ein leises Pfeifgeräusch von sich. «Wahrscheinlich ist es am besten, jemanden zu engagieren, der das für dich erledigt. Das wird zwar etwas kosten, aber es wäre schneller und würde weniger Probleme machen.»

«Kennst du jemanden?»

«Nicht persönlich, aber ich könnte mich umhören. In der Kanzlei engagieren wir manchmal Privatdetektive.» Er lächelte dünn. «Du kannst dir nicht vorstellen, in welche Schwierigkeiten Musiker sich bringen können.»

Nicht nur Musiker, dachte Ben. «Wann kannst du Bescheid geben?»

«Wahrscheinlich schon morgen.» Keith wirkte beunruhigt. «Hör zu, das klingt jetzt vielleicht ein bisschen übertrieben, aber je nachdem, was der Detektiv herausfindet, solltest du vielleicht schon mal darüber nachdenken, einen Anwalt zu konsultieren, der auf Familienrecht spezialisiert ist. Mein Gebiet ist die Unterhaltungsbranche. Ich habe keine Ahnung, wie die Sorgerechtssituation aussieht, wenn ... tja, wenn es zum Schlimmsten kommt.»

Ben nickte. Keith schaute an ihm vorbei. «Ich gehe mal davon aus, du willst, dass Jacob bei dir bleibt.»

Ben starrte auf seine Bierdose. «Warten wir ab, was der Detektiv herausfindet.»

Als er Jacob am nächsten Morgen zur Schule fuhr, schien der Verkehr noch dichter zu sein als sonst. Vielleicht war er auch zu ungeduldig. Nur stockend kamen sie inmitten der Fahrzeugkolonnen voran, die sich an den Kreuzungen in ein heilloses Durcheinander verkeilten. Obwohl es noch früh am Morgen war und man die Sonne durch den violetten Smog kaum sehen konnte, war es bereits unerträglich heiß.

Er unternahm keinen Versuch, mit Jacob zu reden. Selbst als er ihn am Abend zuvor gebadet und zu Bett gebracht hatte, hatte er kaum mit ihm gesprochen. Der Anblick des Jungen löste ein Gefühlschaos in ihm aus, das er unmöglich überwinden konnte. Er wusste, dass er ungerecht war, schließlich konnte er dem Jungen für das, was geschehen war, nicht die Schuld geben. Aber er konnte auch nicht so tun, als hätte sich nichts verändert.

Alles hatte sich verändert.

Der Verkehr beruhigte sich, je näher sie der Schule kamen. Sie lag in Islington, und der Hin- und Rückweg, den er zweimal am Tag und fünfmal in der Woche auf sich nehmen musste, war häufig ein Albtraum. In Camden, wo sie wohnten, gab es eine Sonderschule, aber die war für Kinder mit allen möglichen Lernschwierigkeiten konzipiert und nicht nur für Autisten. Die Schule in Islington dagegen war eine der wenigen, die sich ausschließlich um autistische Kinder kümmerten. Sarah und er hatten entschieden, dass die Vorteile für Jacob, eine spezielle Förderung und Behandlung zu bekommen, die Unannehmlichkeiten des Transportes überwogen. Sarah hatte sogar darauf bestanden, ihn selbst hinzubringen und abzuholen, eine Vereinbarung, die Jacob bald als unantastbar betrachtet hatte. Er war gerade noch damit einverstanden, sich von Tessa fahren zu lassen, undenkbar war es aber, dass er mit dem öffentlichen Minibus fuhr, der auf seiner weitläufigen Route auch andere Kinder einsammelte.

Sie konnten sich glücklich schätzen, dass er überhaupt von der Schule aufgenommen worden war. Als seine Krankheit schließlich diagnostiziert wurde, war Jacob schon fast im Schulalter gewesen, und es waren zahllose Briefe, Gesuche und Telefonate an die Schulbehörden vonnöten gewesen, um ihn rechtzeitig einzuschulen. Immerhin hatten diese Mühen Sarah – und auch Ben, wie er sich erinnerte – von dem Schock des Arzturteils abgelenkt.

Gemeinsam mit dem Tod seiner Mutter hatte jener Nachmittag beim Spezialisten bislang zu einem der schlimmsten Momente in Bens Leben gezählt. Er hatte Sarahs Hand gehalten, als der Arzt erklärte, dass Jacob zwar nicht geistig zurückgeblieben war, aber eine Entwicklungsstörung aufwies, die es ihm unmöglich machte, auf normale Art und Weise mit den Menschen und der Welt um ihn herum Kontakt aufzunehmen und zu kommunizieren. Es gebe weitgefächerte Ausformungen dieser Krankheit, hatte er gesagt, und obwohl die Anzeichen bei Jacob nicht so stark ausgeprägt seien wie bei manch anderem Patienten, würde er doch eine spezielle Erziehung und Fürsorge benötigen. Benommen hatten sie zugehört, als der Arzt ihnen die zu erwartenden Verhaltensauffälligkeiten schilderte, vom zwanghaften Wiederholen bestimmter Bewegungen oder Rituale bis hin zu Jacobs Schwierigkeiten, zwischenmenschliche Handlungen zu interpretieren und sich seinem Umfeld mitzuteilen. Ben hatte gefragt, ob die Krankheit heilbar sei. Nein, hatte der Arzt geantwortet. Autisten könne geholfen werden, man könne ihre Situation verbessern, geheilt werden könnten sie aber nicht. Sarah hatte zu Jacob geschaut, der auf dem Boden mit einem Rechenbrett spielte und die Steine umherschob, als würde er genau wissen, was er tat.

Wodurch es ausgelöst werde, hatte sie gefragt. Der Arzt sprach lange über die Hirnentwicklung vor, während und nach der Geburt, über Vererbung und Kinderkrankheiten, am Ende aber hatte er nur mit den Achseln gezuckt und zugegeben, dass niemand die genauen Ursachen kenne. Und Sarah hatte Jacob mit einem Blick angesehen, den

Ben damals nicht zu ergründen wusste, den er nun aber, so glaubte er, zu verstehen begann. Als sie in jener Nacht schlaflos im Bett lagen, hatte sie die Decke angestarrt und gesagt: «Es ist eine Strafe.»

«Ich bitte dich!» Ben war beunruhigt, seit sie sich mit Verlassen der Arztpraxis in sich zurückgezogen hatte.

Sie starrte weiter an die Decke. «Doch. Es ist mein Fehler.»

Die Sachlichkeit ihrer Worte hatte ihn verängstigt. «Wie soll es denn dein Fehler sein?» Sie hatte nicht geantwortet. «So zu denken ist keine Hilfe», entgegnete er. «Ich weiß, dass es schwer ist, aber wir haben keine andere Wahl, als uns der Sache zu stellen. Dir die Schuld zu geben bringt gar nichts.»

Sie hatte nicht geantwortet. Nach einer Weile hatte sie zu weinen begonnen und sich an ihn geschmiegt und geschluchzt, bis beide irgendwann in einen erschöpften Schlaf gefallen waren. Am nächsten Morgen hatte Sarah mit aller Entschlossenheit begonnen, Schulen für Autisten anzurufen. Von Strafe und Schuld hatte sie nie wieder gesprochen.

Ben musste an ihre Worte denken, als er den verstaubten VW Golf vor den Schultoren parkte. Er drehte sich zu Jacob auf dem Rücksitz um. Der Junge schwenkte eine Hand vor seinem Gesicht umher und starrte durch die gespreizten Finger nach draußen.

«Wir sind da, Jacob. Willst du den Gurt selbst abmachen, oder soll ich es tun?»

Für einen Augenblick hielt Jacob inne, dann fuhr er in seinem Tun fort. Ben unterdrückte seine Wut, stieg aus dem Wagen und öffnete die hintere Tür. Jacob starrte ihn durch seine Finger an, als er den Gurt löste. Ben nahm die freie

Hand des Jungen und führte ihn zum Schultor. Erst als Jacob aufstöhnte und an seiner Hand zog, fiel Ben ein, dass er das gewohnte Programm vergessen hatte.

«Okay, okay, tut mir leid.» Ben ließ sich von dem Jungen zu dem alten Briefkasten ziehen, der an der Mauer der Schule angebracht war. Er wartete, während sich Jacob auf Zehenspitzen stellte und erst die rechte und dann die linke Hand in den Schlitz steckte. Kurz nachdem Jacob hier eingeschult worden war, hatte er jemanden beobachtet, der einen Brief in den Kasten steckte, und seitdem bestand er darauf, dieses Ritual jeden Morgen zu vollziehen, ehe er hineinging. Wenn die Schule vorbei war, spielte der Briefkasten allerdings keine Rolle mehr. Dann musste er den Wagen von vorne nach hinten der Länge nach abschreiten und mit der linken Hand berühren. Die Erfahrung hatte Ben gelehrt, dass es besser war, Jacob seine Rituale ausführen zu lassen, als ihn dabei zu stören, unabhängig davon, wie eilig er es hatte.

Nachdem er sein Programm beendet hatte, nahm Jacob wieder Bens Hand, und sie konnten durch das Tor gehen.

Die Renishaw-Schule befand sich auf dem Gelände eines alten Pfarrhauses. Das Haus war schon lange abgerissen, ein kleiner Teil des Grundstücks war asphaltiert und zu einem Parkplatz ausgebaut worden, der größte Teil des Gartens existierte jedoch noch. Versteckt hinter einer brusthohen Steinmauer, bildete er inmitten der umliegenden Betonwüste eine kleine Oase aus Büschen, Bäumen und Rasenflächen. Der Rasen war frisch gemäht, und der satte Geruch überlagerte die Abgase von der Straße und erinnerte Ben an seine Kindheit. Ein nostalgischer Anflug, der tiefer drang, als er gedacht hätte, und ohne Vorwarnung den Schmerz des Verlustes aufwühlte. Ärgerlich verdrängte er diese Gefühle, brachte Jacob hinüber zu den Pavillons, die an der Stelle des Pfarrhauses standen, und sie betraten den zweiten.

Auf den ersten Blick wirkte der Raum wie jedes Klassenzimmer: An den Wänden hingen Kinderzeichnungen und farbenfrohe Poster mit großen Buchstaben. Doch die Klasse war wesentlich kleiner als an normalen Schulen: Neben Jacob bestand sie lediglich aus acht weiteren Kindern, nur zwei davon waren Mädchen. Der andere Unterschied war, dass es weniger Geplapper gab als gewöhnlich. Solange man sie nicht ermutigte, neigten die Kinder dazu, allein statt miteinander zu spielen. Als Ben Jacob zum ersten Mal in die Schule gebracht hatte, war ihm diese relative Ruhe im Klassenzimmer unheimlich vorgekommen.

Mittlerweile nahm er sie kaum noch wahr. Mrs. Wilkinson, die Lehrerin, lächelte ihn über den Kopf eines kleinen Jungen an, der vor ihr stand. Er redete, ohne Luft zu holen, auf sie ein, schaute aber nicht sie an, sondern starrte die ganze Zeit hinab auf das Rad eines Spielzeugautos.

«Entschuldige, Terence, Jacob ist mit seinem Vater gekommen», sagte sie und ging an ihm vorbei. Ohne seine Erzählung zu unterbrechen, drehte sich der Junge um und folgte ihr, den Blick noch immer auf das Autorad gerichtet.

«Guten Morgen», begrüßte sie Ben über den Monolog hinweg. Mrs. Wilkinson war eine mollige Frau Mitte vierzig mit einer Engelsgeduld, die Ben an ihr beneidete und die ihm ein schlechtes Gewissen bereitete. «Terence, warum schaust du nicht gemeinsam mit Jacob, was Melissa macht?»

Die Lehrerin schob die Jungen sanft in Richtung der anderen Kinder. Als Ben spürte, was als Nächstes kommen würde, spannte er sich an. «Das mit Ihrer Frau tut mir so leid», sagte sie. Das Mitgefühl in ihrer Stimme erstickte Ben beinahe.

Er nickte und wechselte schnell das Thema. «Danke. Ich, äh, heute Nachmittag wird Jacob von einer Bekannten abgeholt. Jetzt muss ich los.»

Er schenkte ihr das netteste Lächeln, das er sich abringen konnte, und eilte zur Tür, ehe sie noch etwas sagen konnte. Er ertrug ihren verständnisvollen Blick nicht. Es war ein Blick, den er mittlerweile nur zu gut kannte. Er hasste ihn.

Draußen schien noch immer die Sonne, und in der Luft lag noch immer der satte Geruch des gemähten Rasens. Ben atmete tief durch, während er durch die friedliche Kulisse schritt. Ihn beschlich das Gefühl, er habe kein Recht, dort zu sein. Mit gesenktem Kopf ging er zurück zu seinem Wagen. Als er das Tor erreicht hatte und aufschaute, sah er Sarah auf sich zukommen.

Natürlich war sie es nicht. Der Eindruck währte nur einen Augenblick, das Haar und die Kleidung der Frau hatten eine flüchtige Illusion ausgelöst, doch Ben spürte einen Stich im Herzen. Die Frau warf ihm einen seltsamen Blick zu, als sie durchs Tor kam, und da merkte er, dass er stehengeblieben war und sie anstarrte. Schnell ging er zu seinem Wagen und stieg ein. Er umklammerte das Lenkrad und stieß mehrmals mit der Stirn sanft dagegen.

«O Gott, Sarah, warum hast du das getan?»

Noch eine Weile blieb er so sitzen, dann startete er den Wagen und fuhr davon.

Das Atelier befand sich in der obersten Etage eines alten Fabrikgebäudes. Als er sie gemietet hatte, waren die drei unteren Stockwerke noch so gut wie unbewohnbar gewesen. Mittlerweile waren sie in einzelne Einheiten aufgeteilt und an Designfirmen, Marketingbüros und Aufnahmestudios vermietet worden, und Ben zahlte für eine fast zweimal so große Grundfläche wesentlich weniger als die anderen Mieter in den beengten, renovierten Quartieren.

Er schloss die Tür auf und schaltete die Alarmanlage aus. Das Sonnenlicht strahlte durch die drei großen Oberlichte, mit denen er die verrotteten Originale ersetzt hatte, sowie durch die deckenhohen Fenster, die sich über die gesamte Länge der nach Osten zeigenden Wand erstreckten. Die Fenster auf der gegenüberliegenden Seite sorgten dafür, dass es auch nachmittags hell blieb. Einer der Gründe, warum er die Etage genommen hatte, war, dass man hier perfekt mit natürlichem Licht arbeiten konnte. Für ein besseres Licht hätte er schon vor die Tür gehen oder das Dach entfernen lassen müssen.

Außerdem wirkte das Atelier auf diese Weise wie ein Gewächshaus. Ben schaltete den großen Deckenventilator ein, der sich wie die Rotorblätter eines Hubschraubers langsam zu drehen begann, und ließ die Jalousien vor Oberlichten und Fenstern hinab. Nun schimmerte das Sonnenlicht weich und gedämpft herein.

Nachdem er Schuhe und Socken ausgezogen hatte, genoss er das Gefühl der geschliffenen Dielenbretter unter seinen Füßen. Im Sommer arbeitete er gerne barfuß, obwohl sich Sarah immer über seine schmutzigen Füße beschwert hatte, wenn er nach Hause kam, und er sie vor dem Zubettgehen erst waschen musste. Es gab ihm ein Gefühl von Freiheit, was natürlich ziemlich lächerlich war, denn wie jeder x-beliebige Büroangestellte war letztlich auch er abhängig von den Einnahmen seiner Fotografie und musste seine Kunden zufriedenstellen. Trotzdem, mit den nackten Dielenbrettern unter seinen Füßen fühlte er sich in Kontakt mit seinem Atelier. Er konnte sich umherbewegen, ohne sein Auge vom

Sucher zu nehmen, und sich darauf verlassen, dass allein ihre Berührung ihn führte.

Er richtete gerade die großen Reflektoren für die anstehenden Aufnahmen her, als die Tür aufging und Zoe hereinkam. Sie warf ihren Rucksack auf eines der zwei plüschigen Sofas.

«Die Scheiß-U-Bahn streikt!»

«Guten Morgen, Zoe.»

Sie fächelte sich mit ihrem knappen schwarzen T-Shirt Luft zu. Über ihrer weißen Jeans war ein Streifen nackter Haut zu sehen. «Tut mir echt leid, dass ich zu spät bin, aber ich bin mit diesem verfluchten Bus fast eine Stunde im Verkehr stecken geblieben. Dann habe ich aufgegeben und bin zu Fuß gelatscht, und jetzt schwitze ich wie ein Schwein. Mein Gott, was ist denn mit deinen Haaren passiert?»

«Ich brauchte eine Veränderung.»

Zoe neigte ihren Kopf zur Seite und musterte ihn. Sie war Anfang zwanzig und schlank, aber nicht so ebenmäßig und wohlgeformt wie ein Model. Ihr Haar war kurz geschoren und im Moment schwarz gefärbt. Allerdings wechselte die Farbe ständig, vor nicht allzu langer Zeit war es blond gewesen, davor rot. Einmal war es durch ein billiges Färbemittel versehentlich grün geworden. Tagelang hatte sie kein Wort gesprochen.

«Sieht ganz okay aus», sagte sie. Nach diesem Urteil ließ sie sich weiter über ihre Odyssee zur Arbeit aus. Ben achtete nicht darauf. Zoe war ein Morgenmuffel, in den zwölf Monaten, die sie als Assistentin für ihn arbeitete, hatte er sich angewöhnt, ihre morgendlichen Tiraden zu überhören. Es war einfach ihre Art, sich auf den Tag einzustimmen.

Während er in einer Schublade nach einem Schraubenzieher suchte, polterte sie durch das Atelier. «Na großartig! Wir haben keine Milch mehr!» Die Kühlschranktür wurde zugeschlagen. «Haben sie angerufen und gesagt, wann die Klamotten vorbeigebracht werden? Wie spät ist es? Halb elf? Scheiße, sie hätten längst hier sein müssen! Wo ist die verdammte Nummer?»

Der Wortschwall und die Flüche wirkten im Grunde beruhigend auf Ben. Nach all den Problemen, in denen er steckte, waren sie wie ein Balsam der Normalität. Als er nach Sarahs Tod zum ersten Mal wieder ins Atelier gegangen war, hatte Zoe ihm verlegen ihr Beileid ausgesprochen und war dann herumgeschlichen, als könnte ihn das kleinste Geräusch erschüttern. Alle paar Minuten hatte sie ihm ängstliche Blicke zugeworfen, bis er ihr schließlich sagte, dass sie um Himmels willen damit aufhören solle. Sie hatte ihn verletzt und erschrocken angesehen, und Ben dachte: *Gott, bitte lass sie jetzt nicht auch noch weinen*, denn das hätte er nicht ertragen. Dann waren ihre Wangen rot angelaufen, und sie hatte die Kleider, die sie gerade im Arm trug, auf den Boden geworfen.

«Entschuldige, dass ich überhaupt atme!»

In ihrer schlechten Laune hatte sie vergessen, dass er zu der außerirdischen Art der Hinterbliebenen gehörte, und ihn wieder wie einen normalen Menschen behandelt. Während er nun mit halbem Ohr zuhörte, wie Zoe die Leute verfluchte, die für die Lieferung der Model-Kleider verantwortlich waren, schob Ben die Schublade zu und begann, die Lampen aufzustellen.

Gott sei gedankt dafür, dachte er inbrünstig.

Kurz nach sieben Uhr hielt er vor dem Haus von Tessa und Keith an. Sie wohnten in einer Villengegend unweit der Portobello Road. Ein halbes Dutzend Stufen führte hinauf zu der schweren, schwarzlackierten Eingangstür. Sie wohnten mittlerweile seit drei Jahren dort, und Ben fragte sich, wann sie wohl die nächste Sprosse auf der Leiter der Wohnkultur erklimmen würden. Lange dürfte es bestimmt nicht dauern, vermutete er angesichts von Keiths Erfolg in der Unterhaltungsbranche und Tessas Fähigkeit, damit hausieren zu gehen.

Ben drückte auf die Türklingel aus poliertem Messing und gähnte, obwohl er eigentlich nicht müde war. Die Aufnahmen waren gut gelaufen, aber die Zufriedenheit darüber war in dem Moment verpufft, als er seine Parallelwelt aus Bildausschnitten, Licht und Schatten verlassen hatte und wieder in der Wirklichkeit aufgetaucht war.

Die Tür wurde von Scott geöffnet, der Ben mit einer knappen Kopfbewegung grüßte, sich dann umdrehte und verschwand, sodass es Ben überlassen war, die Tür wieder zu schließen. Mit seinen neun Jahren wirkte der Junge auf ihn bereits wie ein unangenehmer kleiner Mistkerl, obwohl Ben nicht im Traum daran denken würde, Tessa oder Keith darauf hinzuweisen. Er vermutete, dass Keith es bereits wusste, während Tessa die Augen davor verschloss.

Und natürlich habe ich selbst überhaupt keine Probleme.

Die antiken Möbel strömten einen starken Geruch nach Bienenwachs aus, als er durch den langen, mit dickem Teppich ausgelegten Korridor ging. Aus irgendeinem Zimmer konnte er Keith brummend telefonieren hören. Am Ende des Korridors ging eine Tür auf, und Tessa kam heraus. In dem braunen, knielangen Kleid mit weißem Spitzenkragen wirkte sie, wie gewohnt, als hielte eine Zeitschleife sie in den Achtzigern der Laura Ashley gefangen. Als sie sein Haar sah, hielt sie inne, entschied sich dann offenbar, nicht darauf einzugehen, konzentrierte ihren Blick stattdessen auf sein Gesicht und setzte ihr typisches Lächeln auf.

«Wir dachten schon, du kommst nicht mehr», sagte sie heiter, doch Ben kannte sie gut genug, um den Ärger über seine Verspätung herauszuhören.

«Tut mir leid. Es hat länger gedauert, als ich erwartet hatte.»

«Ja, das haben wir uns gedacht.»

Die überschwänglichen Hilfsangebote, die Tessa nach Sarahs Tod gemacht hatte, waren eindeutig ausgereizt. Er wusste, dass er für die Tage, an denen er zu beschäftigt war, um Jacob von der Schule abzuholen, bald eine andere Lösung finden musste. Und er konnte nur hoffen, dass es nicht zu lange dauerte, bis der Junge sich auf die Veränderung seiner täglichen Routine eingestellt hatte. Dann kam ihm der Gedanke, dass er sich um diese Dinge vielleicht bald nicht mehr kümmern musste.

Welches Gefühl das in ihm auslöste, konnte er nicht sagen.

«Er ist hier», sagte Tessa und ging in das von ihr so genannte Fernsehzimmer. Jacob saß im Schneidersitz auf dem Boden und schaute auf den großen Bildschirm, wo sich Tom und Jerry gegenseitig Bösartigkeiten antaten. Scott saß neben seinem jüngeren Bruder, beide ein ganzes Stück von Jacob entfernt.

«Hallo, Jake, hattest du einen schönen Tag?», fragte Ben so fröhlich wie möglich. Jacob sah ihn einen Augenblick ausdruckslos an, schenkte ihm dann ein seltenes Lächeln und widmete sich wieder dem Fernseher. Ben spürte einen stechenden Schmerz dabei.

Keith kam ins Zimmer. Er hatte bereits seine Freizeitkleidung angezogen, sein Anwaltsgestus war ihm aber mittlerweile so sehr zur zweiten Haut geworden, dass er in Jeans und T-Shirt völlig unnatürlich aussah. «Hallo, Ben, Lust auf ein Bier?»

Ben wollte schon ablehnen, als Keith ihm einen vielsagenden Blick zuwarf und mit einer Kopfbewegung zur Tür zeigte. «Äh, ja, vielleicht eins auf die Schnelle.»

Unter Tessas missbilligenden Blicken folgte er Keith in die Küche. Keith vergewisserte sich, dass ihm sonst niemand gefolgt war, und schloss dann die Tür.

«Ich habe einen Detektiv für dich aufgetrieben.»

Kapitel 5

In der Nähe der Adresse, die Keith ihm gegeben hatte, konnte Ben nicht parken. Die Nebenstraße der Kilburn High Street war aufgebaggert worden und nur auf einer Spur befahrbar. Als Ben an der Baustelle vorbeiging, dröhnte das Hämmern der Pressluftbohrer in seinem Schädel und bestrafte ihn für die Biere, Zigaretten und Wodkas, die er in der vergangenen Nacht konsumiert hatte. Die heruntergekommene Straße war von verschlossenen Ladenfenstern und leerstehenden kleinen Geschäften gesäumt. Schließlich erreichte er die Nummer, die er gesucht hatte. Im Erdgeschoss befand sich ein zwielichtig aussehender Gebrauchtwarenjuwelier; am Ende dreier brüchiger Stufen deutete jedoch die Klingelreihe neben der Tür auf weitere Bewohner des Gebäudes hin. Sein Kopf war von der Sonne wie in grelles Scheinwerferlicht getaucht, er musste die Augen zusammenkneifen und erzitterte, als ein kurzer Schwindelanfall ihm Schweißperlen auf die Stirn trieb. Obwohl die Baustelle Abgase und Staub herüberwehte, holte er tief Luft und stieg die Stufen hinauf.

Neben jedem Klingelknopf war auf kleinen Klebestreifen ein Name ausgewiesen. «IQ Ermittlungen» klebte direkt über dem Schildchen des Juweliers, und Ben hoffte, dass sich das Büro im ersten Stock befand, denn einen höheren Aufstieg glaubte er nicht bewältigen zu können. Er drückte auf die Klingel und wartete. Es knisterte in der Gegensprechanlage, und dann sagte eine Frauenstimme bloß «Hallo?».

«Ich habe einen Termin mit Mr. Quilley.» Er wartete auf eine Antwort. Nach einem Augenblick wurde die Tür mit einem Summen geöffnet. Ben schob sie auf und ging hinein.

Das Treppenhaus wurde von einer flackernden Neonröhre beleuchtet, obwohl die Sonne durch die Fenster einfiel. Das Licht verschlimmerte nur seine Kopfschmerzen. In den Ecken der mit Linoleum ausgelegten Stufen hatten sich Staubfussel angesammelt, und das Geländer war wackelig. Auf dem Gang im ersten Stock befand sich lediglich eine Tür, auf der in zerkratzten weißen Buchstaben «I. Quilley Ermittlungen» stand. Offensichtlich war die griffige Abkürzung IQ erst später eingeführt worden. Ben klopfte gegen das Glas und hörte ein entferntes «Herein».

Das Büro war ein langer, dunkler Schlauch. In einer engen Nische auf der einen Seite hatte sich eine junge Frau hinter einen Schreibtisch gezwängt, auf dem ein ramponierter Computer und ein Faxgerät standen. Beide Geräte sahen aus, als hätte der Besitzer jeden Pfennig, den er vor Urzeiten einmal für sie ausgegeben hatte, aus ihnen herausgeholt. Die Frau schaute ohne ein Lächeln vom Bildschirm auf.

«Hallo», sagte Ben. Sein Schädel brummte. «Ich bin Ben Murray. Ich habe gestern mit Mr. Quilley gesprochen ...»

Eine Tür, von der Ben angenommen hatte, dass sie in einen Schrank führte, ging auf, und ein Mann steckte seinen Kopf herein. «Kommen Sie, Mr. Murray.»

Der Kopf verschwand, und die Frau begann wieder zu tippen. Ben ging durch die Tür in das Nebenzimmer. Der Mann saß bereits hinter einem alten Lehrerpult. Er war Mitte fünfzig, hatte dunkles, öliges und zurückgekämmtes Haar und tiefe Geheimratsecken. Mit einer Hand, in der er eine Zigarette hielt, bedeutete er Ben, auf dem Stuhl ihm gegenüber Platz zu nehmen, und fuhr dann fort, etwas auf einen Notizblock zu schreiben. Ben setzte sich und schaute sich um. Das Zimmer war noch kleiner als der Empfangsraum, wegen des großen, auf die Straße zeigenden Fallfensters aber heller. Das Fenster war geschlossen, sodass der Lärm der Presslufthämmer draußen gedämpft wurde; dafür war die Luft durch den Zigarettenqualm zum Schneiden. Während Ben den Stummel zwischen den gelb verfärbten Fingern des Mannes betrachtete, wurde ihm wieder übel.

Der Detektiv hörte mit einer letzten schwungvollen Bewegung auf zu schreiben und lächelte Ben an. «Entschuldigen Sie.» Er hatte einen südirischen Akzent. Seine kleinen Zähne waren genauso gelb wie seine Finger. Er erhob sich halb von seinem Stuhl und streckte Ben seine freie Hand über den Tisch entgegen. Er war größer, als Ben gedacht hatte, und von schwerer, leicht schwammiger Statur. Seine Hand war feucht und warm. «Sie haben doch nichts dagegen, wenn ich rauche?», fragte er und wedelte mit seiner Zigarette.

«Nein, machen Sie nur.»

Noch ehe Ben ausgesprochen hatte, steckte Quilley die Zigarette schon wieder zwischen die Lippen. Seine Frage war wohl nur eine Formalität gewesen. Mit hohlen Wangen sog er am Filter. Dann drückte er die Kippe in einen überraschend eleganten Kristallaschenbecher und atmete den Rauch durch Mund und Nase aus.

«Also, Mr. Murray», sagte er. «Was kann ich für Sie tun?»

Ben wandte seinen Blick von den parallelen Rauchfahnen ab, die aus den Nasenlöchern des Mannes strömten. «Ich, äh, ich möchte, dass Sie jemanden für mich ausfindig machen.»

Der Detektiv nahm ein leeres Formular aus einer Schublade. Es sah aus, als hätte er es selbst getippt und kopiert.
«Wie ist der Name?»
«Cole. John und Jeanette Cole.»
«Mann und Frau oder Bruder und Schwester?»
«Sie sind verheiratet. Auf jeden Fall waren sie das, als ich das letzte Mal von ihnen hörte.»
«Und wann war das?»
«Vor sechs Jahren.»
Der Detektiv füllte ohne aufzusehen das Formular aus. «Können Sie mir weitere Einzelheiten geben?»
Ben erzählte ihm, was er durch die Zeitungsartikel wusste. Quilley unterbrach ihn nicht und hielt nur im Schreiben inne, um sich eine neue Zigarette anzustecken. Er ließ das Streichholz in den Aschenbecher fallen und griff wieder nach dem Kugelschreiber.
«Warum wollen Sie die beiden ausfindig machen?»
«Warum...?» Ben zögerte. Quilley schaute auf. Er hatte die Angewohnheit, ständig so zu lächeln, als würde er sich an einen schlüpfrigen Witz erinnern.
«Sie müssen es mir natürlich nicht sagen, aber manchmal erleichtert es mir die Arbeit. Ich möchte in nichts verwickelt werden, ohne den Grund zu kennen.»
Ben hatte sich vorher eine Geschichte zurechtgelegt, für den Fall, dass diese Frage aufkommen sollte. Er hatte allerdings gehofft, dass es nicht geschehen würde. «Ich recherchiere für ein Buch über den Golfkrieg. John Cole hat daran teilgenommen, und ich ... äh, ich würde ihn gerne interviewen.»
Er hatte beschlossen, den Sohn der Coles nicht zu erwähnen. Lügen gehörte nicht zu seinen Stärken, und er wollte vermeiden, dass jemand ahnte, was er tatsächlich herausfin-

den wollte. Wenn der Detektiv seine Arbeit verstand, würde er selbst von der Entführung erfahren. Und sollte das Baby gefunden worden sein, würde er es Ben vielleicht sogar ohne Nachfrage erzählen.

Quilleys graue Augen musterten Ben aufmerksam. «Haben Sie sich mit dem Verteidigungsministerium in Verbindung gesetzt?»

«Äh, nein, habe ich nicht. Noch nicht.»

Er hatte das Gefühl, völlig durchschaubar zu sein, doch der Detektiv machte sich nur eine weitere Notiz. «Und wenn ich die Coles ausfindig gemacht habe, wollen Sie dann, dass ich Kontakt zu ihnen aufnehme?»

«Nein ... nein, finden Sie nur heraus, wo sie jetzt leben und was sie tun. Mehr nicht.» Er hoffte, dass er natürlich klang. «Ich setze mich dann selbst mit ihnen in Verbindung.»

Den Kopf über das Formular gebeugt, nahm Quilley wieder einen tiefen Zug von seiner Zigarette. Der Rauch driftete langsam durch sein Haar. «Wo wird es veröffentlicht?»

«Entschuldigung?»

«Das Buch.» Der Detektiv schaute ihn wieder an. «Wo wird es veröffentlicht? Sie sagten doch, dass Sie deswegen die Coles finden wollen, oder?»

«Ach so, richtig.» Während der Mann ihn seelenruhig musterte, versuchte Ben verzweifelt, einen klaren Gedanken zu fassen. «Das steht noch nicht fest.»

Quilley nickte lächelnd.

«Ich stehe noch ganz am Anfang», fuhr Ben fort. *Halt den Mund.* Mit seinem starren Lächeln betrachtete der Detektiv ihn noch eine Weile, dann fragte er nach Bens Adresse und Telefonnummer. Er legte seinen Stift auf das Formular.

«Gut, ich denke, das ist im Moment alles, was ich wissen muss. Ich kann nicht genau sagen, wie lange es dauern wird, aber bis Ende nächster Woche müsste ich etwas für Sie haben. Noch irgendwelche Fragen?»

«Ich denke nicht.» Ben wollte einfach raus aus dem heißen, stickigen Büro. Er war sich sicher, dass ihm seine Lügen ins Gesicht geschrieben standen. Der Detektiv hob seine Augenbrauen.

«Wollen Sie nicht einmal wissen, was Sie diese Sache kosten wird?»

Mit einem unguten Gefühl sagte Ben, er wolle es. Der Detektiv unterrichtete ihn über seinen Tagessatz, der erstaunlich gering erschien. Ben stimmte zu und schob den Stuhl zurück, um aufzustehen.

«Ach, eine Sache noch», sagte Quilley mit dem Stift in der Hand. «Welchen Beruf üben Sie aus?»

«Fotograf.»

«Tatsächlich?» Der Detektiv setzte wieder sein unangenehmes Lächeln auf. «Ziemlich ungewöhnlich, dass ein Fotograf Bücher schreibt, oder?»

Du verdammter Schnüffler. Ben starrte ihn kalt an. «Es wird vor allem ein Fotoband.»

«Ach.»

«Brauchen Sie Referenzen?»

Quilley lachte gelassen in sich hinein. «Nein, das ist nicht nötig. Ich habe nur gerne eine gewisse Ahnung von meinen Klienten.» Er kam um den Schreibtisch herum und öffnete die Tür für Ben. «Überlassen Sie die Sache mir, Mr. Murray. Ich melde mich.»

Er schüttelte wieder Bens Hand. Aus der Nähe roch sein Atem nach Kaffee und Zigaretten. Sein Lächeln gab keinen Aufschluss über seine Gedanken, als Ben hinausging. «Und viel Glück mit dem Buch.»

Durch die Kamera sah die Welt klarer und einfacher aus. Die Realität war durch die Membran aus Linse, Filter, Blende und Sucher auf kleine, handliche und vom Drücken des Auslösers ausgewählte Zeitfragmente reduziert. Ben fand es angenehm, die Welt bis auf ein von der Dunkelheit gerahmtes Lichtfeld ausschließen zu können. Und diesen Ausschnitt konnte er manipulieren und bevor, während und sogar nachdem er ihn festgehalten hatte, zu dem machen, was er wollte.

Es war beruhigend zu wissen, dass es noch etwas gab, worüber er die Kontrolle hatte.

Als er im zweiten Jahr seines Kunststudiums begann, sich für die Fotografie zu interessieren, hatte ihm vor allem die scheinbare Objektivität daran gefallen. Damals verstand er die Kamera als ein Medium, mit dem man ein Objekt ohne die verzerrende Wahrnehmung eines Künstlers darstellen konnte. Er glaubte, dass er mit der Kamera wahrhaftigere und unverfälschtere Bilder erzeugen konnte als mit Pinsel und Leinwand. Selbst als er kommerzielle Aufträge angenommen und aktiv gesucht hatte, redete er sich noch ein, dass es sich dabei um eine völlig andere und lediglich aus der finanziellen Not geborene Arbeit handelte, die nichts mit dem zu tun hatte, was er sonst zu erschaffen versuchte. Die Ernüchterung kam erst mit der Feststellung, dass er die dabei erlernten Techniken auch bei anderen Aufnahmen anwandte und es ihm nicht mehr darum ging, einen Moment einzufangen, sondern das Beste aus ihm herauszuholen, wie bei seinen Fotomodellen. Erschüttert hatte er feststellen müssen, dass er seinen eigenen Idealen untreu geworden war. Angesichts der Arbeiten, die er bis dahin geschaffen hatte, war ihm plötzlich klargeworden, dass die Fotografie genauso subjektiv war wie die Malerei. Was er für Objektivität gehalten hatte, war lediglich eine andere Form der Manipulation. Seine Fotografien waren weder wahrhaftig, noch enthüllten sie die Realität, wie er einst glaubte, sie verzerrten sie nur auf eine subtilere Art und Weise.

Voller Abscheu war Ben damals kurz davor gewesen, all seine Aufnahmen wegzuwerfen. Am Ende hatte er es nicht getan. Und es blieb ihm kaum Zeit, lange über sein Scheitern nachzugrübeln. Ironischerweise und wie als Kompensation hatte die kommerzielle Seite seiner Arbeit gleich darauf neuen Auftrieb bekommen, und er nahm Aufträge und Honorare dankbar entgegen. Wenn er schon nicht das erreichen konnte, was er sich einmal vorgestellt hatte, so rechtfertigte er sich zynisch, dann war es auch egal, welcher Art von Fotografie er nachging.

Doch manchmal konnte er sich noch selbst überraschen.

Es gab eine Aufnahme von Jacob, bei der er selbst jetzt noch dachte, dass ihm etwas Besonderes gelungen war. Da sich der Junge seiner Umwelt kaum bewusst war, war er ein ideales Fotoobjekt. Vorausgesetzt, Ben benutzte keinen Blitz und der Auslöser war nicht zu laut, ließ sich Jacob in seinem Tun nicht stören und nahm die Kamera überhaupt nicht wahr. Bei dieser Gelegenheit, nur wenige Wochen bevor bei ihm Autismus diagnostiziert worden war, hatte er durch seine gespreizten Finger ferngesehen und dabei mit der Hand gewedelt, um einen Stroboeffekt zu erzeugen. Als Ben es einmal ausprobiert hatte, hatten ihm die Augen wehgetan, Jacob aber konnte offenbar nicht davon lassen.

Ben hatte schon fast den ganzen Film verschossen und mit verschiedenen Belichtungszeiten experimentiert, um die Bewegung der Finger einzufangen. Das Schöne daran, Jacob zu fotografieren, war, dass man sich alle Zeit der Welt lassen konnte. Ben hatte die Schärfe für eine letzte Nahaufnahme eingestellt und gerade auf den Auslöser gedrückt, als Jacob direkt zu ihm schaute. Einen Moment später hatte er sich schon wieder dem Fernseher zugewandt, für diesen kurzen Augenblick aber war sein unerwartetes Zurückstarren seltsam beunruhigend gewesen. Ben hatte die Kamera mit dem Gefühl gesenkt, dass er durchschaut worden war.

Doch erst als er den Film entwickelt hatte, war er sicher gewesen, dass er genau den entscheidenden Moment eingefangen hatte. Auf fünfunddreißig von den sechsunddreißig Aufnahmen schaute Jacob von der Kamera weg, nur auf der letzten sah er direkt in die Linse. Glasklar blickten seine goldgesprenkelten Augen durch seine in der Bewegung verschwommenen Finger. Ben hatte beim Anblick des Fotos den gleichen Schock gespürt wie bei der Aufnahme. Vor Jahren, als er an einem Projekt für sein Studium arbeitete, hatte er schon einmal ein ähnliches Gefühl gehabt. Ein Cafébesitzer hatte ihm erlaubt, seine Kamera in einem dunklen Hinterzimmer aufzustellen, von wo er ins Lokal schauen konnte, ohne von den Gästen gesehen zu werden. Er war völlig in seiner voyeuristischen Position versunken gewesen, bis sich ein Mann umdrehte und direkt zu ihm blickte. Ben war erstarrt wie ein auf frischer Tat ertappter Dieb. Der Mann hatte wieder weggesehen, nichts deutete darauf hin, dass er ihn wahrgenommen hatte, doch Ben brach das Fotoshooting kurz darauf ab und nahm es nie wieder auf. Die Sicherheit seines Verstecks hatte sich als Illusion erwiesen. Er hatte sich entblößt gefühlt. Durchschaut.

Das Foto von Jacob löste das gleiche Gefühl in ihm aus. Es war beunruhigend, aber das machte es auch so wirkungsvoll. Als er das Bild Sarah zeigte, hatte sie es eine Weile betrachtet und dann schnell zurückgegeben.

«Es ist schrecklich.»

Er versuchte, sich seine Enttäuschung nicht anmerken

zu lassen. Sie hatte ihn entschuldigend angelächelt, aber in ihren Augen lag eine tiefe Traurigkeit.

«Entschuldige, das war taktlos von mir. Als Foto ist es wirklich sehr gut, aber ...» Sie schlang die Arme um sich. «Er sieht darauf so ... so anders aus, das ist alles. Kalt. Und dann guckt er auch noch so durch die Finger. Als wäre er in einem Käfig.»

Ben sagte ihr nicht, dass er genau deshalb so zufrieden war mit dem Foto. In dieser einzelnen Aufnahme zeigte sich das ganze Ausmaß von Jacobs Isolation, von seiner *Andersartigkeit*. Er hatte das Foto weggelegt und Sarah später ein Bild gezeigt, auf dem Jacob lachte, weil er wusste, dass es ihr gefallen würde. Aber er hatte das andere aufbewahrt, und obwohl er es aus Rücksicht auf Sarah nicht einmal im Atelier aufhängte, hatte es einen Ehrenplatz in seiner Mappe erhalten. Näher war er seinen ursprünglichen Idealen nie gekommen.

Keines der Fotos, die er mittlerweile produzierte, erfüllte ihn auch nur annähernd mit einer solchen Zufriedenheit. Aber er hatte Freude an seinem Beruf, den er trotz allem gut machte. Während er auf eine Nachricht des Detektivs wartete, stürzte er sich in die Arbeit, um unter der Flut der Aufträge jeden anderen Gedanken zu versenken. Quilley hatte gesagt, er würde sich bis Ende der Woche melden, und als sich das Wochenende näherte, spannten sich Bens Nerven an wie die Saiten einer Harfe, die bei der kleinsten Berührung zu schwingen begannen.

Am Freitagmorgen musste er sich einen möglichen Ort für die Außenaufnahmen einer Jeanswerbung anschauen. Er hatte sein Handy mitgenommen, aber der Detektiv rief nicht an. Am frühen Nachmittag kehrte er ins Atelier zurück. Aus der Stereoanlage dröhnte laute Musik, und über der Tür zur Dunkelkammer brannte die rote Warnleuchte. Wenn Ben unterwegs war, hatte Zoe im Atelier nicht viel zu tun, sodass sie die Zeit häufig nutzte, um ihre eigenen Aufnahmen zu entwickeln. Sie hatte erst vor zwei Jahren die Kunsthochschule verlassen und verfolgte einen ähnlichen Berufsweg wie den von Ben eingeschlagenen. Die Zeit als seine Assistentin schien sie als eine Art Lehre zu betrachten, und er wusste, dass er ein Vorbild für sie war, was ihm, abhängig von seiner Stimmung, entweder schmeichelte oder ihn deprimierte.

Sie kam aus der Dunkelkammer, als er gerade die Post öffnete. «Ich habe gar nicht gehört, wie du gekommen bist», sagte sie und ging zur Kaffeemaschine. Sie verströmte einen leicht chemischen Geruch. «Du hättest klopfen sollen, dann wäre ich früher rausgekommen.» Zoe hatte immer ein schlechtes Gewissen, wenn sie die Dunkelkammer benutzte, obwohl er ihr gesagt hatte, dass es dazu keinen Grund gab.

«Ich bin gerade gekommen.» Er schüttelte den Kopf, als sie einladend die Kaffeekanne hob. Sie schenkte sich einen Becher ein und lehnte sich gegen die Rückseite des Sofas. Sie trug eine schwarze Jeans und ein gelbes, enges Top, das ihre kleinen Brüste hervorhob. Mit ihrem schwarzen Haar sah sie ein wenig aus wie eine Biene. Sie betrachtete ihn über den dampfenden Becher hinweg.

«Alles in Ordnung? Du siehst k. o. aus.»

«Ich bin nur müde.» Zwei der Umschläge enthielten Schecks. Er steckte sie ein und widmete sich der restlichen Post. «Irgendwelche Nachrichten?»

Da er dem Detektiv nur seine Privat- und seine Handynummer gegeben hatte, wusste er, dass keine von Quilley sein konnte. «Der Bildredakteur von *Esquire* will, dass du ihn zurückrufst. Warum, hat er nicht gesagt. Außerdem sollst du Helen wegen der Aufnahmen nächste Woche kontaktieren. Ach, und dann hat noch irgendein Typ angerufen und nach dir gefragt. Seinen Namen hat er nicht gesagt. Er klang wie ein Ire.»

Ben hielt beim Öffnen eines weiteren Briefes inne. «Was hat er gewollt?»

«Keine Ahnung, er wollte nur wissen, ob hier ‹Mr. Murray› arbeitet.» Sie sah besorgt aus, ihre raue Schale bröckelte bei dem Gedanken, etwas falsch gemacht zu haben. «War es etwas Wichtiges?»

«Nein, ich glaube nicht.» Es konnte nicht Quilley gewesen sein. Ben merkte, dass er auf seine Lippe biss. Er warf den Rest der ungeöffneten Post auf den alten Kieferntisch neben der Spüle. «Ich muss los und Jacob abholen.»

Kaum saß er im Wagen, rief er den Detektiv an. Die Leitung war besetzt. Er versuchte es noch einmal und warf dann das Handy auf den Beifahrersitz. Er wurde paranoid. Sollte der Mann etwas herausgefunden haben, hätte er sich direkt bei ihm gemeldet.

Vielleicht hatte er auch eine Nachricht auf dem Anrufbeantworter zu Hause hinterlassen.

Mit einem Mal war sich Ben sicher, dass es so war. Er verfluchte sein altes Gerät, das man nicht über das Telefon abhören konnte. Als er auf die Straße stieß, hätte er beinahe einen Motorradkurier umgefahren. Der Fahrer drehte sich um und zeigte ihm den Stinkefinger. «Leck mich!», rief Ben.

Je häufiger er auf dem Weg zur Schule in den verstopften Straßen anhalten musste, desto gereizter wurde er. Da klar gewesen war, dass er einen freien Nachmittag haben würde, hatte er Tessa gesagt, er werde Jacob selbst abholen, was er nun bereute. Als er den Wagen vor dem Schultor parkte, war seine Stimmung am Siedepunkt. So schnell es der Anstand erlaubte, sagte er Mrs. Wilkinson Hallo und Auf Wiedersehen und eilte mit Jacob zurück zum Wagen. Er vergaß, den Jungen die Hand über die Seite fahren zu lassen, bevor sie einstiegen, und musste die Tür wieder schließen, bis er es getan hatte.

Als er den Kleinen auf dem Rücksitz anschnallte, schaute er ihn kaum an.

Zur Abwechslung gab es einmal einen Parkplatz in der Nähe des Hauses. Er stellte den Wagen ab und lief mit Jacob hinein. Drinnen ging er geradewegs zum Anrufbeantworter auf der alten Kirschholzanrichte im Flur. Das Licht blinkte. Er spielte das Band ab.

Die Nachricht war von Tessa, eine Einladung zum Mittagessen am Sonntag. Er lauschte, wie das Band zurückspulte, und griff dann nach dem Hörer. Zum Teufel damit. Nervös wählte er die Nummer des Detektivs. Das Telefon klingelte viermal, dann meldete sich eine Stimme vom Band. Ben schaute ungläubig auf seine Uhr. Er wartete in der Hoffnung, dass jemand am anderen Ende abhob, aber vergeblich. Er knallte den Hörer auf.

«Großartig!» Er schlug gegen die Wand. «Fünf nach fünf, und die haben Feierabend gemacht! Wunderbar!»

Er schlug noch einmal gegen die Wand, härter dieses Mal, und trat gegen die nächste Tür. Sie schwang mit einem Knall zurück. Als Ben sich umdrehte, um zu schauen, woran er seinen Ärger noch auslassen konnte, sah er Jacob genau an der Stelle im Flur stehen, wo er ihn allein gelassen hatte.

Der Junge hatte die Hände auf die Ohren gepresst und schaukelte hin und her. *Fang jetzt nicht damit an!* «Alles in Ordnung, Jacob, ich habe nur Blödsinn gemacht.»

«Kein Krach! Kein Krach!»

Ben fuhr sich mit einer Hand über den Kopf. Die Stoppeln überraschten ihn immer noch. «Okay, okay, kein Krach. Ich habe aufgehört.»

«Kein Krach!»

«Ich sagte okay!»

Der Schrei schmerzte ihn in der Brust. Er schaute hinab auf seine geballten Fäuste und zwang sich, sie zu öffnen. Jacob war still, aber sein Schaukeln war noch schlimmer geworden. Obwohl er den Kopf gesenkt hatte, konnte Ben seine leiderfüllte Miene sehen.

Die Wut verließ ihn. «O Gott, es tut mir leid, Jacob.» Er ging hinüber und kniete sich vor den Jungen. «Alles in Ordnung, du musst keine Angst haben.»

Jacob schüttelte heftig den Kopf. «Nicht du», jammerte er. «Nicht du, nicht du, nicht du.»

Ben streckte seine Hand aus, doch Jacob stieß ihn weg. «Mami, Mami.»

O Gott. «Mami kann nicht, Jacob. Mami ist nicht hier.»

«Mami, Mami!» Jetzt weinte der Junge, und Ben wusste, dass es alles schlimmer machte, weil Jacob nicht verstand, was Tränen waren, und Angst vor ihnen hatte. Und Ben spürte, wie er selbst die Kontrolle zu verlieren begann. Er zog den kleinen Körper an sich und hielt ihn ungeachtet seines Widerstrebens fest, bis seine eigenen Tränen auf die Rückseite von Jacobs Hemd tropften. Er kniff seine Augen zusammen. «Alles in Ordnung, alles in Ordnung, alles in Ordnung», sagte er immer wieder, und obwohl er wusste, dass es nicht stimmte, dass nichts in Ordnung war, wiederholte er die Worte so lange, bis er spürte, wie sich der Körper des Jungen entspannte.

Er hielt ihn noch etwas länger, trocknete dann seine Augen, so gut er konnte, und setzte sich in die Hocke. Jacobs Gesicht war vom Weinen ganz rot, seine langen Wimpern glänzten. Das Kinn hatte er noch immer auf die Brust gesenkt, aber Ben wusste, dass das Schlimmste vorbei war. Er strich über die Wangen des Jungen und wischte die Tränen weg.

«Na also. Schon besser.»

Jacob schaute auf. Er streckte seine Hand aus, berührte vorsichtig Bens Wange und dann seine eigene. Er betrachtete seine Finger. «Nass.»

Ben lachte gerührt auf. «Ja, das stimmt. Wir sind beide nass.» Er stand auf und hob Jacob auf den Arm. «Komm, wir machen uns einen Tee.»

Danach hatte Ben das Gefühl, in eine Luftblase voll Ruhe geraten zu sein. Ihm war, als hätte er ein hohes Fieber überwunden, das ihn ausgelaugt, aber im Stadium eines zerbrechlichen Friedens zurückgelassen hatte. Die Tatsache, dass er noch nichts von dem Detektiv gehört hatte, zermürbte ihn nicht mehr. Dabei klammerte er sich nicht an falsche Hoffnungen, er hatte einfach das Gefühl, dass er später noch genug Zeit haben würde, sich mit den Ermittlungen und ihren Konsequenzen auseinanderzusetzen. Im Moment schien allein das Wochenende zu existieren, und er nahm den Aufschub dankbar hin, umso mehr, da ihm bewusst war, dass es tatsächlich nur ein Aufschub war.

Der durch Sarahs Abwesenheit verursachte Schmerz war noch da, jetzt war er aber immerhin ungetrübt von Groll und Wut ihr gegenüber, Gefühle, die ihm erst bewusst wurden, nachdem sie verschwunden waren. Seine Trauer hatte kein bisschen an Heftigkeit verloren, aber er fand sich lieber damit ab, als den rasenden und verstörenden Zorn hinzunehmen, der alles in Frage zu stellen schien, was ihn und Sarah zuvor ausgemacht hatte. Was sie auch getan haben mochte, er liebte und vermisste sie noch immer. Das zu erkennen war beinahe eine Erleichterung.

Am Samstag ging er mit Jacob schwimmen. Man konnte nie wissen, welche Aktivitäten ihm gefallen würden und welche ihm entweder gleichgültig waren oder ihn, schlimmer noch, verwirrten und aufregten. Der Besuch im Schwimmbad war jedoch von Anfang an ein überraschender Erfolg gewesen. Vor allem hatte Sarah Angst gehabt, dass er nicht verstand, was Wasser bedeutete, und versuchen würde, mit untergetauchtem Kopf zu atmen oder sich auf eine andere abwegige Art zu ertränken, doch ihre Sorgen erwiesen sich als grundlos. Jacob planschte genauso begeistert umher wie jedes andere Kind seines Alters, und obwohl er nicht schwimmen konnte, bestand mit einem Paar Schwimmflügeln keine Gefahr für ihn. In seinen Badesachen sah er aus wie Haut und Knochen, was den Beschützerinstinkt in Ben wachrief. Er ist genauso mein Kind wie Sarahs, dachte er, und dann: Wir sind eine Familie. Und jetzt haben wir nur noch uns.

Doch diese Stimmung war zu düster, sie gehörte zur kommenden Woche und nicht zur Gegenwart. Ben verdrängte sie, nahm Jacob mit auf die ungefährlichste Rutsche und wurde mit einem strahlenden Grinsen belohnt. Nun bestand das Problem darin, ihn zum Aufhören zu bewegen, solange ihre Haut sich noch nicht vollständig aufgelöst hatte.

Zum Mittagessen gingen sie in den Biergarten eines Pubs, und als Ben zuschaute, wie Jacob sorgfältig seine Papierserviette in Streifen riss, kam ihm der Gedanke, dass der Junge durch seine Eigenart wenigstens gleichgültig gegenüber den Reizen von McDonald's war. Alles hatte auch eine gute Seite, dachte er sarkastisch.

Jacob begann zu gähnen, noch ehe sie nach Hause zurückgekehrt waren. Ben wusste, dass er früh zu Bett würde gehen wollen, doch als es Zeit für das Bad wurde, gab es einen kurzen Aufstand: Jacob weigerte sich, in die Wanne zu steigen. «Orange, orange», wiederholte er ständig und wollte weder von der schnell herbeigeholten Frucht noch vom Saft etwas wissen. Es dauerte eine Weile, bis Ben klar wurde, was der Junge meinte. Mit angelegten Schwimmflügeln kletterte Jacob schließlich glücklich in die Badewanne und ließ sich waschen.

Ben hatte sich davor gefürchtet, erneut einen Samstagabend allein zu verbringen und sich mit nichts von der kalten Wahrheit ablenken zu können, dass Sarah nicht mehr an seiner Seite war. Doch die gedämpfte Ruhe, die ihn den ganzen Tag umgeben hatte, verließ ihn auch jetzt nicht. Die Traurigkeit war zwar nicht verschwunden, aber mit Hilfe einer Flasche Wein und einer gelegentlichen Zigarette überstand er die Stunden, bis er schließlich bei einem Horrorfilm im Spätprogramm auf dem Sofa wegzudösen begann und sich ins Bett schleppte.

Tessa hatte sauer und überrascht reagiert, als er die Einladung zum Mittagessen am Sonntag abgesagt hatte. Er hatte lieber mit Jacob zum Fluss in der Nähe von Henley fahren wollen. Es war Sarahs liebster Picknickplatz gewesen, und deshalb hatte er kurz überlegt, ob es eine gute Idee sei, ihn jetzt zu besuchen. Doch irgendwie zog es ihn dorthin. Mit Jacobs kleiner, warmer Hand in seiner spazierten sie am Ufer entlang. Der Junge sang ein unmelodisches Lied, ein Zeichen dafür, dass er Spaß hatte. Als sie sich der vertrauten Stelle unter den Weiden näherten, deren Geäst über das Wasser hing, wurde er still. Mit großen und traurigen Augen betrachtete Jacob die beiden Gruppen, die dort bereits ein Picknick machten, und als er sich umschaute, als würde er noch jemanden erwarten, schnürte sich Bens Kehle zu.

Wir hätten nicht herkommen dürfen.

Aber die Stille des Jungen war nicht von langer Dauer. Nachdem Ben eine Decke ausgebreitet hatte, summte Jacob schon wieder leise vor sich hin und zupfte Grashalme aus dem Boden, die er in einer Reihe auf seinem nackten Bein anordnete. Ben hatte hartgekochte Eier eingepackt und Sandwiches, die in dünne Streifen geschnitten waren, so wie Jacob es mochte. Nach dem Essen holte er einen Fußball hervor, doch Jacob hatte keine Lust. Manchmal spielte er damit, dann wieder nicht. Jetzt war er mehr an den kleinen Wellen interessiert, die seine Hand im langsam fließenden Wasser erzeugte. Ben beobachtete, wie er seinen Kopf neigte, um das von den Wellen reflektierte Licht zu erhaschen, und nahm leise seine Nikon aus der Tasche.

Bewahre schon mal vorsorglich deine Erinnerungen. Der Gedanke kam ohne Vorwarnung. Er senkte die Kamera und spürte, wie sich das innere Gleichgewicht, das ihn bislang während des Wochenendes gestützt hatte, aufzulösen begann. Aber die Bewegung zog Jacobs Aufmerksamkeit an. Er rollte sich auf den Rücken und lächelte ihn durch seine gespreizten Finger an. Ben grinste zurück und war wieder froh, dass sie gekommen waren.

Sie blieben, bis es kühler wurde und alle anderen Ausflügler verschwunden waren. Jacob war eingeschlafen, sodass Ben ihn wecken musste, als es Zeit war zu gehen. Nachdem er gebadet und im Bett war, nahm Ben einen Stuhl, setzte sich hinaus in den kleinen Garten und schaute zu, wie die Sonne hinter den Platanen unterging.

Wenn ich mich an solchen Dingen festhalten kann, dann schaffe ich es, dachte er. *Es wird nie mehr so werden wie früher, aber ich könnte damit klarkommen.*

Aber er wusste, dass es lediglich eine Wochenendstimmung war, die genauso schnell wieder umschlagen konnte. Und als er am nächsten Morgen aufwachte, wartete die Schwermut schon auf ihn, wollte wieder übergestreift werden wie eine schmutzige Jeans. Er suchte stattdessen nach der Gemütsruhe, die ihn am Tag zuvor umgeben hatte, aber sie war verschwunden und bereits so verblasst und unwirklich wie die Ferien in der Kindheit.

Er brachte Jacob zur Schule und fuhr ins Atelier. Um elf Uhr rief Quilley an und sagte, er habe die Coles gefunden.

Kapitel 6

Die junge Frau wirkte genauso müde wie beim letzten Mal, als Ben sie gesehen hatte, und begrüßte ihn so lustlos wie zuvor. «Sie können gleich reingehen.»

Er klopfte an die Tür. «Herein», rief Quilley von drinnen.

Der Detektiv saß hinter dem Schreibtisch. In dem kleinen Büro lag immer noch der Gestank von kaltem Zigarettenrauch in der Luft, doch immerhin waren die Presslufthämmer draußen still. Ohne von dem Blatt aufzusehen, auf das er schrieb, deutete Quilley auf den freien Stuhl. «Nehmen Sie Platz, Mr. Murray. Ich bin gleich fertig.»

Ben setzte sich. Er starrte auf den Kopf des Detektivs und fragte sich, ob der Mann bei jedem Klienten dieses Verhalten an den Tag legte. Er spürte mit einem Mal eine heftige Abneigung gegen den Mann.

Quilley legte seinen Stift weg. «Das wär's.» Er lehnte sich zurück. «Und wie geht es Ihnen?»

«Gut.» *Komm zur Sache.*

«Die Coles ausfindig zu machen war etwas komplizierter, als ich dachte. Die Ermittlung erforderte ... tja, wie soll ich sagen, wesentlich mehr Nachforschungen als erwartet.»

Sein Lächeln war reine Ironie.

Er öffnete einen Papphefter. «Also schön. John Cole. Lebt zurzeit mit seiner Frau in einem Ort namens Tunford, das ist eine kleine Stadt auf halber Strecke zwischen Northampton und Bedford. Cole stammt ursprünglich aus der Gegend – er ist in einem Waisenhaus groß geworden, falls Sie es noch nicht wissen – und ist nach Tunford gezogen, als er vor vier Jahren die Army verlassen hat. Er wurde verabschiedet, nachdem er bei einem Grenzvorfall drüben in Nordirland verwundet worden war. Eine Beinverletzung. Das war kurz nachdem seine erste Frau ums Leben kam, also vielleicht ...»

«Seine erste Frau kam ums Leben?»

«Entschuldigen Sie, habe ich das nicht erwähnt? Das war Jeanette, von der Sie bereits wussten. Sie starb vor sechs Jahren bei einem Verkehrsunfall. Ziemlich tragische Sache.»

Vor sechs Jahren. Die Parallelität der Ereignisse war Ben nicht entgangen. Quilley betrachtete ihn mit seinem seltsamen Lächeln. «Alles in Ordnung, Mr. Murray? Sie sehen ein bisschen blass aus.»

«Mir geht es gut. Fahren Sie fort.»

«Wo war ich? Genau, John Cole. Ungefähr zur gleichen Zeit, als er nach Tunford gezogen ist, hat er wieder geheiratet. Seine zweite Frau heißt Sandra. Er hat sie kennengelernt, als er nach seiner Verwundung in Aldershot stationiert war, kurz bevor er entlassen wurde.» Der Detektiv zog die Mundwinkel nach unten. «Sieht nicht so aus, als wäre sie eine besonders gute Partie, wenn ich so sagen darf, Mr. Murray. Arbeitet als Bardame im örtlichen Pub. Cole ist auf einem Schrottplatz in der Nachbarstadt angestellt. Er ist recht angesehen, soweit ich gehört habe. Ein Art Lokalheld. Sie wissen schon, ein Junge aus dem Ort zieht in den Krieg, seine Frau stirbt, er kommt verwundet zurück. Alles sehr tragisch.»

Er schaute Ben an, als würde er eine Reaktion von ihm

erwarten. Ben nahm es als Wink, die Frage zu stellen, vor der er sich gefürchtet hatte.

«Haben sie Kinder?»

Die Frage schien Quilley regelrecht zu erfreuen. «Nein, und das ist eine weitere Tragödie. Cole hatte ein Kind mit seiner ersten Frau, einen Jungen, doch anscheinend wurde das Kind kurz nach der Geburt aus dem Krankenhaus entführt. Jeanette Cole wohnte damals bei ihren Eltern in London. Man fand nie heraus, was mit dem Baby geschehen ist.» Er schnalzte mit der Zunge. «Da fragt man sich unweigerlich, ob das etwas damit zu tun hat, was danach geschehen ist. Also dass sie ums Leben kam und er angeschossen wurde. Sieht fast so aus, als wenn danach für die beiden alles in die Brüche gegangen wäre.» Er lächelte noch immer, aber sein Blick war unverkennbar wachsam geworden. «Man sagt ja, ein Unglück kommt selten allein, nicht wahr?»

Ben sagte sich, dass er überempfindlich auf die Art des Mannes reagierte. «Haben die Coles irgendwie gemerkt, dass Sie Nachforschungen anstellen?»

«O nein, darum müssen Sie sich keine Sorgen machen. Ich würde wenig von meinem Job verstehen, wenn die Leute merkten, dass ich Nachforschungen über sie anstelle, oder?»

Am liebsten hätte Ben sofort das Büro verlassen. «Das ist dann also alles?» Er hoffte es inständig.

«Ich denke, das ist mehr oder weniger das, was Sie wissen wollten, oder nicht?»

Ben nickte. «Was schulde ich Ihnen?»

Das Lächeln des Detektivs verlor seine sarkastische Note. Er lehnte sich in seinem Stuhl zurück und verschränkte die Hände über dem Bauch. «Also, nun kommen wir leider zu einem kleinen Problem.»

Bens Hand hielt auf dem Weg zu seinem Scheckheft inne.

«Ich kann Ihnen nicht ganz folgen. Wir hatten einen Tagessatz ausgemacht.»

«Ja, ja, das haben wir. Aber das war, bevor ... Wie soll ich es sagen? Bevor mir die Besonderheit dieser Ermittlung bewusst wurde.» Er nickte, als würde ihm die Formulierung gefallen. «Der Grund, warum ich in meinem Beruf so gut bin, ist der, dass ich an Gründlichkeit glaube, Mr. Murray. Ich mag keine halben Sachen. Und wenn ich auf etwas stoße, das mir Kopfzerbrechen bereitet ... Also, ich habe keine Ruhe, bis ich einer Sache auf den Grund gekommen bin, wenn Sie verstehen, was ich meine. Wie kommen Sie übrigens mit dem Buch voran?»

Die Wände des Büros schienen näher zu rücken. «Gut.»

«Schön, schön. Denn ich habe mir gedacht, dass es ziemlich ungewöhnlich ist für einen Autor – oder einen Fotografen wie Sie –, einen privaten Ermittler zu engagieren, um eine Person ausfindig zu machen, die man nur für ein Buch interviewen will. Ganz zu schweigen davon, wie teuer es ist. Wer das tut, muss dem Gesuchten entweder wirklich sehr schwierige Fragen stellen wollen oder ...» Sein Lächeln wurde breiter. «Oder ganz eigene Gründe dafür haben. Nun können Sie sagen, dass diese Gründe mich nichts angehen, und vielleicht haben Sie recht. Aber ich habe ja bei unserem letzten Treffen betont, dass ich gerne ein wenig über die Leute weiß, für die ich arbeite. Und deshalb habe ich mir die Freiheit genommen, ein paar – wie soll ich sagen – ‹außerplanmäßige› Ermittlungen durchzuführen.»

Ben musste an den Anruf im Atelier denken. Der Detektiv hatte hinter ihm hergeschnüffelt. *O Gott, was habe ich getan?*

«Ich muss Ihnen mein Beileid zum Tod Ihrer Frau aussprechen.» Quilley schüttelte langsam den Kopf. «Schreckliche

Sache, wenn so etwas in diesem Alter passiert. Schrecklich. Und Sie bleiben mit einem kleinen Jungen zurück. Der auch noch behindert ist. Das wird nicht leicht für Sie sein. Besonders wenn er – entschuldigen Sie, wenn ich das sage – eigentlich nicht Ihrer ist.»

«Was soll das bedeuten?»

«Nur, dass es Ihr Stiefsohn ist. Was soll es sonst bedeuten?»

Ben umklammerte die Stuhlkante. «Warum sagen Sie nicht einfach, worauf Sie hinauswollen?»

«Kein Grund, sich aufzuregen, Mr. Murray. Ich erläutere nur die Fakten. Und wenn Sie Mr. Cole für Ihr Buch interviewen, wird es mit Sicherheit hilfreich für Sie sein, dass Sie beide so viel gemeinsam haben. Im Grunde gibt es eine ganze Reihe von Parallelen. Seine erste Frau ist auch jung gestorben, und Sie beide haben Söhne – in Ihrem Fall einen Stiefsohn –, die praktisch am selben Tag geboren wurden. Wobei Mr. Cole natürlich nicht weiß, wo sein Sohn ist.»

Der Drang, hinauszugehen, und der Wunsch, in das Gesicht auf der anderen Seite des Schreibtisches zu schlagen, waren gleich stark. «Ich verstehe nicht, was daran wichtig sein soll. Oder was Sie damit zu tun haben.»

Der Detektiv grinste, als hätte Ben einen Witz gemacht. «Ich weiß, was Sie meinen, Mr. Murray. Selbstverständlich habe ich nichts damit zu tun. Überhaupt nichts. Und ich entschuldige mich, wenn ich einen Nerv getroffen habe. Ich bin mir sicher, dass Sie den Jungen sehr lieben. Ich kann mir denken, dass er nach all der Zeit wie ein eigener Sohn für Sie geworden ist.»

Völlig durcheinander zog Ben sein Scheckheft hervor. «Ich habe Sie gefragt, was ich Ihnen schulde.»

«Das haben Sie, Mr. Murray. Und ich habe Ihnen gesagt,

dass es eine schwierige Frage ist. Im Grunde haben wir hier zwei verschiedene Punkte zu verhandeln, verstehen Sie? Einerseits geht es um das Honorar für meine Arbeit plus Spesen, was ziemlich unkompliziert ist. Aber dann stellt sich das Problem des ... wie soll ich mich ausdrücken? Sagen wir: des Wertes von Information. Und Sie werden mir sicherlich zustimmen, dass man den nicht so leicht bemessen kann. Was dem einen nichts wert erscheint, kann für einen anderen eine Menge wert sein. Wie beurteilen Sie diese Dinge?» Der Detektiv lächelte nachsichtig. «Ich bin mir sicher, Sie erkennen das Problem.»

Der Stift erschien Ben tonnenschwer, als er den Scheck ausstellte. «Nach meiner Berechnung waren es sechs Tage. Für den Samstag zahle ich Ihnen noch einmal den gleichen Satz. Und zusätzlich fünfzig Pfund für Spesen.» Er riss den Scheck heraus und ließ ihn auf den Schreibtisch fallen. Dann stand er auf. «Den Bericht nehme ich mit.»

Quilley lächelte noch immer, wenn auch etwas gequälter. Er reichte Ben den Hefter. «Wie Sie wünschen, Mr. Murray, wie Sie wünschen.»

Es war deutlich zu sehen, dass sich Tessas Nächstenliebe inzwischen aufgebraucht hatte. Ihr Lächeln wirkte wie eine Maske, als sie die Lasagne verteilte. Ben saß neben Jacob. Auf der anderen Seite des Tisches tuschelten Scott und Andrew und schauten hin und wieder kichernd zu ihm herüber. Keith war noch nicht zu Hause. Er hatte angerufen, um zu sagen, dass er länger arbeiten müsse. Nachdem Tessa sie an den Esstisch gerufen hatte, verkündete sie die Nachricht.

«Er sagt, er sei unabkömmlich. Da kann man nichts machen, oder? Aber macht euch keine Gedanken deswegen. Wir kommen bestimmt auch ohne ihn klar. Wenn sein

Abendessen angebrannt ist, bis er nach Hause kommt, dann ist das sein Problem. Und wenn es ihm nicht gefällt, dann kann er sich ja jederzeit ein anderes Hotel suchen.»

Ben sagte nichts. Er wünschte, er hätte Keiths Einladung nicht angenommen. Gleich nach dem Besuch des Detektivbüros hatte er ihn in der Kanzlei angerufen. Eine Sekretärin hatte gesagt, er sei in einer Besprechung, aber Ben bestand darauf, mit ihm zu sprechen.

Keith hatte sich seinen wütenden Bericht angehört. «Scheiße», war sein anschließender Kommentar dazu gewesen. Er könne sich gerade schlecht loseisen, hatte er sich entschuldigt, und auch nicht lange reden, weil eine ganze Horde Plattenmanager und eine zornige Band in seinem Büro säßen, die mit dem Mobiliar aufeinander losgingen, wenn er nicht bald zurück sei. «Komm heute Abend zum Essen vorbei. Dann können wir reden», hatte er vorgeschlagen.

Als er mit Jacob angekommen war, hatte Ben erfahren, dass Tessa nichts von der Einladung wusste. Mit dem Zahnpastalächeln der Aufopferungsvollen verteilte sie nun die Teller. «Ich hoffe nur, dass genug für alle da ist. Es wäre natürlich nett von Keith gewesen, wenn er sich die Mühe gemacht hätte, mir zu sagen, dass er Gäste eingeladen hat, aber das wäre wohl zu viel verlangt gewesen. Schließlich bin ich ja dafür da, oder? Ich habe ja nichts Besseres zu tun, als den ganzen Tag vor dem Herd zu stehen, während er mit seinen Bands ausgeht.»

Da die meisten Klienten von Keith Musiker waren, schien Tessa davon überzeugt zu sein, dass seine Arbeit hauptsächlich darin bestand, mit ihnen durch die Bars zu ziehen. Ben hatte allerdings noch nie gehört, dass sie sich über das Geld beklagte, das er verdiente. «Kümmere dich nicht um mich», sagte er. «Ich kann später essen.»

«Nein, das kommt gar nicht in Frage. Wenn es nicht reichen sollte, dann geht eben Keith leer aus. Vielleicht bemüht er sich dann einmal, pünktlich nach Hause zu kommen.» Sie knallte den Löffel gegen die Schüssel. «Scott, es ist unhöflich, am Tisch mit deinem Bruder zu tuscheln.»

Scott beachtete sie nicht und flüsterte Andrew hinter vorgehaltener Hand ins Ohr. Ben konnte zwar nicht verstehen, was er sagte, aber so, wie die beiden Jacob anschauten, der die Zwiebelstücke aus der Soße fischte und am Rand seines Tellers aufreihte, konnte er es sich vorstellen. Andrew lachte und Scott kicherte, dann sah er Ben teilnahmslos an. Während Ben den Blick erwiderte, unterdrückte er das Verlangen, seine Gabel in die Nase des kleinen Mistkerls zu rammen. *Um Himmels willen, er ist doch nur ein Kind. Sei nicht so empfindlich.* Er wandte sich an Jacob.

«Na los, Jacob, iss.»

Jacob schaute mit leerem Blick auf und fuhr dann fort, die Zwiebelstücke auszusortieren.

Tessa stellte die Lasagneschüssel ab und setzte sich. Eine Weile war es, abgesehen vom Kratzen des Bestecks, still. «Das ist wirklich lecker», sagte Ben pflichtbewusst. Tessa war eine gute Köchin, das musste man ihr lassen.

«Danke. Schön zu wissen, dass es jemand anerkennt.»

O Gott. Scott und Andrew kicherten und knufften sich. «Wenn ihr beide euch nicht beeilt, gibt es keinen Nachtisch», sagte Tessa gezwungen fröhlich.

«Ich will sowieso keinen», erwiderte Scott.

«Na, dann sollten wir vielleicht die ganze Woche darauf verzichten, was meint ihr?» Das Lächeln hatte sich jetzt in ihrem Gesicht eingebrannt und war so überzeugend wie eine Faschingsmaske bei einem Straßenräuber.

«Okay.»

Tessas Mund zuckte, und für einen Augenblick hoffte Ben, sie würde ihrem Erstgeborenen gegenüber zur Gewalt greifen. Doch sie wandte sich von ihm ab und betrachtete Jacob, der noch immer die Zwiebeln aufreihte.

«Iss auf, Jacob. Und spiel nicht mit dem Essen, nachdem sich Tante Tessa die Mühe gemacht hat, es zu kochen, Liebling.»

Jacob schaute nicht einmal auf. «Hast du Tante Tessa nicht gehört?», fuhr sie fort. «Sei ein lieber Junge und tu, was man dir sagt.»

Weil es deine Gören bestimmt nicht tun. Ben umklammerte sein Besteck. Er hatte Tessa schon häufiger so gereizt erlebt. Jacob war es gleich, und für gewöhnlich achtete auch Ben nicht darauf. Aber heute war er selbst ziemlich angespannt.

«Er wird ja aufessen», sagte er so beiläufig, wie es ihm möglich war. «Kein Grund, ihn zu drängen.»

Tessas Augen funkelten. «Habe ich ihn gedrängt? Entschuldige, das wollte ich nicht. Es ist nur etwas ärgerlich, wenn man sieht, wie das Essen, das man gekocht hat, verschwendet wird.»

Scott und Andrew waren still geworden und hatten mit dem Essen aufgehört – sie spürten wohl die Spannung zwischen den Erwachsenen. Nur Jacob schien sie nicht zu bemerken. Ben versuchte, ruhig zu bleiben. Von einem Streit würde niemand etwas haben, und Tessa war eine Hilfe gewesen, seit ...

... seit Sarah tot war. Der Gedanke erstickte seinen Ärger.

«Es wird nicht verschwendet. Im schlimmsten Fall esse ich es selbst auf», sagte er und gab sein Bestes, um natürlich zu lächeln. Auch Tessa beruhigte sich ein wenig. Jedenfalls schien es so.

Während sie sich Salat auf den Teller füllte, war es eine Weile still. Dann fragte sie: «Hast du schon eine Idee, was du mit Jacob machen wirst?»

Ben blieb die Lasagne im Hals stecken. Er trank einen Schluck Wasser. «Ich kann dir nicht ganz folgen.»

«Wegen seiner Schule, meine ich. Nicht dass es mich stören würde, ihn für dich hin- und herzufahren.» Sie lächelte wieder zuckersüß. «Er ist so ein Schatz. Aber es passt eben nicht immer, und ich denke, du wirst eine etwas ... eine etwas dauerhaftere Lösung finden wollen, oder?»

Nach der Erleichterung kam nun Verärgerung in ihm auf. Da haben wir es, dachte er. Erst die Gefälligkeit, dann die Rechnung. «Ja, das werde ich.» Ihm war klar, dass er sie nie wieder bitten würde, Jacob abzuholen, egal wie schwierig es würde.

«Natürlich möchte ich nicht, dass du dich unter Druck gesetzt fühlst», ruderte sie nun zurück, da sie ihren Standpunkt klargemacht hatte. «Ich weiß ja, dass es für dich nicht einfach ist, ich habe mich nur gefragt, ob du schon Zeit hattest, über andere Möglichkeiten nachzudenken.»

«Welche Möglichkeiten?» Er ahnte schon etwas.

«Tja, ich weiß nicht genau. Vielleicht eine Art...», sie schaute zu ihren Söhnen, die mittlerweile überhaupt nicht mehr auf sie achteten, und senkte verschwörerisch die Stimme, «... eine Art Internat. Das ist natürlich nur ein Gedanke. Ich weiß nicht, was du dir vorstellst, aber da Jacob ein ... ein *besonderer* Junge ist und du immer beschäftigt bist und so weiter, also ...» In der Stille verblasste ihr Lächeln. «Du bist mir doch nicht böse, wenn ich darüber spreche, oder?»

«Warum sollte ich?» Er stand auf. «Entschuldige mich.»

Er verließ den Esstisch in vollem Bewusstsein, dass es

unhöflich war, aber er wusste auch, dass alles, was er vielleicht gesagt hätte, wenn er sitzen geblieben wäre, nur noch unhöflicher hätte ausfallen können. Das Bad befand sich im ersten Stock. Ben schloss sich ein. Eigentlich hatte er nicht vorgehabt, seine Blase zu erleichtern, aber wo er nun schon einmal dort war, tat er es. So hatte er wenigstens etwas zu tun, um sich von seiner Verärgerung abzulenken. Nachdem er fertig war, klappte er die aus rosa Marmor gemachte Klobrille herunter und drückte auf den vergoldeten Spülungsknopf. Die Hähne des Waschbeckens waren ein Paar stilisierter und vage japanisch aussehender Delphine. Während er sich die Hände mit einem der weichen, pinkfarbenen Handtücher trocknete, musste er daran denken, wie Keiths Studentenbude ausgesehen hatte. An Dekor hatte es lediglich Poster und leere Flaschen Newcastle Brown gegeben. Man musste nicht lange spekulieren, wer hinter der Einrichtung des Hauses steckte.

Mit kühlerem Kopf ging er wieder nach unten. Ein Streit mit Tessa lohnte sich nicht, schon allein um Keiths willen. Und nachdem sie ihm in den letzten drei Wochen mit Jacob geholfen hatte, hatte sie wohl auch ein Recht zu fragen, wie seine Pläne aussahen.

Es war nicht ihr Fehler, dass er keine hatte.

Der dicke Orientteppich dämpfte seine Schritte, als er ins Esszimmer zurückging. Ehe er die Tür erreichte, hörte er Stimmen von drinnen.

«... aber das ist er doch», sagte Scott gerade. «Ich verstehe nicht, warum er immer herkommen muss.»

«Das ist mir egal. Ich habe dir schon tausendmal gesagt, du sollst ihn nicht so nennen», schimpfte Tessa leise.

«Warum nicht? Er kann uns sowieso nicht verstehen.»

«Darum geht es nicht! So etwas sagt man einfach nicht.»

«Na und? Er ist und bleibt ein Spasti. Und du willst ihn doch auch nicht hier haben. Ich habe gehört, wie du mit Papa geredet hast.»

«Man belauscht andere Menschen nicht! Und ich sage es dir nicht noch einmal ...» Sie verstummte, als Ben hereinkam. «Oh.» Hastig versuchte sie, wieder ein Lächeln aufzusetzen. «Wir, äh ... wir haben nur ...»

«Ja, habe ich gehört.» Er ging zu Jacob. Der Junge hatte das Kinn auf die Brust gepresst und machte ein niedergeschlagenes Gesicht. Ben tat es in der Seele weh, dass er dort gesessen hatte, während über ihn geredet wurde. «Komm, Jacob, Zeit, nach Hause zu fahren», sagte er und nahm seine Hand. Er warf Scott, der mürrisch auf den Tisch starrte, einen bösen Blick zu. «Danke fürs Essen, Tessa. Sag Keith, ich melde mich später bei ihm.»

«Ben, es gibt keinen Grund ... Ich meine, denk jetzt bitte nicht ...»

«Wir finden allein hinaus.»

Sie folgte ihm dennoch mit einem besorgten Lächeln in den Flur. «Willst du wirklich nicht zum Nachtisch bleiben?»

«Ich glaube nicht, Tessa.»

Er öffnete die Tür und ging hinaus, ehe sie noch etwas sagen konnte. Sein Golf stand ein Stückchen die Straße hinunter. Obwohl es nicht weit war, hob er Jacob hoch und trug ihn. Am liebsten hätte er geheult. Dann musste er wieder an Tessa denken und wurde stattdessen wütend.

Als sie am Wagen waren, setzte er Jacob ab. Und während er die Tür aufschloss, hörte er einen Ruf. Er drehte sich um und sah Keith von seinem BMW herbeieilen. Von Tessa keine Spur.

«Wo willst du hin?», fragte Keith atemlos.

«Jacob ist müde, deshalb fahren wir nach Hause.»

«Nach Hause? Ich dachte, du wolltest reden.» Er griff nach Bens Arm. «Komm schon, du kriegst einen schnellen Drink ...»

«Schon gut. Ich ruf dich an.»

Keith ließ seine Hand fallen. «Was ist los?»

«Nichts. Ich will nur Jacob nach Hause bringen, das ist alles.»

Sie schauten sich an. Keith sah zum Haus hinüber. Er schien leicht zusammenzusacken, dann straffte er seine Schultern. «Lass uns im Wagen reden, wenn du es eilig hast.»

Jacob spielte auf dem Rücksitz mit einem Puzzle, während Ben das Treffen mit Quilley beschrieb. Als er fertig war, knetete Keith seinen Nasenrücken. Sein Gesicht war blass und aufgedunsen. Durch sein dünnes Haar sah man die Kopfhaut. Er sieht alt aus, dachte Ben mit einem leichten Schock.

«Tut mir leid, Ben. Wenn ich gewusst hätte, dass er solche Spielchen treibt, hätte ich ihn dir nie empfohlen.»

«Du konntest es nicht wissen.» Doch er war noch immer verärgert.

«Ich weiß, dass es nichts hilft, aber ich werde mich darum kümmern, dass er von unserer Kanzlei keine Aufträge mehr erhält. Außerdem werde ich dafür sorgen, dass er bei anderen auf die schwarze Liste kommt. Schade, dass du ihm nicht gesagt hast, dass du seinen Namen von uns hast. Ich glaube nicht, dass er sich so verhalten hätte, wenn ihm das klar gewesen wäre.»

«Mich interessiert vor allem, was ich jetzt tun soll, und nicht, was ich hätte tun sollen.»

«Ich kann ihn anrufen, wenn du willst. Und ihm sagen, dass wir dich vertreten. Dann überlegt er sich vielleicht noch einmal, was er vorhat.»

«Bist du sicher, dass du deine Kanzlei in die Sache hineinziehen willst?»

Keith sagte nichts, aber Ben merkte, dass er sich dessen nicht sicher war.

«Ich habe keine Wahl, oder?», fuhr Ben fort. «Ich muss davon ausgehen, dass alles rauskommen wird.»

«Du weißt nicht mit Sicherheit, ob es überhaupt etwas gibt, das rauskommen kann.»

«Ach, hör doch auf.»

Keith schaute den spielenden Jacob auf dem Rücksitz an und seufzte. «Na gut. Als Nächstes brauchst du Beratung. Ich kann mich umhören und schauen, ob jemand einen guten Anwalt für Familienrecht kennt. Bei der Scheidungsrate unserer Klienten dürfte das kein Problem sein.» Er warf Ben einen verlegenen Blick zu. «Dieses Mal stelle ich sicher, dass es jemand ist, auf den man sich verlassen kann.»

Obwohl es noch nicht dunkel war, gingen die Straßenlaternen an. Ben betrachtete die schwachen gelben Leuchten. «Meinst du nicht, ich sollte lieber zur Polizei gehen?»

«Gott, nein. Wenn du das tust, dann machen sie dich fertig. Ehe du weißt, wie dir geschieht, hast du eine Anklage wegen Entführung oder Beihilfe zur Entführung am Hals, und Jacob wird dir weggenommen. Zuerst einmal brauchst du juristischen Beistand.» Er hielt inne. «Die Sorgerechtsfrage wird so schon heikel genug werden.»

Ben spürte, dass Keith ihn beobachtete und versuchte, seine Reaktion abzuschätzen. Im Rückspiegel konnte er Jacobs unbekümmertes Gesicht sehen. Am liebsten hätte er ihn in den Arm genommen.

«Ich muss immer wieder daran denken», sagte er mit leicht bebender Stimme, «wie der andere Typ sich fühlen muss. Du weißt, wen ich meine. Die Sache ist sechs Jahre her. Wir sitzen hier und überlegen in aller Ruhe, was wir tun sollen, und er sitzt irgendwo anders und weiß nicht, ob sein Sohn tot ist oder lebt. Ich denke die ganze Zeit daran, was er durchgemacht haben muss und was mit seiner Frau geschehen ist und ... Gott, ich weiß auch nicht.»

Er verstummte und starrte aus dem Seitenfenster. Keith schwieg eine Weile, sodass er sich wieder sammeln konnte.

«Du musst an dich denken, Ben», sagte er behutsam. «Und an Jacob. Mir tut der Typ auch leid, aber es ändert nichts an der Tatsache, dass du in einer prekären Situation steckst. Wenn diese Sache herauskommt, wirst du beweisen müssen, dass du bis jetzt nichts davon gewusst hast. Du wirst ziemlich bald entscheiden müssen, was du tun willst. Und dabei brauchst du fachmännischen juristischen Beistand.»

«Ich weiß.» Ben räusperte sich und nickte. «Ich weiß, dass du recht hast, und ich werde mich entscheiden, aber ...» Ihm wurde klar, dass er bereits eine Entscheidung getroffen hatte. «Zuerst will ich ihn sehen.»

«Also, jetzt hör mal zu, Ben ...»

«Ich will ihn ja nicht kennenlernen. Ich möchte nur sehen, wo er wohnt und wie er aussieht. Ich möchte eine Vorstellung davon kriegen, was für ein Mensch er ist. Bevor ich das nicht weiß, kann ich nichts entscheiden.»

Er erwartete eine Entgegnung, doch Keith schwieg. «Wann?», fragte er dann.

«Keine Ahnung.» So weit hatte er noch nicht gedacht. «Vielleicht gleich morgen früh.»

Keith fuhr mit einer Hand über sein Gesicht und schüttelte den Kopf. Aber welchen Einwand er auch gehabt hatte, er behielt ihn für sich. «Ich begleite dich», sagte er.

Kapitel 7

Um aus London herauszukommen, brauchten sie fast genauso lange wie vom Stadtrand nach Tunford. Da es schon wieder einen U-Bahn-Streik gab, waren die Straßen völlig verstopft. Die Luft konnte man nicht mehr atmen. Obwohl es schon am frühen Morgen schwül war, ließen sie die Fenster zu und ertrugen lieber die Hitze als die Abgaswolken.

Sie hatten Bens Golf genommen. Keith hatte eigentlich nicht mit dieser «Zigarrenkiste» fahren wollen, konnte aber nicht bestreiten, dass sein schwarzer BMW auf einem Schrottplatz verdächtig ausgesehen hätte. Ben vermutete, dass es die Angst um seinen Wagen war, die ihn schließlich überzeugte.

Als sie endlich auf der M1 waren, kam Ben gut voran. Den Speckgürtel der Vorstädte hatten sie schnell hinter sich gelassen, die Landschaft war jedoch auch danach mit Industrieanlagen verschandelt, die sich wie Krebsgeschwüre aus Stein und Metall im Grünen ausgebreitet hatten. Auf manchen Feldern, an denen sie vorbeikamen, stand noch der Raps in Blüte, dann waren graue Häuser am Wegesrand zu sehen, und sie waren in Tunford.

Es war eine neue Stadt, jedenfalls war sie das in den fünfziger Jahren gewesen. Die stolzen neuen Fassaden der nach dem Krieg errichteten Wohnsiedlungen sahen mittlerweile verfallen und bedrückend aus. Sie fuhren die kurze Hauptstraße entlang, die von grauen Geschäften gesäumt war, bis sie am anderen Ende schon wieder aus der Stadt heraus waren. Ben wendete den Wagen auf einem mit Plastikflaschen und Dosen vermüllten Parkplatz und fuhr zurück ins Stadtzentrum.

«Wie war nochmal die Adresse?»

Keith schlug den Hefter auf, den der Detektiv Ben gegeben hatte. «Primrose Lane 41.»

Sie näherten sich wieder den Geschäften. Auf der anderen Seite standen Plattenbauten. «Glaubst du, dass hier noch irgendwo Rosen wachsen?», fragte Ben, der versuchte, seine Nervosität zu verbergen.

«Wenn, dann unter dem Asphalt. Sollen wir die nächste Abzweigung nehmen?»

Da sie nicht wussten, wo die Primrose Lane war, war es egal, wo sie abzweigten. Sie hatten keinen Stadtplan und wollten nicht die Aufmerksamkeit auf sich ziehen, indem sie nach dem Weg fragten. Allerdings waren auch nicht viele Leute unterwegs, die man hätte fragen können. Schweigend fuhren die beiden aufs Geratewohl durch die leeren Straßen. In einer erleichterte sich ein Mischlingshund direkt auf den Gehweg.

«Willkommen in Tunford», sagte Keith.

Die Primrose Lane befand sich am Rande der Stadt und verlief parallel zu den angrenzenden Feldern. Sie fuhren langsam durch die Straße und zählten die Hausnummern ab. Keith zeigte nach vorn. «Da.»

Das Haus stand hinter einem hüfthohen Zaun aus Maschendraht und Betonpfosten. Die Nachbargrundstücke sahen heruntergekommen und verwildert aus, und der Garten vor Nummer 41 war mit rostigen Metallhaufen übersät.

Durch die wahllos aufeinandergestapelten Autotüren, Kotflügel, Stoßstangen und Motorenteile wucherten ungemähtes Gras und Unkraut.

«Offenbar ein Mann, der sich gerne Arbeit mit nach Hause nimmt.»

Ben reagierte nicht auf den Scherz. Als er langsam vorbeifuhr, bemerkte er die abgeblätterte Farbe an Türen und Fensterrahmen. In einem Fenster im Erdgeschoss erschien eine Frau. Er konnte gerade noch das blondierte Haar und die gezupften Augenbrauen erkennen, dann hatten sie das Haus hinter sich gelassen.

Keith schaute sich um. «War das seine Frau?»

«Nehme ich an.»

Schweigend fuhren sie zurück auf die Hauptstraße. «Vielleicht ist es gar nicht so schlimm, wie es aussieht», sagte Keith nach einer Weile. «Auch wenn sie es nicht auf die Titelseite von *Haus und Garten* schaffen, können sie trotzdem nette Leute sein.»

«Ja.»

«Nach dem Äußeren darf man nicht gehen.»

«Schon gut, Keith.»

Sie verließen die Stadt auf dem Weg, den sie gefahren waren, ehe Ben gewendet hatte. Nach dem Bericht des Detektivs lag der Schrottplatz, auf dem Cole arbeitete, ungefähr drei Meilen entfernt am Rande der nächsten Stadt. Für eine Weile fuhren sie durch eine ländliche Gegend, doch auch hier waren die Hecken am Wegesrand mit Müll übersät. Sie kamen an einem ungepflegten Bauernhof vorbei, dann an einer Autowerkstatt. Auf dem nächsten Grundstück befand sich der Schrottplatz.

Ben hielt kurz davor am Straßenrand an. Der Platz war von einer hohen Steinmauer umgeben, die oben mit Stacheldraht und Glasscherben bedeckt war. Dahinter waren reihenweise übereinandergestapelte Autowracks zu sehen. Auf einem zerbeulten Schild über der Einfahrt stand «Robertshaws Recyclinghof». Das mit Eisenspitzen versehene Flügeltor darunter war geöffnet.

Keith schaute ihn an. «Willst du das wirklich machen?»

Eigentlich nicht. Ben schwieg. Im Inneren des Hofes konnte er eine Art Kran sehen, der sich durch den Schrott bewegte. «Was wollen wir angeblich suchen?»

«Ersatzteile für einen MG. Aber überlass das Fragen mir. Du hältst nur die Augen offen.»

Quilleys Bericht hatte eine oberflächliche Beschreibung enthalten, aber ansonsten wusste Ben nicht, wie der Mann aussah. Die Sache mit den Ersatzteilen war Keiths Idee gewesen, um einen Vorwand zu haben, über den Hof zu gehen, bis sie ihn gefunden hatten.

«Sollen wir?», fragte Keith.

Ben startete den Wagen und fuhr durch das Tor. Als sie drinnen waren, merkten sie, dass der Hof wesentlich größer war, als er von außen gewirkt hatte. Sie fuhren einen langen Weg zwischen aufgestapelten Autowracks hindurch. Er führte zu einem zweistöckigen Backsteingebäude mit einem steilen Wellblechdach. Auf dem freien Platz davor standen zwei offenbar noch straßentaugliche Wagen. Ben parkte dahinter, dann stiegen sie aus.

Es roch nach Rost und Öl. Irgendwo hinter dem Gebäude bellte zweimal ein Hund und verstummte dann abrupt. Sie hörten lauten Maschinenlärm, wussten aber nicht, woher er kam. Kein Mensch war zu sehen. Durch ein schmutziges Fenster im Erdgeschoss erkannte man ein Büro.

«Versuchen wir es dort.»

Die Tür ging von einem kurzen Flur ab. Am anderen

Ende befand sich eine Betontreppe, die vermutlich hinauf in die nächste Etage führte. Im Büro lief ein altes Radio. Keith klopfte an und schob die Tür auf, als die Reaktion ausblieb. In dem Raum war niemand. Ein billiger Resopalschreibtisch war mit schmutzigen Bechern und Broschüren bedeckt. Das Radio diente auf einem Haufen schmuddeliger Papiere als Briefbeschwerer. An den Wänden hingen Kalender mit Aktbildern. Vollbusige Frauen rekelten sich auf glänzenden Autos und den Sätteln funkelnder Motorräder und hielten verschiedene Körperteile in die Kamera.

«Ist da jemand?», rief Keith.

Sie hörten Schritte auf der Treppe. Ben wurde nervös, doch der Mann, der in der Tür auftauchte, war zu alt, um Cole zu sein. Er war Mitte fünfzig, muskulös und fett. Unter seinem Filzhut schauten graue Haarsträhnen hervor, die dunkler waren als die silbrigen Stoppeln auf seinem Kinn. Als er ins Büro kam, wischte er seine Hände an einem öligen Lappen ab.

«Morgen, die Herren. Was kann ich für Sie tun?»

Er hatte eine asthmatische, belegte Stimme. Ben hatte plötzlich keine Ahnung mehr, was er sagen sollte, und schaute schnell Keith an. Der reagierte völlig gelassen.

«Wir suchen Ersatzteile für einen 1985er MG.»

Ben sah, wie der Schrotthändler den leichten Wollanzug und die Seidenkrawatte musterte, und wünschte, Keith hätte nicht seine Anwaltskluft angezogen. Aber um zwölf Uhr musste er zu einer Besprechung zurück sein. Der Mann rieb sein Kinn. «MG?» Er klang unschlüssig. «Welche Teile suchen Sie denn?»

«Kommt drauf an, was Sie haben. Ich restauriere den Wagen praktisch von Grund auf, deshalb brauche ich so ziemlich alles. Vorausgesetzt, es ist in gutem Zustand.»

«Ich glaube, wir haben nichts von einem MG», brummte der Mann in sich hinein. Er kratzte wieder sein Kinn.

«Können wir uns trotzdem umsehen?»

Der Mann hörte nicht zu. Er warf erneut einen Blick auf Keiths Anzug. «Vielleicht könnte ich Ihnen mit anderen Teilen weiterhelfen», sagte er. Anscheinend wollte er einen offenbar wohlhabenden Kunden nicht mit leeren Händen gehen lassen. «Kommen Sie mit.»

«Nicht nötig, wir können ...», begann Keith, doch der Mann war bereits auf dem Weg nach draußen.

Es blieb ihnen nichts anderes übrig, als ihm zu folgen. Er führte sie um das Gebäude herum. Der Maschinenlärm wurde lauter. Hinter dem Büro befand sich ein kleiner, mit Raupenketten versehener Kran. In der Kabine saß ein Mann und bewegte mit den Kontrollhebeln einen flachen, an den Trossen und Ketten des Auslegers hängenden Magneten, der einen ausgebrannten Ford am Dach festhielt. Er trug eine schirmlose Lederkappe und sah ebenfalls zu alt aus, um Cole zu sein, wie Ben nach einer Schrecksekunde erkannte. Der Schrotthändler rief zu ihm hinauf.

«Hast du Johnny gesehen?»

Der Mann in der Kabine hielt eine Hand an sein Ohr, und der Schrotthändler wiederholte die Frage etwas lauter. Der Kranführer deutete mit einer Kopfbewegung zum anderen Ende des Hofes. «Er ist mit jemandem bei der Presse.»

Der Schrotthändler ging wieder los. «Ich frage einen von meinen Leuten», sagte er, während sie ihm folgten. «Er weiß genau, was reinkommt und rausgeht. Wenn wir etwas dahaben, dann kann er es finden.»

Ben schaute besorgt zu Keith, der hilflos mit den Achseln zuckte. Beiden war klar, um wen es sich bei diesem «Johnny» handeln musste. Cole aus der Ferne zu sehen war eine Sache,

Ben fühlte sich jedoch immer weniger gewappnet, ihm direkt gegenüberzustehen.

Der Schrotthändler führte sie vorbei an einem Turm plattgepresster Autos, die nur noch dünne, farbige Streifen waren, Schichten aus Rot und Blau, Gelb und Weiß. Dahinter befand sich die massive, eckige Presse.

«Johnny!», brüllte der Schrotthändler. «Du hast Kundschaft!»

Am Ende der Maschine rührte sich etwas. Als der Mann hervortrat, wusste Ben sofort, dass er Jacobs Vater vor sich hatte. Es konnte keinen Zweifel geben. John Cole hatte seine Züge beinahe eins zu eins an seinen Sohn vererbt, sodass sie selbst in der frühen Entwicklungsstufe des Kindes nicht zu verkennen waren. Die beiden hatten den gleichen Teint, die gleichen Wangenknochen, die gleiche gerade Nase, das gleiche kantige Kinn, den gleichen Mund. Wie Jacob hatte der Mann tiefliegende Augen, und als sie Ben anschauten, hatte er für einen Augenblick das Gefühl, es müsste sich um einen Doppelgänger handeln. Dann wandte sich Cole desinteressiert ab.

Der Schrotthändler deutete mit dem Daumen auf Keith. «Er hier sucht Teile für einen MG, John. Haben wir welche da?»

«Nein.» Er sagte es ohne Zögern oder Zweifel.

Der ältere Mann kratzte sich am offenen Hals seines verschmutzten Hemdes. «Sicher? Ich dachte, wir hätten vielleicht ...»

«Das war ein Midget, und der ist weg.» Die Stimme klang fest und weder tief noch hoch. Cole kümmerte sich nicht länger um Ben oder Keith, für ihn schienen sie nicht mehr zu existieren. Er war nicht besonders groß, vielleicht zehn Zentimeter kleiner als der eins achtzig große Ben, wirkte aber wie jemand, der im Ernstfall vor Gewalt nicht zurückschrecken würde. Die Muskeln seiner nackten Arme waren deutlich definiert, und in dem ölverschmierten T-Shirt und der Jeans sah er äußerst kräftig und durchtrainiert aus.

Das Bedauern des Schrotthändlers war augenfällig, aber er stellte die Information nicht in Frage. «Tut mir leid, meine Herren. Wenn Johnny sagt, wir haben nichts da, dann haben wir auch nichts. Ich hätte Ihnen gerne geholfen.»

Ben konnte nicht aufhören, Cole anzustarren, der bewegungslos neben seinem Chef stand. Offenbar spürte er den prüfenden Blick, denn plötzlich schaute er Ben direkt und ungerührt in die Augen. *Gott, er glotzt mich sogar an wie Jacob.*

Ben zwang sich, wegzuschauen, während Keith bedauernd und ziemlich überzeugend mit den Achseln zuckte. «Schon in Ordnung. Trotzdem vielen Dank.»

Sie drehten sich um und gingen davon. Ben wollte den Schrottplatz jetzt so schnell wie möglich verlassen, um nachdenken zu können. Er fragte sich, ob Keith etwas dagegen haben würde, wenn er im Wagen rauchte. Dann hörte er eine andere Stimme hinter sich.

«Schön, Sie hier zu sehen, Mr. Murray.»

Als er sich umdrehte, erstarrte er vor Schreck. Hinter der schweren Presse war Quilley hervorgekommen.

Das Lächeln des Detektivs war noch sarkastischer als sonst. «Wenn man vom Teufel spricht. Wir haben gerade über Sie gesprochen, nicht wahr, Mr. Cole? Ach, entschuldigen Sie, Sie wurden noch gar nicht vorgestellt, oder?», sagte er als Reaktion auf Coles verwirrten Blick. «Mr. Cole, das ist Ben Murray. Der Fotograf, von dem ich Ihnen erzählt habe. Der Mann, der offenbar Ihren Sohn hat.»

O Gott, nein.

«Moment mal», begann Keith. Cole achtete nicht auf ihn. Der Jacob-Blick war auf Ben gerichtet.

«Stimmt das?» Sein Gesicht war noch immer ausdruckslos, aber nun hatte sein Blick eine schreckliche Intensität. «Sie haben meinen Jungen?»

«Es ist nicht so, wie es aussieht ...», stammelte Ben.

«Okay, das reicht. Wir gehen jetzt», sagte Keith und packte Ben am Arm.

Doch Cole kam bereits auf sie zu. Ein Bein war steif, und Ben erinnerte sich daran, dass Quilley gesagt hatte, er wäre in Nordirland verwundet worden.

Keith trat einen Schritt vor. «Okay, wir sollten uns alle etwas beruhigen ...»

Cole schaute Keith kaum an, als er ihm eine Faust ins Gesicht rammte. Ein dumpfes Krachen war zu hören, dann prallte Keith von der ausgestreckten Hand ab und taumelte zurück. Als Ben ihm helfen wollte, lag er plötzlich auf dem unebenen Betonboden. Er hatte keine Ahnung, wie er dorthin gelangt war. Neben ihm regte sich etwas, und er drehte den Kopf, um zu sehen, was dort passierte. Die Bewegung verursachte ein Stechen, das nur ein Vorgeschmack auf den wesentlich heftigeren Schmerz war, der seinen gesamten Körper erschütterte. Wenige Meter von seinem Kopf entfernt erkannte er zwei Paar strampelnde Stiefel, und als er seinen Blick nach oben wandte, sah er, wie der Schrotthändler versuchte, Cole im Zaum zu halten. Cole starrte hinab auf Ben, und obwohl der Schrotthändler sich mit aller Kraft gegen den Mann stemmte, wurde er unerbittlich zurückgeschoben.

«Na los, haut ab hier, verdammte Scheiße!», schrie er atemlos. Ben spürte eine Hand unter seinem Arm, dann wurde er von Keith hochgezogen, dem Blut über Mund und Kinn lief.

«Komm, gehen wir.» Keith sprach stockend und durch die Nase. Als Ben versuchte, auf die Beine zu kommen, wurde ihm schwindelig. Fast hätte er sich erbrochen.

«Wo ist mein Junge?» Cole schrie nicht, aber seine Stimme klang fordernd. Ben überlegte krampfhaft, wie sie noch einmal vernünftig von vorne anfangen könnten, doch Keith zog ihn weg. Quilley beobachtete die ganze Szenerie, er lächelte zwar nicht mehr, machte aber auch keinerlei Anstalten, einzugreifen.

«Lass sie gehen, John!», keuchte der Schrotthändler, dessen Füße auf dem Boden nach Halt suchten, während er sich bemühte, Cole zurückzudrängen.

«Geh aus dem Weg. Sofort», verlangte Cole von ihm.

Die Worte klangen wie eine letzte Warnung. «Lass es sein, John, um Himmels willen!», sagte der Schrotthändler, aber er ließ seine Arme fallen. Cole stieß ihn weg. Ben war klar, dass der Mann nicht mehr bei Sinnen war, und lief zögerlich los, als Keith ihn drängte, schneller zu gehen. Er konnte sich nicht erinnern, was Cole mit ihm angestellt hatte, aber ihm taten alle Knochen weh. Während sie an dem Turm aus plattgepressten Autos vorbeistolperten, schaute er sich kurz um und sah, dass der ehemalige Soldat mit grimmiger Entschlossenheit hinter ihnen herhinkte. Mit seinem steifen linken Bein fiel er jedoch immer weiter zurück. Sie erreichten den Kran und achteten nicht auf die verdutzten Blicke des Fahrers, als sie vorbeiliefen. Das Bürogebäude war genau vor ihnen, auf der anderen Seite wartete der Wagen.

«Hol die Schlüssel raus», keuchte Keith. Als Ben sie gerade aus seiner Tasche zog, hörte er einen schneidenden Pfiff.

Er schaute sich um. Cole hatte zwei Finger in den Mund gesteckt und gab, ohne langsamer zu werden, noch ein kurzes, schrilles Signal von sich. Unter den Autowracks flitzte eine gedrungene braune Gestalt hervor. Ohne ein Wort deutete Cole mit ausgestrecktem Arm in ihre Richtung. Der Hund raste auf sie zu.

«Ach du Scheiße», sagte Ben. Nun begannen sie ernsthaft zu rennen. Der Golf war bereits in Sichtweite. Nebeneinander sprinteten sie darauf zu. Das Geräusch der Hundepfoten auf dem Betonboden wurde immer lauter und kam schnell näher. «Auf die Motorhaube!»

Sie sprangen gleichzeitig auf den Wagen. Der Hund schoss über das Ziel hinaus, bremste dann mit kratzenden Klauen ab und schlug einen Haken. Es war ein Staffordshire Bullterrier, ein Tier mit keilförmiger Schnauze, das nur aus Muskeln zu bestehen schien. Ben rutschte von der Haube und stieß den Schlüssel ins Schloss. Kaum hatte er sich hineingestürzt und die Tür zugeknallt, kam der Hund zurückgejagt. Als das Tier sich gegen die Tür warf, gab es einen Knall, und der ganze Wagen wackelte. Ben lehnte sich hinüber und entriegelte die Beifahrertür. Keith war aufs Dach geklettert. Er hangelte sich hinein, während Ben an der Zündung herumfummelte und der Hund gegen das Fenster auf der Fahrerseite sprang. Als Ben aufschaute, sah er Cole um das Gebäude herumkommen und auf sie zuhinken. Während der Hund nur wenige Zentimeter von seinem Kopf knurrte und die Zähne fletschte, legte Ben den Rückwärtsgang ein und beschleunigte. Der Wagen jagte rückwärts durch das Tor und auf die Straße. Ben trat auf die Bremse, schaltete krachend in den ersten Gang und gab Vollgas. Der Schrottplatz hinter ihnen wurde kleiner.

Er bog ein paarmal wahllos ab, bis er sich sicher war, dass Cole ihnen nicht mehr folgen konnte, hielt dann auf einem überwucherten Parkplatz an und drehte den Zündschlüssel herum. Der Motor verstummte. Ben hielt noch immer das

Lenkrad fest. Neben ihm presste Keith ein rotgesprenkeltes Taschentuch auf seine Nase. Auch sein Hemd war mit Blut befleckt.

«Alles in Ordnung?», fragte Ben.

«Gebrochen ist sie wohl nicht.» Seine Stimme klang noch immer näselnd und fremd. «Und du?»

Ben schaute an sich hinab. Er schien nicht einmal zu bluten. Doch nicht der körperliche Schmerz hielt ihn von einer Antwort ab. Was gerade geschehen war, war so katastrophal, dass er es kaum glauben konnte. Ihm war, als wäre er von einer Klinge durchbohrt worden: Wohl wissend um den Ernst der Lage, war er dennoch zu betäubt durch den Schock, um das Ausmaß des Schadens zu erfassen. An die Konsequenzen wollte er gar nicht denken.

Er startete den Wagen. «Ich glaube, jetzt ist es an der Zeit, einen guten Anwalt zu finden.»

Kapitel 8

Die Sonne war fast hinter den Dächern verschwunden. Der kleine Garten war mit schattigen Flecken gesprenkelt. Kondensstreifen von Flugzeugen überkreuzten sich auf dem von der Sonne gefärbten Abendhimmel und lösten sich langsam in bauschige Wolken auf. Ben blies ihnen seinen eigenen Beitrag entgegen und drückte dann die Zigarette an der Sohle seiner Sandale aus. Er ließ den Stummel in seine leere Bierflasche fallen und lehnte sich wieder gegen die Gartenmauer. Die Steine waren noch von der Sonne aufgeheizt, aber sonst hatte die raue Oberfläche nichts Angenehmes. Ganz in der Nähe standen großartige Gartenstühle aus Holz, und er hatte eigentlich keinen Grund, auf dem harten Boden zu sitzen. Es war jedoch nicht so unbequem, dass sich die Mühe gelohnt hätte, aufzustehen.

Das Quietschen der Schaukel bildete einen metronomischen Kontrapunkt zu dem lieblicheren, aber ungleichmäßigen Vogelgezwitscher aus den Bäumen. Immer wenn sie langsamer wurde, streckte Ben seinen Fuß aus und setzte sie wieder in Bewegung. Der leere Sitz schaukelte träge hin und her. Jacob konnte stundenlang darauf sitzen, ohne dass ihm langweilig wurde, und nur den unter seinen Füßen vorbeischwirrenden Rasen betrachten. Ben hatte ihn dabei mit einem hochempfindlichen Film fotografiert, um die Bewegung ohne Unschärfe einzufangen. Auch jetzt lag eine Kamera neben ihm. Er hatte sie einmal auf die leere Schaukel gerichtet, sie aber wieder weggelegt, ohne auf den Auslöser zu drücken. Die Aussage des Bildes wäre zu plakativ gewesen.

Ein weiteres Flugzeug kreuzte den Himmel, man konnte jedoch nur den weißen Kondensstreifen sehen, den es hinter sich herzog. Ben nahm die Kamera und machte ein paar Aufnahmen von den geometrischen Linien über ihm. Er wusste, dass es die falsche Kamera und der falsche Film dafür waren und dass er sich nicht in der richtigen Stimmung befand, um etwas Vernünftiges hervorzubringen, aber genauso wie es keinen Grund gab, aufzustehen und sich auf einen Stuhl zu setzen, gab es keinen Grund, warum er nicht einen Film verschwenden sollte, wenn er wollte. Nichts schien mehr einen Unterschied zu machen.

Erstaunlich, wie schnell alles den Bach hinuntergehen konnte.

Objektiv gesehen, war der unglückselige Besuch auf dem Schrottplatz erst drei Monate her, seitdem war jedoch so viel geschehen, dass es auf seiner subjektiven Zeitskala wesentlich länger erschien. Als er am Tag nach der Begegnung mit Cole eine Anwältin aufgesucht hatte, war ihm immer noch nicht klar gewesen, was ihm bevorstand. Ann Usherwood war Ende vierzig, groß und hager, hatte ergrautes Haar und trug ein strenges Kostüm. Ihr Büro war elegant, aber nüchtern eingerichtet und so funktional, dass es beinahe spartanisch wirkte. Mit schonungsloser Offenheit hatte sie ihm gesagt, dass er sich in einer juristisch heiklen Position befand. «Stiefeltern haben kein automatisches Recht an den Kindern ihrer Ehepartner. Sie hätten gleich nach dem Tod Ihrer Frau beim Amtsgericht einen Antrag auf Betreuungsrecht stellen sollen, damit Jacob weiterhin bei Ihnen wohnen kann.»

«Wird Cole Jacob nicht sowieso zurückbekommen?», fragte er.

«So einfach ist das nicht. Obwohl John Cole – laut Ihrer Aussage – zweifelsfrei der leibliche Vater ist, steht das Wohl des Kindes an erster Stelle. Niemand wird Jacob einfach seinem Zuhause entreißen und einem völlig fremden Menschen übergeben, ob er nun der leibliche Vater ist oder nicht. Auch Mr. Cole wird einen Antrag auf Betreuungsrecht stellen müssen, es sei denn, Sie stimmen freiwillig zu, dass Jacob zu ihm zurückkehrt. Die Tatsache, dass Jacob, äh ...»

«Gestohlen wurde», sagte Ben brutal.

«Ich wollte sagen: ungesetzlich von Ihrer Frau an sich genommen wurde; aber ganz gleich, wie man es ausdrückt, ein Kind ist kein Eigentum, das man einfach an den ursprünglichen Besitzer zurückgeben kann. Sich des Kindes zu bemächtigen war jedoch eine kriminelle Handlung, und ich kann mir vorstellen, dass man gegen die Hebamme ermitteln und sie mit ziemlicher Sicherheit anklagen wird.» Sie hielt inne. «Sie werden die Polizei davon überzeugen müssen, dass Sie nicht wussten, was Ihre Frau getan hat, bis Sie die Zeitungsartikel fanden. Dass Sie Schritte unternommen haben, um Jacobs Vater zu finden, wird sich zu Ihrem Vorteil auswirken, obwohl man einwenden könnte, dass Sie geradewegs zur Polizei hätten gehen sollen, anstatt zu dem Schrottplatz zu fahren.»

«Ich wollte Cole nur mit eigenen Augen sehen.»

«Hoffentlich wird die Polizei das akzeptieren. In jedem Fall werden Sie entscheiden müssen, wie Sie weiter vorgehen wollen. John Cole wird wahrscheinlich ein Betreuungsrecht beantragen. Wollen Sie das anfechten?»

Ben rieb seine Schläfen. «Was würde geschehen, wenn ich es täte?»

«Ein vom Gericht bestimmter Fachmann – in diesem

Fall vielleicht ein Sozialarbeiter des Jugendamtes – wird Mr. Coles Antrag prüfen und Empfehlungen aussprechen. Anschließend entscheidet das Gericht, wo Jacob wohnen wird. Seine eigenen Wünsche und Gefühle werden dabei in Betracht gezogen, was sich in diesem Fall als schwierig herausstellen dürfte, da es offenbar Kommunikationsprobleme gibt. Aber unter normalen Umständen hätten Sie wahrscheinlich gute Aussichten, ihn zu behalten.»

Er war zu müde, um klar zu denken. «Und wenn ich es nicht anfechte?»

«Dann wird Jacob nach Prüfung des Antrags höchstwahrscheinlich zu seinem leiblichen Vater kommen.»

«Werde ich ihn weiterhin sehen können?»

«Möglicherweise wird Ihnen ein gewisser Umgangskontakt erlaubt, aber ich kann nicht sagen, in welchem Umfang. Das hängt davon ab, was nach Meinung des Gerichts das Beste für den Jungen ist.»

Das Beste? Ben musste an die schäbige Kleinstadt denken, an das Haus, in dessen Garten Schrottberge lagerten. Er konnte den Gedanken nicht ertragen, dass Jacob an einem solchen Ort leben sollte. Er wollte ihn nicht aufgeben und konnte sich nicht vorstellen, wie es wäre, wenn er es täte. Der Gedanke daran, was Sarah sagen würde, was sie denken würde, bereitete ihm entsetzliche Magenschmerzen. Egal, auf welchem unrechtmäßigen Weg sie zu ihm gekommen war, Jacob war ihr Sohn. Sie hatte ihn geliebt und für ihn gesorgt. Und Ben ebenso. Wie konnte er ihn jetzt einfach gehen lassen?

Doch dagegen stemmte sich die Erinnerung an den hinkenden Cole und seinen über sechs Jahre aufgestauten Kummer. *Wo ist mein Junge?*

Er merkte, dass die Anwältin wartete. Er gab ihr seine Antwort.

John Cole sah seinen Sohn zum ersten Mal in einem schmutzigen Jugendamt aus Beton und Glas. Ben hielt Jacob an der Hand, als sie gemeinsam mit Ann Usherwood in den Raum gingen, in dem das Treffen stattfinden sollte. Der Sozialarbeiter, der vom Gericht bestellt war, den Antrag auf das Betreuungsrecht zu prüfen, hieß Carlisle. Er war ein paar Jahre älter als Ben, hatte kurzgeschorenes Haar und eine etwas herablassende Art. John Cole und seine Frau waren bereits dort; Cole trug einen dunkelgrünen Anzug, der für das Wetter zu warm war, seine Frau ein kurzes, ärmelloses Kleid. Ben zuckte ein wenig zusammen, als Cole aufstand, doch der Mann beachtete ihn kaum. Er starrte nur Jacob an.

Jeder im Raum schien einen Moment innezuhalten. Cole hinkte herbei und blieb vor seinem Sohn stehen, ohne den Blick von ihm zu lassen. Wie auf dem Schrottplatz konnte man seinen Gesichtsausdruck nicht deuten, doch dieses Mal meinte Ben, ihm eine gewisse Vorsicht anzumerken. Er ging in die Hocke und schaute den Jungen schweigend und aufmerksam an. Ben erwartete, dass Jacob seine abwehrende Geste machte, aber er rührte sich nicht.

«Hallo, Steven», sagte Cole. «Ich bin dein Vater.»

Jacob richtete seinen Blick vorsichtig auf den Mann, der vor ihm hockte. Als die beiden sich ansahen, kam Ben die unglaubliche Ähnlichkeit zwischen ihnen fast irreal vor. Dann drehte sich Cole um und fixierte ihn mit seinem gnadenlosen Starren.

«Was haben Sie mit ihm gemacht?»

Der Sozialarbeiter trat einen Schritt vor. «Ich denke, wir sollten alle Platz nehmen. Dieses Treffen wird für alle sehr schwierig werden, daher ist es wichtig, Ruhe zu bewahren und sich daran zu erinnern, dass wir hier sind, um zu besprechen, was das Beste für Jacob ist.»

«Steven», sagte Cole. Sein Kopf schwenkte von Ben zu dem Sozialarbeiter. «Sein Name ist Steven.»

Carlisle stockte und sammelte sich dann wieder. «Es tut mir leid, Mr. Cole, aber wenn sie ihn nicht verwirren und durcheinanderbringen wollen, werden Sie sich an den Gedanken gewöhnen müssen, dass Ihr Sohn nun Jacob heißt. Das ist der Name, den er kennt und mit dem er aufgewachsen ist. Jetzt den Namen zu ändern könnte sehr schwer für ihn sein.»

Ben sah, wie Coles Kiefer zuckte, als er wieder hinab zu Jacob schaute. Der Sozialarbeiter wandte sich hilfesuchend an den übergewichtigen Mann mit buschigem Schnurrbart und Brille, der neben Sandra Cole saß. Aus dem Aktenkoffer und dem mit Schuppen besprenkelten Anzug schloss Ben, dass es sich um ihren Anwalt handelte. Widerwillig erhob sich der Mann. «Warum setzen Sie sich nicht hin, Mr. Cole?»

Cole ignorierte ihn. Er griff in seine Tasche und holte ein kleines Päckchen hervor. «Hier.» Er reichte es Jacob. Jacob schaute es nur an. Cole packte es für ihn aus. Ben sah, dass seine Hände kräftig und breit waren, seine Finger kurz und schwielig. Das Geschenk war ein Geduldspiel, ein durchsichtiges Plastikkästchen, in dem zwei oder drei winzige Silberkügelchen herumrollten. Jacob hatte zu Hause ähnliche Spiele. Cole schüttelte es ein wenig, sodass die Kügelchen rasselten, und reichte es ihm dann erneut. Dieses Mal nahm der Junge es an. Er schüttelte es ebenfalls, als wollte er Cole nachahmen, und versuchte dann, die Kugeln in die Löcher am Boden des Spiels zu lenken.

Cole streichelte dem Jungen sanft über das Gesicht, ehe er sich wieder hinsetzte. Als wäre das ihr Stichwort, nahmen auch die anderen auf den Sesseln Platz, die um einen flachen rechteckigen Tisch standen. Doch die zwanglose Einrichtung änderte nichts an der angespannten Atmosphäre im Raum.

«Bevor wir weitermachen, möchte ich darauf hinweisen, dass wir alle zusammenarbeiten müssen», sagte der Sozialarbeiter. «Dies ist für alle Beteiligten eine sehr emotionale Zeit, wir dürfen aber nicht aus den Augen verlieren, dass es uns vor allem um Jacobs Wohlbefinden gehen muss und nicht darum, äh, persönliche Differenzen auszutragen.»

«Ich will meinen Jungen», sagte Cole. Er hockte auf der Kante seines Sessels und beobachtete Jacob. Seine Frau neben ihm kaute auf ihren rotbemalten Lippen und schaute zwischen ihrem Mann und ihrem Stiefsohn hin und her. Sie hatte scharf gezeichnete Gesichtszüge, die Augenbrauen waren schmale schwarze Striche und die Wurzeln ihres strohblonden Haars waren dunkelbraun. Sie wirkte verschlagen und verblüht, aber in gewisser Weise machte sie das auch attraktiv. Auf einer Schulter sah man den Rand eines weißen BH-Trägers. Als sie aufschaute, bemerkte sie, dass Ben sie beobachtete. Er wandte sich ab.

Carlisle nickte beschwichtigend. «Das weiß ich, Mr. Cole, deswegen sind wir ja hier. Aber Sie müssen verstehen, dass Sie Jacob nicht einfach so mit nach Hause nehmen können. Dafür sind noch einige Schritte nötig.»

«Zum Beispiel uns zu überprüfen, meinen Sie wohl.» Es war das erste Mal, dass Coles Frau gesprochen hatte. Sie hatte eine rauchige Stimme.

«Wir werden Sie nicht im eigentlichen Sinne ‹überprüfen›, Mrs. Cole. Aber wir können nicht einfach jemandem ein Kind übergeben, ohne vorher zu beurteilen, was das Beste für es ist.»

«Ich bin sein Vater», sagte Cole. Ben konnte sehen, wie er rhythmisch seine Fäuste ballte und dadurch Blut in die

Unterarme pumpte, bis die Adern hervorstanden. «Er hat kein Recht auf ihn.» Sein Kinn zuckte in Bens Richtung. «Er hat ihn die ganze Zeit von mir ferngehalten. Jetzt wird er ihn nicht mehr behalten.»

Ann Usherwood rutschte ein Stück auf ihrem Sessel nach vorn. «Mr. Murray wird Ihren Antrag auf Betreuungsrecht nicht anfechten, wenn das Gericht und das Jugendamt überzeugt sind, dass es das Beste für Jacob ist, bei Ihnen und Ihrer Frau zu leben, Mr. Cole. Und ich muss Sie daran erinnern, dass meinen Mandanten für das Geschehene keinerlei Schuld trifft. Die Polizei ist überzeugt davon, dass er bis zum Tod seiner Frau im Glauben war, der Junge wäre ihr leiblicher Sohn. Und wenn er auf diese neuen Informationen nicht reagiert hätte, säßen wir heute alle nicht hier.»

Sandra Cole schnaubte. «Geben Sie ihm doch einen Orden.»

Sie hatte eine Zigarette in der Hand. Als sie sie zum Mund hob, schaltete sich der Sozialarbeiter ein. «Es tut mir leid, aber hier wird nicht geraucht.»

Mit der Zigarette zwischen den Lippen schaute sie hinüber zu ihm. «Sie wollen mir das Rauchen verbieten?»

Carlisle sah genervt und angespannt aus. «Ja, tut mir leid.»

«Steck sie weg», sagte Cole, ohne seine Frau anzusehen. Sie warf ihm einen bösen Blick zu und nahm dann wütend die Zigarette aus dem Mund. Ben fiel der rote Lippenstiftfleck auf dem Filter auf, als sie sie in ihre Handtasche warf.

Der Sozialarbeiter wandte langsam seinen Blick von ihr ab. «Wie Ms. Usherwood gesagt hat, Mr. Cole, ficht niemand Ihren Antrag auf das Betreuungsrecht an. Aber so etwas wird nicht von heute auf morgen entschieden. Ihnen werden in der Zwischenzeit regelmäßige Kontakte zugestanden, aber bis zu einer Entscheidung ist es das Beste für Jacob, wenn er bei Mr. Murray bleibt und ...»

«Nein.»

«Ich kann mir vorstellen, wie Sie sich fühlen, aber ...»

Er verstummte, als Cole plötzlich aufsprang. Ben erstarrte, als er um den Tisch herumkam.

«Äh, Mr. Cole ...?»

Cole ignorierte den Sozialarbeiter und ging zu Jacob. Wieder hockte er sich vor den Jungen. «Steven?»

«Mr. Cole, ich muss Sie wirklich bitten, nicht ...»

«Schau mich an, Steven.»

Jacob spielte weiter mit seinem Geschenk, als würde er Cole überhaupt nicht bemerken. Cole streckte seine Hand aus und drückte es langsam nach unten. Jacob brummte verärgert auf und riss seine Hand weg.

«Sie bringen ihn durcheinander», sagte Ben. Cole achtete nicht darauf.

«Steven.»

Er fasste an Jacobs Kinn und hob es behutsam hoch. «Nicht», begann Ben, verstummte aber, als er sah, dass Jacob Cole anschaute.

«Ich bin dein Vater. Sag ihnen, dass du mit mir nach Hause kommen willst. Sag es ihnen.»

Niemand rührte sich. Vater und Sohn musterten sich, und für einen ungläubigen Augenblick dachte Ben, dass Jacob antworten würde. Dann widmete sich der Junge wieder dem Spiel.

Das blecherne Klirren der Silberkugeln durchbrach die Stille. «Er kann nicht anders», sagte Ben. Irgendwie tat Cole ihm leid. Gleichzeitig konnte er nicht verleugnen, dass er erfreut war. Beide Gefühle flauten ab, als ihn der Mann mit seinen kalten Augen anstarrte. Gerade weil sein Blick so ausdruckslos war, beunruhigte er ihn. *Niemand weiß, was er denkt, was er vorhat. Er ist wie ein verdammter Rottweiler.*

Cole hatte sich wieder hingesetzt und für den Rest des Treffens keinen Ton mehr gesagt.

Die Tage danach hatte Ben scheinbar nur in tristen Büros und vor strengen Beamten verbracht. Die Polizei hatte ihn mehrmals vernommen und die Zeitungsausschnitte beschlagnahmt. Ihm war es egal, ob er sie jemals wiedersah. Wenn ihm nach Zeitungspapier war, gab es zudem eine Menge frisches Material. Die Medien hatten sich geifernd auf die Geschichte von «Baby Stevens Rückkehr» gestürzt. Angesichts der Vielzahl von «Exklusiv»-Interviews, die Quilley gab, vermutete Ben, dass der Detektiv seine Informationen schließlich in bare Münze umwandeln konnte.

Er hoffte, dass er daran erstickte.

Bevor die Sache von den Medien herausposaunt wurde, hatte er Sarahs Eltern angerufen. Er wollte ihnen ersparen, dass sie zuerst durch das Fernsehen und das Radio davon erfuhren. Als er mit ihrem Vater sprach, verhaspelte er sich ständig, sodass er die Geschichte immer wieder von vorn beginnen musste.

«Das verstehe ich nicht», sagte Geoffrey, als er fertig war. Seine Stimme klang alt.

«Ich wollte es dir nicht so erzählen, aber die Medien haben es herausgefunden. Es wird ... also, es wird ziemlich schlimm werden.»

«O nein. O nein.»

«Es tut mir leid.»

Doch sein Schwiegervater hörte nicht zu. «Was soll ich nur Alice erzählen?», fragte er. Ben überlegte noch, was er sagen sollte, als am anderen Ende aufgelegt wurde.

Noch in derselben Nacht, nachdem die Geschichte in den Abendnachrichten gebracht worden war, rief ihn seine Schwiegermutter an. «Bist du jetzt zufrieden?», fauchte sie. «Du konntest es nicht dabei belassen, nicht wahr? Reicht es nicht, dass Sarah tot ist? Musstest du auch noch das kaputt machen, was uns geblieben ist?»

«Alice...»

«Er ist unser Enkel! Er gehört nicht dir! Er ist alles, was uns geblieben ist, und du gibst ihn einfach weg! Gott, ich verachte dich! Ich *verachte* dich!»

Ben konnte es ihr nicht verübeln. Er hatte selbst kein gutes Gefühl dabei.

Der Garten war mittlerweile ganz in Schatten getaucht. Die Schaukel quietschte und kam fast zum Stillstand. Ben schubste sie noch einmal mit dem Fuß an und stand auf. Unter dem dünnen weißen Hemd hatte er eine Gänsehaut bekommen. Er ging hinein. Die Vorderseite des Hauses zeigte nach Westen, sodass es im Wohnzimmer noch hell war. Das einfallende Licht zeichnete ein Abbild des Fensters schräg auf den Teppich. Ben setzte sich auf den Boden, schloss die Augen und hielt sein Gesicht in den letzten Sonnenschein des Tages.

Durch seine Lider schimmerte es, als wäre er vollständig von einem roten Lichtfeld umgeben. Er versank in dieses leuchtende Rot. Es war Freitagabend. Er wollte nicht daran denken, was er mit dem Rest des Wochenendes anfangen sollte. Oder mit den darauffolgenden. Die Wochenenden, die er mit Sarah und Jacob verbracht hatte, kamen ihm in der Erinnerung paradiesisch vor. Das entsprach natürlich nicht der Realität, er stellte es aber nicht in Frage. Auch darüber wollte er nicht nachdenken. Es war leichter, den

Kopf der untergehenden Sonne zuzuwenden und an nichts zu denken.

Das rote Universum wurde schwarz. Er öffnete die Augen. Die Sonne war gesunken, sodass nun ein horizontaler Schatten des Fensterrahmens über sein Gesicht fiel. Der Lichtfleck war zu einem Streifen geschrumpft, der zu schmal war, um darin zu sitzen. Als Ben sich mit der Hand vom Boden hochstemmen wollte, fühlte er etwas Hartes. Verborgen unter den Troddeln einer Decke, lag ein Puzzleteil verkehrt herum auf dem Teppich. Er hob es auf. Die Bildseite war hellblau und wurde von einer dicken, orangefarbenen Linie durchkreuzt. Ben hatte keine Ahnung, in welches Bild es passen oder zu welchem von Jacobs Puzzles es gehören könnte. Er drehte das asymmetrische Pappstück in seiner Hand und schaute dann auf die Uhr.

Es war Zeit für die Nachrichten.

Es war einer der letzten Berichte, ein erhebender Abschluss der Sendung. Die Nachrichtensprecherin lächelte, als sie vermeldete, dass Steven Cole endlich wieder zurück bei seinem leiblichen Vater war. *Er heißt Jacob und nicht Steven.* Nicht erwähnt wurde, dass der Junge die Coles im Rahmen eines unter Aufsicht vollzogenen «Resozialisierungsprozesses» schon in den vergangenen Wochen immer regelmäßiger getroffen hatte. Auf den Fernsehbildern waren John und Sandra Cole an diesem Nachmittag vor dem Jugendamt zu sehen, in ihrer Mitte Jacob. Die drei waren von Journalisten und Fotografen umzingelt. Cole tat so, als würden sie nicht existieren, während seine Frau jede Sekunde auskostete. Einmal im Rampenlicht, drehte sie völlig auf und warf sich in schmierige, erotische Posen. Sie war das einzige Mitglied der wiedervereinigten Familie, das lächelte. Sie strahlte in die Kameras und hielt Jacob an der Hand, und Ben konnte sehen, dass ihre Knöchel bei der Anstrengung, ihn festzuhalten, weiß geworden waren. Ungeachtet des Treibens um ihn herum hatte Jacob den Kopf gesenkt. Bei dem Anblick schnürte es Ben die Brust zu.

Als er selbst kurz ins Bild kam, wie ein Krimineller davoneilend, hätte er sich fast nicht wiedererkannt.

Da Coles Antrag stattgegeben worden war, hatte Ben an diesem Nachmittag Jacob seinen neuen Eltern übergeben. Während der ganzen Zeit hatte er sich gesagt, dass es das Beste war, was er tun konnte. Das Beste für Jacob. Coles Anrecht auf seinen eigenen Sohn anzufechten wäre egoistisch gewesen. Egal, wie er sich selbst fühlte, egal, was Sarahs Eltern dachten, John Cole war Jacobs Vater. Angesichts dieser Tatsache liefen alle anderen Argumente ins Leere. Wenn die Sozialbehörden irgendeinen Grund gefunden hätten, warum Jacob nicht zu seinem leiblichen Vater zurückkehren sollte, wäre es anders gewesen. Aber das hatten sie nicht, und so erklärte sich Ben bereit, ihre Entscheidung hinzunehmen. Und das hatte er auch getan, bis zum bitteren Ende.

Es tut mir leid, Sarah.

Er musste daran denken, wie Jessica ihm vorgeworfen hatte, dass er sich nur der Verantwortung für Jacob entziehen wollte, und fragte sich, ob seine Motive, ihn ohne Gegenwehr wegzugeben, völlig unschuldig gewesen waren. Seine Begründung erschien ihm im Nachhinein verworren und unklar. Der Bericht im Fernsehen zeigte nun ein älteres Paar in einem winzigen Wohnzimmer mit Velourstapete. Jeanette Coles Eltern. Die Frau saß in einem Rollstuhl und fühlte sich vor den Fernsehkameras sichtlich unwohl. Ihr Ehemann, der neben ihr saß und ihre Hand hielt, war ein gefasst wirkender Mann, den das Alter langsam zermürbt hatte. Ja, sie wären sehr glücklich, sagten sie. Ja, sie wünschten, ihre Tochter hätte die Rückkehr ihres Sohnes noch erleben können. Als sie gefragt wurden, ob sie ihren Enkel schon gesehen hätten, sah Ben, wie die Frau ihren Mann anblickte. Er zögerte. «Nein, noch nicht.»

«Wann werden Sie ihn treffen?», wollte der Interviewer wissen. Wieder folgte eine betretene Stille.

«Hoffentlich bald», antwortete der Mann. Er schaute den Interviewer nicht an, als er es sagte.

Der Bericht endete mit einer Aufnahme der Coles, die Jacob in ihr Haus brachten. Die Kameras waren offensichtlich auf der Straße geblieben und hatten über die Gartenpforte hinweg gefilmt. Der überwucherte Garten mit den Schrotthaufen war nicht zu sehen. Der Anblick des Abfalls hätte vermutlich nicht zum «erhebenden» Ton des Berichtes gepasst. Ben sah, wie Jacob in dem dunklen Eingang verschwand und eine lächelnde Sandra Cole nur widerwillig die Tür schloss.

Nachdem er den Fernseher ausgeschaltet hatte, ging er in die Küche, nahm ein neues Bier aus dem Kühlschrank, setzte sich an den Tisch und zündete sich eine Zigarette an. In letzter Zeit rauchte und trank er zu viel. *Was soll's.* Er inhalierte den Rauch, atmete ihn dann aus und trank einen großen Schluck Bier.

Einmal im Monat.

Das war seine Belohnung dafür, das Richtige getan zu haben. So oft durfte er Jacob sehen. «Umgangskontakt» nannte man das heutzutage, als wenn ein Name etwas ändern würde. Es bedeutete trotzdem, dass er ihn nur einmal pro Monat sehen durfte.

Selbst Ann Usherwood war überzeugt gewesen, dass er ihn einmal in der Woche, zumindest aber einmal in vierzehn Tagen würde sehen dürfen. Doch obwohl die Polizei Ben von jeder Schuld und jeder Beteiligung an den Geschehnissen freigesprochen hatte, hatten die Sozialbehörden entschieden, dass es nicht zu Jacobs Bestem wäre, wenn er ihn zu häufig sehen würde. Offenbar waren sie von der romantischen Geschichte des verlorenen und wiederaufgetauchten Kindes genauso gerührt wie die schmierigsten Boulevardblätter. Natürlich gaben sie das nicht zu. Die Begründung war in den ernsthaftesten und vernünftigsten Formulierungen verpackt. Jacob habe sich bereits erstaunlich gut in seinem neuen Zuhause eingelebt, hatte der Sozialarbeiter Carlisle Ben erzählt. In Anbetracht der Umstände und seiner den Prozess nicht gerade begünstigenden Krankheit könnte ein häufigerer Kontakt mit seinem früheren Stiefvater diese Entwicklung stören. Er sagte, es täte ihnen leid.

Womit natürlich alles in Ordnung war.

Ben leerte die Flasche Bier und ging hinauf in Jacobs Zimmer. In Jacobs früheres Zimmer, verbesserte er sich und zog an der Zigarette. Er betrachtete die Spielzeuge und Anziehsachen, die Cole nicht gewollt hatte, die Rebus-Symbole und die bunten Poster an der Wand. Er wusste nicht, ob es schlimmer war, das zu sehen, was zurückgeblieben war, oder das zu bemerken, was fehlte. Den vergangenen Tag hatte er nicht gearbeitet, um ihn mit Jacob verbringen zu können. Sie hatten den Zoo besucht. Er hatte den Jungen zwischen Gehegen und Käfigen auf den Schultern getragen und versucht, ihn zum Lachen zu bringen, damit sich beide an diesen Tag erinnern würden. Jacob schien sich amüsiert zu haben, Ben war aber zu bedrückt und nachdenklich gewesen, um es zu genießen. Ein Teil von ihm stand immer neben ihm und beobachtete alles mit dem Bewusstsein, dass es ihr letzter gemeinsamer Tag war. Die Aussicht darauf, Jacob in einem Monat wiedersehen zu dürfen, half ihm nicht. Er wusste, dass es dann anders sein würde. Seine Laune hatte sich auch nicht gebessert, als sie nach Hause zurückgekehrt waren. An diesem Morgen hatte er Jacob beim Anziehen geholfen, sein Frühstück gemacht, alles im Wissen, dass er es nie wieder tun würde.

Es fiel ihm schwerer denn je, sich davon zu überzeugen, dass er die richtige Entscheidung getroffen hatte.

Er schloss die Tür des Zimmers, in dem Jacob keine Nacht mehr verbringen würde, und ging wieder nach unten. Er drückte die Zigarette aus und holte sich ein neues Bier aus dem Kühlschrank. Von der Küchenwand starrte ihn ein Foto von Sarah an. Er hatte es immer gemocht, weil sie darauf zu lachen schien, obwohl sie es, wenn man jeden ihrer Züge einzeln betrachtete, nicht tat. Erst kürzlich hatte er es übers Herz gebracht, das Foto aufzuhängen. Sarah hatte es für eitel gehalten, ein Foto von sich aufzuhängen, auf dem nicht auch Ben oder Jacob zu sehen waren, und nach ihrem Tod war es zu schmerzhaft für ihn gewesen, es jeden Tag vor Augen zu haben. Selbst wenn er es nun nach mehreren Bieren anschaute, konnte er weder einen Vorwurf noch Kritik darin erkennen. Es hatte sich nicht verändert. Es war nur ein Foto.

An der Tür klingelte es. Ben blieb, wo er war. Er wollte niemanden sehen. Sein Handy hatte er ausgeschaltet, und sobald er nach Hause gekommen war, hatte er das Telefon ausgestöpselt, um den Beileidsanrufen vorzubeugen, die es mit Sicherheit gegeben hätte. Er hatte ein schlechtes Gewissen wegen Keith, aber mit dem konnte er auch später sprechen. Möglich, dass sich sein Vater verpflichtet fühlte, wieder anzurufen, aber Bens Laune war so schon schlecht genug. Als die ersten Berichte in den Medien kamen, hatte er sich gemeldet, und nach dem kurzen Gespräch war Ben deprimierter denn je gewesen. Den größten Teil des Telefonates hatte er sich für sein Fernbleiben entschuldigt, ein reumütiges Geschwafel, das darauf hinauslief, dass seine Frau unter dem Wetter litt. Ben war aufgefallen, dass sie jedes Mal erkrankte, wenn irgendjemand etwas von ihrem Mann wollte. «Du weißt ja, wie es ist», hatte sein Vater geendet, und Ben hatte zugestimmt, ja, er wisse, wie es sei. Danke, Vater.

Die Türklingel schrillte erneut. Ben blieb entschlossen am Tisch sitzen, aber dieses Mal hörte es nicht auf. Er schob den Stuhl zurück und schaute nach, wer es war.

Zoe lehnte neben der Tür. Als Ben öffnete, nahm sie ihren Daumen von der Klingel. Auf der Straße parkte ein Taxi mit laufendem Motor in zweiter Reihe. Sie grinste ihn an, konnte aber ihre Nervosität nicht verbergen. «Hi. Ich habe angerufen, aber es ist immer besetzt.»

Ben versuchte noch, sich zu sammeln. «Ich habe es ausgestöpselt.»

«Ach so.» Sie steckte die Hände in die Gesäßtaschen ihrer engen schwarzen Jeans, die tief auf ihren Hüftknochen saß. Durch die Bewegung zogen sich ihre Schultern hoch. «Ich habe in den Nachrichten gehört, was passiert ist. Ich dachte, ich schaue mal, wie es dir geht.»

«Mir geht's gut.» Er erinnerte sich an seine Manieren. «Willst du reinkommen?»

«Nein, schon in Ordnung. Das Taxi wartet.» Zoe schaute nach unten und beobachtete, wie sie mit dem Zeh gegen die Stufe stieß. Ihr Haar war diese Woche rot. «Und was hast du jetzt vor?»

Ben fiel ein, dass die Anwältin davon gesprochen hatte, wegen seines Umgangskontaktes mit Jacob in Berufung zu gehen, aber es war halbherzig gewesen. Außerdem war es ihm zu abstrakt und zu mühsam erschienen, um sich jetzt darauf zu konzentrieren. «Keine Ahnung.»

Sie schaute die Straße hinab, als hätte dort etwas ihre Aufmerksamkeit erregt. «In einem neuen Club in Soho findet eine Party statt. Ich habe eine Einladung. Hast du Lust, mitzukommen?»

Ihm wurde klar, dass sie offenbar nicht nach seinen langfristigen Plänen gefragt hatte. Er betrachtete ihr geschminktes Gesicht. Das orangefarbene Top, das sie anhatte, war noch knapper als diejenigen, die sie bei der Arbeit trug, und kaum mehr als ein BH, der sich an ihre kleinen Brüste schmiegte. «Nein, ich glaube nicht. Aber danke, dass du fragst.»

«Hast du was anderes vor?» Sie blinzelte zu ihm hinauf.

«Ich habe wirklich keine Lust, auszugehen.»

Sie nickte. «Also bleibst du lieber zu Hause und betrinkst dich allein.»

«Zoe, es ist nett, dass du vorbeigekommen bist, aber ...»

«Aber du bleibst zu Hause und bläst Trübsal, ja?»

Er war zu erschöpft, um sauer zu werden. «Ich bin heute wirklich nicht besonders gesprächig.»

«Was spielt das für eine Rolle? Du kannst dich in Gesellschaft besaufen.» Sie machte ein ernsteres Gesicht. «Ich denke einfach, du solltest heute Nacht nicht allein zu Hause bleiben.»

Das war genau das, was er wollte: zu Hause bleiben und in Erinnerungen an Sarah und Jacob, an seine verlorene Familie, schwelgen. Es war leichter, als sich aus dem Loch zu ziehen, in das er rutschte. Im Moment wollte er sich nur gehenlassen und den Absturz genießen.

Doch Zoe schaute ihn erwartungsvoll an. Er suchte nach Worten, konnte aber nur den Kopf schütteln.

«Komm schon», sagte sie, als sie seine Unentschlossenheit spürte. «Du wirst dich besser fühlen.»

Ich will mich nicht besser fühlen. Aber etwas zu erwidern

war zu anstrengend. «So kann ich nicht los», sagte er matt und schaute hinab auf seine zerknitterte Hose und das von der Gartenmauer verschmutzte Hemd. Als er Zoes breites Grinsen sah, war ihm klar, dass sie gewonnen hatte.

«Ich sage dem Taxifahrer, dass er warten soll, bis du dich umgezogen hast.»

Der Club war klein, dunkel und überfüllt, und durch die Ausdünstungen der vielen Leute war es tropisch schwül. Massen anonymer Hintern, Hüften und Schritte schoben sich an ihrem Tisch vorbei, dessen Kanten sich in Jeans, Leder, Satin und nackte Haut drückten.

«Man weiß nicht, was die Ursache ist», sagte Ben. «Man sagt, es sei eine Art Hirnschädigung, wie Epilepsie, aber im Grunde weiß niemand, warum manche Kinder Autisten sind und andere nicht. Die Krankheit könnte vererbt werden, sie könnte mit Kinderkrankheiten oder Impfungen oder Sauerstoffmangel bei der Geburt zusammenhängen. Such dir etwas aus.»

Zoe war dicht an ihn herangerückt, um ihn bei der hämmernden Musik verstehen zu können, und hatte die Ellbogen auf den Tisch gestützt und ihr Kinn auf die Hand gelegt. Sie trank einen Schluck Bier. Ben pulte das Etikett von seiner Flasche. Der Tisch war mit Papierfetzen übersät.

«Es ist etwas anderes als das Downsyndrom. Da ist früh klar, ob das Kind es hat oder nicht. Aber Autismus ist nicht so leicht zu erkennen. Manchmal ist die Krankheit so schwach ausgeprägt, dass die Kinder eine normale Schule besuchen können, und manchmal ist sie so schlimm, dass sie ein Leben lang Windeln tragen müssen. Und sie verändert sich ständig. Während das Kind aufwächst, tauchen immer neue Symptome auf.» Er trank einen Schluck aus der Flasche. Das Bier schmeckte warm und schal, obwohl die Flasche frisch angebrochen war. Oder doch nicht? Schwer zu sagen. Er fühlte sich benebelt. Er setzte die Flasche wieder ab und pulte weiter am Etikett.

«Bei Jacob ist sie im Vergleich zu manch anderen Betroffenen ziemlich schwach ausgeprägt. Er hat vor allem ein Kommunikationsproblem. Im Moment würde er an einer normalen Schule noch nicht zurechtkommen, aber es besteht die Chance, dass er Fortschritte macht. Wenn man ihn manchmal anschaut, hat man das Gefühl, er ist kurz davor und braucht nur einen kleinen Knuff, um ein normales Kind zu sein. Und dann kapselt er sich wieder ab, und man hat den Eindruck, er kommt von einem anderen Stern. Es ist wirklich frustrierend. Man hat das Gefühl, er ist irgendwie in seinem Kopf gefangen, aber wenn man ihn dazu kriegen könnte, herauszukommen ...»

Er verstummte. «Entschuldige. Ich rede Schwachsinn.»

«Nein, überhaupt nicht.» Zoe zuckte mit den Achseln. «Jedenfalls ist es interessanter Schwachsinn. Normalerweise sprichst du kaum über ihn.»

«Nichts ist langweiliger, als Leuten zuzuhören, die von ihren Kindern reden.» *Besonders wenn es nicht ihre eigenen sind.* Er hob die Flasche an die Lippen, doch sie war leer.

«Hast du mal daran gedacht, ihn zu adoptieren?» Sie verzog sofort das Gesicht. «Tut mir leid, das war taktlos.»

«Schon gut, kein Problem. Sarah und ich haben darüber gesprochen und waren uns einig, dass ich es irgendwann tun sollte. Wir haben auch darüber gesprochen, gemeinsame Kinder zu haben. Aber wir hatten keine Eile.»

Das versenkte das Gespräch wie die *Titanic*. Ben spürte, wie seine Laune gleichsam unterging. Er wusste, dass er kurz davor war, betrunken und rührselig zu werden, dass er mit dem Reden und Trinken aufhören und nach Hause gehen sollte, aber der Gedanke war fast genauso schnell wieder verflogen, wie er aufgetaucht war. «Es hätte sowieso nichts geändert», sagte er. «Ich hätte Jacob wahrscheinlich trotzdem zu Cole gehen lassen müssen.» *Wirklich?* Er begab sich lieber auf sicheres Terrain. «Ich kann einfach nicht glauben, dass ich den Jungen nur einmal im Monat sehen darf. Einmal im Monat, verdammt nochmal.»

«Kannst du nicht mit seinem Vater reden? Ihm die Sache erklären, meine ich. Vielleicht ist er einverstanden, dass du ihn häufiger siehst.»

Ben musste daran denken, wie Cole ihn angeschaut hatte. Er schüttelte langsam und bedächtig den Kopf. «Keine Chance.»

«Wie kann man so verständnislos sein!»

«Er ist kein verständnisvoller Mensch.» Ihm fiel auf, dass er eine einfache Wahrheit ausgesprochen hatte. Was sich im Kopf hinter Coles hellbraunen Augen abspielte, war unergründlich. Vielleicht war er Jacob nicht nur im Äußeren ähnlich. Ben versuchte, den Gedanken festzuhalten, damit er ihn später weiterverfolgen konnte, aber er entglitt ihm und wurde von einem anderen ersetzt. «Ich hoffe nur, dass es Jacob bei ihm gutgeht.»

Zoe legte eine Hand auf seinen Arm. «Mach dir keine Sorgen. Man hätte ihn nicht zu diesen Leuten gegeben, wenn es irgendwelche Bedenken geben würde.»

«Gott, ich hoffe es.» Aber er erinnerte sich an das Haus und den Schrott im Garten und an Sandra Coles liebloses Gesicht, das nur für die Kameras gelächelt hatte. Inmitten all dieser Härte und Schroffheit kam ihm Jacob klein und verletzlich vor.

Jemand stieß ihn an. Er schaute auf. Zoe hielt ihm ein

Glas hin. Er hatte gar nicht bemerkt, dass sie an der Theke gewesen war.

«Schluss mit dem Bier», sagte sie. «Wir sind nicht zum Spaß hier.»

Er roch an dem Getränk. Wodka. Zoe kam seiner Ablehnung zuvor.

«Ich dachte, du wolltest dich besaufen», sagte sie.

Es gab Momente der Nüchternheit, in denen er aus dem Alkohol auftauchte wie ein Ertrinkender zum Luftschnappen. Sie dauerten gerade lange genug, um zu sehen, wohin die Strömung ihn getrieben hatte, ehe sie ihn wieder hinabzog. Im Club wurde es heißer und voller. Die Luft war geschwängert mit Körperausdünstungen, Parfüm, Zigarettenrauch und verschüttetem Bier. Bei dem grellen Licht und der stampfenden Musik dröhnte sein Schädel. Sie konnten sich nur noch verständigen, indem sie nahe aneinanderrückten und brüllten. Einmal spürte er Zoes Lippen direkt an seinem Ohr und ihren heißen Atem auf seiner Haut. Sie roch nach Schweiß und einem herben Parfüm und ganz leicht nach Knoblauch. Während sie sprach, lag ihre Hand auf seiner Schulter. Er konnte sie warm und feucht durch sein Hemd spüren. Er konnte die Hitze spüren, die ihre nackte Haut ausströmte. Das enge Top klebte an ihren Brüsten, aber Bauch, Arme und Schultern waren unbedeckt. Er schloss die Augen. Er nahm den Lärm und die Berührungen wahr, ohne etwas zu empfinden. Er konnte ihre Worte hören, verstand sie aber nicht mehr. Er verabschiedete sich für eine Weile, und als er zurückkam, war er noch immer am selben Platz, und nichts hatte sich verändert. Er spürte einen Druck in seinem Ohr, leichte Atemstöße, bis er schließlich merkte, dass jemand mit ihm sprach. Er öffnete die Augen. Zoes Kopf füllte sein Blickfeld, so groß, dass er nichts erkennen konnte. Er rückte ein Stück zurück und sah, wie sich ihre Lippen bewegten. Nur mühsam konnte er sich davon abhalten, wieder wegzudriften.

«Was?», fragte er. Seine Stimme klang weit entfernt.

«Ich habe gefragt, ob du tanzen willst.»

Ben schüttelte den Kopf. Er fühlte sich so schwer an, als würde er nicht zu ihm gehören. «Geh nur.»

Sie sagte etwas, aber er konnte es nicht verstehen. Sie stand auf. Ben betrachtete ihren Bauch, der schön gebräunt und wohlgeformt war. Als sie sich umdrehte und sich durch die Menge drängte, die sich vor dem Tisch staute, hob sich der Hosenbund ihrer Jeans von ihrem Rücken, sodass man unter dem Abdruck, den er auf der Haut hinterlassen hatte, ein weiteres Stückchen ihres Steißbeins sehen konnte.

Sie verschwand in dem Gewimmel aus Körpern. Ben hatte das Gefühl, als würden Drahtseile an ihm ziehen, gegen deren Widerstand jede Bewegung ankämpfen musste. Hin und wieder aber ließen sie locker, und seine Glieder zuckten unkontrolliert umher. Als er einen Arm hob, stieß er eine leere Bierflasche um, und zwei weitere, als er versuchte, sie aufzufangen. Das Klirren ging im allgemeinen Lärm unter. Plötzlich hatte er Durst. In manchen Flaschen auf dem Tisch war noch etwas Bier, doch bei dem Gedanken daran wurde ihm schwindelig. Er nahm ein Glas mit halbgeschmolzenen Eiswürfeln und kippte sie in den Mund. Dann trank er die Reste lauwarmen Eiswassers aus anderen Gläsern vom Tisch. Danach war er noch durstiger.

Er schaute über die vor ihm stehenden Leute hinweg. Die Decke über der Tanzfläche war verspiegelt. Er sah rhythmisch hüpfende Köpfe und Schultern und ausgestreckte Arme, die in den flackernden roten und blauen Lichtern umherschwankten wie Seetang. Ihm wurde übel.

Zoe kam zurück. Er hatte keine Ahnung, wie lange sie weg gewesen war. Ihr Haar fiel klatschnass über die Stirn, ihre Arme und ihr Oberkörper waren gerötet und glänzten vor Schweiß. Nach der Anstrengung hoben und senkten sich ihre Brüste. Das Top hatte dunkle Flecken und klebte an ihrer Haut. Sie trug zwei Gläser. Eines reichte sie grinsend Ben. Ihm war klar, dass er bereits zu viel getrunken hatte, aber das Getränk war kalt und enthielt Eiswürfel. Schon während er das Glas leerte, fragte er sich, ob es eine gute Idee war.

Mit einem Mal waren sie draußen, und es war ruhig und kühl. In Bens Ohren summte es. Er hatte den Arm um Zoe gelegt und spürte auch ihren an seiner Hüfte. Dann saßen sie in einem Taxi, und sie schmiegte sich an ihn. Ihre Haut war brennend heiß und glitschig. Ben geisterte der Gedanke durch den Kopf, dass er mit ihr schlafen würde. Irgendwo kam Widerspruch auf, aber viel zu schwach, um sich darum zu kümmern. Seine Hand war unter ihr Top geschlüpft und streichelte ihren nackten Rücken. Ihre Lippen berührten seine. Ihre Zunge und ihre Zähne schienen riesengroß zu sein. Durch den dünnen Stoff drückten ihre harten Brustwarzen gegen seine Hand.

Als sie aus dem Taxi stiegen, schlug ihm kalte Luft entgegen. Er schaute zum Himmel hinauf. Am Horizont war ein leichtes Blitzen zu sehen. Die Sterne über ihm drehten sich. Er trat schwankend einen Schritt zurück, um das Gleichgewicht zu halten, während sie die Tür aufschloss. Für einen kurzen, klaren Augenblick sah er wieder Zoe, die junge Frau, die für ihn arbeitete. Dann betrat er einen unbeleuchteten Flur. Quietschend öffnete sich eine Tür, und er war im Schlafzimmer. Sie schmiegte sich mit abgekühlter Haut und heißem, feuchtem Mund an ihn. Seine Hände lagen auf ihrem Hintern und griffen in ihre Unterhose. Sein Hemd war aufgeknöpft. Ihre Hände fuhren über seine Brust, über seinen Bauch. Das Summen in seinen Ohren wurde lauter. Dann war es weg, und er schaute aus schwindelerregender Höhe hinab auf einen dunklen Kopf. Er spürte einen Schauer auf seiner nackten Haut, aber sonst nichts. Er hatte keine Ahnung, wo er war. Das war nicht Sarahs Kopf. Er bekam einen panischen Schrecken, und dann fiel ihm plötzlich ein, dass sie tot war, dass er bei Zoe war. Er taumelte weg von ihr.

«Ich muss gehen.» Seine Stimme klang dumpf und fremd. Er begann, sich anzuziehen.

«Was ist los?»

Er antwortete nicht, weil er nicht wusste, was er sagen sollte, und sowieso nicht mehr sprechen konnte. Während er sich anzog, kehrte das Summen zurück. Er kam aus dem Gleichgewicht und wäre beinahe gefallen. Mittlerweile hatte er Hose und Hemd an und suchte nach seinen Schuhen. Zoe kniete wie ein Schatten auf dem Boden und beobachtete ihn. Sie sagte nichts, als er hinausging, aber er wusste, ohne sich umzuschauen, dass sie weinte.

Auf der Straße marschierte er los, obwohl er keine Ahnung hatte, wo er war oder wohin er ging. Er wollte nur weg und Distanz schaffen zwischen sich und der Erinnerung daran, was geschehen war. Der Himmel war jetzt heller, und die Sterne begannen zu verblassen. Ein Polizeiwagen bremste ab. Zwei weiße Gesichter betrachteten ihn. Er zitterte, ohne die Kälte zu spüren, und ging an dem Wagen vorbei. In jeder Richtung erstreckten sich unbekannte Straßen. Er folgte ihnen wahllos, bis er auf eine Hauptstraße kam. Kurz bevor er ein Taxi anhielt, gingen die Straßenlaternen aus.

Kapitel 9

Drei Wochen nachdem Jacob endgültig zu den Coles gekommen war, fand der Prozess gegen Jessica statt. Er entfachte das Interesse an dem Fall von neuem, und als Ben am Tag, da er als Zeuge der Anklage geladen war, das Gerichtsgebäude betreten wollte, sah er sich einer Medienphalanx gegenüber, die ihm den Weg versperrte.

«Mr. Murray, sind Sie erleichtert, nicht selbst vor Gericht zu stehen?», wollte eine Frau wissen, die rückwärts vor ihm herlief. Sie hielt ihm das Mikrofon wie einen Staffelstab hin, als wollte sie, dass Ben es nahm und mit der Frage davonlief. Er ging an ihr vorbei und würdigte sie nicht einmal mit einem «Kein Kommentar». Als er im Gericht und vor den Kameras in Sicherheit war, blieb er stehen und lehnte sich gegen eine Wand, bis die Magenkrämpfe abklangen.

Er hatte versucht, nicht an den Prozess zu denken. Doch selbst die Erinnerung daran, dass kurz danach sein erster Besuchstag bei Jacob sein würde, machte ihm die Aussicht darauf nicht schmackhafter. Er hatte sich bemüht, sein Leben wieder in einigermaßen normale Bahnen zu lenken, jedenfalls soweit es jetzt, wo zwei Drittel davon fehlten, noch möglich war. Etwas anderes, als sich in die Arbeit zu stürzen, war ihm nicht eingefallen. Merkwürdigerweise war er noch nie so beschäftigt gewesen. Die gleichen Ereignisse, die sein Privatleben ruiniert hatten, hatten zur Hochkonjunktur seiner Arbeit geführt. Bei den ersten Anrufen dachte er noch, es wäre ein Zeichen der Unterstützung von Redakteuren und Designern, die er seit Jahren kannte. Erst später merkte er, wie sein Name plötzlich einen Ruf erhielt, der nichts mit seiner Fotografie zu tun hatte. Eine Redakteurin veröffentlichte völlig ohne Zusammenhang eine Reihe von Modefotos, die Ben Monate zuvor aufgenommen hatte, allein aus dem Grund, seine traurige Berühmtheit auszuschlachten. Als er davon erfahren hatte, hatte er sie wütend angerufen und ihr plastisch geschildert, was er von ihrem Verhalten hielt, mit der Folge, dass er einen Namen von seiner Weihnachtskartenliste streichen konnte.

Aber es gab genügend andere Aufträge. Nachdem seine anfängliche Empörung abgeflaut war, erstickte er die selbstzerstörerische Stimme, die alle am liebsten zum Teufel geschickt hätte, und nahm an, was er konnte. Schließlich bedeutete es Arbeit, und alles, was ihn im Atelier beschäftigte und von der kalten Unterkunft fernhielt, die er einmal für sein Zuhause gehalten hatte, war willkommen.

Er tröstete sich damit, dass er seine Honorare erhöhte.

Dadurch konnte er Zoe mehr bezahlen und ein wenig sein schlechtes Gewissen beruhigen, das ihn seit ihrer gemeinsam durchzechten Nacht quälte. Am darauffolgenden Samstag war er voller Scham und mit einem schweren Kater erwacht. Er hatte sich über die Toilette gebeugt und sich erbrochen, bis er nur noch trocken aufstoßen musste und der süße Gestank seine Nase verstopfte. Selbst danach hatte er noch eine Weile warten müssen, bis das Hämmern in seinem Kopf so weit abgeklungen war, dass er sich geschwächt aufrichten konnte. Nachdem er sich den Mund ausgespült und kaltes Wasser ins Gesicht und auf den Nacken gespritzt hatte, fühlte er sich zwar sauberer, aber kein bisschen besser. Er hatte die Arme auf das Waschbecken gestützt und sein taubes Gesicht im Spiegel betrachtet. Es war aufgedunsen und farblos, nur seine Lippen waren unnatürlich rot. Unter den Augen waren Falten, die er noch nie bemerkt hatte. Als er sein Spiegelbild so sah, überkam ihn ein Anflug von Selbsthass. Einen Monat zuvor war er dreiunddreißig geworden. In dem Alter hatte Jesus die Welt verändert und war gekreuzigt worden. Ben schätzte seine Chancen, eine Religion zu gründen, nicht hoch ein, aber so wie sich die Dinge in letzter Zeit entwickelt hatten, kam ihm eine Kreuzigung nicht abwegig vor.

Er hatte dann ein großes Glas Wasser und eine Packung Paracetamol genommen und war zurück ins Bett gegangen.

Die Aussicht, sich am Telefon bei Zoe entschuldigen zu müssen, schüchterte ihn so sehr ein, dass er bis Montagmorgen gewartet hatte. Er war sich nicht sicher gewesen, ob sie im Atelier auftauchen würde, doch sie war gekommen, nicht später als üblich, aber ungewöhnlich niedergeschlagen. Eine Weile waren sie betreten aneinander vorbeigeschlichen, bis es Ben nicht mehr ausgehalten hatte. «Hör zu, es tut mir leid, dass ich einfach so abgehauen bin.»

Sie blieb stehen, ohne sich zu ihm umzudrehen. «Schon gut.»

«Es war einfach noch zu früh.» Die abgedroschene Phrase ließ ihn zusammenzucken. Zoe hatte sich umgewandt, ihn aber nicht angesehen und nur zustimmend den Kopf gesenkt.

«Ja. War eine völlig bescheuerte Idee.»

Es entstand eine Pause, in der beide auf andere Dinge starrten. «Glaubst du, wir können weiter zusammenarbeiten?», fragte Ben.

Sie rührte sich nicht. «Willst du, dass ich gehe?»

«Nein, natürlich nicht. Ich dachte nur, vielleicht willst du gehen.»

«Nein. Es sei denn, du willst es.»

«Will ich nicht.»

Zoe nickte. Sie steckte die Hände in die Tasche und zog sie wieder heraus. Ben nahm eine Kamera und untersuchte sie.

«Und wie hast du dich Samstagmorgen gefühlt?», fragte er.

Sie verzog das Gesicht. «Wie tot.»

Sie hatten sich angegrinst, und obwohl eine gewisse Verlegenheit zurückblieb, war die Sache wenigstens vom Tisch. Als er später hörte, wie sie am Telefon jemanden zusammenstauchte, wusste er, dass alles wieder beim Alten war.

Allerdings nicht ganz. Einmal, als Zoe sich hinhockte, um einem Model den Saum des Kleides zu richten, kam Ben wieder das Bild in den Sinn, wie sie vor ihm gekniet hatte. Er hatte schnell weggeschaut, aber die Erinnerung rief noch etwas anderes wach, das an seinem Unterbewusstsein nagte. Widerstrebend gestand er es sich ein.

Er konnte sich nicht erinnern, eine Erektion gehabt zu haben.

Genauer gesagt, er konnte sich erinnern, *keine* gehabt zu haben. Er war betrunken gewesen, betäubt vom Alkohol – und froh, dass nicht mehr passiert war, aber er konnte nicht leugnen, dass er bis zu dem Moment, als er einen Rückzieher machte, definitiv auf das eine aus gewesen war.

Nur der entscheidende Teil von ihm offenbar nicht.

Noch beunruhigender war die Erkenntnis, dass er seit Sarahs Tod keine Erektion mehr gehabt hatte. Was vielleicht eine ganz normale Reaktion war, aber es blieb die Tatsache, dass es sich mittlerweile um über vier Monate handelte.

Keine lange Zeit eigentlich, außerdem war er noch nicht so weit, mit einer anderen Frau zu schlafen. Doch selbst das schlechte Gewissen, das ihn beschlich, wenn er an so etwas dachte, konnte ihn nicht davon abhalten, sich Sorgen über diesen Zustand zu machen.

Als er allerdings in der abgetrennten Wartezone vor dem Gerichtssaal saß, gehörte der Mangel an Erektionen nicht zu seinen primären Gedanken. Neben ihm warteten andere Leute, um als Zeugen aufgerufen zu werden, aber er kannte sie nicht. Niemand sprach miteinander. Da war eine korpulente Frau mittleren Alters, deren Busen ihr Kleid wie eine Teppichrolle füllte. Sie hatte ihr rotes Haar aufgetürmt und las konzentriert in einem Taschenbuch, das sie so weit umgeklappt hatte, dass das Cover den Buchrücken berührte. Die Hand, die es hielt, hatte dicke Wurstfinger, die so rosarot waren, als würden sie häufig gewaschen werden.

Ben beschloss, dass sie als Schwester in dem Krankenhaus arbeitete, aus dem Jacob entführt worden war. Den Asiaten ein paar Plätze weiter erklärte er für den Doktor, der Sarah nach der «Geburt» untersucht hatte. Ferner saßen dort zwei Polizisten, einer in Uniform, der andere in Zivil, allerdings mit einer Frisur und einer Garderobe, die keinen Zweifel an seinem Beruf ließen. Er kratzte sich ständig im Ohr und wischte hinterher verstohlen den Finger an seiner Hose ab. Schließlich gab es noch einen weiteren Mann und zwei andere Frauen, aber mittlerweile war Ben des Spiels überdrüssig geworden.

Wahrscheinlich hatte er sowieso alle falsch eingeschätzt.

Er kam am Nachmittag an die Reihe. Als er in den Gerichtssaal ging und in den Zeugenstand trat, spürte er eine Art Lampenfieber. Beim Verlesen des Eides klang seine Stimme unnatürlich laut. Jessica konnte er zuerst nicht sehen, zu viele Gesichter starrten ihn an. Und als er die Frau auf der Anklagebank sah, war es nicht die Jessica, an die er sich erinnerte.

Sie hatte abgenommen. Ihr braunes Kleid hing wie ein Sack von ihren Schultern. Sie hatte noch immer ein Vollmondgesicht, aber jetzt waren die Linien ihres Kiefers und ihrer Wangen zu erkennen, und unter ihrem Kinn hing ein Lappen loser Haut. Sie war blass, ihr Haar strähnig und schwunglos. Selbst quer durch den Gerichtssaal konnte Ben die grauen Stellen erkennen. Sie schaute ihn nur einmal mit einem apathischen, gleichgültigen Blick an und starrte dann wieder auf einen Punkt am Boden. Mit einer seltsamen Mischung aus Abscheu und Mitleid wurde Ben klar, dass der Prozess bedeutungslos war. Egal wie er ausging, für sie konnte es nicht mehr schlimmer kommen.

Erst befragte ihn der Staatsanwalt, dann wurde er dem Verteidiger übergeben. Es war so unangenehm, wie er erwartet hatte. Als er den Zeugenstand verlassen konnte, zitterten seine Knie. Mit starrem Blick nach vorn verließ er den Gerichtssaal.

Das Urteil wurde zwei Tage später verkündet. Ben hörte davon im Autoradio. Jessica wurde der Beihilfe für schuldig befunden und zu drei Jahren Haft verurteilt.

Er schaltete das Radio aus.

Nachdem der Prozess vorbei war, stand seiner Vorfreude, Jacob zu sehen, eigentlich nichts mehr im Weg. Dass er aufgeregt sein würde, hatte er erwartet. Doch als der Sonntag näher rückte, der als erster Kontakttermin festgelegt worden war, schien sich die Angst, die er wegen der Gerichtsverhandlung gehabt hatte, komplett auf das neue Ziel übertragen zu haben.

Keith hatte angeboten, ihn zu begleiten, aber Ben hatte abgelehnt. Keith hatte noch eine Beule auf der Nase vom letzten Mal, als er ihn moralisch unterstützt hatte, außerdem war Bens Beziehung zu Tessa schon angespannt genug. Er wollte sie nicht noch weiter verschlimmern, das war er Keith schuldig.

Aber der eigentliche Grund war, dass er Jacob allein sehen wollte.

Jetzt, wo er die Strecke kannte, kam ihm die Fahrt kürzer vor. Es war ein trüber, bewölkter Tag. Die Felder waren mittlerweile abgeerntet und nicht mehr üppig grün wie beim letzten Mal, sondern zu ausgedörrten Stoppeläckern geworden. Auf manchen waren schwarze Stellen von Feuern zu sehen, und da einige noch brannten, trieben Rauchwolken wie Nebelschwaden über die Straße. Ben hatte gedacht, dass das Abbrennen von Stoppelfeldern heutzutage verboten war. Wenn das so war, dann schien sich in der Gegend von Tunford niemand darum zu scheren.

Am Abend zuvor hatte er bei den Coles angerufen, um zu vereinbaren, wann er Jacob abholen sollte, es war aber niemand ans Telefon gegangen. Seit der Übergabe hatte er keinen Kontakt mehr mit ihnen gehabt, und damals hatten sie auch kaum ein Wort miteinander gewechselt. In der Zwischenzeit war er häufig versucht gewesen, sich telefonisch nach Jacob zu erkundigen. Jedes Mal hatte er sich vorher überlegt, was er sagen sollte, um freundlich und ungezwungen zu bleiben. Aber getan hatte er es nie. Obwohl er sich Sorgen um Jacob machte, wollte er zeigen, dass er seinen Teil der Abmachung einhielt. Und er wollte John Cole keinen Vorwand geben, seinen Teil nicht einzuhalten.

Über die Möglichkeit, dass Cole vielleicht keinen Vorwand benötigte, wollte er lieber nicht nachdenken.

Während er durch Tunford fuhr, fragte er sich, ob sie seinen Besuchstag vielleicht vergessen hatten und über das Wochenende verreist waren. Oder ob sie es nicht vergessen hatten und dennoch weggefahren waren. Dieser Gedanke wühlte alle anderen Ängste auf, und er fragte sich, ob Jacob ihn innerhalb von einem Monat vergessen haben könnte. Dann bog er in ihre Straße und sah Coles Wagen vor dem Haus stehen.

Es war ein alter Ford Escort, ein Modell aus den achtziger Jahren, der ziemlich verrostet, aber fahrtüchtig aussah. Der einst rote Lack war mit getrocknetem Schlamm und Schmutz überzogen. Einmal hatte er gesehen, wie die Coles vor dem Jugendamt in den Wagen gestiegen waren, er hätte aber auch so gewusst, wem er gehörte. Irgendwie schien er zu Cole zu passen.

Immerhin sind sie zu Hause. Er parkte hinter dem Escort und schaute in den Wagen, als er daran vorbeiging. Die Sitze waren mit einem schwarzen, löcherigen und mit Krümeln übersäten Nylonüberzug bedeckt. Auf dem Rücksitz lag ein Geduldspiel wie jenes, das Cole Jacob bei ihrem ersten Treffen gegeben hatte. Der Anblick war merkwürdig schmerzhaft. Ben wandte sich ab und ging auf das Haus zu.

Im Garten schien noch mehr Schrott zu liegen als in seiner Erinnerung. Es waren nur Autoteile: verchromte Stoßstangen mit Rostflecken, Türen mit Löchern, wo einmal Griffe waren, sowie verbeulte Motorhauben, Kotflügel und Scheinwerfer. Die Farben waren durch die Korrosion allmählich zu einem einheitlichen Braun geworden. Zwischen den verrosteten Metallteilen wucherten überall Gras und Unkraut hervor. An manchen Stellen konnte man an plattgedrückten, vergilbten Halmen und der schmierigen Erde erkennen, dass dort einmal Teile gelegen hatten und wieder weggeräumt worden waren. Ben fragte sich, warum jemand seinen eigenen Ausblick mit Schrottteilen verschandelte und was Cole überhaupt damit vorhatte, während er dem Kühlergrill eines Minis auswich und auf die Eingangstür zuging.

Sie war einmal weiß gewesen, doch die übriggebliebene Farbe blätterte ab wie Bruchstücke einer Eierschale. Das Holz darunter war grau und verwittert. Haus und Garten erschienen wie ein Labor, in dem der natürliche Prozess von Auflösung und Zerfall dargestellt wurde. Im ersten Moment war Ben erneut unsagbar wütend, dass man Jacob einer solchen Umgebung anvertraut hatte, im nächsten Moment schämte er sich für diesen Gedanken. *Sei kein Snob.* Aber sein Abscheu ließ sich dadurch nicht unterdrücken. Er hob die fleckige Klappe des verzinkten Briefkastens, klopfte damit an und trat einen Schritt zurück.

In der Stille des Sonntags klang das Klappern laut nach, ehe es erstarb. Im Nachbargarten war ein Geräusch zu hören. Er drehte sich um. Aus dem Haus nebenan war eine Frau mit einem Besen gekommen. Ben lächelte sie an.

«Guten Morgen.»

Sein Gruß wurde nicht erwidert. Die Frau betrachtete ihn kalt und fegte halbherzig den Gartenweg. Auf der anderen Straßenseite lehnte ein Mann in einem Unterhemd an seiner Pforte und schaute unverhohlen herüber. Ben wandte sich von beiden ab. *Dies ist das Dorf der Verdammten.* Er klopfte erneut an die Tür.

Ihm war klar, dass die beiden ihn beobachteten, während er wartete. Das Kratzen des Besens untermalte die Stille. Er wünschte, dass endlich jemand die Tür öffnete. Dann zählte er bis zehn und klopfte noch einmal lauter.

Die Tür ging auf. Sandra Cole betrachtete ihn schlecht gelaunt. Ihre Augen waren geschwollen, und ihr gebleichtes

Haar war zerwühlt und ungekämmt. Sie trug einen rosaroten Bademantel, der bis auf die Schenkel reichte und eine Wäsche benötigt hätte. Sie verströmte einen sauren, warmen Bettgeruch.

Ben wartete auf eine Reaktion von ihr. Da sie stumm blieb, sagte er: «Ich bin wegen Jacob hier.»

Sie verschränkte die Arme unter ihren Brüsten, wodurch sie nach oben gegen den Frotteebademantel gehoben wurden. «Er ist nicht hier.»

Komischerweise hielt sich seine Verärgerung in Grenzen. Irgendwie hatte er damit gerechnet. «Aber ich wollte ihn abholen. Heute ist mein Besuchstag.»

Sie zuckte gleichgültig mit den Schultern. Durch die Bewegung öffnete sich der Bademantel ein wenig und gab ein Stück Ausschnitt frei, wo ihre Brüste von den Armen zusammengepresst wurden. Ungeschminkt sah ihr Gesicht jünger und weniger hart, allerdings kein Stück freundlicher aus. «So ein Pech. Aber wie gesagt, er ist nicht hier.»

Sie wollte die Tür schließen. Ben legte eine Hand auf die Klinke, um sie daran zu hindern. Im Flur hinter ihr konnte er Bratenfett und kalten Rauch riechen. «Und wo ist er?»

«Mit seinem Vater unterwegs.»

«Wann kommt er zurück?»

«Keine Ahnung.»

«Kann ich warten?»

«Ist mir egal, was Sie machen», sagte sie und knallte die Tür zu.

Ein Stück der hart gewordenen Farbe löste sich und sprang ihm wie ein kleiner Granatsplitter ins Gesicht. Er hörte, wie die Frau mit dem Besen auf dem Nachbargrundstück kicherte. Sein Gesicht brannte. Er hämmerte mit der Faust gegen die Tür. Die scharfkantige Farbe zerbröckelte und grub sich in seine Haut, ehe sie abblätterte. Er hämmerte weiter.

Die Tür wurde aufgerissen. Sandra Cole starrte ihn wütend an. «Er ist nicht hier! Und jetzt verpissen Sie sich!»

«Erst wenn ich ihn gesehen habe.»

«Sind Sie taub, oder was? Ich habe doch gesagt ...»

Die Tür wurde ihr aus der Hand gezogen. Ben zuckte instinktiv zurück, als Cole neben ihr auftauchte. Abgesehen von einer knappen schwarzen Unterhose war er nackt. Seine Frau wirkte erschrocken und trat dann unterwürfig zur Seite.

Offenbar hatte er gerade trainiert. Sein ganzer Körper war so verschwitzt und errötet, als hätte er sich verbrüht. An seinem Körper war kein Gramm Fett zu sehen. Jeder Muskel war klar definiert, und zwar nicht übertrieben wie bei einem Bodybuilder, sondern in einer rein funktionalen Natürlichkeit. Automatisch zog Ben seinen Bauch ein.

«Ich möchte Jacob abholen», sagte er. Cole atmete tief und gleichmäßig, antwortete aber nicht. Ben fuhr fort: «Heute ist mein Besuchstag. Wir haben jeden vierten Sonntag vereinbart. Das ist heute.»

Schweißperlen tropften Cole von der Stirn, aber er kümmerte sich nicht darum. Ben schaute an ihm vorbei in den Flur. Von Jacob war nichts zu sehen.

«Sie haben hier nichts zu suchen», sagte Cole bestimmt.

Ben sah ihn an. «Wo ist Jacob?»

«Ich sagte, Sie haben hier nichts zu suchen.»

«Ich werde erst gehen, wenn ich ihn wenigstens gesehen habe.» Er wich Coles starrem Blick nicht aus. Es war, als würde er sich gegen den Wind stemmen.

Cole machte eine kaum spürbare Kopfbewegung zu seiner Frau. «Hol ihn.»

«John ...»

«Hol ihn.»

Einen Augenblick war ihr noch eine Unsicherheit anzusehen, dann setzte sie eine verärgerte Miene auf und verschwand im Haus.

Cole blieb, wo er war. Ben betrachtete den leeren Flur, froh, seinen Blick einen Moment von Cole abwenden zu können. Er hatte die Augen des Mannes immer für ausdruckslos gehalten, aber das stimmte nicht. Sein Blick war deshalb so beunruhigend, weil dahinter eine Persönlichkeit zum Vorschein kam, die sich wie sein Körper alles Unwesentlichen entledigt hatte. Es war, als würde man in die Sonne schauen.

Sandra Cole kam in den Flur zurück. Sie hatte Jacob an der Hand. Ben konnte sehen, dass er nicht mit ihr gehen wollte. Er hockte sich vor dem Jungen hin.

«Jacob? Ich bin's. Ben.»

Jacob hielt seinen Kopf gesenkt, doch Ben meinte, dass er ihn erkannt hatte. Immerhin schien er gesund zu sein. Er trug ein T-Shirt und eine kurze Hose, beides zwar nicht völlig sauber, aber auch nicht richtig schmutzig. Sein Haar war länger beim letzten Mal, als Ben ihn gesehen hatte.

«Ich wollte etwas mit dir unternehmen, Jacob. Hast du Lust dazu?»

«Er heißt Steven.» Cole bückte sich und hob den Jungen hoch, als würde er nichts wiegen. Während Ben sich aufrichtete, hielt er ihn lässig in seiner Armbeuge. «Sie wollten ihn sehen. Das haben Sie nun.»

«Es war vereinbart, dass ich etwas mit ihm unternehme.»

Sandra Cole schob sich mit vor Wut verzerrter Miene vor. Das Revers ihres Bademantels war aufgegangen und entblößte ihre Brüste noch mehr. «Warum verschwinden Sie nicht einfach? Lassen Sie uns in Ruhe!»

«Zieh dich an», sagte Cole. Sie warf ihm einen bösen Blick zu und stürmte dann ins Haus. Eine Tür knallte.

Ben unternahm einen neuen Versuch. «Ich habe ein Anrecht darauf, einmal im Monat Kontakt mit ihm zu haben. Das war ein Teil der Abmachung.»

Cole starrte ihn an und hob dann seine freie Hand. Ben spannte sich sofort an, aber es gab keinen Schlag. Cole drehte seine Hand und musterte sie, während er langsam die Finger spreizte, als wären ihm die Bewegungen neu.

«Es hat sie umgebracht», sagte er und beobachtete noch immer fast abwesend seine Hand. «Dass sie ihn verloren hat. Es hat sie umgebracht. Sie haben gesagt, es war ein Unfall, aber das war es nicht. Ich kannte sie. Ich hatte es kommen sehen, aber ich konnte nichts tun. Jeanette hat ihn neun Monate ausgetragen, geblutet und geschrien, um ihn zu gebären, und dann kommt irgendeine Schlampe vorbei und nimmt ihn mit, bevor sie überhaupt die Möglichkeit hat, ihn richtig zu halten.»

Die Hand ballte sich zu einer Faust. Das Gelenk des Zeigefingers war furchtbar schwielig, in die Haut hatte sich Öl eingefärbt. Cole rieb mit dem Daumen darüber, was ein leichtes Kratzen erzeugte. Dann senkte er die Hand, als würde es ihn langweilen, und schaute wieder Ben an. Sein Blick war unerträglich.

«Er hat sie nie kennengelernt. Seine eigene Mutter, und er hat sie nie kennengelernt. Und jetzt kennt er mich nicht. Er spricht nicht. Das hat Ihre Nutte ihm angetan. Sie hat mir meine Frau und mein Kind weggenommen. Sechs Jahre. So lange hatte sie ihn. So lange dachte ich, er wäre tot. Sechs Jahre. Und jetzt kommen Sie hierher und wollen ihn wieder wegnehmen.»

Ben wollte ihm sagen, dass er unrecht hatte, dass er ungerecht war. Aber er wusste, dass es nichts geändert hätte. Die Sichtweise des Mannes war so unnachgiebig wie sein Körper. «Das stimmt nicht. Ich möchte nur ...»

«Er will Sie nicht. Er braucht Sie nicht. Sie sind kein Teil des Systems mehr.»

Ben hatte keine Ahnung, ob er richtig gehört hatte, er wusste nicht, worüber der Mann eigentlich sprach. «Hören Sie, es war abgemacht. Jacob würde nicht verstehen, warum er mich nicht mehr sehen darf und ...»

«Er heißt Steven.»

Ben verkniff sich eine Entgegnung. Eins nach dem anderen. «Sie können uns nicht einfach so auseinanderbringen.»

«Ich kann machen, was ich will.»

Es klang weder gereizt noch prahlerisch. Während Ben ihn anschaute, wusste er, dass er sagen konnte, was er wollte, dass kein Erinnern an Rechte oder Gerichtsbeschlüsse irgendetwas ändern würde. Jacob saß offenbar zufrieden auf dem Arm des Mannes. Er wackelte mit den Fingern. Nach einem Augenblick wurde Ben klar, dass er Coles frühere Bewegungen mit der Hand nachahmte.

«Können wir wenigstens darüber reden? Vielleicht können wir uns hinsetzen und ...»

«Ich will Sie nicht in meinem Haus haben.»

«Ich bitte Sie, das wird jetzt langsam lächerlich.»

Noch während er die Wahl der Worte bereute, ließ ihn Coles Pfeifen aufschrecken. Im Haus hörte man das Scharren von Pfoten. O nein, dachte Ben, als er den Bullterrier vom Schrottplatz im Flur auftauchen sah. O-beinig vor lauter Muskeln, trottete der Hund herbei. Als er sah, wie auch Jacob versuchte zu pfeifen, fühlte er sich auf kindische Weise betrogen.

Der Hund blieb in der Tür stehen und starrte ihn finster

an. Aus seiner Kehle kam ein bedrohliches Knurren. Ben vergewisserte sich schnell, wie weit es bis zum Zaun war. Cole senkte eine Hand über den Kopf des Tieres und hielt ihn ohne eine Berührung im Zaum.

«Ab.»

Ben dachte, Cole würde mit dem Hund reden, doch dann wurde ihm klar, dass er gemeint war. Er zuckte zurück, als der Bullterrier ein einzelnes, schnappendes Bellen von sich gab, wobei die Vorderläufe für einen kurzen Augenblick den Kontakt zum Boden verloren. Dann schob Cole den Hund mit einem Fuß zurück in den Flur und schlug ihm die Tür vor der Nase zu. Wütend hob Ben die Hand, um gegen das abgeblätterte graue Holz zu hämmern, doch dann senkte er sie wieder. Er wusste, dass es keinen Zweck hatte. Er würde nur eine Attacke von Cole oder dem Hund heraufbeschwören. Oder von beiden. Das wollte er Jacob ersparen.

Und er wollte nicht, dass es allem ein Ende machte.

Er wandte sich von der Tür ab. Die Frau mit dem Besen hatte sich nicht gerührt. Auch aus den anderen Häusern der Nachbarschaft waren Leute gekommen, um zuzuschauen. Ben versuchte, ihre kollektive Feindseligkeit zu ignorieren, während er das Grundstück verließ. Als er an dem Kühlergrill des Minis vorbeikam, versetzte er ihm einen Tritt, der ihn in den überwucherten Garten schleuderte. Obwohl danach sein Fuß wehtat, ließ er sich auf dem Weg zu seinem Wagen nichts anmerken.

Auf der anderen Straßenseite lehnte der Mann im Unterhemd an seiner Pforte und spuckte auf den Gehweg.

Kapitel 10

Ben lehnte an der Theke, während Keith die Getränke bestellte. Sein Haar war noch feucht und sein Gesicht gerötet, weil er gerade heiß geduscht hatte. Sie waren direkt von einem Fußballspiel nach Feierabend in den Pub gegangen. Es war ein Freundschaftsspiel zwischen Keiths Büro und einer Konkurrenzkanzlei gewesen. Die Mannschaften sollten eigentlich nur aus den jeweiligen Anwälten bestehen, aber wenn sie mit Ersatzspielern wie Ben aufgefüllt werden mussten, drückte man ein Auge zu. Vorausgesetzt, sie waren nicht zu gut.

Und im Moment war er wirklich nicht in Form. Seit er Coles Waschbrettbauch und Muskeln gesehen hatte, hatte er sich bemüht, wieder fit zu werden. Er hatte weniger getrunken, die Zigaretten reduziert und zu Hause sogar Sit-ups und Push-ups gemacht.

Aber es schien nicht geholfen zu haben. Nach der ungewohnten Anstrengung taten ihm alle Knochen und Muskeln weh.

Keith reichte Ben wortlos ein Pint Bier. Schweigend tranken sie einen Schluck. Ben ahnte, was gleich kommen würde.

«Du hast ganz schön übertrieben heute Abend, oder?», sagte Keith schließlich, ohne Ben anzuschauen.

Ben zuckte mit den Achseln. «Ich habe nur versucht, ein bisschen überschüssige Energie loszuwerden.»

Aber er wusste, dass das nicht ganz der Wahrheit entsprach. Keith hatte recht, er hatte tatsächlich übertrieben. Er hatte sich völlig verausgabt, sich in jeden Zweikampf gestürzt und über jede Entscheidung des Schiedsrichters aufgeregt, als würde sein Leben davon abhängen.

Keith beschäftigte sich damit, eine Zigarre von ihrer Folie zu befreien. Die Angewohnheit hatte er erst vor kurzem angenommen, und Ben war noch nicht daran gewöhnt, ihn Zigarre rauchen zu sehen.

«Bist du deswegen so hart eingestiegen?»

Ben spürte, wie sein Gesicht zu glühen begann. «Ich habe nur um jeden Ball gekämpft. Was ist falsch daran?»

«Um jeden Ball gekämpft? Das sollte ein Freundschaftsspiel sein, Ben. Und Spaß machen. So wie du gespielt hast, ist es ein Wunder, dass du keinem das Bein gebrochen hast!» Verärgert warf Keith das Streichholz in den Aschenbecher. «Du solltest es nicht an anderen Leuten auslassen.»

«Was auslassen?», fragte Ben, obwohl er es genau wusste.

«Die Sache mit Jacob. Ich weiß, wie frustrierend es ist, aber du darfst deswegen nicht die Beherrschung verlieren.»

«Ich habe mich vielleicht ein bisschen zu sehr reingehängt, das ist alles.»

Keith schaute ihn nur an. Ben seufzte.

«In Ordnung. Tut mir leid. Aber es ist einfach ... verdammt frustrierend.»

«Bisher hat dich Cole nur einmal davon abgehalten, den Jungen zu sehen. Vielleicht ändert er seine Meinung, wenn erst einmal alles seinen Gang geht.»

«Ja, vielleicht lässt er mich auch mit seiner Frau schlafen.» Ben fragte sich, warum er gerade dieses Beispiel gewählt hatte.

Keith betrachtete die Glut seiner Zigarre. «Ich gebe zu, dass es nicht sehr wahrscheinlich ist, aber du hast keine andere Wahl, als Geduld zu bewahren und zu hoffen, dass er sich abregt. Nach einem Besuch kannst du noch nichts unternehmen.»

«Es wird sich auch nach zwanzig Besuchen nichts ändern. Cole wird keinen Zentimeter von seiner Haltung abrücken. Er muss es auch nicht, Jacob ist ja jetzt bei ihm. Er hat jeden Vorteil auf seiner Seite.»

Keith tippte stirnrunzelnd seine Zigarre auf den Aschenbecher. «Er kann dich nicht auf Dauer daran hindern, den Jungen zu sehen.»

Ben schwenkte das Bier in seinem Glas. «Wirklich nicht?»

Er hatte bereits dem Sozialarbeiter erzählt, was geschehen war. Carlisle hatte dabei das müde Gesicht eines Mannes aufgesetzt, der all das nicht zum ersten Mal hörte. Widerwillig hatte er sich bereit erklärt, mit den Coles zu sprechen, aber nachdem Sandra ihm gesagt hatte, dass Ben zu spät und betrunken erschienen sei, war sein Verhalten geradezu abweisend geworden. Auf Bens Protest, dass sie gelogen habe, entgegnete er eisig und bestimmt, dass die Behörden sich nicht in «persönliche Kabbeleien» einmischen könnten.

Aufgebracht war er zu Ann Usherwood gegangen. Er hatte erwartet, dass sie ihn beruhige und versprach, etwas zu unternehmen. Stattdessen warnte sie ihn, dass die Sozialbehörden dafür bekannt waren, sich nur ungern in Streitereien um den Umgangskontakt verwickeln zu lassen. Wenn Cole ihn weiterhin davon abhalte, Jacob zu sehen, könne Ben ihn letzten Endes vor Gericht bringen, räumte sie ein. Aber solche Kontroversen auszutragen sei immer kostspielig und unschön, und die Urteile wären nur schwer durchzusetzen.

Bei dem Gedanken an Cole wusste Ben, dass es unmöglich sein würde.

In einem letzten verzweifelten Versuch hatte er sich an Sandra Cole gewandt und sie tagsüber angerufen, während ihr Ehemann bei der Arbeit war. Er hatte gehofft, sie dazu bringen zu können, dass sie auf ihn einwirkte. «Mir ist klar, dass es zwischen uns bisher schlecht gelaufen ist», hatte er gesagt, ehe sie auflegen konnte. «Aber ich versuche nicht, Ihnen Jacob wieder wegzunehmen. Ich will ihn nur gelegentlich sehen dürfen.»

«Das geht mich nichts an», hatte sie gleichgültig geantwortet. «Es ist Johns Kind, nicht meins.»

«Aber Sie sind seine Frau. Können Sie nicht ...?»

«Nein, kann ich nicht», unterbrach sie ihn. «Warum lecken Sie uns nicht einfach am Arsch?»

Es fiel ihm schwer, sie nicht anzubrüllen. «Ich werde nicht so einfach aufgeben.»

Er konnte sie tief einatmen hören. «Das würden Sie, wenn Sie nur ein bisschen Verstand hätten», hatte sie dann gesagt und damit das Gespräch beendet.

Aber er konnte es nicht dabei belassen. Die Alternative wäre, die Distanz zwischen ihm und Jacob mit jedem Monat größer werden zu lassen. Der Junge war erst sechs Jahre alt, zudem Autist. Er war zu einem normalen Umgang nicht fähig und würde sich vielleicht irgendwann nicht mehr an die Beziehung zu einem Menschen aus einem halbvergessenen Leben erinnern. Dann würden sich Bens Erinnerungen an seine Ehe mit Sarah und an die Familie, die er einmal für die seine gehalten hatte, schließlich als wertlos erweisen, in Staub auflösen und davonwehen.

Er hörte auf, mit seinem Bier zu spielen, und trank einen Schluck. «Ich weiß einfach nicht mehr, was ich machen soll», sagte er und stellte das Glas ab. «Cole hat sich bereits entschieden, und ich kann mir nicht vorstellen, dass er sein Verhalten plötzlich ändert.»

Die Zigarre hüllte Keiths Kopf in aromatischen Rauch. «Gibt es nicht noch irgendjemanden, mit dem du reden könntest? Ein Freund oder ein Nachbar, der vermitteln könnte, zum Beispiel. Der ihn zur Vernunft bringt.»

«Ich glaube nicht», erwiderte Ben. Doch schon während er das sagte, war ihm jemand eingefallen.

Es war der erste Samstag, den er sich seit der durchzechten Nacht mit Zoe freinahm. Er wachte früh auf und machte sich Rührei mit gerösteten Tomaten. Er aß am Küchentisch, der ihm jetzt, da er der einzige Mensch war, der ihn benutzte, viel zu groß erschien. Weil er danach immer noch Hunger hatte, aß er eine Schüssel Müsli. Ihm war aufgefallen, dass er mehr von seinem Essen schmeckte, seit er weniger rauchte.

Er wäre sofort aufgebrochen, hatte aber das Gefühl, dass er zuerst den Friedhof besuchen sollte. Nach der Beerdigung war er nur einmal dort gewesen, und bisher hatte er nicht das Bedürfnis verspürt, vor einem Flecken Erde zu stehen. Er dachte ja sowieso jeden Tag an Sarah. An diesem Morgen zog es ihn jedoch zu ihrem Grab.

Der Wind roch nach Regen, als er über den Friedhof ging. Eines Nachts hatten sie bei einem Glas Wein über den Tod gesprochen, und Sarah hatte ihm erzählt, dass sie beerdigt werden wollte. Ben hatte gesagt, dass er verbrannt werden wolle, abgesehen von seinem besten Stück, das sie als Andenken aufbewahren könne. Ehe er die Gelegenheit hatte, darüber zu lächeln, wurde die Erinnerung an ihr Lachen vom Wind davongetragen.

Das Grab befand sich in einer Reihe anderer neuer Gräber. Es hatte noch keinen Stein, weil der Boden sich erst setzen musste. Der Rasen darauf wuchs aber schon, was ihn erfreute. Die Blumen, die er mitgebracht hatte, steckte er in eine der beiden Tonvasen am Kopf der Grabstätte. In der anderen Vase stand bereits ein Strauß, wahrscheinlich war er von ihren Eltern. Die Blumen waren fast verwelkt, aber er ließ sie dort, um ihre Mutter nicht zu verärgern. Seit die Sache mit Jacob herausgekommen war, hatte er sich nicht mehr bei ihnen gemeldet, und das bereitete ihm ein schlechtes Gewissen. Am Anfang hatte er die Situation nicht noch verschlimmern wollen, aber mittlerweile war genug Zeit verstrichen, um die Wogen wieder zu glätten. Während er seine Hände trocken rieb, erzählte er Sarah, dass er sich darum bemühen wolle, erinnerte sie aber auch daran, dass ihre Mutter eine Zicke war, weshalb er nichts versprechen könne.

Eine Weile stand er im böigen Wind vor dem Grab und gedachte ihrer, dann ging er zurück zum Wagen.

Irthlington lag zehn Meilen nördlich von Tunford. Ben verließ die Autobahn an derselben Ausfahrt und folgte eine Weile der bekannten Strecke, ehe er abbog. Die Verkehrsschilder führten ihn durch ein Industriegebiet und dann für ein kurzes Stück zurück in die grüne Landschaft, hinter der die Stadt begann.

Die Adresse lag in einer kurzen Straße mit Reihenhäusern, an einem Ende ein kleiner Laden, am anderen eine mit Schutt gefüllte und hohem Maschendraht eingezäunte Fläche. Hinter dem Zaun sah er Bagger und Bauwagen, die jetzt am Wochenende ruhig und verlassen dastanden. Viele der Häuser waren vernagelt und warteten auf den Abriss. Andere waren offenbar noch bewohnt. Das Haus, das Ben suchte, hatte hübsche geblümte Vorhänge und einen bunten Blumenkasten auf der Fensterbank im Erdgeschoss. Er parkte davor und stieg schnell aus, ehe er darüber nachdenken konnte, was er vorhatte.

Er wusste nicht genau, was er mit dem Besuch bei Jeanette Coles Eltern erreichen wollte. Es gab keinen Grund, warum sie mehr Zeit für ihn haben sollten als Cole. Cole hatte seine Frau verloren, sie ihre Tochter, und Ben gab auch für sie einen guten Sündenbock ab. Doch bei dem Interview im Fernsehen hatten Ron und Mary Paterson keinen verbitterten Eindruck gemacht. Er hoffte deshalb, dass sie ihn wenigstens anhören würden.

Das war zwar nicht viel, woran man sich an einem Samstagmorgen klammern konnte, aber mehr hatte er nicht.

Die Patersons waren von London weggezogen, nachdem ihr Enkel verschwunden war. Ben hatte sie ausfindig gemacht, indem er in der Bücherei die jüngsten Zeitungsberichte studiert hatte, bis er einen Hinweis auf die Stadt fand, in der die Großeltern von «Baby Steven» nun lebten. Dann hatte er im Telefonbuch nach der Adresse gesucht. Er hatte überlegt, sie anzurufen, bevor er sie besuchte, sich am Ende aber dagegen entschieden.

Am Telefon hätten sie zu einfach nein sagen können.

Er klopfte an die Tür. Sie war staubig und schmutzig von den Abrissarbeiten in der Nachbarschaft, aber der blaue Anstrich darunter war einwandfrei. Erst dachte er, dass sie offenbar nicht zu Hause wären, doch dann hörte er von drinnen ein gedämpftes «Es ist offen».

Er ging hinein. Die Tür führte direkt in die Küche. Die Wände waren mit geblümten Tapeten bedeckt. Auf der Türschwelle lag eine kleine Fußmatte über dem mit braunen und cremefarbenen Wirbeln gemusterten Teppich. An der gegenüberliegenden Wand stand ein stabiler, ausklappbarer

Holztisch, darauf ein Geranientopf. Es roch nach Yorkshire Pudding und Gebratenem, aber nicht ranzig wie bei den Coles. Der Geruch erinnerte Ben an seine Besuche bei den Großeltern in der Kindheit.

Neben der Spüle stand ein älterer Mann. Er trug eine braune Hose mit Bügelfalte und ein weißes Unterhemd. In einer Hand hatte er ein gepelltes Ei, während er die andere darunter hielt, um die Krümel aufzufangen. Die Lippen mit Eigelb benetzt, schaute er Ben an, ohne etwas zu sagen. Anhand der Fernsehbilder erkannte Ben in ihm Jeanette Coles Vater. Plötzlich war es ihm unangenehm, den Mann in dieser Situation anzutreffen. Ihn hatte der Mann bestimmt nicht erwartet.

Ben blieb unschlüssig in der Tür stehen. «Entschuldigen Sie, ich hörte Sie sagen, dass offen ist. Ich bin Ben Murray...»

«Ich weiß, wer Sie sind.»

Paterson drehte sich wieder zur Spüle um, schob das Ei in den Mund und wischte sich die Lippen mit den Fingern ab.

«Tut mir leid, wenn ich Sie überrumpelt habe.» Aber Ben hatte irgendwie das Gefühl, er sei derjenige, der sich in einer peinlichen Situation befand.

Als Paterson seine Hände an einem Handtuch abwischte, schaukelten unter seinen Armen kleine Hautfalten. Er hatte die massige Statur eines einst kräftigen Mannes, den die Zeit eingeholt hatte. Er hängte das Handtuch an einen Haken neben der Spüle. «Was wollen Sie?»

Ben war sich bereits sicher, dass der Besuch umsonst war. «Ich würde gern mit Ihnen und Ihrer Frau sprechen. Wegen Jacob.» *Wenn er «Steven» sagt, drehe ich mich um und gehe.*

«Was ist mit ihm?»

Der Blick des Mannes war weder feindselig noch einladend. Er animierte Ben dazu, direkt zu sein. «John Cole hindert mich daran, ihn zu sehen. Ich dachte, Sie könnten mir vielleicht helfen.»

Paterson drehte sich wieder zur Spüle um. «Wir können Ihnen nicht helfen.»

«Ich dachte, Sie könnten vielleicht mit ihm reden. Ihm erklären, dass ich ihm Jacob nicht wieder wegnehmen will. Ich möchte nur ... ich möchte ihn nur ab und zu sehen.»

Jacobs Großvater schüttelte den Kopf, ohne sich umzudrehen. Ben blieb neben der offenen Eingangstür stehen, unfähig zu gehen, obwohl er auch nicht wusste, was er noch sagen sollte. Hinter der Tür am anderen Ende der Küche war ein mechanisches Summen zu hören. Paterson warf ihm einen kurzen Blick zu und ging hinaus. Das Geräusch wurde lauter, es schien von irgendeinem elektrischen Motor zu stammen. Dann stoppte es und er hörte Stimmen. Es entstanden andere Geräusche, die er nicht zuordnen konnte, und schließlich schwang die Küchentür auf. Eine Frau im Rollstuhl kam herein, von Paterson geschoben, und Ben wurde klar, dass das Summen ein Treppenlift gewesen war.

Mary Paterson war spindeldürr, ihr Haar musste einmal rot gewesen sein und war nun, da es ergraute, orangefarben. Mit dunklen Knopfaugen, einem Vogel gleich, musterte sie Ben.

«Schließen Sie die Tür», sagte sie.

Sie saßen am Küchentisch und tranken Tee. Neben den Geranien stand nun ein Teller mit Vollkornkeksen. Erst hatte Ben aus reiner Höflichkeit einen gekostet, dann hatte seine Hand immer wieder von allein zugegriffen, bis der Teller fast leer war.

Eigentlich mochte er Vollkorngebäck nicht.

«Sie hat ihn verlassen, verstehen Sie», sagte Mary. In ihrem Rollstuhl saß sie etwas niedriger als Ben oder ihr Ehemann auf den harten Küchenstühlen. Sie sah aus wie ein runzliges Kind. «Sie ist wieder bei uns eingezogen, wenige Monate nachdem Steven – nachdem Jacob», verbesserte sie sich, verärgert über ihren Fehler, «... nachdem Jacob verschwunden war. Zu der Zeit waren wir schon hierher zurückgekehrt. Als Ron in den frühzeitigen Ruhestand ging, sind wir ja nur nach London gezogen, um in der Nähe meiner Schwester zu sein. Aber als das im Krankenhaus passierte ... Tja, du sagst dir, es ist nicht deine Schuld, aber wenn Jeanette uns nicht nach London begleitet hätte ...»

Sie beendete den Satz nicht. «John sprach es nie aus, aber wir hatten immer das Gefühl, dass er uns verantwortlich machte. Teilweise jedenfalls. Und als sie ihn dann verlassen hat und wieder zu uns gekommen ist, war es ganz aus bei ihm. Ich glaube, das hat er uns nie verziehen.»

«Aber Jacob ist Ihr Enkel. Sie haben doch ein Recht, ihn zu sehen.»

Sie schaute hinüber zu ihrem Mann. Sie schienen sich wortlos auszutauschen. «Sie auch. Aber das zählt bei John Cole nicht viel, oder?»

Ben wusste nicht, ob er sich freuen sollte, Leute gefunden zu haben, die auch unter Coles Unvernunft litten, oder ob er enttäuscht war, dass sich auch dieser vermeintliche Ausweg als Sackgasse erwiesen hatte. Aber vor allem hatte er Mitgefühl für die Patersons. «Was hat Cole gesagt?»

«Kein Wort.» Ron Paterson brach einen Keks über dem Teller in zwei Teile, die er noch einmal teilte. Er hatte inzwischen ein Hemd angezogen und erklärt, dass er beim Klopfen an der Tür gedacht habe, Ben wäre ein Freund, ein Witwer, mit dem er jeden Samstag einkaufen ging. Als ihm nun auffiel, was er mit dem Keks tat, legte er ihn hin. «Wir haben nicht mit ihm gesprochen. Nur mit dieser Frau. Sie hat mir gesagt, wir sollten nie wieder anrufen.» Seine Lippen strafften sich zu einer strengen Linie. «Unflätiges kleines Flittchen.»

«Ron», ermahnte ihn seine Frau. Mit einem Nicken schien er zugleich seine Worte zu bestätigen und sich dafür zu entschuldigen. Seine Frau wandte sich an Ben. «Wir haben ihm geschrieben, aber nie eine Antwort erhalten. Im Grunde haben wir auch keine erwartet. Aber man hofft ja immer, nicht wahr?»

Jetzt nicht mehr, dachte Ben. Wenn Cole nicht einmal Jacobs Großeltern erlaubte, den Jungen zu sehen, dann hatte er erst recht keine Chance. «Es geht mich eigentlich nichts an, aber warum hat Jeanette ihn verlassen?»

Wieder tauschten sie schweigend einen Blick aus. «Er hat sich verändert», sagte sie. «Er war immer ein stiller Typ gewesen. Unergründlich. Aber nachdem Stev..., nachdem Jacob verschwand, war er nicht mehr derselbe. Ich will nicht unhöflich sein, aber er ist daran zerbrochen. Beide sind sie daran zerbrochen, aber auf unterschiedliche Weise. Er wurde härter.» Sie runzelte die Stirn und schüttelte den Kopf. «Nein, nicht härter, das stimmt nicht ganz. Eher gleichgültig. Und Jeanette ... Also, sie ist eigentlich nie darüber hinweggekommen. Man würde vermuten, dass die beiden sich gegenseitig halfen, aber es war genau das Gegenteil. Daran hatte Jeanette vielleicht genauso viel Schuld wie John. Aber sie brauchte jemanden, der ihr Halt gab und ihr half, die Sache durchzustehen. Und das hat er nicht getan. Ich schätze, das war seine Art, damit zurechtzukommen, aber er hat sich immer mehr eingeigelt und abgekapselt. Wenn sie zu uns zu Besuch kamen, hat er stundenlang ins Leere gestarrt und kein Wort gesagt. Und die meiste Zeit war er sowieso weg, mit der Army, wissen Sie? Jeanette saß allein in Aldershot. Deshalb kam sie schließlich zurück zu uns.»

Ben graute vor der nächsten Frage, aber er musste sie stellen. «Cole sagte ... Er hat mir erzählt, dass meine Frau für den Tod von Jeanette verantwortlich wäre. Wie hat er das gemeint?»

Sie antwortete nicht. Ihr Mann verschränkte seine Hände auf dem Tisch. Die Knöchel waren weiß. Seine Frau tätschelte sie. Ihre Hände waren geschwollen und verwachsen.

«Seiner Meinung nach hat sie sich umgebracht.» Während sie tief Luft holte, zitterte ihr Atem unmerklich. «Aber ich weiß es nicht.» Sie drückte die Hände ihres Mannes und zog dann ihre zurück. «Ich weiß es nicht. Man sagt, sie sei ohne zu schauen auf die Straße gelaufen, aber ob sie es absichtlich getan hat oder nur in Gedanken verloren war ...» Sie schüttelte den Kopf. «Einen Tag davor war John hier gewesen. Er hatte Urlaub. Sonderurlaub aus familiären Gründen.» Sie lachte bei dem Gedanken sarkastisch auf. «Er kam hier vorbei und verlangte, dass sie mit ihm nach Hause kommt. Einfach so. Wie ein Befehl. Ron hat ihm gesagt, dass sie nichts tun wird, was sie nicht tun will, und ... und da hat John ihn niedergeschlagen.»

Sie schaute zu ihrem Mann. Seine Hände waren noch fester zusammengepresst als zuvor. Als er sprach, schaute er keinen von beiden an. «Wenn ich zehn Jahre jünger gewesen wäre, hätte er das nicht getan. Dass er Soldat war, spielt dabei keine Rolle.» Seine Stimme bebte. Die Hände seiner Frau zuckten, als wollte sie ihn wieder berühren. Aber dieses Mal tat sie es nicht.

«Danach marschierte John ohne ein Wort hinaus», fuhr sie fort. «Am nächsten Morgen ging Jeanette spazieren, und dann haben wir erfahren, dass sie tot ist.»

O Sarah, was hast du getan?

«Seitdem haben wir John nicht mehr gesehen, außer bei der Beerdigung», sagte Mary. «Und da hat er nicht mit uns gesprochen. Ich glaube also nicht, dass wir Ihnen helfen können. Tut mir leid.»

Ben konnte die beiden nicht anschauen. «Er gibt mir die Schuld», sagte er. «Mir und meiner Frau. Er macht uns dafür verantwortlich, dass Jacob autistisch ist.» Er hatte das Gefühl, als wären die Worte aus ihm herausgestanzt worden. Und er musste weiterreden, um die darauffolgende Stille zu füllen. «Die Ärzte sagen, die Krankheit kann nicht dadurch verursacht worden sein, dass er seiner Mutter weggenommen wurde. Aber er glaubt trotzdem, es ist unsere Schuld.»

Er hörte Mary Pattersons Rollstuhl quietschen, als sie sich rührte. «Manchmal glaube ich, dass Dinge einfach passieren. Es hat keinen Sinn, nach Gründen zu suchen.»

«Es tut mir leid», sagte Ben, und erst nachdem er es gesagt hatte, wurde ihm klar, dass er sich zum ersten Mal dafür entschuldigt hatte, was Sarah getan hatte.

«Sie brauchen uns nicht um Verzeihung zu bitten.» Sie klang müde. «Sie konnten es ja nicht wissen. Und Ihre Frau ... Ein Kind zu verlieren kann eine Frau zu seltsamen Dingen treiben. Deswegen hat Ihre Frau getan, was sie getan hat. Und unsere Jeanette hatte ihre Gründe für das, was sie getan hat. So oder so, man kann nichts mehr daran ändern.»

Mehr Absolution konnte Ben nicht erwarten. Er wollte ihr danken, aber als er sie anschaute, sah er, dass ihr Gesicht erschöpft und blass war.

«Sie müssen mich jetzt entschuldigen», sagte sie. Vor lauter Müdigkeit waren ihre Worte kaum zu verstehen. «Ron ...» Als Antwort stand ihr Mann auf und schob sie schweigend aus der Küche. Ben hörte wieder das Summen des Liftes, dann kehrte ihr Mann mit stoischer Miene zurück.

«Ist alles in Ordnung mit ihr?», erkundigte sich Ben.

«Sie ist nur müde. Von der Arthritis. An manchen Tagen ist es schlimmer als an anderen.»

«Tut mir leid, ich hätte nicht so lange bleiben sollen.»

«Sie ist froh, dass Sie hier waren.»

Aber er nahm nicht wieder Platz und lud Ben auch nicht ein, länger zu bleiben. Ben erhob sich und wollte gehen, aber es gab noch eine Frage, die er stellen musste. «Glauben Sie, dass Jacob gut bei ihm aufgehoben ist? Bei Cole, meine ich?»

«Es ist sein Sohn. Er hat ihn die letzten sechs Jahre vermisst.»

Das war keine Antwort auf Bens Frage. Er formulierte sie anders. «Es ist aber auch Ihr Enkel. Welches Gefühl haben Sie dabei, dass Cole ihn aufzieht?»

Paterson schien seine Antwort abzuwägen. «Ich kenne John Cole nicht mehr. Ich kann nicht sagen, wie er jetzt ist. Als ich ihn das letzte Mal gesehen habe, hielt ich ihn für einen äußerst unausgeglichenen Menschen. Und das war, bevor er in Nordirland verwundet wurde. Aber es steht mir nicht zu, über ihn zu urteilen.»

«Und seine Frau?»

Patersons Miene verfinsterte sich. «Die? Ich habe gehört ...» Er verstummte.

«Was?», wollte Ben wissen.

«Nichts.»

Ben hätte ihn am liebsten weiter gedrängt, aber er konnte sehen, dass der alte Mann nichts mehr sagen würde. Er ging zur Tür.

«Kann ich Sie um einen Gefallen bitten?», fragte Paterson plötzlich. «Fotos ... Wir haben keine. Von Jacob, meine ich. Vielleicht könnten Sie uns welche leihen. Es würde Mary eine Menge bedeuten.» Seine Lippe bebte einen Augenblick. «Nur damit wir sehen können, wie er aussieht.»

Auf dem Rückweg versuchte er Radio zu hören, weil er die Stille im Wagen nicht ertrug, schaltete es aber bald wieder aus. Die Stille bedrückte ihn zwar, doch das Geplapper und die Musik passten nicht zu seiner Stimmung. Er erreichte die Kreuzung, an der er bei der Hinfahrt abgebogen war. Ein Verkehrsschild zeigte die Richtung nach Tunford an. Der Blinker klickte leise, der Pfeil auf seinem Armaturenbrett deutete in Richtung Autobahn. Er drückte den Blinker zur anderen Seite und folgte dem Schild.

Er hatte keine Ahnung, warum er es tat. Aber irgendwie konnte er nicht einfach so an dem Ort vorbeifahren, an dem Jacob war. Während er sich der Stadt näherte, versuchte er, nicht daran zu denken, so als hoffte er, dass ihm mit einem klaren Kopf schon etwas einfallen würde. Als er auf die Hauptstraße mit ihren Läden kam, zog sich sein Magen zusammen, eine Idee stellte sich jedoch nicht ein. *Wenn Coles Wagen nicht da ist, halte ich an und klopfe an die Tür.* Er nahm die erste Abzweigung, die ihn zu dem Haus führte. *Wenn er da ist, fahre ich weiter.*

Eine Gruppe kleiner Jungen spielte mitten auf der Straße Fußball. Widerwillig wichen sie auf den Gehweg aus, damit er vorbeifahren konnte. Plötzlich gab es einen Knall, und als er gerade auf die Bremse treten wollte, sah er sie davonlaufen. Sie hatten den Ball gegen den Wagen geschossen. *Diese kleinen Mistkerle.* Sein erleichtertes Grinsen verblasste, als er in die Straße bog, in der die Coles wohnten.

Der rostige Ford Escort stand vor dem Haus.

Ben umklammerte das Lenkrad und rang mit sich, ob er

trotzdem anhalten sollte oder nicht. Langsam fuhr er vorbei. Er sah die Schrottteile im Garten, die jetzt zu zwei großen Haufen aufgetürmt waren und nicht mehr wahllos verstreut dalagen, er sah die Dachrinnen locker von der Traufe hängen, aber er sah weder Cole noch Jacob. Unentschlossen fuhr er weiter, bis das Haus aus dem Rückspiegel verschwand, und dann war es zu spät. Er hatte den Moment, wo er hätte aussteigen können, verpasst.

Bedrückt, als wäre er bei einer Art Test durchgefallen, fuhr er weiter. Die Straße schlängelte sich an den letzten Häusern vorbei und führte hinter der Siedlung einen Berg hinauf. Ben war ihr bisher noch nicht so weit gefolgt, aber er wollte nicht wenden und erneut an Coles Haus vorbeifahren. Der Berg war mit Büschen und Gestrüpp bewachsen, sodass er die Stadt bald nicht mehr sehen konnte. Kurz vor dem Gipfel gab es einen überwucherten Rastplatz, der zu einem verschlossenen und mit Nesseln bedeckten Holzgatter führte. Instinktiv bog er auf den Platz und schaltete den Motor aus. Der tickte wie eine Zeitbombe, während er abkühlte. Ben blieb eine Weile im Wagen sitzen und stieg dann aus.

Der Wind war stärker geworden. Er blähte seine Jacke auf, brachte seine Augen zum Tränen und zerzauste sein Haar. Das Feld hinter dem Gatter fiel steil zu einer gefluteten Kiesgrube ab. Jede Böe kräuselte die Wasseroberfläche wie eine Gänsehaut. Er wandte sich ab und ging auf die andere Straßenseite. Vor dem Wald erhob sich eine alte, verwitterte Steinmauer. Durch die Bäume konnte er die Häuser unten sehen. Die Äste schlugen im Wind, die wenigen Blätter waren mal dunkelgrün, mal hellgrün, als sie umherpeitschten. Das Laub am Boden wirbelte durch die Luft. Ben steckte die Hände in die Taschen und stemmte sich gegen den Wind. Er hatte das Gefühl, dass er von allem losgerissen worden war, was ihm Halt gegeben hatte, und dass er kurz davor war, davongefegt zu werden.

Ein Teil der Mauer war eingestürzt und nur noch ein kleiner Haufen einzelner Steine. Ihre Oberseite war mit rostigem Stacheldraht versehen, doch die Pfähle, an denen er befestigt gewesen war, waren auch umgeknickt. Ben stieg hinüber in den Wald, der vor allem aus verkrüppelten Eichen bestand. Er bahnte sich einen Weg durch das Buschwerk und konnte die Stadt bald nicht mehr sehen. Er kam auf einen Weg, kaum mehr als ein Trampelpfad, dem er folgte. Wohin er führte, war ihm egal, er wollte sich nur eine Weile in der unbekannten Landschaft verlieren. Der Pfad schlängelte sich quer durch die Bäume den Hang hinab und war hin und wieder von Wurzeln durchzogen. Er war so uneben, dass Ben aufpassen musste, wohin er seine Füße setzte, und als er mit einem Mal aus dem Wald auf einen offenen Hang trat, war er überrascht, wie nah er den Häusern gekommen war.

Die Gärten grenzten wie ein ungleichmäßiger Flickenteppich an das Feld am Fuß des Berges. Hinter den Häusern konnte er das Asphaltband der Straße sehen, der er hinauf zum jetzt rechts von ihm liegenden Gipfel gefolgt war. Welches Haus Coles war, konnte er nicht erkennen, er glaubte aber, dass es nicht weit weg sein dürfte.

Er kehrte in den Wald zurück und folgte der Richtung, in der er es vermutete. Er war sich nicht sicher, warum er nicht einfach über das offene Feld ging, doch etwas in ihm wollte nicht gesehen werden, weder von Cole noch von jemand anderem. Abseits des Pfades war das Gras höher und noch feucht vom letzten Regen, und bald war der Saum seiner Hosenbeine durchnässt. Während er den Hang entlangrutschte, versuchte er abzuschätzen, wo an der Straße das

Haus der Coles war. Aber er hätte es kaum verfehlen können.

Als er das nächste Mal haltmachte, um sich zu orientieren, erkannte er es sofort. Auch die Rückseite des Grundstücks war ein kleiner Schrottplatz und mit einem Haufen aus Metallteilen verschandelt. Ben ging weiter durch den Wald, bis er direkt hinab auf den Schrott schauen konnte. Jetzt sah er, dass es kein geschlossener Haufen war, wie er erst angenommen hatte. In der Mitte gab es eine freie Stelle.

Und dort waren Cole und Jacob.

Die Baumgrenze war ungefähr hundertfünfzig Meter vom Garten entfernt, zu weit, um Einzelheiten zu erkennen, aber Ben wusste, dass es die beiden waren. Jacob saß auf etwas Niedrigem am Boden. Er war mit einem Gegenstand in seinen Händen beschäftigt, und obwohl Ben nicht sehen konnte, was es war, vermutete er, dass es sich um irgendein Geduldspiel handelte. Bei dem vertrauten Anblick bekam er einen Kloß im Hals.

Cole stand breitbeinig, kaum einen Meter entfernt hinter seinem Sohn und hielt mit beiden Händen einen Gegenstand hinter seinem Nacken. Er sah schwer aus. Cole stemmte ihn langsam über den Kopf, senkte ihn dann vor sich hinab, bis er ihn an ausgestreckten Armen genau über Jacobs Kopf hielt.

Ben zuckte zusammen, doch Cole hob das Gewicht bereits wieder an. Indem er die Arme gestreckt ließ, vollführte er die Bewegung in die andere Richtung, bis er es wieder hinter seinem Nacken hielt. Er verharrte einen Augenblick in der Position, dann wiederholte er die Übung.

Jacob spielte währenddessen unbekümmert weiter und merkte gar nicht, was über ihm vor sich ging. Da das Ganze den Anschein erweckte, als wäre diese Nummer für beide nichts Neues, wich Bens Sorge einer Wut, die bei jeder Wiederholung der Übung stärker wurde. Schließlich verspürte er einen Hass auf diesen Mann, den er zuvor nicht gekannt hatte. Egal ob Cole seine Kraft und Ausdauer testen oder nur angeben wollte, es gab keine Ausrede für sein Tun. Es war unverantwortlich, gefährlich, dumm ... Ben gingen die Attribute aus, als er sah, wie sich Coles Bewegungen verlangsamten. Er brauchte eine Ewigkeit, um das Gewicht über den Kopf zu stemmen. Als er es geschafft hatte, zögerte er. Selbst aus der Entfernung konnte man erkennen, wie die Arme zitterten.

O Gott, bitte, tu es nicht ...

Unerbittlich senkten sich die Arme hinab. Das Gewicht kam in der Waagerechten zum Stillstand und schwebte wackelig über Jacobs Kopf. Cole hielt es länger in dieser Position als zuvor. Ben konnte die Anstrengung seiner Muskeln und Sehnen beinahe nachempfinden. *Bitte ... Heb es hoch. Heb es doch hoch.*

Langsam begannen sich seine Arme zu heben. Nach einer Weile hielten sie inne, das Gewicht zog sie wieder nach unten. Nachdem es über Jacobs Kopf zum Stillstand gekommen war, hob Cole es wieder an. Jetzt sah es so aus, als wenn er das Gewicht im Bemühen, es über den Kopf zu stemmen, absichtlich hin- und herschaukelte. Einen schrecklich langen Moment passierte gar nichts. Dann schaffte er es, schwenkte noch in der Stemmbewegung zur Seite und ließ das Gewicht fallen.

Es landete direkt neben Jacob. Ben sah, wie sich der Junge umdrehte, um es anzuschauen, und sich dann wieder seinem Spiel widmete, während Cole auf die Knie sank.

«Du irres Arschloch», sagte Ben laut. «Du verdammtes, irres Arschloch!» Am liebsten wäre er den Hang hinabgelaufen, hätte sich über den Zaun geschwungen und Cole mit einem seiner geliebten Metallteile niedergestreckt. Am liebsten hätte er Jacob in den Arm genommen und in Sicherheit gebracht, zurück nach Hause, wo er hingehörte.

Aber er wusste, dass Cole ihn dann zu Brei geschlagen hätte.

Cole stand wieder auf den Beinen, war aber immer noch vornübergebeugt und rang offenbar nach Atem. Hinter ihm rührte sich etwas. In einem der Fenster im Erdgeschoss tauchte eine Gestalt auf. Dem strohblonden Haar nach war es Sandra Cole. Sie schien auf ihren Mann hinabzuschauen.

Aus der Entfernung konnte sich Ben nicht sicher sein, aber es sah so aus, als wäre sie nackt.

Eine Weile änderte sich nichts an dem Bild. Dann hinkte Cole zu einem Schuppen, der halb vom Schrott verdeckt war. Er ging hinein und schloss die Tür hinter sich. Als Ben wieder zum Haus schaute, stand niemand mehr am Fenster.

Aber er hatte genug gesehen. Er fühlte sich so erschöpft, als wäre er derjenige gewesen, der das Gewicht gestemmt hatte. Die Erinnerung daran entfachte seine Wut neu. Während er versuchte, dieses Gefühl in Entschlossenheit umzulenken, warf er einen letzten Blick auf Jacob und machte sich auf den Weg zurück zum Wagen.

Kapitel 11

Ben merkte, dass der Sozialarbeiter ihm nicht glaubte. «Ich bitte Sie, er hätte getötet werden können! Wenn Cole das Teil fallen gelassen hätte, wäre es dem Jungen auf den Kopf geknallt!»

Carlisle hatte eine neutrale Miene aufgesetzt. «Aber Sie haben nicht versucht, ihn zu stoppen.»

«Ich habe Ihnen doch gesagt, dass ich zu weit weg war.»

«Und deshalb sind Sie einfach wieder gegangen, ohne einzuschreiten oder ihn wissen zu lassen, dass Sie dort waren.»

«Ich wusste, dass es nichts gebracht hätte! Er hat mir bereits deutlich zu verstehen gegeben, was passieren würde, wenn ich dort wieder auftauche. Mein Gott, was wollen Sie denn noch?»

Er versuchte sich zu beruhigen. Die Beherrschung zu verlieren würde ihn nicht weiterbringen. Aber der Gedanke, dass diese Machoübungen – und Gott weiß was noch – Tag für Tag weitergehen könnten, ließ ihn in Schweiß ausbrechen. Je länger er daran dachte, desto mehr war er davon überzeugt, dass dieser testosterongesteuerte Scheißkerl nicht einfach nur ein unvernünftiger Mensch war.

Er war geisteskrank.

Carlisle zog an einem Ohrläppchen. «Warum haben Sie sich überhaupt von hinten ans Haus herangeschlichen?»

«Keine Ahnung. Aus Neugier, nehme ich an.» Ben spürte, wie sein Gesicht errötete. Das schlechte Gewissen machte ihn noch wütender. «Ich denke mir das nicht aus. Wenn Sie mir nicht glauben, dann schauen Sie es sich selbst an! Das Grundstück sieht aus wie ein ... wie ein Schrottplatz! Gott weiß, wie Sie Jacob an so einen Ort geben konnten!»

Die letzte Bemerkung war ihm einfach so herausgerutscht. Der Hals des Sozialarbeiters begann rot zu glühen. «Entgegen der öffentlichen Meinung sind wir keine Vollidioten. Wir haben das Haus besucht und uns davon überzeugt, dass es eine sichere Umgebung ist.»

«Das war in dem Fall vielleicht so, aber jetzt nicht mehr! Hat sich eigentlich mal jemand den Garten hinter dem Haus angeschaut?»

Ben wusste, dass er einen Streit heraufbeschwor, aber er konnte sich nicht bremsen. Auch Carlisles Wangen waren jetzt erhitzt.

«Wir verstehen unsere Arbeit, Mr. Murray.»

«Gut, dann tun Sie sie auch! Jacob ist dort nicht sicher! Dieser Verrückte wird ihn am Ende noch umbringen!»

«Ich glaube nicht, dass uns Hysterie irgendwie weiterbringt.»

«Ich bin nicht hysterisch! Ich habe gesehen, was er getan hat!»

«Das sagen Sie.»

Ben ballte seine Fäuste und kämpfte um Beherrschung. «Was soll das heißen?»

Auch der Sozialarbeiter schien das Gespräch wieder in kontrolliertere Bahnen lenken zu wollen. «Mr. Murray, ich habe letztes Mal erklärt, dass es immer eine sehr schwierige Situation ist, wenn ein Kind einem Elternteil, oder einem Stiefelternteil, weggenommen und der Obhut eines anderen übergeben worden ist. Deshalb sehe ich ein, dass es nicht leicht für Sie sein wird, dass Jacob nicht mehr bei Ihnen wohnt. Ich muss Sie allerdings daran erinnern, dass Sie Mr. Coles Antrag auf Betreuungsrecht nicht angefochten haben. Gut, ich weiß, dass es wegen Ihres ersten Umgangskontaktes zu Missverständnissen gekommen ist – nein, bitte, lassen Sie mich ausreden.» Er hob eine Hand, als Ben ihn unterbrechen wollte. «Aber am Anfang gibt es recht häufig solche Kontroversen. Beide Elternteile müssen sich erst auf die neue Situation einstellen. Ich habe Mrs. Cole darauf hingewiesen, dass Sie ein Recht auf Ihren Umgangskontakt haben, und sie hatte keine Einwände dagegen, deshalb ...»

Aber sicher.

«... schlage ich vor, dass Sie bis zu Ihrem nächsten Kontakttermin warten. Ich bin sicher, dass sich all diese ... diese Probleme freundschaftlich lösen lassen.»

Der Mann glaubte ernsthaft, dass es keinen Grund zur Sorge gab, merkte Ben. In den Augen des Sozialarbeiters war es bereits zu einem Happy End gekommen. «Und was ist, wenn Cole bis dahin einen Metallklotz auf Jacobs Kopf fallen lässt?»

Carlisle zog ein Gesicht, als hätte Ben einen geschmacklosen Witz gemacht. «Wir werden Ihre Beschwerde selbstverständlich prüfen. Wir nehmen solche Dinge ernst, aber Sie müssen verstehen, dass wir auf Grundlage einer unbestätigten Behauptung nichts unternehmen können.»

«Sie glauben also mit anderen Worten, dass ich die Sache erfunden habe.»

«Es geht nicht darum, ob ich glaube, Sie hätten etwas erfunden.» So wie er es sagte, schien er allerdings auch nicht zu glauben, dass Ben die ganze Wahrheit erzählt hatte. «Nur können wir ohne Beweise nichts unternehmen.»

«Ach, darum geht es?»

Der Sozialarbeiter breitete seine Hände aus. «Tut mir leid, Mr. Murray, aber ich kann Ihnen versichern ...»

Ben ging hinaus. Sein Schädel schien vor lauter Frustration zu dröhnen.

Ich werde dir die verdammten Beweise liefern, dachte er.

Er kaufte das Objektiv bei seinem Stammhändler. Er besaß bereits einige Zoomobjektive für Nah- und Portraitaufnahmen, aber keines davon hatte die Brennweite, die er jetzt benötigte. Es war ein 600-mm-Teleobjektiv, ein Biest von mehr als einem halben Meter Länge, das zwar nicht so gewaltig war wie manche der langen Objektive von Pressefotografen, seinen Ansprüchen aber vollends genügte.

Als er es an seine Nikon schraubte und einen Blick durch den Sucher warf, hatte er das Gefühl, durch das Zielfernrohr eines Scharfschützengewehrs zu schauen.

Bevor er es gekauft hatte, hatte er Zoe gesagt, dass er am Nachmittag nicht mehr zurück ins Atelier kommen würde, und war anschließend nach Tunford aufgebrochen. Als er die Autobahn verließ, stahl sich die Sonne schwach durch die Wolken. Dieses Mal ließ er die Stadt links liegen und fuhr direkt den Berg hinauf. Er parkte wieder vor dem überwucherten Holzgatter, schulterte seine Kameratasche und durchquerte den Wald. Als er auf den Trampelpfad kam, erinnerte er sich genau an den Weg. Durch die Bäume konnte er die Häuser sehen. Nach einer Weile meinte er, weit genug gegangen zu sein, verließ den Pfad und kletterte querfeldein den Hang hinab.

Er war ein Stück zu weit und marschierte zurück, bis er direkt über dem Haus war. Niemand war zu sehen, aber damit hatte er gerechnet. Jacob war bestimmt in der Schule,

Cole auf dem Schrottplatz und Sandra in dem Pub, in dem sie als Bardame arbeitete. Er schaute sich um. Nicht weit von der Stelle, wo er am vergangenen Samstag gestanden hatte, gab es eine Gruppe buschiger, junger Eichen, deren unterste Zweige teilweise über den Boden strichen. Sie krallten sich an seinen Sachen fest und kratzten ihn, aber sobald er inmitten der Bäume war, befand er sich an einem relativ freien Platz, an dem er sich verstecken konnte. Er stellte seine Kameratasche ab und knipste ein paar kleine Zweige ab, die im Weg waren. Nachdem er die überhängenden Äste vor sich abgebrochen hatte, hatte er einen ungestörten Blick hinunter in Coles Garten.

Er holte das Teleobjektiv hervor und schraubte es an seine Nikon. Durch das Gewicht des Objektivs war die Kamera so schwer und instabil, dass er sie auf ein Stativ montieren musste. Nachdem alles aufgebaut war und er durch den Sucher schaute, war der Garten plötzlich direkt vor ihm. Erschrocken wich er zurück und sah dann wieder durch die Kamera. «Wow», murmelte er und stellte die Schärfe ein.

Keines der Objektive, mit denen er sonst arbeitete, war mit diesem Tele zu vergleichen. Die Rückseite des Hauses war im Sucher so nah, dass die körnige Oberfläche der Ziegelsteine, die abgeblätterte Farbe und selbst die Schrift auf der Streichholzschachtel, die auf dem Fensterbrett über der Spüle lag, so klar und deutlich zu erkennen waren, als würde er nur wenige Zentimeter davorstehen. Er suchte den Garten ab, der, wie er nun sehen konnte, von einem hohen Maschendrahtzaun umgeben war. In der Mitte des Schrotthaufens stand ein Autositz, auf dem Jacob gesessen haben musste, während Cole seiner irren Kraftmeierei nachgegangen war. In den Boden daneben hatte sich das Gewicht eingegraben, das er benutzt hatte, ein geriffelter Metallzylinder, der aussah wie ein Motorenteil. Ob es wieder bewegt worden war oder nicht, konnte er nicht erkennen.

Das Bild im Sucher wirkte flach und ein wenig unrealistisch, da es dem Teleobjektiv durch die Verdichtung der Entfernung an Tiefenschärfe mangelte. Die Schrotthaufen im Vordergrund lösten sich zu einzelnen Metallformen auf, die gefährlich wackelig aufgestapelt und völlig verrostet waren. Bei diesem weiteren Beweis für Coles Unverantwortlichkeit stieg wieder Wut in Ben auf. Überall standen zerklüftete und messerscharfe Kanten hervor, die nur darauf zu warten schienen, etwas zu stechen, aufzuschlitzen oder zu zerquetschen. Er konnte nicht glauben, wie man ein Kind einem derart tödlichen Spielplatz anvertrauen konnte. Erneut fragte er sich, wie Cole damit durchgekommen war. Irgendjemand hätte ihn doch dazu bringen müssen, den Garten zu räumen, bevor man Jacob in seine Obhut gab.

Es sei denn, der Schrott war zuvor noch nicht dort gewesen.

Ben begann, Aufnahmen von den Metallhaufen zu machen, und achtete darauf, dass auf jedem Bild zumindest ein Teil des Hauses zu sehen war. Er verschoss drei Filme, ehe er meinte, dass es für eine Trockenübung reichte. Als er sein Auge vom Sucher nahm und seine Sicht wieder unvergrößert war, hatte er das merkwürdige Gefühl, als würde er aus dem Kino in die alltägliche Welt zurückkehren. Das Haus der Coles sah geschrumpft und unbedeutend aus. Noch immer war niemand zu sehen. Ben war ein wenig enttäuscht. Doch während er den Hang hinunterschaute, überkam ihn plötzlich ein völlig anderes Gefühl. Erst nach einer Weile erkannte er, dass es Vorfreude war.

Unsicher, warum es ihn beunruhigte, packte er seine Ausrüstung zusammen und fuhr nach Hause.

Er nahm sich vor, am nächsten Nachmittag früh mit der Arbeit aufzuhören und wieder in den Wald zu gehen, doch zur Mittagszeit hatte es mit der Ausdauer eines Langstreckenläufers zu regnen begonnen. Der Regen hielt während der nächsten Tage an, ein heftiger Niederschlag von einem tristen Himmel, der keinen Blick auf die Sonne zuließ. Es frustrierte ihn zwar, aber immerhin konnte er sich damit trösten, dass auch Cole und Jacob kaum draußen sein würden.

Das schlechte Wetter war allerdings auch deshalb ärgerlich, weil er für Ende der Woche Außenaufnahmen geplant hatte. Eigentlich hätte man sie im Sommer machen sollen, der Modedesigner war jedoch ein solcher Pfennigfuchser, dass sie jetzt auf die paar sonnigen Tage warten mussten, die es im Herbst gab. Nachdem der Designer die Idee, ins Ausland zu gehen, abgewiesen hatte, hatte er Ben auf Grundlage der Wettervorhersage für zwei Tage gebucht. Seit dem frühen Morgen hatten sich Ben, Zoe, die Maskenbildnerin und zwei Models an einem verlassenen und windgepeitschten Strand vor die Autos gekauert und darauf gewartet, dass die Wolken abzogen. Der Designer hatte die ganze Zeit gereizt seine Assistentin angeschnauzt, eine Zigarette nach der anderen geraucht und war jedem auf die Nerven gefallen. Zum Mittag war die Sonne durchgekommen. Nachdem sie schnell alles aufgebaut hatten und Ben die letzten Lichtbestimmungen vorgenommen hatte, platschten die ersten dicken Regentropfen vom Himmel.

Sie warteten den Guss eine weitere Stunde ab, bis Ben erklärte, dass er genug habe. Begleitet von den Schimpftiraden des Designers, hatten sie alles wieder eingepackt, wobei ihnen das männliche Model geholfen hatte. Der Dressman hatte offensichtlich ein Auge auf Zoe geworfen. Als Ben mit den Füßen nach draußen im Wagen saß und den Sand von seinen Stiefeln klopfte, kam sie zu ihm.

«Brauchst du mich noch?», fragte sie übertrieben ungezwungen. «Daniel hat mich auf einen Drink eingeladen, deshalb wollte ich mit ihm zurückfahren, wenn das okay ist.»

«Kein Problem.» Er zwinkerte ihr zu. «Bis morgen.»

Sie lächelte, errötete und ging hinüber zu dem alten schwarzen BMW des Dressmans. Ben sah, wie ihre schmalen Hüften wackelten, als sie durch den weichen Sand stakste; sie war sich der beobachtenden Blicke genau bewusst. Allerdings nicht seiner. Die einstudierte Lässigkeit galt dem gutaussehenden Kerl, der im Wagen auf sie wartete, und Ben war etwas befremdet, als er spürte, dass es an seinem Ego kratzte. Es war eine Sache, eine Person abzuweisen, eine ganz andere aber, wenn man sah, wie schnell sie sich davon erholte.

Das andere Model, eine junge Frau, war mit dem Designer hergekommen, doch Ben fühlte sich verpflichtet, ihr eine Mitfahrgelegenheit anzubieten, um sie nicht der schlechten Laune des Mannes auszusetzen. Sie war ungefähr zwanzig Jahre alt, hatte kurze kastanienbraune Locken und eine volle Unterlippe, was ihr je nach Blickwinkel entweder ein mürrisches oder ein sinnliches Äußeres verlieh. «Tausend Dank», sagte sie, als sie losfuhren. «Ich dachte schon, ich müsste mir auf der ganzen Rückfahrt das Gejammer von diesem Wichser anhören. Was dagegen, wenn ich rauche?»

Eigentlich hatte Ben etwas dagegen. Er mochte nicht einmal den abgestandenen Geruch seiner eigenen Zigaretten im Wagen, kam sich aber immer zu spießig vor, es zuzugeben. Also erlaubte er es ihr. Sie zündete sich eine St. Moritz an und bot ihm auch eine an, aber er lehnte ab. Sie lehnte ihren Kopf gegen den Sitz, als sie dankbar inhalierte. «Er mag es nicht, dass Models rauchen, wenn sie seine ‹Kreationen› tragen», erzählte sie ihm und äffte den Ton des Designers nach. «Er will nicht, dass sie wie ein Aschenbecher riechen, sagt er. Okay, er ist der Modeschöpfer, aber da hört es doch auf! Gott, was für ein Angeber.»

Ben lächelte unverbindlich. Er hatte gelernt, sich nie auf Lästereien mit Leuten einzulassen, mit denen er arbeitete. Besonders dann nicht, wenn es um denjenigen ging, der seine Honorare bezahlte. Die junge Frau zog wieder lustvoll an ihrer Zigarette und schaute ihn dann von der Seite an.

«Eine Freundin von mir hat letztes Jahr mit dir gearbeitet», sagte sie. «Du hast Aufnahmen für einen *Vogue*-Artikel über junge britische Modeschöpfer gemacht. Sie war eins von den Models. Schwarz, groß, sieht irgendwie ägyptisch aus.»

Es dauerte eine Weile, bis Ben wusste, wovon sie sprach. Der Artikel hatte sich über mehrere Seiten des Magazins erstreckt, an der Fotosession waren einige Models beteiligt gewesen. Es beunruhigte ihn, dass er sich an keines erinnern konnte. Obwohl es erst ein Jahr her war, kam es ihm wie eine Ewigkeit vor. Damals in der Vorgeschichte, als Sarah noch gelebt hatte und Jacob ihr Sohn gewesen war. Vor einem Jahr hatte er eine Familie gehabt. Sein Magen zog sich zusammen. «Ach ja, richtig.»

Das Model nahm einen letzten Zug von der Zigarette, kurbelte das Fenster ein wenig runter und schnippte sie hinaus. Im Luftstrom fegte sie funkensprühend davon. Die junge Frau schloss das Fenster und rutschte auf ihrem Sitz herum, sodass sie halb gegen die Tür lehnte und ihn anschaute.

«Ich habe dich in den Nachrichten gesehen», sagte sie. Bens Magen zog sich noch mehr zusammen. «In der Agentur haben sie uns eingeschärft, nichts zu sagen. Sie wollten nicht, dass sich jemand einmischt und dich verärgert, aber es ist doch irgendwie eine Lüge, wenn man so tut, als wüsste man nichts, oder?»

Ben wollte nicht darüber sprechen. Er zuckte mit den Achseln und hoffte, dass sie den Wink verstand. Sie interpretierte die Geste als Zustimmung, machte es sich auf dem Sitz bequem und fuhr fort.

«Du musst echt voll fertig gewesen sein, so wie die über dich gesprochen haben. Ich meine, manches war echt übel.»

«So ist die Presse halt.»

«Ich weiß, aber, verstehst du, es kam mir so ungerecht vor. Ich weiß nicht, wie du das ertragen hast.»

Ich hatte keine Wahl, verdammt. Und als er eine hatte, hatte er die falsche getroffen. «Das ist jetzt vorbei.»

Sie legte bestürzt eine Hand vor den Mund. «Oh, tut mir leid, ich wollte nicht ...» Sie hob auch die andere Hand, sodass es aussah, als würde sie mit geballten Fäusten beten. «Mist, ich hätte nichts sagen sollen, oder?»

«Schon gut.»

«Ich dachte nur ... Eigentlich weiß ich gar nicht, was ich dachte. Ich wollte nur, dass du weißt, dass ich davon weiß, und ... Mist, ich fange schon wieder an, oder? Du, es tut mir echt, echt leid.»

«Mach dir deswegen keine Sorgen.»

«Nein, aber du musst ja denken, dass ich echt gefühllos bin oder dumm oder so.»

Die Selbstsicherheit war ihr abhandengekommen. Sie sah so reumütig und jung aus, dass sich Ben alt und angestaubt fühlte, was der Situation auch nicht half. Er seufzte. «Schon gut. Vergiss es.»

Eine Weile schwieg sie niedergeschlagen. «Weshalb wolltest du Fotograf werden?», fragte sie dann.

Gott. Aber er unterdrückte seine Ungeduld. Sie wollte

ja nur nett sein. «Ich habe Kunst studiert und irgendwann begonnen, mit Fotos zu experimentieren. So fing es an.»

«Ich wollte eigentlich nie Model sein. Ich wollte Tänzerin werden. Aber ich war zu groß und konnte nicht tanzen.»

Ben lächelte pflichtbewusst. Sie fühlte sich dadurch ermutigt und plauderte für den Rest der Fahrt über sich und ihre Herkunft, ihre Kindheit und ihr Lieblingsessen. Als würde sie für all die Interviews üben, wenn sie einmal reich und berühmt wäre, dachte er. Aber immerhin wurde von ihm kein Beitrag verlangt. Er nickte gelegentlich, um den Eindruck zu erwecken, ihr zuzuhören, hatte aber längst abgeschaltet und war ganz woanders.

Er fuhr sie zu dem Haus, das sie mit zwei anderen Mädchen teilte, wie er ihrer Lebensgeschichte nebenbei hatte entnehmen dürfen. «Willst du auf einen Drink mit reinkommen?», fragte sie. Sie hatte sich leicht gebückt, um durch die geöffnete Beifahrertür mit ihm zu reden. «An der Ecke ist auch ein guter Pub. Irisch. Da gibt es super Guinness.»

«Nein danke. Ich habe noch eine Menge zu tun.»

Sie sagte, dass es in Ordnung sei, sie würden sich morgen wiedersehen. Erst als er fast zu Hause war, ging ihm plötzlich auf, dass die junge Frau nicht nur freundlich gewesen war, sondern mit ihrer Einladung wenn nicht direkt, so doch auf eine schüchterne Weise Interesse an ihm bekundet hatte. Seine erste Reaktion war Überraschung, aber nicht so sehr deshalb, weil sie offenbar etwas von ihm wollte, sondern weil er es nicht bemerkt hatte.

Seine zweite Reaktion war Entsetzen darüber, dass er sowieso nicht interessiert gewesen wäre.

Eine Zeitlang hatte er sich einreden können, dass das vollkommene Ausbleiben einer sexuellen Erregung seit Sarahs Tod nur normal war. Und wenn nicht normal, dann auf jeden

Fall verständlich. Es waren erst fünf Monate, außerdem hatte er gar nicht das Bedürfnis, mit einer anderen Frau ins Bett zu gehen. Dafür vermisste er sie noch immer viel zu sehr.

Gleichzeitig behagte ihm aber der Gedanke nicht, dass er für immer von der Hüfte abwärts tot sein könnte.

Das Fiasko mit Zoe konnte er dem Alkohol zuschreiben. Dass er sofort ein schlechtes Gewissen bekam und das Gefühl hatte, untreu zu sein, wenn er nur über dieses Thema nachdachte, tat ein Übriges. Aber er kannte seinen Körper. Fünf Monate Trauer waren nicht viel, dass er jedoch ebenso lange keine Erektion mehr bekommen hatte, das war verdammt ungewöhnlich. Gelegentlich hatte er mit dem Gedanken gespielt, zu masturbieren, aber die kläglichen Versuche waren schon im Ansatz gescheitert. Die Gesichter und Körper von Models oder früheren Freundinnen, die er sich dabei vorgestellt hatte, waren alle sofort verschwommen und zu Sarah geworden, und wenn er dann weitergemacht hätte, wäre er sich wie ein Schänder vorgekommen. Wenn er sich zu erinnern versuchte, wie sie beide sich geliebt hatten, überwältigte ihn jedes Mal das Gefühl des Verlustes. Selbst die rein körperlichen Reflexe, die Morgenlatten oder Katerständer, die früher im Rhythmus mit den Kopfschmerzen gepocht hatten, schienen ihn im Stich gelassen zu haben. Es war, als wäre seine sexuelle Seite abgestumpft.

Und da er es nicht einmal bemerkte, wenn eine attraktive, mehr als zehn Jahre jüngere Frau etwas von ihm wollte, dachte er bitter, als er die Haustür aufschloss, war diese Seite wohl völlig ausgelöscht worden.

Ben hatte vorgehabt, früh am nächsten Morgen mit den Aufnahmen am Strand zu beginnen, aber ein Blick hinaus auf den prasselnden Regen sagte ihm, dass es wenig Sinn machte. Der Modeschöpfer brüllte und fluchte, als Ben ihn anrief und vorschlug, die Aufnahmen auf den Nachmittag zu verschieben, willigte aber schließlich ein, nachdem er zu der Überzeugung gelangt war, es wäre seine eigene Idee gewesen.

Ben teilte Zoe telefonisch von der neuen Vereinbarung mit, machte sich dann eine Thermoskanne mit Kaffee und ein paar Sandwiches. Er konnte nicht sagen, ob sich die Idee, nach Tunford zu fahren, vor oder nach der Entscheidung, die Aufnahmen zu verschieben, eingestellt hatte. Da es mitten in der Woche war und wahrscheinlich alle außer Haus waren, war er sich nicht einmal sicher, warum er fahren wollte.

Aber es war besser, als allein zu Hause zu sitzen.

Der Regen legte sich, noch ehe er die Stadt erreichte, es blieb aber bedeckt. Ben parkte an der üblichen Stelle und machte sich auf den Weg zu den Eichen, zwischen denen er sich beim letzten Mal versteckt hatte. Als er sich ihnen näherte, sah er zwei Männer, die mit einem Hund den Hang hinaufspazierten. Er stahl sich tiefer in den Wald, wartete, bis sie außer Sichtweite waren, und stieg hinunter zu seinem Versteck. Wind und Regen hatten ein paar Blätter abgerissen, an den Bäumen hing aber noch genug Laub, um ihn zu verbergen. Während er die Zweige schüttelte, um das Regenwasser abtropfen zu lassen, schaute er hinunter zu Coles Haus. Im Garten war niemand, aber die Hintertür war geöffnet. Offenbar war doch jemand zu Hause. Er zwängte sich zwischen die Bäume und setzte sich auf den zusammenklappbaren Anglerstuhl, den er dieses Mal mitgenommen hatte. Gerade als er das Stativ aufstellen wollte, kam Sandra Cole heraus.

So wie es aussah, trug sie ein langes weißes T-Shirt. Selbst aus der Entfernung, unvergrößert, konnte er erkennen, dass ihre Beine nackt waren. Sie ging zum äußersten Rand des Gartens, wo der Schrotthaufen am niedrigsten war. Als sie hinüberstieg, bemerkte Ben zum ersten Mal eine Pforte, die aus dem gleichen Maschendraht bestand wie der Zaun. Sandra öffnete sie und schaute schnell den Weg auf und ab, der hinter den Grundstücken entlangführte. Dann drehte sie sich zum Haus um und winkte. Ein Mann kam aus der Tür und lief gebückt durch den Garten. Als er den Zaun erreichte, sagte er etwas zu ihr. Sie nickte und schob ihn rasch durch die Pforte. Erst da fiel Ben auf, dass er wie ein Idiot mit offenem Mund hinunterglotzte.

«Auweia!»

Er nahm das Teleobjektiv und schraubte es hastig an die Kamera. Einen Film hatte er schon eingelegt, aber für das Stativ blieb keine Zeit. Der Mann ging bereits den Weg hinab, als Ben die Nikon hob und versuchte, das riesige Objektiv abzustützen, während er gleichzeitig die Schärfe einstellte. Ihm gelangen nur ein paar Aufnahmen, ehe der Mann auf einen Pfad bog, der zwischen zwei Häusern hindurchführte. Fluchend richtete er seine Aufmerksamkeit wieder auf Coles Garten.

Sandra hatte die Pforte geschlossen und war schon fast wieder an der Hintertür. Bevor sie hineinging, schaute sie sich noch einmal um. Durch die Vergrößerung schien sie direkt vor ihm zu stehen. Ihr Gesicht war ungeschminkt, das gebleichte Haar ungekämmt und zerzaust. Die dunklen Wurzeln stellten einen starken Kontrast zum künstlichen Blond des Restes dar. Auf einer Wange war ein entzündet aussehender Punkt, ihre Lippen waren aufgedunsen und blass, nur in einem Mundwinkel war verschmierter Lippenstift zu sehen. Unter dem T-Shirt zeichneten sich ihre Brustwarzen ab, und so wie die Brüste schaukelten, wenn sie sich bewegte, hatte sie wohl nichts darunter an. Als sie die Stufen hinauf ins Haus ging, schob sich das T-Shirt minimal nach oben, sodass er einen kurzen Blick auf ihren nackten Hintern werfen konnte. Die Tür schloss sich hinter ihr.

Schemenhaft sah er sie am Küchenfenster vorbeigehen und im Inneren des Hauses verschwinden. Ben hob automatisch die Kamera. Eines der Fenster in der oberen Etage hatte Milchglasscheiben, vermutlich das Bad oder die Toilette. Er richtete die Kamera auf das Fenster, in dem er Sandra gesehen hatte, als er das erste Mal dort gewesen war. Das Teleobjektiv hatte eine feste Brennweite und keine Zoomfunktion, aber wenn er die Schärfe veränderte, konnte er hinter der Reflexion auf der Scheibe ein paar Einzelheiten im dunklen Inneren erkennen. Er sah das blasse Rechteck eines Doppelbettes, den hellen Schimmer eines Kommodenspiegels. Dann ging die Tür auf, und Sandra Cole kam herein. In der Dunkelheit des Zimmers zeichneten sich nur das weiße T-Shirt und ihr blondiertes Haar ab, sie war aber besser zu erkennen, je mehr sie sich dem Fenster näherte. Ben machte mehrere Aufnahmen, während sie das Bett abzog, dann die schmutzigen Laken zusammenraffte und das Zimmer verließ.

Seine Arme schmerzten so sehr, dass er die Kamera senkte. Das Haus war jetzt wieder zu einem harmlosen Teil der Reihe geschrumpft. Als er dort hinunterstarrte, war ihm vor Aufregung ganz flau.

«Du meine Güte», sagte er erstaunt.

Dann begann er, das Stativ aufzustellen.

Kapitel 12

»Das ist natürlich nur meine Meinung«, sagte die Frau. «Aber die Gerichte sind doch viel zu nachsichtig. Ich kann überhaupt nicht verstehen, wie man das anders sehen kann. Ständig werden Urteile gekippt, dabei nimmt die Kriminalität immer mehr zu. Selbst ein Blinder muss doch den Zusammenhang sehen. Und trotzdem – und das erstaunt mich wirklich –, trotzdem gibt es Leute, die aufschreien, wenn Kriminelle ins Gefängnis gesteckt werden.»

Die Frau schaute in die Runde, die Hände ausgebreitet und ein ungläubiges Lächeln auf den Lippen, als müsste jeder ihr Erstaunen teilen. Die anderen Gäste bedachten sie durchweg mit höflichen Blicken. Ben spürte ein Kribbeln in den Beinen und schlug sie andersherum übereinander. Er trank noch einen Schluck Wein und gratulierte Tessa insgeheim zu einem weiteren großartigen Erfolg. Sie saß ihm gegenüber am anderen Ende des Tisches. Ihr rostbraunes Kleid biss sich unvorteilhaft mit ihrem dunkelroten Lippenstift. Weder das eine noch das andere stand ihr. Die Party fand zur Feier ihres und Keiths zehnten Hochzeitstages statt, wie in allen anderen Dingen des Lebens hatte sie jedoch auch für gesellschaftliche Ereignisse kein glückliches Händchen. Durch irgendein launisches Planungstalent war es ihr gelungen, genau die falsche Anzahl an Gästen einzuladen: zu viele für ein Essen und zu wenige für alles andere. Aber das Essen war gut gewesen, der Wein noch besser, und vielleicht wäre es gar nicht so übel geworden, wenn die Chemie zwischen den Gästen auch nur ansatzweise gestimmt hätte. Manchmal konnte die Mischung unterschiedlicher Typen einen guten Abend erst ausmachen, in diesem Fall hatten sie sich jedoch gegenseitig neutralisiert.

Abgesehen von dieser Frau.

Noch ehe der Käse serviert worden war, hatte sie losgelegt, und während die anderen Gespräche allmählich versiegten, hatte sie wortreich die Lücke gefüllt. Sie war auf eine wohlgenährte Weise attraktiv und mit dem Selbstvertrauen vermögender Leute gesegnet, welches daher rührte, dass ihre Meinungen nie in Frage gestellt wurden und sie nie zugehört hatte, wenn es doch mal passierte.

«Es ist genauso wie bei der Diskussion um die Todesstrafe», erklärte sie und lächelte einsichtig. «Jeder weiß, dass sie ein Abschreckungsmittel ist. Warum wenden wir sie dann nicht an, in Gottes Namen? Diese Leute würden nicht so leichtfertig beim geringsten Anlass morden und vergewaltigen, wenn sie wüssten, dass sie dafür aufgehängt werden. Aber was kriegen sie stattdessen? Irgendeine lächerliche Bewährungsstrafe oder ein paar Stunden gemeinnützige Arbeit. Also, das würde *mich* bestimmt nicht abschrecken.»

Ben bezweifelte es nicht. Man müsste sie schon enthaupten, nur um sie zum Schweigen zu bringen. Er schaute zu Keith hinüber, überrascht, dass er nicht eingeschritten war, um die Party wieder in Fahrt zu bringen. Doch Keith starrte wie abwesend in sein Glas. Entweder nahm er den Monolog der Frau nicht wahr, oder es war ihm egal. Er war schon den ganzen Abend still gewesen, was Ben verständlich fand, wenn man zehn Jahre mit Tessa hinter sich hatte.

Mit einem eingefrorenen, verzweifelten Lächeln im Gesicht warf sie ihrem Mann ständig bedeutungsvolle Blicke zu. Aber auch die schien Keith nicht zu bemerken. Er leerte sein Glas und schenkte sich schweigend nach. Ben hielt das für eine gute Idee und tat das Gleiche. Die Frau schwadronierte weiter.

«Unsere gesamte Gesellschaft ist zu lasch, das ist das Problem. Es ist ja nicht nur das Gefängnissystem. Wenn es in den Schulen keine Disziplin mehr gibt, ist es kein Wunder, dass wir Generation für Generation ungebildete Rüpel hervorbringen. Und wenn ich höre, dass sich Eltern neuerdings nicht mehr trauen, die eigenen Kinder zu züchtigen, also ich bitte euch!» Sie lachte auf angesichts dieser Absurdität. «Entschuldigung, aber man muss Kindern beibringen, zwischen Falsch und Richtig zu unterscheiden. Deswegen haben wir doch so viel Kriminalität unter den Jugendlichen. Sie haben keine Disziplin und keinen Respekt vor Autoritäten. Das muss ihnen eingetrichtert werden.»

Ben hatte den ganzen Abend kontinuierlich getrunken. Bevor er zur Party aufgebrochen war, hatte er ein paar Biere zu sich genommen, teils weil es ein Samstagabend war, teils weil er die Partys von Tessa und Keith schon kannte und wusste, was ihn erwartete. Doch erst als sein gemurmeltes «Alle aufhängen» lauter herauskam, als er beabsichtigt hatte, wurde ihm klar, dass er betrunken war.

O Scheiße, dachte er, als ihn plötzlich jeder anstarrte. Die Frau musterte ihn, als wäre ihr erst in diesem Moment aufgefallen, dass er dort saß. Sie lächelte etwas gönnerhaft, doch mit ihren Blicken verschoss sie Giftpfeile.

«Mir ist klar, dass gesunder Menschenverstand heutzutage nicht viel zählt. Es ist viel leichter, sich in Sarkasmus zu flüchten, als tatsächlich etwas gegen diese Dinge zu unternehmen. Vielleicht würdest du uns gerne erzählen, was man deiner Meinung nach tun sollte.»

Ben wollte keinen Streit. Er war sich nicht einmal sicher, ob er wirklich völlig anderer Meinung war. Es war einfach diese Frau, die er nicht mochte. Seine Zunge lag von dem vielen Wein dick und schwerfällig im Mund. «Eigentlich nicht.»

«Nein?» Die Frau schaute in die Runde, sie betrachtete sich eindeutig als Sprecherin der anderen. Ben spürte, wie Wut in ihm aufstieg, versuchte es aber zu ignorieren, weil er wusste, dass er zu viel getrunken hatte.

«Hast du Kinder?», fragte sie.

«Nur durch Heirat.»

«Äh, wollen wir nicht...», begann Tessa, doch die Frau ließ sich nicht aufhalten.

«Und schlägst du sie, wenn sie ungezogen sind, oder lässt du ihnen alles durchgehen?»

«Da der Junge Autist ist, würde er nicht verstehen, warum man ihn schlägt, deshalb macht es wenig Sinn», sagte Ben. «Es sei denn, du bist der Meinung, ich sollte ihn aus Prinzip trotzdem schlagen.»

Die Wangen der Frau wurden schlagartig rot. Sie wandte sich abrupt ab. Im Zimmer breitete sich eine betretene Stille aus. So kann man eine Party auch sprengen, dachte er. Dann sprang Tessa auf.

«Will jemand Kaffee?», fragte sie mit einer Heiterkeit, die an Hysterie grenzte. Ben sah, wie ihre Lippen bebten, und schämte sich. Nachdem die anderen erleichtert das Gespräch wiederaufnahmen, verließ er den Esstisch und ging nach oben ins Bad.

Er entleerte seine Blase und vermied beim Händewaschen den Blick in den Spiegel. Zeit, nach Hause zu gehen. Er war von Anfang an nicht in Feierlaune gewesen. Abgesehen von seinem schlechten Gewissen, eine Szene gemacht zu haben, hatte die Erwähnung von Jacob alle möglichen Gefühle aufgewühlt. Dass es sein eigener Fehler war, machte es nicht leichter. Er beschloss, sich in aller Stille zu verabschieden und zu gehen.

Vermissen würde ihn sowieso niemand, dachte er.

Als er die Badtür öffnete, sah er Keith auf ihn warten. «Ich hatte gehofft, dass du hier bist», sagte Keith und streckte sich.

«Du, es tut mir leid, ich hätte besser den Mund gehalten, ich weiß», begann Ben, aber Keith hörte nicht zu.

«Ich muss reden.» Er sprach leise, aber eindringlich. Er griff nach Bens Arm, führte ihn von der Treppe weg zu seinem Arbeitszimmer, öffnete die Tür und machte das Licht an. Tessas Handschrift war selbst hier zu erkennen, es sei denn, Keith hatte mittlerweile eine Vorliebe für Malvenfarbe. Der neue Computermonitor auf der Lederunterlage des Schreibtisches wirkte gleichzeitig anachronistisch modern und ehrlich im Gegensatz zu dem teuren, aber spießigen und auf alt getrimmten Mobiliar.

Keith schloss die Tür. Seine Augen hatten einen glasigen Blick, und überrascht erkannte Ben, dass sein Freund betrunken war. «Was ist los?»

Abgesehen von den Alkoholeinwirkungen sah das Gesicht seines Freundes abgespannt aus. Er schaute nervös zur Tür. «Ich habe eine Affäre.»

Der Versuch, beiläufig zu klingen, schlug fehl. Als er Bens Miene sah, lächelte er schwach. «Ich weiß. Ich kann es selbst nicht glauben.»

Ben vermutete, dass es eine Art Etikette für solche Gespräche gab, aber er hatte keine Ahnung, welche. «Wer ist es?»

Keith strich mit einer Hand über den Rand der Computertastatur, als würde er sie auf nicht vorhandenen Staub überprüfen. «Sie arbeitet für eine Plattenfirma, die eine von unseren Bands unter Vertrag hat.»

Ben spürte eine seltsame Erleichterung, dass es keine glamourösere Person war. «Wie lange geht es schon?»

«Fast einen Monat. Ich kenne sie schon länger, aber nicht ... Vorher haben wir uns immer nur wegen der Arbeit getroffen. Vor ein paar Wochen gab es dann eine Party, um die Veröffentlichung des neuen Albums der Band zu feiern, und da kamen wir ins Gespräch und ... da ist es irgendwie passiert.»

«Hast du sie seitdem wiedergesehen?»

«Nicht nur einmal. Sie wohnt nicht weit von der Kanzlei entfernt, deshalb treffen wir uns in der Mittagspause in ihrer Wohnung. Und ein- oder zweimal habe ich Tessa gesagt, ich müsste länger arbeiten.» Er lachte humorlos auf. «Die alte Leier.» Er setzte sich. «Ich kann nicht glauben, dass es passiert ist. Ich hätte nie gedacht, dass ich ein Typ für Affären wäre.»

Ben auch nicht, aber das sagte er nicht. «Weiß Tessa davon?»

«Um Himmels willen, nein!» Keith sah entsetzt aus. «Sie hat keine Ahnung. Nein, niemand weiß davon. Ich wollte es dir eigentlich auch nicht erzählen, aber ...» Er fuhr mit der Hand durch sein Haar, danach stand eine dünne Strähne ab. «Ich fühle mich wie ein komplettes Arschloch. Tessa wollte, dass ich heute Abend eine *Rede* halte.»

«Und wirst du es beenden? Mit der anderen, meine ich?»

Keith brauchte einen Moment für die Antwort. «Ich glaube, ich kann es nicht.» Er klang elend.

«Was ist mit ihr? Was denkt sie?»

«Wir haben eigentlich nicht darüber gesprochen.» Er warf

Ben einen seltsamen Blick zu. «Sie ist erst zweiundzwanzig.»

In den Worten schwang ein wenig Stolz mit, und Ben war kurz davor zu grinsen. Bei solchen Dingen schien sich automatisch ein männliches Einverständnis einzustellen. Doch beide rückten gleichzeitig davon ab. Ben musste an Tessa und ihre altmodischen Kleider denken, daran, dass sie, ohne es zu wissen, in Konkurrenz zu einer zehn Jahre jüngeren Frau stand, und hatte unerwartet Mitleid mit ihr.

«Was hast du jetzt vor?», fragte er.

«Ich habe nicht die geringste Ahnung.»

Es entstand eine Stille, in der Ben wünschte, ihm würden ein paar aufbauende Worte einfallen. Keith stand auf.

«Na gut, ich schätze, wir gehen besser wieder runter zur Party.»

Ben blieb bis zum Schluss. Nicht nur um Keiths willen, sondern auch um Tessas. Wenn er früh gegangen wäre, wäre es für sie ein Schlag ins Gesicht gewesen. Ein Schlag, den sie wahrscheinlich nicht gespürt hätte, musste er zugeben, aber er konnte es dennoch nicht übers Herz bringen. Als die beiden ihn zur Tür begleiteten, um ihn zu verabschieden, wünschte er, Keith hätte ihm nicht von der Affäre erzählt. Er wollte nicht, dass Tessa ihm leidtat, aber er konnte nichts dagegen tun.

«Danke, es war toll», log er, während er sie auf die überpuderte Wange küsste und dabei ihr blumiges, unerotisches Parfüm roch.

«Schön, dass es dir gefallen hat. Und danke für dein Kommen», sagte sie, und als sie sich anschauten, hatte Ben für einen Augenblick das Gefühl, dass beide sich der Unehrlichkeit des anderen völlig bewusst waren. Mit einem steifen

Lächeln wandte er sich von ihr ab und verabschiedete sich so normal, wie er konnte, von Keith. Er kam sich vor wie ein schäbiger Heuchler. Schnell eilte er die Stufen hinab zum wartenden Taxi, bevor jeder ihn durchschaute.

Er teilte sich das Taxi mit einem Paar von der Party, das im gleichen Stadtteil wohnte. Der höfliche Smalltalk verebbte schon auf dem ersten Kilometer, und sie fuhren schweigend dahin wie Menschen, die nichts gemeinsam haben, und überspielten die Peinlichkeit, indem sie aus dem Fenster starrten. Nachdem die beiden ausgestiegen waren, machte sich Ben auf dem Rücksitz breit und merkte, dass er weder müde noch betrunken war. Nach seinem kurzen Konflikt mit der Frau und Keiths Enthüllung hatte er sich an Kaffee gehalten.

Der Wagen rollte durch die dunklen Straßen, im Hintergrund klickte leise der Taxameter. Ben konnte sich nicht entscheiden, ob Keiths Affäre ein Zeichen dafür war, dass sein Freund doch nicht so gesetzt war, wie er auszusehen begann, oder ob sie zu einer vorzeitigen Midlife-Crisis gehörte, ein letztes Aufbäumen gegen die gesellschaftlichen und familiären Fesseln, die ihn immer mehr einengten. Ben war erleichtert, nicht in seiner Haut zu stecken, doch dann fiel ihm wieder die Leere seines eigenen Lebens ein. Er hatte wahrlich keinen Grund zur Selbstgefälligkeit. Einen Moment lang suchte er Trost in der Vorstellung, dass er und Sarah wenigstens eine gute Beziehung gehabt hatten, dass sie einander treu gewesen waren, aber die Ironie darin war allzu offensichtlich. Denn von einer anderen Seite betrachtet war ihre gesamte Ehe ein Schwindel gewesen und allein um die Illusion herumgebaut, dass Jacob Sarahs leiblicher Sohn war.

Natürlich stimmte das nicht, aber das schlechte Gewissen, das sich bei diesem Gedanken einstellte, nährte seinen wachsenden Selbstekel. Und sein Selbstmitleid, wenn er ehrlich war. Mürrisch starrte er aus dem Fenster. Das Taxi kam an dunklen Geschäften mit Neonschildern und Pubs vorbei, aus denen die letzten Nachtschwärmer torkelten. Er schaute auf seine Uhr. Es war noch nicht einmal Mitternacht. Dabei war es ihm vorgekommen, als ob die Party ewig gedauert hätte.

Das Taxi bog in eine Seitenstraße, die ruhiger als die Hauptstraße und weniger beleuchtet war. Unter einer der wenigen brennenden Straßenlaternen standen zwei junge Frauen. Sie waren stark geschminkt und trugen kurze, enge Kleider, unter denen nackte Oberschenkel zu sehen waren. Eine lächelte Ben einladend an, als das Taxi vorbeifuhr, aber so tief war er noch nicht gesunken. *Außerdem würde ich sowieso nur mein Geld verschwenden.* Wie konnte gerade er, wenn auch nur kurz, selbstgefällig über Keiths Untreue urteilen?

Sein Freund kriegte wenigstens einen hoch.

Ein Stück die Straße hinab ging noch eine Frau im blassblauen Licht aus dem Schaufenster eines geschlossenen Zeitungsladens auf und ab. Obwohl sie dunkles Haar hatte und ihr Gesicht nicht zu erkennen war, musste Ben an Sandra Cole denken. Sein Magen zog sich wieder zusammen, und für einen Augenblick zerrte etwas so Dunkles und Unerlaubtes an ihm, dass er es nicht erkannte. Dann war es vorbei, und er spürte nur noch eine tiefe Depression. Er versuchte sich mit dem Gedanken aufzumuntern, am nächsten Tag nach Tunford zu fahren, aber dadurch fühlte er sich nur schlechter. Sein Bedürfnis, wieder dort hinzufahren, kam ihm jetzt nicht ganz geheuer vor. Jacob als Rechtfertigung zu nehmen hatte einen schlechten Beigeschmack. Er dachte plötzlich, wie schmutzig es war, dort wie ein schwitzender Spanner mit seinem langen Objektiv herumzulaufen. Voller Selbstekel bezahlte er den Taxifahrer und ging ins Haus. Im dunklen Flur blieb er stehen und lauschte der Stille der unbewohnten Zimmer. Kein Jacob. Keine Sarah.

Dann nahm er eine Flasche Wodka aus der Anrichte und setzte sich hin, um sich zu betrinken.

Zur Mittagszeit war sein Kater zu einer allgemeinen Unpässlichkeit abgeklungen. Mit einem elenden Gefühl und leicht verwirrt war er auf dem Sofa aufgewacht. Neben ihm stand wie ein stummer Vorwurf die Wodkaflasche auf dem Teppich. Er hatte zwei Paracetamol genommen und mit einem Glas Wasser heruntergespült, sich dann an den Küchentisch gesetzt und den Kopf in die Hände gelegt, bis der Schmerz so weit nachließ, dass er sich bewegen konnte.

Der Kater hatte immerhin den Selbstekel der vergangenen Nacht verdrängt. Jetzt erschien er ihm belanglos, und nach einer heißen Dusche und einem Frühstück begann beides zu verblassen. Als er den Teller beiseiteschob, schaute er auf die Uhr und überlegte bereits, wann er in Tunford sein könnte, wenn er sich beeilte.

Er war so versessen darauf gewesen, seinen Aussichtspunkt zu erreichen, dass er beinahe eine Gruppe im Wald spielender Kinder aufgeschreckt hätte. Sie waren so nah an dem Eichenhain gewesen, dass er hatte warten müssen, bis ihr Spiel sie außer Sichtweite führte, ehe er in sein Versteck gehen konnte. Ein paarmal hatte er sie in der Ferne gehört, aber bisher waren sie nicht zurückgekommen. Er hoffte, dass das Laub, das noch an den Zweigen hing, dicht genug war, um ihn zu verdecken. Während er die Kamera aufbaute, spielte er mit dem Gedanken, beim nächsten Mal ein Tarnnetz mitzunehmen, entschied dann aber, dass es zu weit gehen würde. Er tat ja nichts Unrechtes, sagte er sich.

Oder?

Seit er angekommen war, waren Cole und Jacob im Garten beschäftigt. Sie befanden sich in der freien Stelle inmitten des Schrotts. Jacob saß auf dem Autositz, während sein Vater einzelne Metallteile umherräumte. Sandra stand in der Küche vor der Spüle und trug noch immer ihren Bademantel. In der halben Stunde, die Ben sie beobachtet hatte, hatte keiner von ihnen gesprochen.

Während er sich die Schläfen massierte und versuchte, die Kopfschmerzen zu lindern, beobachtete er im Sucher, wie Cole ein letztes Schrottteil arrangierte und einen Schritt zurücktrat, um sein Werk zu begutachten. Ben verstand nicht, was er mit der Herumräumerei bezweckte, nahm aber an, dass es irgendeinen Grund dafür geben musste. Selbst Cole würde nicht nur zum Spaß schwere Metallklötze durch den Garten tragen.

Er unterdrückte ein Gähnen und sah, dass Cole ins Haus ging. Jacob spielte gleichgültig weiter. Der Junge hatte ein Geduldspiel in den Händen, ein kompliziertes Gebilde aus Stahlreifen, und hin und wieder hielt er inne und hob einen davon dicht vor die Augen. Er versuchte, die Brechungen des Sonnenlichtes zu sehen, dachte Ben lächelnd. Dem Jungen schien es gutzugehen. Auf seiner Hose und seinem T-Shirt waren Flecken, die nach Öl aussahen, aber das war ja keine Überraschung, wenn man wusste, welche Art von Gartenmöbeln sein Vater bevorzugte.

In der Tür rührte sich etwas. Der Bullterrier hoppelte die Stufen hinunter wie ein muskelbepackter Golem. Den Hund hatte Ben ganz vergessen. Ben wünschte, Cole oder Sandra würden wieder auftauchen, als der Hund durch den Garten schnüffelte. Und als er sich Jacob näherte und einen Satz auf ihn zumachte, hielt Ben die Luft an. Aber das Tier leckte dem Jungen nur das Gesicht. Jacob schob ihn verärgert weg.

Schwanzwedelnd plumpste der Hund auf die Füße. Die Zunge hing ihm aus dem Maul, als würde er grinsen.

Ben hatte sich halb von seinem Sitz erhoben. Als er sich wieder niederließ, hallte das Pochen seines Herzens schmerzhaft im Kopf nach. Jetzt kam Cole aus dem Haus und trug etwas. Er trat vor Jacob, sodass Ben den Jungen nicht mehr sehen konnte, und ließ den Gegenstand auf den Boden fallen.

Es war ein eingedellter Kotflügel. Aus der verchromten Fassung des Scheinwerfers standen Glasscherben hervor. Cole verschwand wieder drinnen und kehrte ein paar Momente später mit einer völlig verbeulten Motorhaube zurück. Sie schaukelte ungleichmäßig auf dem Boden, als er sie neben den Kotflügel warf. Ben betrachtete die Teile genauer, nachdem Cole wieder hineingegangen war. Sie hatten die gleiche Lackierung und schienen von einem Wagen zu stammen. Er war offenbar in einen schlimmen Unfall verwickelt gewesen. Die Beschädigung war so gravierend, dass es nur ein Zusammenprall gewesen sein konnte.

Nachdenklich richtete Ben die Kamera auf den eigentlichen Schrotthaufen und stellte die Schärfe ein, bis er die einzelnen Teile deutlich erkennen konnte. Verbeulte Autodächer, Kühler, Türen und Stoßstangen. Nirgendwo war eine glatte oder unbeschädigte Oberfläche zu sehen. Nicht eine. Bisher hatte ihn immer nur beunruhigt, welche Gefahr diese Schrottansammlung für Jacob darstellte, doch jetzt sah er, dass nicht nur die Motorhaube und der Kotflügel, sondern auch alle anderen Teile Beulen und Kratzer von schrecklichen Zusammenstößen aufwiesen. Als er über den Haufen schwenkte, wurde ihm zum ersten Mal klar, dass Cole nicht einfach alte Autoteile sammelte.

Es waren Unfallwracks.

Ben lehnte sich zurück und rieb sich die Augen. Sein Kopf hämmerte heftig. Er fragte sich, ob er zu viel in seine Entdeckung hineininterpretierte. War es nicht letztlich einerlei? Vielleicht war Cole nicht nur irre, sondern auch morbid veranlagt. Doch er konnte sich des Gefühls nicht erwehren, dass irgendetwas dahintersteckte, was er nur noch nicht verstehen konnte.

Er schaute wieder durch die Kamera. Cole war zurück im Garten. Ben beobachtete, wie er damit fortfuhr, den Schrott umherzutragen, und die Teile gewissenhaft umstellte und arrangierte, als wäre ihre genaue Position tatsächlich von Bedeutung. Gelegentlich hielt er inne, um die Wirkung zu betrachten, aber Ben konnte sich keinen Reim darauf machen. Während die Veränderungen für ihn keinen Sinn ergaben, waren sie doch zu bewusst vorgenommen worden, um wahllos zu sein, so als würde dahinter ein Zweck stehen, der sich nur dem ehemaligen Soldaten erschloss.

Aber welcher, verdammt?

Die Tür ging auf und Sandra Cole erschien. Sie hatte sich angezogen. Ihr Gesicht war geschminkt, das Haar gekämmt. Ben vermutete, dass sie zur Nachmittagsschicht in den Pub gehen wollte. Sie schaute von ihrem Mann zu Jacob und sagte etwas. Es war, als würde er einen Stummfilm sehen. Cole hörte sie offenbar auch nicht, er hatte ihr den Rücken zugekehrt. Sandra starrte ihn schmallippig an, zeigte ihm den Stinkefinger und stürmte wieder ins Haus. Die Tür fiel hinter ihr zu. Etwas verzögert konnte er den Knall am Hang hören.

Ben lächelte bedrückt. So sah also ein harmonischer Sonntag bei den Coles aus.

Nachdem sie weg war, brachte Cole zwei Teller mit Sandwiches heraus und gab den kleineren Jacob. Er hockte sich auf den Boden neben den Jungen, dann aßen beide schweigend, soweit Ben es beurteilen konnte. Irgendwann saßen die beiden in fast identischer Haltung da, der Junge auf dem Autositz, sein Vater auf dem Boden, und kauten unisono. Nachdem er fertig war, warf Cole seine Reste dem Hund zu, der die ganze Zeit erwartungsvoll neben ihnen gesessen hatte. Jacob machte es ihm nach und widmete sich dann wieder seinem Spiel, während Cole die Teller hineintrug.

Auch Ben aß seine Sandwiches, während er wartete, dass der Mann zurückkehrte. Jacob blieb im Garten und rührte sich nur einmal, um gegen die Holzwand des Gartenschuppens zu pinkeln. Ben schüttelte den Kopf. Dieser weitere Beweis für die Laxheit der neuen Eltern verärgerte ihn.

Es dauerte über eine Stunde, bis Cole wieder in den Garten kam. Ben hatte sich schon gefragt, ob er auch weggegangen war und Jacob allein zu Hause gelassen hatte. Cole hatte sich umgezogen und trug nun ein gebügeltes T-Shirt und kurze Hosen und begann mit einer Reihe von Dehnübungen. Das Motorenteil, das er über Jacobs Kopf gestemmt hatte, lag in der Nähe. Ben spürte einen Adrenalinschub. Was nun passieren würde, erhoffte und befürchtete er zugleich.

Doch Cole ignorierte das rohe Metallgewicht. Stattdessen nahm er in jede Hand einen Ziegelstein und begann, sie langsam zu heben und zu senken. Er ließ seine Arme rotieren und variierte die Bewegungen so, dass alle Muskeln seines Oberkörpers beansprucht wurden. Die beinahe anmutigen Übungen erinnerten Ben an Tai-Chi. Nur Coles verletztes Bein, das ihn wie ein Holzpfahl an dieselbe Stelle festnagelte, verdarb den Anblick. Als er die Steine fallen ließ, hatten sich bereits dunkle Schweißflecken auf seinem T-Shirt gebildet. Schwer, aber gleichmäßig atmend ging er zu Jacob und stellte sich hinter den Autositz. Er schaute hinab auf das

Geduldspiel, in das sein Sohn vertieft war. Dann bückte er sich und stemmte ohne Vorwarnung den Sitz und Jacob über seinen Kopf.

Überrascht riss der Junge die Augen auf, aber anstatt in Panik zu geraten, wie Ben erwartet hatte, breitete sich ein entzücktes Grinsen auf seinem Gesicht aus. Cole hob und senkte den Sitz, während Jacob über ihm Spaß hatte. Ben begann Fotos zu machen, hörte dann aber auf. Jacob lachte jetzt, und selbst Cole lächelte, als er seinen Sohn mühelos an den ausgestreckten Armen hielt. Beim Zuschauen überkam Ben das Gefühl, ausgeschlossen zu sein und den Jungen verloren zu haben. Diese beiden lächelnden Gesichter schienen jeden Grund zunichtezumachen, der ihn hierhergeführt hatte.

Aber er machte keinerlei Anstalten zu gehen.

«Angeber», murmelte er, als Cole den Sitz behutsam wieder abstellte und zu seinen Übungen zurückkehrte.

Der Nachmittag verging ohne weitere Vorkommnisse. Cole trainierte, während Jacob sich mit seinem Spiel beschäftigte. Obwohl Cole dem Motorenteil auf dem Boden keine Beachtung schenkte, beobachtete Ben ihn weiter. Nachdem Sandra Cole vom Pub zurückgekehrt war, richtete er seine Aufmerksamkeit auf sie. Sie machte keinen glücklicheren Eindruck als vorher und schälte an der Spüle Kartoffeln, als hegte sie einen persönlichen Groll gegen sie. Sie hatte ihrem Mann nicht gesagt, dass sie zurück war, und man konnte Cole nicht anmerken, ob er es wusste. Das Ganze war wie eine öde Seifenoper, dachte Ben, eine, in der die Figuren weder etwas taten noch miteinander redeten. Trotzdem hatte es etwas Hypnotisches. Er merkte, wie er von der Szenerie im Sucher angezogen wurde und wie ihn die Sprachlosigkeit der Coles und die Details ihres Lebens faszinierten.

Es hielt ihn davon ab, an sein eigenes zu denken.

Mit der Zeit wurde es schwerer, etwas zu erkennen. Als er von der Kamera aufschaute, stellte er erstaunt fest, dass es dunkler geworden war. Er hatte nicht bemerkt, dass es schon so spät war. Oder dass er schon so lange dort war.

Er rieb seinen steifen Nacken und beschloss zusammenzupacken, denn er hatte wenig Lust, im Dunkeln durch den Wald zu laufen. Als er das Objektiv abschrauben wollte, sah er die winzige Figur von Cole im Gartenschuppen verschwinden.

Er war auch dort drinnen verschwunden, nachdem er das Motorenteil über Jacobs Kopf gestemmt hatte, fiel Ben ein, während er wieder durch den Sucher schaute. Der kleine Holzschuppen füllte den ganzen Bildrahmen aus. Er hatte ein Fenster, aber aus diesem Blickwinkel konnte man unmöglich hineinschauen. Ben wollte warten, bis Cole wieder auftauchte, um vielleicht dann einen Blick zu erhaschen.

Zwanzig Minuten später war seine Neugier einer Ungeduld gewichen. Es dämmerte bereits, aber Cole schien nicht die Absicht zu haben, wieder herauszukommen. Ben fragte sich, was der Mann dort drinnen wohl anstellte. Er zog bereits in Betracht, dass es einen zweiten Ausgang geben musste, als die Schuppentür aufging.

Cole wankte heraus. Sein T-Shirt klebte dunkel und nass an ihm, als wäre er damit geschwommen. An den Handgelenken, Beinen und am Nacken waren deutliche rote Striemen zu sehen. Einer verlief wie ein Stirnband über seinen Augenbrauen. Sein Gesicht war erhitzt und glänzte vor Schweiß, während er sich an der Schuppentür festhielt und nach Atem rang.

«Himmel», sagte Ben entsetzt.

Er konnte sich nicht vorstellen, was Cole getan haben

konnte, um in diesen Zustand zu geraten. Der Schuppen war nicht besonders groß. Ben richtete die Kamera schnell auf den dunklen Spalt in der Tür. Dahinter war undeutlich eine Art Maschinerie zu sehen, dann hatte Cole die Tür zugemacht. Als er zu Jacob ging, hinkte er auffälliger als sonst.

Noch immer schwer atmend, zeigte Cole auf den Kotflügel und die Motorhaube, die er zuvor in den Garten geschleppt hatte, und sagte etwas zu seinem Sohn. Da Jacob nicht von seinem Spiel aufschaute, beugte sich Cole hinab und nahm es ihm weg. Ben presste seinen Finger auf den Auslöser und dokumentierte Jacobs verärgerten Protest. Cole sagte wieder etwas, aber er verschwendete seine Zeit. Ben wusste aus Erfahrung, dass sich Jacob nur in einen Wutanfall hineinsteigern würde. Er konnte seine frustrierten Schreie den Hang hinaufdriften hören, als der Junge versuchte, seinem Vater das Spiel wieder zu entreißen. Cole hielt es noch eine Weile von ihm fern, dann gab er es ihm zurück.

Jacob kauerte sich abwehrend zusammen und presste das Spiel an die Brust. Cole schaute auf ihn hinab, aber man konnte an seinem Gesicht nicht ablesen, was in ihm vorging. Er hob die Motorhaube hoch, schien sie einen Moment zu taxieren und legte sie dann auf den Haufen. Er rückte sie ein paarmal zurecht, bis er offenbar zufrieden war, und tat dann das Gleiche mit dem Kotflügel.

Cole stand in der Mitte des Gartens und betrachtete sein Werk.

Er rührte sich nicht, als die Küchentür aufging und Sandra herauskam. Mit gequälter und böser Miene starrte sie ihren Mann von hinten an. Ben fragte sich, ob er wusste, was ansonsten hinter seinem Rücken geschah, wenn er bei der Arbeit war. Aber das war unwahrscheinlich. Cole war ein besitzergreifender Typ.

Wenn er es herausbekäme, würde er sie töten.

Sandra sagte etwas. Die Schärfe in ihrer Stimme war offensichtlich, obwohl Ben ihre Worte nicht hören konnte. Cole antwortete nicht. Seine Frau deutete wütend in die Küche, und als Cole immer noch nicht reagierte, sagte sie wieder etwas. *Dein Abendessen ist fertig.* Nein, korrigierte sich Ben angesichts ihrer Lippenbewegungen. *Dein* Scheißabendessen *ist fertig.* Ohne sich umzudrehen, blaffte Cole sie plötzlich an. Es zeigte sofort Wirkung. Sie zuckte zusammen und machte ein Gesicht, in dem man sowohl Hass als auch Angst lesen konnte. Es hielt sie jedoch nicht davon ab, hinter dem Rücken ihres Mannes mit den Lippen ein «Fick dich» zu formen, während sie Jacob am Arm packte und ihn ins Haus zog. Laut ausgesprochen hatte sie die Worte bestimmt nicht, dachte Ben.

Die Dämmerung war schon weit vorangeschritten. Er streckte sich stöhnend, massierte seinen Rücken und begann, seine Sachen einzupacken. Als er sich schließlich auf den Weg durch den dunkler werdenden Wald machte, stand Coles in Schatten gehüllte Gestalt noch immer im Garten.

Kapitel 13

Mit jedem Besuch begann er nach und nach die Muster zu erkennen, nach denen die Coles lebten, den Rhythmus und die Routinen, die sie bestimmten. Seine Sichtweise war buchstäblich einseitig, da er nur sah, was hinter dem Haus vor sich ging, aber von diesen Beobachtungen konnte er Rückschlüsse auf den Rest ihres Lebens ziehen. Er sammelte seine Erkenntnisse und unternahm die anderthalbstündige Fahrt in den Wald, wann immer er Zeit von seiner Arbeit abzweigen konnte, bis er dazu in der Lage war, die Bruchstücke ihres Lebens zusammenzufügen, wie Jacob es mit einem Puzzle tat. Langsam begann sich so aus den einzelnen Teilen ein komplettes Bild zu formen.

Unter der Woche waren Cole und Jacob bereits weg, wenn er ankam. Er vermutete, dass Jacob mit einem Minibus der Gemeinde zur Schule gebracht wurde, während sein Vater zur Arbeit ging. Aber das gehörte zum Lebensbereich vor dem Haus, den Ben nie sehen konnte. Er registrierte lediglich ihre Abwesenheit. Und die Zeit, die sie im Garten verbrachten.

Soweit er es beurteilen konnte, hatte Cole Jacob nicht wieder in Gefahr gebracht. Der Metallklotz, den er über seinen Sohn gestemmt hatte, blieb dort liegen, wo er beim ersten Mal gelandet war, und Ben begann zu glauben, dass es ein einmaliger Vorfall gewesen war. Coles sonstige Aktivitäten folgten jedoch einer strengen Ordnung. Während Jacob in seine Spiele vertieft war, machte er Krafttraining und beschäftigte sich mit seinem Schrott. Er räumte einzelne Teile umher und arrangierte sie mit einer solchen Präzision, dass sich Ben schon fragte, ob ihm etwas Wichtiges entging. Vielleicht lag es an seinem Blickwinkel. Vielleicht würde er verstehen, was der Sinn und Zweck des Ganzen war, wenn er es mit Coles Augen betrachten könnte. Er erwog sogar die Möglichkeit, dass der gesamte Schrotthaufen eine Art moderne Skulptur war, und stellte sich Cole als ehrgeizigen Künstler vor. Doch sosehr er auch versuchte, dieses Tun rational zu erklären, er kam immer wieder auf seine anfängliche Theorie zurück.

Der Mann war ein durchgeknallter Irrer.

Coles Trainingseinheiten endeten jedes Mal damit, dass er in dem Schuppen verschwand. Selbst an Sonntagen, wenn er den ganzen Tag zu Hause war, betrat er ihn nie morgens oder nachmittags, sondern immer nur im Dämmerlicht des Abends. Ben fragte sich, welcher Teil des Bildes, das er zusammensetzte, hinter den dünnen Holzwänden verborgen war. Er spielte mit der Idee, hinunterzuschleichen und hineinzuschauen, wenn die Coles bei der Arbeit waren, schreckte aber davor zurück, vor den Augen der Nachbarn über den hohen Zaun zu klettern.

Häufig, wenn Cole schweißgebadet und mit roten Striemen überzogen, als wäre er ausgepeitscht worden, aus dem Schuppen kam, legte er ein Schrottteil wie eine Gabe vor Jacob auf den Boden. Dann setzte er sich zu dem Jungen und begann mit ihm zu reden, sodass Ben wünschte, er könnte sie nicht nur sehen sondern auch hören. Wenn Cole fertig war, schaute er seinen Sohn erwartungsvoll an, als würde er auf eine Antwort warten. Da er nie eine erhielt, ging er jedes

Mal ruhig davon und betrachtete den Schrottberg, der ihn umgab, wie sein kleines rostiges Königreich. Bevor Ben die Sache ermüdete, fuhr er meistens mit der Dämmerung nach Hause.

Das war das Leben von Cole und Jacob, das sich hinter dem Haus abspielte. Abgesehen von den Wochenenden begann es erst am Abend.

Während des Tages gehörte das Haus Sandra Cole.

Weder Freunde noch Nachbarn kamen vorbei, und wenn der Mann, den er aus dem Garten hatte schleichen sehen, sie erneut besucht hatte, dann zu einer Zeit, als Ben nicht dort war. Außer das Geschirr zu spülen und das Bett zu machen, tat sie selten etwas im Haushalt. Die meiste Zeit verbrachte sie in der Küche, trank Kaffee (löslichen, mit Milch und Zucker) oder saß einfach nur am Tisch, rauchte und starrte ins Leere. Der Höhepunkt ihres Tages ereignete sich gegen halb zwölf, wenn sie zur Arbeit ging.

Und manchmal zog sie sich im Schlafzimmer an.

Als es das erste Mal geschah, hatte Ben vermutet, dass sie sich für die Arbeit fertig machen wollte, nachdem sie die Zigarette ausgedrückt und die Küche verlassen hatte. Bei seinen früheren Beobachtungen war dies das Signal gewesen, dass kurz darauf das Licht im Bad anging und sie zwanzig Minuten später komplett angezogen wieder erschien, mit nassem Haar, das sie mit einem Föhn neben der Spüle trocknete. An diesem Morgen war sie jedoch direkt ins Schlafzimmer gegangen. Er wartete darauf, dass sie ihre Sachen zusammensammelte und hinausging. Stattdessen schlüpfte sie aus ihrem Bademantel und warf ihn aufs Bett.

Die Reflexion auf der Fensterscheibe schränkte seine Sicht ein, er konnte sie aber deutlich genug erkennen, um zu sehen, dass sie darunter nackt war.

Sie ging durch das Zimmer und nahm etwas von der Frisierkommode. Ein Deodorant. Als sie es unter den Achseln verteilte, hoben sich ihre Brüste und wackelten bei der energischen Bewegung. Sie waren groß, ohne zu hängen, und hatten kleine, sehr dunkle Warzen. Ihr Bauch war flach und hatte schmale Striemen, wie er sah, als sie näher ans Fenster trat, die wahrscheinlich von den Falten des Bademantels herrührten. Darunter strafte der rasierte schwarze Streifen ihrer Scham das gebleichte Haar Lügen.

Ben hatte zugeschaut, wie sie BH und Slip, einen kurzen Rock und Bluse anzog. Dann war sie hinausgegangen, und während er wartete, dass sie zurückkehrte, zwitscherte plötzlich ein Vogel in den Zweigen über seinem Kopf.

Er schreckte von der Kamera zurück und lachte dann leise und nervös auf. *Scheiße.* Er wollte gerade wieder durch den Sucher schauen, als er innehielt.

Was mache ich hier eigentlich?

Es gab keine Entschuldigung dafür, sie auszuspionieren, wenn sie sich gerade anzog. Deswegen war er nicht dort. Aber noch während er sich das sagte, spürte er, wie sich seine Brust vor Aufregung zusammenschnürte.

Er wusste nicht einmal, warum. Sandra Cole war kaum etwas Besonderes, und der Anblick nackter Körper war in seiner Branche nicht ungewöhnlich. Ganz selbstverständlich zogen sich Models vor ihm um, ohne dass er oder sie sich etwas dabei dachten.

Aber sie wussten, dass er da war.

Murray, du alter Spanner, dachte er, aber ihm war nicht zum Lachen zumute. Trotzdem ging er weiterhin in den Wald hinter dem Haus. Und trotzdem beobachtete er weiterhin Sandra Cole.

Sie stellte ihn vor ein Rätsel. Bei allem, was sie tat, war

ihr deutlich anzusehen, wie gelangweilt und unzufrieden sie war. Sie und Cole schienen so gut wie nie miteinander zu sprechen. Jacob wurde von ihr entweder mit Gleichgültigkeit oder kaum unterdrückter Verärgerung behandelt. Wenn Ben seine Beobachtung des Mannes, der aus dem Haus geschlichen war, nicht völlig falsch interpretiert hatte, war sie zudem untreu. Dennoch hatte sie Cole dabei geholfen, seinen Sohn zurückzubekommen, und für ihn gelogen.

Und sie log weiter für ihn.

Eine Woche vor seinem nächsten Kontakttermin war in letzter Minute eine Aufnahmesession abgesagt worden. Den Abend davor war Ben mit ein paar Leuten von einer Werbeagentur ausgegangen, was er am nächsten Tag auf dem Weg ins Atelier bereute. Eigentlich hatten sie nur ein schnelles Bier nach Feierabend trinken wollen, doch bald folgte eine Runde auf die andere. Irgendwann waren sie in ein libanesisches Restaurant getorkelt, weil einer von ihnen behauptete, dass man für die *Mezze* dort sterben könne. Ben war nicht besonders scharf auf die orientalische Küche, ließ sich aber von den anderen mitziehen. Sonst hätte auch nur das leere Haus auf ihn gewartet.

Eine Kellnerin, die völlig unbeeindruckt von ihrem kindischen Geschrei war, führte sie zu einem Tisch. Das Restaurant war voll, aber sie brachte sie in ein Hinterzimmer, so weit weg vom Hauptsaal wie möglich. Nur zwei Tische waren dort besetzt, eine Familie saß an dem einen, ein Mann und eine Frau an dem anderen. Der Mann war Keith.

Ben hatte ihn seit der Party zum Hochzeitstag nicht mehr gesehen. Durch die Arbeit und die ständigen Fahrten nach Tunford war er zu beschäftigt gewesen. Und Keith hatte selbst einen neuen Zeitvertreib. Das geteilte Wissen um seine Affäre – und Keiths Beschämung deswegen – war beiden unangenehm. Was wahrscheinlich der eigentliche Grund war, dass die beiden sich nicht gesehen hatten, wie Ben zugeben musste.

Doch an diesem Abend hatten die Drinks jede Verlegenheit fortgespült. Und außerdem jedes Feingefühl. «Keith!», hatte er erfreut ausgerufen, und erst als er das schuldbewusste Entsetzen in Keiths Gesicht gesehen hatte, war ihm klargeworden, dass die dunkelhaarige Frau an seiner Seite jung und schlank und offenbar nicht Tessa war.

Die Frau von der Plattenfirma, dachte Ben. Ach du Scheiße.

Aber es war zu spät, um etwas anderes zu tun, als weiter zu lächeln und hinüberzugehen. «Ich habe nicht damit gerechnet, dich hier zu sehen», sagte er, ehe ihm auffiel, wie taktlos es klang.

Keiths Gesicht war purpurrot. «Äh, Ben, das ist Jo.»

Ben hatte Hallo gesagt. Die Frau schien ganz angenehm zu sein, hatte aber einen kühlen Blick, der ihm nicht besonders gefiel. Er hatte sich entschuldigt, war zu seinem Tisch zurückgekehrt und hatte es für den Rest des Abends vermieden, zu häufig hinüberzuschauen. Keith hatte sich kurz verabschiedet, als er und seine Freundin gegangen waren, aber Ben hatte ihm angesehen, dass er immer noch nervös gewesen war.

Er bedauerte das zufällige Zusammentreffen. Nicht nur weil er ahnte, dass er den beiden den Abend verdorben hatte; es machte die Situation auch komplizierter. Vorher hatte er nur auf abstrakte Weise von Keiths Affäre gewusst. Aber nun, da er ihn und die Frau zusammen gesehen hatte, fühlte er sich in die Sache verwickelt. Das Problem war nicht, dass er Keith tatsächlich Vorwürfe machte. Gott weiß, wie lange er versucht hatte, seinen Freund von Tessa abzubringen, bevor sie geheiratet hatten. Aber er konnte es auch nicht gutheißen.

Als er am nächsten Morgen ins Atelier kam, dachte er mehr an diese Sache als an die Aufnahmen, die an jenem Tag stattfinden sollten. Bis Zoe ihm mitteilte, dass sie abgesagt worden waren. Der Modemacher hatte sich mit der Modelagentur wegen unbezahlter Rechnungen gestritten und war daraufhin auf die schwarze Liste gesetzt worden.

«Das scheint dich nicht besonders zu ärgern», sagte Zoe, nachdem sie die Nachricht überbracht hatte.

Er überlegte bereits, wie schnell er nach Tunford kommen könnte. «Kann man nichts machen.»

«Ich weiß, aber das ist schon das dritte Mal diesen Monat. Es macht mich stinksauer.» Die zwei Male davor waren Aufnahmen zwar nur verschoben und nicht abgesagt worden, aber Zoe nahm das alles persönlich. Früher wäre es Ben genauso gegangen, doch jetzt kam es ihm selbst sehr gelegen. «Ich könnte diesen Typen anrufen, der ein paar Portraitaufnahmen haben will», schlug Zoe vor. «Diesen Autor. Er meinte, er wäre bereit, sobald wir einen Termin frei haben.»

Ben versuchte, sich krampfhaft zu erinnern, wen sie meinte. «Äh ... nein, das ist zu kurzfristig.»

«Einen Versuch ist es wert.»

«Nein, lieber nicht.» Er sah, dass sie nicht einverstanden war. «Weißt du was? Warum machst du die Aufnahmen nicht?»

«Ich?»

«Ja, warum nicht? Du bist gut genug.»

«Aber er will dich.»

«Erzähl ihm, dass ich nicht kann. Sag ihm, wir sind völlig

ausgebucht, aber du kannst die Sache zwischendurch übernehmen.»

Sie sah ihn unschlüssig an. «Meinst du, da lässt er sich drauf ein?»

«Du hast doch selbst gesagt, es ist einen Versuch wert.» Während sie darüber nachgrübelte, holte er seine Jacke.

«Und was machst du in der Zeit?», fragte sie.

«Ich muss ein paar andere Dinge erledigen.»

«Kann ich dir helfen?»

«Nein, schon in Ordnung.» Er war bereits an der Tür. «Ruf diesen Autor an und schau mal, was er sagt. Wir sehen uns morgen, okay?»

Sie nickte, machte aber noch immer keinen glücklichen Eindruck, als er hinausging. Unterwegs hielt er an einem Elektronikladen an und fuhr dann geradewegs nach Tunford. Am frühen Vormittag erreichte er den Wald. Er parkte auf seinem üblichen Platz vor dem überwucherten Gatter und nahm seine Tasche sowie den Koffer mit den Objektiven aus dem Kofferraum. Ein älteres Paar mit einem Yorkshireterrier warf ihm einen argwöhnischen Blick zu, als er, schwerfällig durch seine Ausrüstung, über die eingestürzte Mauer stieg. Er lächelte vertrauensvoll zurück und hoffte, dass sie ihn weder wiedererkennen würden noch ahnten, was er in seinen Taschen hatte.

Da ein leichter Nieselregen einsetzte, als er sein Versteck erreicht hatte, zog er die wasserdichten Schutzhüllen über Kamera und Objektiv. Es war kalt und nass zwischen den Bäumen, der Winter nahte. Obwohl Ben zitterte, spürte er eine gewisse Vorfreude, als er die Kamera auf das Haus richtete. Sandra saß in ihrem Bademantel in der Küche, teilweise von der Reflexion des Gartens auf der Fensterscheibe verdeckt. Ben schraubte einen Polarisationsfilter auf das Objektiv, der es ihm ermöglichte, durch das Glas zu schauen. Es war eine neue und teure Anschaffung, die ihren Preis jedoch wert war. Mit dem Filter vor dem Objektiv konnte er wesentlich mehr im Haus erkennen.

Er fasste wieder in seine Tasche und holte den kleinen Kassettenrecorder und das Ansteckmikrophon hervor. Beides hatte er unterwegs in dem Elektronikladen gekauft. Er steckte das Kabel in den Recorder und klemmte dann das Mikrophon an die Hörmuschel seines Handys. Noch im Laden hatte er überprüft, ob das Mikrophon sowohl seine Stimme als auch die des Anrufers aufzeichnete. Die Klangqualität war nicht überragend, aber er brauchte keinen Hi-Fi-Sound. Nur Beweise.

Er sah sich um, um sich zu vergewissern, dass niemand im Wald war. Das Letzte, was er brauchte, war irgendein Hundehalter, der ihn belauschte. Zufrieden schaute er wieder durch den Sucher. Sandra Cole war noch immer in der Küche und rauchte eine Zigarette. Nicht weit von ihr entfernt hing das Telefon an der Wand. Ben hatte hin und wieder gesehen, wie sie einen Anruf entgegengenommen hatte, obwohl sie selbst nie jemanden anzurufen schien. Es befand sich am hinteren Ende des Raumes, mit dem neuen Filter auf dem Objektiv würde er sie dort aber deutlich sehen können. Ohne den Blick vom Sucher zu nehmen, schaltete er den Recorder ein und wählte die Nummer der Coles.

Das Freizeichen in seinem Handy fiel mit einem verärgerten Blick von Sandra zum Telefon zusammen. Sie schob den Stuhl zurück und ging hinüber, um abzunehmen.

«Hallo?»

Die schwache Wiedergabe ihrer Stimme synchronisierte die Bewegung ihrer Lippen. Im Hintergrund konnte er den blechernen Klang eines Radios hören. Es überraschte ihn.

Er war wie selbstverständlich davon ausgegangen, dass die Küche für sie genauso still war, wie sie für ihn wirkte. Er warf einen Blick auf den Kassettenrecorder, um sicherzustellen, dass er lief.

«Hier ist Ben Murray», sagte er. «Ich dachte, ich erinnere Sie daran, dass an diesem Wochenende mein Besuchstag ist.»

Das Mikrophon drückte gegen sein Ohr wie ein kalter Knopf. Es war eine Kompromisslösung, die er ein paar Tage zuvor gefunden hatte. Er musste zumindest versuchen, sein Recht auf Umgangskontakt durchzusetzen, er wusste jedoch, dass er durch eine weitere Konfrontation mit Cole nichts erreichen würde. Auf diese Weise könnte er beweisen, dass er den Versuch unternommen hatte, und vielleicht ein paar belastende Worte von Sandra aufzeichnen. Die abgesagte Fotosession gab ihm die Gelegenheit, ihre Reaktion nicht nur zu hören, sondern auch zu beobachten.

Die anklagende Stimme in seinem Kopf, die höhnte, dass er nur Cole aus dem Weg gehen wolle, weil er Angst vor ihm hatte, versuchte er nicht zu beachten.

«Es ist also in Ordnung, wenn ich Sonntagvormittag komme und Jacob abhole?», fuhr er fort.

Im Telefon war ein übertriebenes Seufzen zu hören. Im Sucher sah er, wie sich synchron dazu ihre Brust hob und senkte. «Sind Sie bescheuert, oder was?»

«Ich habe jeden vierten Sonntag das Recht auf Kontakt. Dieses Wochenende ist es wieder so weit.»

Ben beobachtete, wie sie an der Zigarette zog und verärgert den Rauch ausblies. Das Revers des Bademantels lockerte sich. «Und wennschon.»

«Letztes Mal haben Sie verhindert, dass ich ihn mitnehmen kann. Wollen Sie mir sagen, ich darf ihn wieder nicht sehen?»

Er wollte, dass sie es für den Kassettenrecorder aussprach, aber entweder war sie von Natur aus argwöhnisch, oder sein Ton hatte sie alarmiert. Ihre Stimme wurde vorsichtiger. «Ich habe es schon dem Sozialarbeiter gesagt: Sie kamen zu spät und waren betrunken. Sie waren nicht in der Lage, ihn zu nehmen.»

«Ich war pünktlich und stocknüchtern, und Ihr Mann hat mich bedroht. Sie waren dabei, Sie wissen es genau.» Er zügelte sein Temperament. «Lassen Sie mich Jacob am Sonntag sehen oder nicht?»

Einen Moment herrschte Stille. Er konnte sehen, wie sie auf ihrer Lippe kaute. «Er hat eine Erkältung.»

«Eine Erkältung?»

«Ja, genau, eine Erkältung. Vielleicht sogar eine Grippe. Sie wissen, was eine Grippe ist, oder?»

«Sie wollen mir also sagen, dass ich ihn nicht sehen kann?»

«Wie gesagt, es geht ihm nicht gut. Er ist im Bett.»

Am Abend zuvor hatte er Jacob im Garten beobachtet. Da hatte er nicht so ausgesehen, als wäre er erkältet. «Haben Sie einen Arzt gerufen?»

Sie zog ein letztes Mal an ihrer Zigarette, drehte sich um und drückte sie in irgendetwas hinter ihr aus. «Noch nicht. Wir wollen erst mal sehen, wie es sich entwickelt.»

Sie lehnte an der Wand und hatte ihm den Rücken zugewandt. *Dreh dich um.*

«Was?», fragte sie.

Ihm wurde klar, dass er die Worte laut gemurmelt hatte. Aber sie wandte sich tatsächlich zum Fenster um. Sie hatte den Ellbogen des Arms, der den Hörer hielt, in die andere Hand gestützt, und er konnte sehen, wie sie die Stirn runzelte.

«Nichts», sagte er. «Also, wann kann ich ihn sehen?»

«Woher soll ich das wissen? Ich bin kein Hellseher. Man weiß nie, wie lange Kinder etwas haben, oder?»

Ben schluckte seine Wut herunter. «Vielleicht sollte ich mit Ihrem Mann sprechen.»

Sie schaute aus dem Fenster. Auf den Schrotthaufen. «Er ist auf Arbeit.»

Ich weiß. «Dann rufe ich an, wenn er zurückkommt.»

«Er arbeitet bis spät», sagte sie, und Ben wusste, dass er gerade jede Chance vertan hatte, Cole ans Telefon zu bekommen. Sie würde in Zukunft dafür sorgen, dass sie als Erste heranging.

Dennoch war es merkwürdig, dass er ihr gegenüber im Grunde nicht feindselig gestimmt war. Er schaute sie an, wie sie mit nackten Beinen in ihrem kurzen Bademantel dastand. Sie verdrehte die Telefonschnur, während sie darauf wartete, dass er etwas sagte, ohne sich seiner Blicke bewusst zu sein.

«Sind Sie noch da?», fragte sie.

«Ja.»

Es entstand eine Pause. Sie lächelte beinahe, während sie auf ihren Daumennagel biss. Er fragte sich, warum sie nicht auflegte. Und vor allem, warum er es nicht tat.

«Wollten Sie sonst noch was?», fragte sie. Obwohl ihre Stimme unverkennbar spöttisch klang, schien sie einen flirtenden Unterton zu haben. Das berauschende Gefühl, dass er einen Moment zuvor gehabt hatte, wich einer Unsicherheit.

«Ich glaube nicht.»

Hatte sie gelacht? «Dann verpissen Sie sich», sagte sie und legte auf.

Er stoppte den Kassettenrecorder, spulte ein Stückchen zurück und spielte dann das Band ab. Ihr abschließendes «verpissen Sie sich» klang verächtlicher denn je. Es war ein seltsames Verständnis von Treue, das sie mit einem anderen Mann schlafen und dennoch Cole in Schutz nehmen ließ. Aber obwohl Ben mit der Aufnahme nichts anfangen konnte, war er keineswegs enttäuscht. Er steckte den Recorder und das Mikrophon weg und schaltete sein Handy aus, damit ihn niemand anrief, während er im Wald war. Als er wieder zum Haus schaute, war die Küche leer und das Licht im Bad an.

Er blies in seine Hände. Es war bitterkalt. Er nahm die Thermoskanne aus seiner Tasche und schenkte sich einen Becher Kaffee ein. Er hatte ihn vorsorglich gemacht, für den Fall, dass die Aufnahmen im Atelier früh beendet wären und er nach Tunford fahren konnte, bevor es dunkel wurde. Jetzt war er froh darüber. Durch den vom Plastikbecher aufsteigenden Dampf sah er Sandra Cole in den Garten gehen. Er griff in seine Tasche und suchte einen Mars-Riegel. Als er das nächste Mal hinunterschaute, kehrte sie gerade vom Zaun am äußersten Ende des Gartens zurück.

Er blies auf den Kaffee und fegte den Dampf davon. Als er einen Schluck trank, zuckte er zusammen. Er hatte sich den Mund verbrannt, die Flüssigkeit lief brühend heiß seine Kehle hinab. Zischend sog er kalte Luft ein, um den Schmerz zu lindern. Etwas vorsichtiger nahm er einen weiteren Schluck, und als er den Becher senkte, stand ein Mann im Garten der Coles.

«Scheiße», schimpfte Ben und bekleckerte sich mit Kaffee. Er warf den Becher zur Seite und ließ den Mars-Riegel fallen. Als er durch den Sucher schaute, ging der Mann bereits ins Haus. Ben verschoss den halben Film im Motorbetrieb, aber er wusste, dass er ihn nicht erwischt hatte. Da der Polarisationsfilter noch vor dem Objektiv steckte, waren die Aufnahmen sowieso nichts geworden. «Scheiße!» Sandra

Cole führte den Mann nun aus der Küche. Ben richtete die Kamera auf das Schlafzimmerfenster, stellte die Schärfe ein und wartete. «Komm schon, komm schon!»

Die Schlafzimmertür ging auf, und sie kam herein. Der Mann folgte ihr. Ben schaltete den Kameramotor aus und machte zwei Aufnahmen, als die beiden ins Zimmer gingen. Er beobachtete, wie sie miteinander sprachen. Da der Filter die Reflexion auf der Fensterscheibe verringerte, konnte er ziemlich viele Einzelheiten erkennen. Im Gegensatz zu Sandra wirkte der Mann groß – dunkles Haar, durchschnittliche Figur. Ben schätzte ihn auf Ende dreißig. Grinsend kam er auf sie zu. Sie wich zurück und sagte etwas mit starrer Miene. Das Grinsen des Mannes verblasste. Er antwortete etwas und ging wieder auf sie zu, aber sie schüttelte den Kopf. Er zuckte mit den Achseln und nickte unwillig.

Jetzt lächelte Sandra und ging zu ihm. Er runzelte noch die Stirn, aber nur, bis sie eine Hand ausstreckte und zwischen seine Beine legte.

Klick.

Sie lotste ihn zum Bett. Als sie sich auf die Kante setzte und seinen Gürtel aufmachte, lächelte der Mann wieder. Sie zog seine Hose herunter. *Klick.* Er stand in Unterhose vor ihr. Sie streifte sie ihm ab, und vor ihrem Gesicht ragte sein erigierter Schwanz auf. Sie sagte etwas, und beide lachten. *Klick.* Sie streichelte ihn und schaute dabei hoch zu ihm, dann beugte sie sich vor und nahm ihn in den Mund.

Klick, Klickklickklick.

Der Film kam zum Ende. Ben fluchte, als die Kamera ihn automatisch zurückspulte, und ärgerte sich über die verpassten Sekunden. Er nahm den Film heraus, ließ ihn in die Tasche fallen und legte hastig einen neuen ein.

Der Mann hatte sich seine restlichen Sachen ausgezogen.

Er hatte einen Bauch, stellte Ben fest, was ihn aus irgendeinem Grund freute. Sandra war auch nackt. Die Streifen, die ihm schon zuvor aufgefallen waren, zeichneten sich blass auf ihrem weißen Bauch ab. Sie sahen aus wie Schwangerschafts- oder Dehnungsstreifen. Sie legte sich mit dem Rücken aufs Bett. Der Mann krabbelte auf den Knien zu ihr. Sie öffnete ihre Schenkel, damit er sich auf sie legen konnte. Nachdem er die richtige Stellung gefunden hatte, begann er, mit seinen Hüften auf und ab zu wippen. Sandra hob ihre Beine höher und schlang sie um ihn herum.

Ben wechselte wieder den Film.

Er verschoss noch den größten Teil eines weiteren Films, ehe der Mann mit seinen Stößen zum Ende kam und sich neben ihr aufs Bett fallen ließ. Sandra stützte sich auf einen Ellbogen, den Rücken zum Fenster gewandt, wodurch man die Wölbung ihres Hinterns sah. Der Mann richtete sich auf und griff nach seiner Hose. Er zog eine Schachtel Zigaretten hervor, hielt sie ihr einladend hin und steckte dann zwei an.

«Du lässt kein Klischee aus, was?», grinste Ben. Nachdem sie aufgeraucht hatten, zogen sich beide auf ihrer Seite des Bettes an. Der Mann stopfte das Hemd in die Hose und hob seine Jacke auf. Sandra schlüpfte in ein T-Shirt und beobachtete, wie der Mann sein Portemonnaie hervorholte und ein paar Scheine auf die Frisierkommode legte. Sie sagte etwas, woraufhin der Mann lachte und noch einen weiteren Geldschein dazulegte.

Ben schloss seinen Mund und verschoss den Rest des Filmes.

Als sie ins Erdgeschoss kamen, hatte er einen neuen eingelegt. Wie beim letzten Mal kam Sandra erst allein heraus, ehe sie dem Mann ein Zeichen gab, ihr zu folgen. Sie verschloss die Pforte hinter ihm, ging aber nicht gleich zurück ins Haus. Sie schaute den Berg hinauf, auf dem Ben saß, und für einen Moment war er überzeugt davon, dass sie sich seiner Anwesenheit bewusst war und ihn direkt anstarrte. Doch ihr Blick wanderte in eine andere Richtung.

Mit hohlen Wangen inhalierte sie den Rauch ihrer Zigarette. Angespannt und unversöhnlich starrte sie auf die Autotrümmer. Plötzlich packte sie das nächste Schrottteil und zog es hervor. Sie schleuderte es zur Seite und zerrte sofort an dem Rest des Haufens herum, hielt aber bald mit schmerzverzerrter Miene inne. Sie untersuchte ihre Hand und saugte dann daran. Der Anfall schien sie erschöpft zu haben. Apathisch betrachtete sie, was sie getan hatte, und hielt ihre verletzte Hand müde vor die Augen. Im Gesicht blieb ein Blutfleck zurück. Ermattet zog sie noch einmal an der Zigarette, die sie die ganze Zeit zwischen den Lippen gehabt hatte.

Dann schnippte sie die Kippe funkensprühend davon, drehte sich um und ging zurück ins Haus.

Im roten Licht der Dunkelkammer hingen unzählige feuchte, großformatige Abzüge wie surrealistische Wäschestücke von der Trockenleine. Da seine Dunkelkammer zu Hause nicht so gut klimatisiert war wie die im Atelier, konnte er die beißenden Entwicklerchemikalien tief in der Kehle schmecken. Ben hängte den letzten Abzug auf und schaltete den Ventilator eine Stufe höher, während er die Bilder betrachtete. Er war erfreut, wie gut das neue Objektiv mit seiner Nikon funktionierte. Die Aufnahmen vom Schlafzimmer waren zwar körnig, aber damit hatte er gerechnet. Selbst mit dem Filter konnte man keine hohe Auflösung erwarten, wenn man vom Hellen durch eine Glasscheibe ins Dunkle fotografierte.

Aber die Aufnahmen genügten seinen Ansprüchen.

Er betrachtete einen der trockenen Abzüge. Sandra Cole

saß auf der Bettkante und beugte sich über den Schritt des Mannes. Sowohl sie als auch das Schlafzimmer waren eindeutig zu erkennen. Ben schaute sich einen anderen Abzug an. Darauf war zu sehen, wie der Mann das Geld auf die Frisierkommode legte und das Portemonnaie gerade wieder in seine Tasche stecken wollte. Die Aufnahme daneben zeigte, wie er das Haus verließ. Auf diesem Bild waren seine Gesichtszüge wesentlich besser zu erkennen. Ben betrachtete es eine Weile, nahm es dann von der Leine und ging hinüber zu dem Schrank, in dem er seine Arbeiten aufbewahrte. Er öffnete eine Schublade und blätterte durch das Register, bis er zu den Fotos kam, die er ein paar Wochen zuvor gemacht hatte, als Sandras Besucher sich davongeschlichen hatte. Ben verglich sie mit dem noch feuchten Abzug, den er gerade entwickelt hatte, und lachte ungläubig auf. Bisher war er unsicher gewesen, aber jetzt gab es keinen Zweifel mehr.

Es waren zwei verschiedene Männer.

Kapitel 14

Lass dich nicht hetzen, ich stehe hier gerne noch bis morgen rum.»

Ben schaute von dem Reflektor auf, den er gerade abmontierte. Zoe stand mit einem schweren Stativ da und schaute ihn genervt an. «Was?»

Sie seufzte und verdrehte die Augen. «Ich fragte, ob ich das in den Wagen bringen soll.»

«Ach so. Ja, bitte.»

Zoe rührte sich nicht. «Und kriege ich auch die Wagenschlüssel?», fragte sie, da er offenbar schwer von Begriff war. «Oder soll ich das Fenster einschlagen?»

Er langte in seine Tasche und gab sie ihr. «Entschuldige. Ich habe nicht mitgedacht.»

«Ach was», brummte sie und ging davon.

Ben rieb seinen Nasenrücken. Er fühlte sich erschlagen und müde. Am vergangenen Tag hatten sie Werbeaufnahmen für eine neue Jeanskollektion gemacht, deren Slogan «Eine Hose für alle Fälle» lauten sollte. Die Suche nach einem geeigneten Aufnahmeort hatte bereits kurz nach Sarahs Tod begonnen, und erst neulich hatten sie sich auf eine Kapelle in Sussex aus dem sechzehnten Jahrhundert einigen können, mit schönen Buntglasfenstern hinter dem Altar. Für die Aufnahmen war eine Hochzeitsszene nachgestellt worden, bei der jeder feierlich gekleidet war, abgesehen von der Braut, die unter ihrem Schleier weiße Jeans und T-Shirt trug. Die ganze Sache wäre problemlos über die Bühne gegangen, hätte er nicht ein paar notwendige Filter zu Hause vergessen. Auch das wäre noch kein Beinbruch gewesen, wenn er Zoe hätte losschicken können, aber der Koffer mit den Filtern befand sich in seiner Dunkelkammer, und in der hingen die Fotos von Sandra Cole. Also musste er selbst fahren und die Models, die Maskenbildner und einen Art-Director, der zum Herzinfarkt neigte, in der Kapelle warten lassen. Eigentlich kam Ben gut mit ihm aus, aber als er wieder zurückkehrte, schnaubte der Mann beinahe vor Wut. Und Zoe kochte, weil sie hatte bleiben und ihn ertragen müssen.

Die Aufnahmen hatten sich bis spät in die Nacht hingezogen. Im Stillen hatte Ben drei Kreuze gemacht, dass sie Kunstlicht benutzten, um die durch die Buntglasfenster scheinende Sonne zu simulieren, und deshalb auch in der Dunkelheit weiterarbeiten konnten. Danach waren er und Zoe geblieben, um aufzuräumen und zusammenzupacken, doch als Zoe gerade noch im letzten Moment die Kamera hatte auffangen können, die er beinahe mitsamt Stativ umgerissen hätte, hatte er beschlossen, es gut sein zu lassen und Feierabend zu machen. Da außer dem Pfarrer niemand über die Schlüssel verfügte, hatte Ben die Ausrüstung entgegen seinen Prinzipien unbeaufsichtigt in der Kapelle gelassen, die schweren Holztore abgeschlossen und war zurück ins Hotel gefahren.

Jetzt bereute er es, die Arbeit in der Nacht abgebrochen zu haben. Die großen Strahler, mit denen sie die Kapelle ausgeleuchtet hatten, waren bereits von der Leihfirma abgeholt worden, und ohne sie war es drinnen kalt und feucht. Die beiden mussten beim Zusammenräumen die Jacken anbehalten, und ihr Atem zog wie dichte Nebelschwaden durch das dunkle Gemäuer. Er wusste, dass er sich unprofessionell verhalten hatte und mit spektakulären Ergebnissen würde aufwarten müssen, wenn er wieder für die Werbeagentur arbeiten wollte.

Aber vor allem ärgerte er sich über die vergeudete Zeit.

Er trug den Reflektor hinaus zum Wagen. Zoe hatte den Kofferraum geöffnet und räumte die Taschen mit ihren persönlichen Sachen zur Seite, um Platz zu schaffen. Seit neuestem trug sie ihr Haar so blond, dass ihre dunklen Augenbrauen auffallend hervorstachen. Als er näher kam, richtete sie sich auf.

«Was ist denn das hier?»

Sie hatte die Tasche mit dem Teleobjektiv in der Hand.

«Ein Objektiv», sagte Ben.

Zoe schnaubte. «Ja, so was habe ich mir fast gedacht. Ziemlich fettes Teil, oder? Kann ich es mir mal anschauen?»

Da sie es gewohnt war, mit seinen Kameras und seiner Ausrüstung zu arbeiten, öffnete sie bereits unbekümmert den Reißverschluss. «Mein Gott, was ist das für eins, ein Vierhunderter?»

Er fühlte sich ertappt. «Ein Sechshunderter.»

«*Sechshundert!* Scheiße, fängst du jetzt mit Astronomie an, oder was?» Sie schaute ihn grinsend an. «Wofür brauchst du so ein Objektiv? Du willst doch kein Paparazzo werden, oder?»

Bens Gesicht glühte. «Ich dachte einfach, ich könnte es brauchen.» Er wusste, dass es kläglich klang und dass es besser gewesen wäre, wenn er mit ihr gelacht hätte. Stattdessen nahm er ihr das Objektiv weg und steckte es wieder in die Tasche. «Komm, wir haben nicht ewig Zeit. Es gibt noch eine Menge zu tun.»

Sie starrte ihn an. «Oh, Entschuldigung! Wer hat denn gestern die Scheißfilter vergessen?» Sie stampfte zurück in die Kapelle.

Das hast du ja großartig hingekriegt, dachte er, als er den Kofferraum schloss.

Die Rückfahrt nach London verging in angespannter Stille. Ihm war klar, dass er sich entschuldigen sollte, aber er konnte sich nicht dazu überwinden. Er sagte sich, dass es keinen Grund gab, verlegen zu sein, dass es schließlich nur ein Objektiv war und dass er es ja für einen guten Zweck verwendete. Doch seine Erklärungsversuche kamen ihm verlogen vor. Er hielt vor Zoes Wohnung an. Sie stieg ohne ein Wort aus. Mit steinerner Miene riss sie ihre Tasche vom Rücksitz.

«Bis morgen», sagte er. Sie knallte die Tür zu, ohne zu antworten.

Scheiße. Er war kurz davor, ihr hinterherzulaufen, aber als er sie ins Haus gehen sah, lenkte ihn irgendetwas ab. Beim Anblick ihres blondierten Haares und der Augenbrauen, die im Gegensatz dazu fast schwarz waren, sah er im Geiste ein Bild der nackten Sandra Cole im Schlafzimmer vor sich. Das Zuknallen der Eingangstür nahm er nur entfernt wahr.

Und als er weiterfuhr, waren die Gedanken an Zoe bereits verflogen.

Kurz nach der Mittagszeit erreichte er Tunford. Er hatte sich nicht bewusst zu der Fahrt entschieden, aber auch nie in Frage gestellt, wohin er fuhr. Er hatte es nur vermieden, über den Grund nachzudenken. Als er an die Abzweigung kam, die zum Wald führte, bremste er ab und fuhr dann daran vorbei. Da niemand zu Hause sein würde, wäre es sinnlos, das Haus zu beobachten. Jacob war in der Schule, Cole auf dem

Schrottplatz und Sandra im Pub. Bei dem letzten Gedanken bekam er einen trockenen Mund, und schließlich musste er sich eingestehen, dass er die ganze Zeit gewusst hatte, wohin ihn sein Weg führte.

Nach einer Weile bog er auf den Parkplatz vor dem Pub.

Er schaltete den Motor aus, machte aber keine Anstalten auszusteigen. *The Cannon* befand sich an der Straßenecke, nur ein paar hundert Meter vom Haus der Coles entfernt. Es war ein gedrungenes Gebäude aus grauen Steinen, das neuer als der Rest der Siedlung war und dennoch zur übelsten Sorte von Architektur der sechziger Jahre gehörte. Über der Tür hing ein schlecht gemaltes Schild. Während Ben es betrachtete, fragte er sich, was er eigentlich dort tat. Sein Herz pochte. Er wusste, dass es am vernünftigsten wäre, wenn er wegfahren würde, ehe ihn jemand bemerkte. Doch nun, wo er einmal dort war, hätte es einen feigen Eindruck gemacht. Schnell, bevor er weiter darüber nachdenken konnte, stieg er aus, verschloss den Wagen und ging hinein.

Der Teppich im Eingang war abgewetzt und klebrig, zwei Türen lagen sich gegenüber, eine führte in den Schankraum, eine ins Restaurant. Ben ging zuerst ins Restaurant. Es war ein langgezogener Saal mit braunen Teppichen, Polstern und Vorhängen, in dem es nach schalem Bier roch. Niemand war dort, und über der Theke waren stählerne Rollläden heruntergezogen. Er ließ die Tür zupendeln und ging in den Schankraum.

Ein blauer Nebel aus Zigarettenqualm hing in der Luft. An den Resopaltischen saßen ein paar Männer vor ihrem Bier. Vom Billardtisch, an dem zwei Skinheads mittleren Alters mit kurzen Queues spielten, ertönte das Klackern der Kugeln. Die Theke war beleuchtet, aber er konnte niemanden sehen, der bediente.

Ein paar Männer schauten gleichgültig herüber, während er unschlüssig in der Tür stand. Sie schienen ihn nicht zu erkennen. Als er weiterging, versuchte er locker zu wirken. In diesem Teil des Pubs war der Boden nicht mit Teppich, sondern mit abgenutzten, farblosen Linoleumfliesen ausgelegt. Aus der Jukebox an der Wand ertönte ein flotter Elvis-Song und hauchte etwas Leben in den Raum.

«Kundschaft, Sandra!», rief ein Mann, der an einem Tisch Domino spielte, als Ben den polierten Holztresen erreichte. Plötzlich hatte er das Gefühl, einen schlimmen Fehler gemacht zu haben. Er konnte sich nicht mehr daran erinnern, wie er auf diese Idee gekommen war. Während er noch überlegte, sofort wieder zu verschwinden, ging hinter der Theke eine Tür auf, und Sandra Cole kam herein.

Als sie ihn sah, blieb sie stehen. Ihr Mund wurde zu einer schmalen Linie, die ihren gezupften Augenbrauen entsprach.

«Was wollen Sie?»

Da ihm keine vernünftige Antwort einfiel, blieb nur das Naheliegende. «Ein Bier, bitte.»

Erst starrte sie ihn an, als wollte sie ihn nicht bedienen, dann holte sie unter dem Tresen ein Glas hervor, stellte es unter den Zapfautomaten und drückte einen Knopf. Während sich das Glas füllte, sagte sie kein Wort, und Ben vermutete, dass sie genauso versuchte, mit der Situation zurechtzukommen, wie er.

Vielleicht hatte sie aber auch einfach nichts zu sagen.

Sie stellte das volle Glas auf den Tresen. «Eins achtzig.»

Ben griff in sein Portemonnaie und reichte ihr einen Schein. Aus einem Impuls heraus sagte er: «Wollen Sie auch eins?»

Ihr Blick huschte in den Raum hinter ihm. «Nein.» Sie gab ihm sein Wechselgeld und verschränkte dann die Arme unter ihren Brüsten wie eine Barriere. Sie war ungeschminkt, ihre Lippen waren rosarot und rissig. Plötzlich schoss ihm durch den Kopf, dass er ihr an diesem Morgen gerne beim Anziehen zugesehen hätte. Er wischte den Gedanken sofort beiseite.

Sie musterte ihn kühl. «Warum sind Sie hergekommen?»

Nach den stummen Vorführungen, die er gewohnt war, war es seltsam, sie sprechen zu hören. Er trank einen Schluck Bier, um seine Verwirrung zu verbergen. Es war so kalt, dass es fast geschmacksneutral war. Er stellte das Glas wieder ab. «Ich kam gerade hier vorbei, da dachte ich, ich schaue mal, wie es Jacob geht.»

«Steven geht es gut.»

«Was ist mit seiner Erkältung?»

«Die kommt und geht.»

«Ich vermute mal, dass sie gerade dann kommt, wenn ich ihn abholen will, und kurz danach wieder geht, oder?»

Ihre Mundwinkel bebten ein wenig, was beinahe wie ein Lächeln aussah. Sie zuckte mit den Achseln. Ihre Brüste hoben sich kurz und senkten sich dann wieder auf ihre verschränkten Arme. Ben trank noch einen Schluck Bier und fragte sich, wie sie reagieren würde, wenn er ihr sagte, dass er Bescheid wusste. Dass sie für Geld Sex mit anderen Männern hatte. Der Gedanke machte ihn stark. Als er merkte, wie sich in seiner Hose etwas zu regen begann, verspürte er eine solche Lust, dass ihm schwindelig wurde.

Mein Gott, dachte er leicht geschockt, was tun die denn hier ins Bier?

Als hätte sie seine Gedanken gelesen, spürte er eine kaum wahrnehmbare Veränderung ihrer Haltung zu ihm. Die ungenierte Feindseligkeit, die von ihr ausgegangen war, wich einer gewissen Wachsamkeit. Sie neigte ihren Kopf leicht zur Seite und schlang ihre Arme enger um sich, sodass ihre Brüste nicht nur enger zusammengepresst wurden, sondern sich auch weiter nach vorn, in seine Richtung schoben. «Wissen Sie eigentlich, was er tun würde, wenn er wüsste, dass Sie hier sind?»

Es musste nicht gesagt werden, wer «er» war. Ben nippte wieder an dem schalen Bier. «Aber er weiß es nicht, stimmt's?»

«Und wenn ich es ihm erzähle?»

Er stellte sein Glas ab. «Sie erzählen ihm ja nicht alles, oder?»

«Was soll das bedeuten?»

Nun war er an der Reihe, mit den Achseln zu zucken. Als er sah, wie ihre Miene einen unsicheren Zug annahm, spürte er ein entsprechendes Pochen in der Leistengegend. Neben ihm an der Theke nahm er eine Bewegung wahr.

«Gibt's Probleme, San?»

Es war einer der Billardspieler. Er starrte Ben finster an. «Nein, alles in Ordnung, Willie», sagte Sandra, aber der Mann rührte sich nicht. Er war klein und massig und hielt den Queue mit beiden Händen vor sich, während er Ben von oben bis unten musterte.

«Du bist doch das Schwein, das Johns Jungen hatte, oder?», fragte er laut.

Die Musik stoppte zwar nicht, aber Ben konnte spüren, wie alles andere im Raum zum Stillstand kam: die vereinzelten Gespräche, die Dominospiele, alles brach angesichts dieser neuen Unterhaltung ab. Plötzlich herrschte Grabesstille.

«Ich will keinen Ärger, Willie», schnauzte Sandra.

Der Mann ignorierte sie. Sein Kopf war nicht völlig kahl geschoren, fiel Ben auf. Er war mit einem feinen Flaum blasser Stoppeln bedeckt. Sein Partner kam hinzu und stellte sich ebenfalls mit einem Queue auf die andere Seite von ihm. «Was hast du hier zu suchen, verdammte Scheiße?»

«Wonach sieht's denn aus? Ich trinke ein Bier», hörte Ben verwundert seine eigene Stimme sagen. In der Jukebox begann Matt Monro «Born Free» zu singen. Er spürte einen unerwarteten Wagemut in sich aufkommen.

Derjenige, der Willie genannt wurde, starrte ihn an. «Wir haben keinen Bock auf dich.»

Während Ben den Blick erwiderte, hielt er das Glas wie eine Waffe. «Ach, tatsächlich?»

Ein Teil von ihm stand neben ihm und beobachtete erstaunt diesen Fremden, aber der andere Teil war von einer ungezügelten Lust auf Aggression erfasst. Heißes Blut durchströmte seinen Körper, und lediglich ein schwacher Rest von Vernunft hielt ihn zurück. Er versuchte, ihn zu unterdrücken, und wartete nur auf eine Ausrede, um zuschlagen zu können.

«Ich habe dich bereits gewarnt, Willie. Noch einmal, und du kriegst Hausverbot», hörte er Sandra sagen, und später würde er sich wundern, dass sie offenbar für ihn eintrat, aber in jenem Moment bedeuteten ihre Worte nichts. Er und der Mann starrten sich an, kurz davor, aufeinander loszugehen. Der Mann spuckte auf den Boden.

«Scheiß Londoner Schwuchtel», sagte er und wandte sich ab.

Die Spannung im Raum verpuffte. Die anderen Gäste widmeten sich wieder ihren Bieren und Dominosteinen. Ben schaute den beiden Skinheads hinterher, die zum Billardtisch zurückgingen und über irgendeine gemurmelte Beleidigung lachten, und hatte das Gefühl, als wäre er am Rande eines Abgrunds aufgewacht. Als er das Bierglas auf die Theke stellte, zitterte plötzlich seine Hand.

Sandra Cole schüttelte den Kopf. «Wenn Sie sich wirklich

umbringen wollen, sollten Sie mal Samstagabend herkommen.»

Er sagte nichts. Er hätte gerne einen Brandy bestellt, aber damit hätte er seine Schwäche gezeigt. Der Gedanke, dass die Billardspieler wieder herüberkommen könnten, verängstigte ihn. Er trank die Hälfte des Biers, das noch im Glas war. Es war nicht mehr so kalt, schmeckte aber auch so kein bisschen besser.

Sandra betrachtete ihn noch immer. «Und warum sind Sie nun hergekommen?»

Keine Ahnung. Die Auswirkungen des Beinahekampfes setzten ihm zu. Er wollte nur noch raus aus dem Pub. «Ich werde nicht aufgeben», sagte er.

Sofort bereute er diese sinnlose Großspurigkeit. Für einen kurzen Augenblick verzog Sandra Cole gelangweilt das Gesicht, dann setzte sie wieder eine abweisende Miene auf.

«Machen Sie, was Sie wollen», sagte sie und verschwand durch die Tür hinter der Theke.

Ben trank sein Bier aus. Es schmeckte ihm nicht, aber er wollte auch nicht den Eindruck erwecken, dass er davonlief. Schließlich stellte er das leere Glas auf den Tresen und ging an den Billardspielern vorbei hinaus, ohne sie anzusehen.

Niemand folgte ihm nach draußen, aber nachdem er den Wagen aufgeschlossen hatte und weggefahren war, war er schweißgebadet. Er kam an dem Haus der Coles vorbei und bemerkte, dass der Schrott im Vorgarten ebenfalls vermehrt und umgeschichtet worden war, seit er ihn das letzte Mal gesehen hatte. Dann folgte er der Straße hinauf in den Wald, von dem man die Stadt überblickte. Er fuhr vor das Gatter, wo er immer parkte, und schaltete den Motor aus.

«Du Vollidiot.»

Er schloss die Augen und legte den Kopf auf das Lenkrad. Mein Gott, was hatte er sich nur dabei gedacht? Bei dem Gedanken, dass er kurz davor gewesen war, von zwei Paar Stiefeln und zwei Queues in die Mangel genommen zu werden, wurde ihm übel. Eine Kneipenprügelei war etwas anderes, als beim Fußball hart einzusteigen. Trotzdem war er nicht nur bereit dazu gewesen, er hatte es sogar darauf angelegt. Das hatte nichts mit Mut zu tun, das war Wahnsinn. Aber es war ihm egal gewesen. Noch unglaublicher schien ihm, dass er unbeschadet davongekommen war.

Vielleicht war das der Trick, dachte er. Es musste einem einfach egal sein.

Als es plötzlich gegen die Windschutzscheibe prasselte, hob er den Kopf. Pfenniggroße Tropfen pressten sich an das Glas. Die dunklen Wolken am Himmel waren aufgebläht wie eine mit Wasser gefüllte Plane. Der Regenguss wurde noch heftiger und verwischte seinen Blick auf die Außenwelt. Er schaute auf die reißenden Ströme, die sich auf den Fenstern und der Motorhaube bildeten, und sagte sich, wie dumm er gewesen war. Doch dieses Mal mangelte es der Selbstgeißelung an Überzeugung. Er war eher erleichtert als verwundert, als ihm klar wurde, dass er nicht bedauerte, was er getan hatte. Nicht einmal die Konfrontation mit den Billardspielern.

Du wirst schon wie Cole, verspottete er sich. Trotzdem konnte er nicht verleugnen, dass er froh war, sein Gesicht vor Coles Frau nicht verloren zu haben. Sie ist eine Schlampe, dachte er wütend. Aber das änderte nichts. Und als er sich das klarmachte, wurde ihm noch etwas anderes schmerzlich bewusst.

Zum ersten Mal seit Sarahs Tod hatte er eine Erektion gehabt.

Seine erste Reaktion war Überraschung. Er konnte nicht einmal Abscheu empfinden. Obwohl ihm die Ursache nicht behagte, war er vor allem erleichtert. *Du bist noch nicht tot.* Dafür sollte er wohl dankbar sein.

Dann startete er den Wagen wieder und fuhr zurück nach London.

Kapitel 15

Nur aufgrund einer schlaflosen Nacht fand Ben heraus, dass Cole Jacob nicht in die Schule brachte.

Vor Sarahs Tod hatte er nie unter Schlaflosigkeit gelitten. Doch seitdem und besonders in den letzten Wochen war es der Normalzustand geworden. Nachdem er sich hingelegt hatte, war er zwar gleich eingeschlafen, dann aber gegen drei Uhr plötzlich hellwach, ein Kunststück, das ihm gern genauso leicht zu einer christlicheren Stunde gelungen wäre. Es gab keine äußeren Gründe, keine Geräusche oder anderen Störungen, denen er die Schuld geben konnte, aber an Schlaf war plötzlich nicht mehr zu denken. Er lag da und schaute zu, wie die hellen Ziffern der Radiouhr neben dem Bett den Rest der Nacht in stummen, unendlich langsamen Intervallen abzählten. Er wartete ungeduldig, dass eine Minute in die nächste überging. Die Ziffern waren ein elektronischer Käfig, in dem die Zeit sich nach eigenem Ermessen abzuspulen schien, bis sie sich in den Sekunden und Minuten derart breitmachte, dass Ben zu der Überzeugung kam, die Uhr sei stehengeblieben. Dann wechselten die Ziffern, und er schaute wieder zu und wartete.

In seinem Kopf lief unterdessen ein automatischer Filmprojektor und spielte Bilder ab, die von der Dunkelheit vergiftet wurden. Er blickte zurück auf seine Heldentat im Pub und erkannte sie als pubertär. Es war eine lächerliche Vorstellung gewesen, die nur die Tatsache verschleiern sollte, dass er nicht wagte, sich dem eigentlichen Problem zu stellen, nämlich Cole. Er spulte erneut ihre Begegnungen ab und war beschämt. Jedes Mal hatte er einen Rückzieher gemacht. Im Lichte des Tages konnte er sich sagen, dass Cole ein ausgebildeter Soldat war, an Gewalt gewöhnt und zudem unberechenbar und dass es lebensmüde wäre, ihn zu provozieren. Der Dunkelheit aber hielten diese Erklärungsversuche nicht stand.

Die unbequeme Wahrheit war, dass er Angst vor ihm hatte.

Er erinnerte sich an eine Schlägerei, deren Zeuge er als Student geworden war. Vor einem Pub hatten sich ein paar Männer gestritten, und als Ben auf die andere Straßenseite gegangen war, um ihnen nicht in die Quere zu kommen, war der Streit plötzlich ausgeartet. Er hatte gesehen, wie ein Mann auf die Knie fiel und die anderen auf seinen Kopf wie auf einen Fußball eintraten. Das dumpfe Krachen seines auf den Bürgersteig schlagenden Schädels war selbst auf der anderen Straßenseite zu hören gewesen. Dann hatte sich die Schlägerei auf die Straße verlagert, und als Ben mit ansehen musste, wie einer der Männer mit beiden Füßen auf den Kopf des Liegenden sprang, war er davongelaufen.

Er hatte danach nie etwas über diese Schlägerei gehört, er war aber davon überzeugt gewesen, dass er gesehen hatte, wie ein Mensch getötet worden war, und hatte sich elend gefühlt. Er hatte sich dafür gehasst, nichts unternommen zu haben, und genauso hasste er sich jetzt. *Du bist ein Feigling.* Er sah die Szene wieder vor sich, nur war dieses Mal Cole der Angreifer und er selbst die Gestalt am Boden. Als er an die Decke des Schlafzimmers starrte, war er sich so sicher, wie man es nur zu dieser Stunde sein konnte, dass es nie eine gütliche Einigung zwischen ihnen beiden geben würde. Der Soldat hatte sich aller Hemmnisse entledigt, von denen die meisten Menschen unter Kontrolle gehalten wurden. Sollte Ben weiterhin versuchen, Jacob zu sehen, würde irgendwann, wenn niemand in der Nähe war, um einzuschreiten, eine Sicherung bei ihm durchbrennen.

Und wenn das geschah, so wusste Ben, würde Cole nicht aufhören, ehe er tot wäre.

Um sechs Uhr warf er die Bettdecke zurück und stand auf. Draußen war es noch dunkel. Er schaltete das Licht an und versuchte das wirre Gefühl abzuschütteln, das ihn immer noch verfolgte. Er gönnte sich eine längere Dusche als üblich und wurde unter den heißen Wasserstrahlen sofort müde. Erst wollte er zurück ins Bett gehen, doch er wusste, dass er sich schlechter denn je fühlen würde, wenn er dann in ein oder zwei Stunden wieder aufstand.

Er ging hinunter, machte das Radio an und setzte Kaffee auf. Jacob hatte immer gern das Morgenprogramm im Fernsehen angeschaut, aber Ben konnte es jetzt nicht ertragen. Er aß am Küchenfenster stehend eine Schüssel Cornflakes, während er auf den Toast wartete. Am Himmel war ein blasser Streifen zu sehen, aber sonst deutete nichts darauf hin, dass es hell werden könnte. Er stellte die Schüssel in die Spüle und strich Sonnenblumenmargarine auf den Toast. Sarah hatte ihn von Butter abgebracht, und er hatte noch immer ein schlechtes Gewissen, wenn er etwas auch nur entfernt Cholesterinhaltiges auf sein Brot strich.

Nachdem er mit dem Frühstück fertig war, war es fast sieben Uhr. Er musste erst am späten Vormittag im Atelier sein, um Modeaufnahmen für ein Magazin zu machen. Bis dahin konnte er nur die Zeit totschlagen. Er schenkte sich eine weitere Tasse Kaffee ein und setzte sich an den Küchentisch. Die Salz- und Pfefferstreuer standen noch genau an der Stelle, wo er sie am vergangenen Abend abgestellt hatte. Am anderen Ende des Tisches war ein Ring von einem Kaffeebecher, den er am Morgen zuvor beinahe umgekippt hätte. Er hatte ihn wegwischen wollen, es aber vergessen. Der Fleck würde dort bleiben, bis er etwas dagegen unternahm. Er schaute sich in der Küche um. Alles würde genau so bleiben, wie es war, wenn er es nicht veränderte. Es gab niemanden, der mit ihm schimpfte, weil er nicht abgespült hatte, niemanden, der einen Stuhl verrücken oder auch nur einen Löffel verlegen würde, außer ihm.

Mit schmerzhafter Deutlichkeit wurde ihm klar, wie allein er war.

Er fragte sich, warum er sich nicht eine kleinere Wohnung suchte. Das Haus war viel zu groß für ihn, und die leeren Zimmer erinnerten ihn nur an das, was er verloren hatte. Er hatte auch keine sentimentale Bindung zu dem Haus. Es gehörte zu dem Leben, das er mit Sarah geführt hatte, und dieses Leben war vorbei. Es wäre wesentlich sinnvoller gewesen, es zu verkaufen und eine Wohnung zu nehmen, die groß genug für eine Dunkelkammer war, aber nicht so groß, dass er sich darin verloren vorkam. Es war Zeit, weiterzuziehen, mit der Vergangenheit abzuschließen und sich ein neues Leben aufzubauen, statt im Schatten des alten zu leben.

Und warum tust du es nicht? Er konnte diese Frage nicht beantworten. Genauso wenig konnte er erklären, warum er das alte Spielzeug und die Sachen von Jacob behielt, welche die Coles nicht haben wollten, anstatt sie wie Sarahs Habseligkeiten loszuwerden. Er wusste, dass die beiden Angelegenheiten miteinander zusammenhingen, er war aber noch nicht so weit, sich ihnen zu stellen.

Nicht um sieben Uhr morgens.

Genauer gesagt, um fünf nach sieben, dachte er mit einem Blick auf die Uhr. Jedenfalls noch Stunden, bevor er im Atelier sein musste. Egal.

Er ging nach oben und zog sich an.

Als er sich auf den Weg nach Tunford machte, war es so widerwillig hell geworden, als würde auch dem Tag jede Begeisterung für einen Neuanfang fehlen. Außerdem war es so kalt, dass er die Heizung im Wagen voll aufdrehte. Mit etwas Glück würde er um diese Zeit dem frühmorgendlichen Stoßverkehr entgehen und schneller als sonst durchkommen, vielleicht die Coles noch beim Frühstück erwischen. Ihm war klar, dass es eigentlich keinen Grund für die Fahrt gab, aber die Stadt war zu seinem magnetischen Nordpol geworden. Sobald er nichts anderes zu tun hatte, wurde er automatisch davon angezogen.

Durch die schlaflose Nacht war er unkonzentriert und gereizt. Gähnend scherte er von der Autobahn auf die Abbiegerspur nach Tunford aus. Vor ihm waren rote Warnleuchten zu sehen. Die Ausfahrt war mit orangefarbenen Kegeln abgesperrt, dahinter waren Arbeiter und Bagger zugange.

«Großartig.» Er konnte Tunford auch über die nächste Abfahrt erreichen, aber es würde länger dauern und von der Zeit abgehen, die er dort verbringen konnte. Mit jeder Meile verschlechterte sich seine Laune, und als er an der nächsten Ausfahrt die Autobahn verließ und sah, dass der Weg nicht ausgeschildert war, sank sie auf den Tiefpunkt. Er schaute auf der Karte nach. Dieses Mal würde er von der Gegenrichtung kommen und genau in der Mitte auf die Straße treffen, die Tunford und die Nachbarstadt verband. Verärgert warf er die Karte auf den Beifahrersitz und fuhr weiter. Bis er dort sein würde, waren Cole und Jacob mit Sicherheit schon weg.

Sandra hingegen würde noch zu Hause sein, vielleicht lag sie noch im Bett.

Ben hatte noch nie beobachtet, wie sie aufgestanden war.

Es dauerte zehn Minuten, bis er die Verbindungsstraße erreicht hatte. Er hielt vor dem Vorfahrtsschild und wartete auf eine Lücke im Verkehr. Einer der aus Tunford kommenden Wagen war ein verrosteter Ford Escort. Wie Coles, dachte er, ehe er sah, dass tatsächlich Cole hinterm Steuer saß.

Und Jacob neben ihm.

Der Wagen jagte in einer Abgaswolke vorbei. Kurz erwog Ben die Möglichkeit, dass Cole seinen Sohn zur Schule brachte, aber irgendwie wusste er, dass es nicht so war. Einen Moment bedauerte er, Sandra doch nicht beim Aufstehen beobachten zu können, dann drückte er den Blinker in die andere Richtung und fuhr hinter ihnen her.

Er ließ sich zurückfallen und achtete darauf, dass zwischen ihm und dem Escort noch andere Fahrzeuge waren, während er Cole und Jacob folgte. Er war sich bereits sicher, wohin sie fuhren, noch ehe die mit Stacheldraht versehene Mauer des Schrottplatzes in Sicht kam. Nachdem Coles Wagen auf dem Hof verschwunden war, fuhr er daran vorbei, machte dann eine Kehrtwende und parkte etwas weiter die Straße hinab.

Von dort konnte er genau sehen, wer durch die großen Tore herauskam oder hineinfuhr. Jetzt ärgerte er sich maßlos darüber, dass er nicht früher erkannt hatte, was Cole tat. Während der ganzen Zeit hatte er sich keine Gedanken darüber gemacht, dass Jacob immer dann nicht zu Hause war, wenn auch Cole weg war. Er erinnerte sich an Ölflecken, die ihm auf Jacobs Sachen aufgefallen waren, und fragte sich, wie er so begriffsstutzig gewesen sein konnte. Er hätte wissen müssen, dass Cole nichts zwischen sich und seinen Sohn kommen lassen wollte.

Auch nicht die Schule.

Ohne seinen Blick von den Toren abzuwenden, holte Ben sein Handy hervor und suchte im Adressbuch nach der Nummer von Jacobs Sozialarbeiter. Eine Frau teilte ihm mit, dass Carlisle noch nicht im Büro sei. Er versuchte es zehn Minuten später erneut und ungeachtet der wachsenden Verärgerung der Frau nach weiteren zehn Minuten noch einmal, bis endlich Carlisle selbst heranging. Der Sozialarbeiter klang vorsichtig. *Das solltest du auch besser sein.* Die Frage platzte aus Ben heraus. «Jacob versäumt den Schulunterricht, stimmt's?»

Carlisle zögerte. «Wer hat Ihnen das gesagt?»

«Das spielt keine Rolle. Aber es stimmt, nicht wahr?»

Ben zählte bis drei, ehe der Sozialarbeiter antwortete. «Es hat ein paar Probleme mit seiner Anwesenheit gegeben, aber ...»

«Ein paar Probleme? Er geht nicht hin, oder?»

«Mr. Murray, ich ...»

«Geht er nun zur Schule oder nicht?»

Wieder entstand eine Pause. «Die Situation ist unter Kontrolle.»

«Scheiße, was soll denn das heißen?»

«Genau das, was ich sage. Und ich denke, es gibt keinen Grund, ausfallend zu werden.»

Ben holte tief Luft. «Ich bitte um Verzeihung.» Er wartete, bis sich das Bedürfnis, den Mann anzuschreien, gelegt hatte. «Wie lange geht das schon so?»

«Darüber darf ich wirklich nicht sprechen.»

«Wenn Sie es mir nicht sagen, frage ich selbst in der Schule nach!»

«Leider bin ich nicht ...»

«War er überhaupt mal dort, seit er bei Cole wohnt? War er nicht, oder?»

Er konnte hören, wie Carlisle sich sträubte. «Äh ... nun gut, ehrlich gesagt glaube ich nicht, dass er dort war.»

Ben traute seinen Ohren nicht, verkniff sich aber lieber einen Kommentar.

«Es hat ein paar Unstimmigkeiten darüber gegeben, ob es Jacob gut genug geht, um am Unterricht teilzunehmen», sagte Carlisle zögerlich. «Mr. und Mrs. Cole – also eigentlich Mrs. Cole ... behauptet, dass er einen Virus hat. Wir haben sie darauf hingewiesen, dass wir ein ärztliches Attest benötigen und dass es illegal ist, Jacob ohne Attest von der Schule fernzuhalten.»

Und das hat die beiden bestimmt unheimlich beeindruckt. Ben starrte über die Straße hinüber zum Schrottplatz. «Cole nimmt den Jungen mit zur Arbeit. Deswegen ist er nicht in der Schule und nicht, weil er einen ‹Virus› hat.»

«Woher wissen Sie das?» Die Stimme des Sozialarbeiters hatte wieder einen amtlichen Ton angenommen. Er klang nun äußerst gereizt.

«Weil ich gerade vor dem Schrottplatz stehe. Die beiden sind noch hier, wenn Sie sich selbst davon überzeugen wollen.»

«Sie haben die beiden tatsächlich gesehen?»

«Ganz genau.»

Er konnte spüren, wie Carlisle versuchte, diese Information für sich zurechtzubiegen. «Vielleicht kann zu Hause niemand auf ihn aufpassen.»

Ben war mit seiner Geduld am Ende. «Herrgott nochmal, ich bitte Sie! Wenn es ihm gut genug geht, um den Tag auf einem Schrottplatz zu verbringen, kann er auch zum Unterricht! Er ist nicht krank! Cole will bloß nicht, dass er zur Schule geht!»

«Entschuldigen Sie, Mr. Murray, aber ich verstehe nicht, warum Sie glauben, sich so gut mit Mr. Coles Motiven auszukennen. Und selbst wenn er Jacob heute wirklich mit zur Arbeit genommen hat ...»

«Er hat ihn mitgenommen.»

«... selbst wenn er es getan hat, können wir nicht auf der Grundlage eines einmaligen Vorkommnisses voreilige Schlüsse ziehen.»

«Es ist natürlich nicht einmalig! Seine Frau hat Ihnen diesen Schwachsinn mit dem ‹Virus› aufgetischt, damit Sie ihn in Ruhe lassen, und Sie lassen ihn auch noch damit durchkommen.»

«Wir lassen ihn mit gar nichts durchkommen, Mr. Murray ...»

«Und warum unternehmen Sie dann nichts?»

«Wenn wir zu der Ansicht gelangen, dass die Notwendigkeit besteht, dann werden wir etwas unternehmen, aber im Moment sehen wir keinen Grund dafür. Und ein unüberlegtes Eingreifen hilft niemandem. Es ist ein äußerst sensibler Fall, und wir wollen nicht dastehen wie ...»

«Wie wollen Sie nicht dastehen? Das ist der springende Punkt, nicht wahr? Sie haben Angst, schlechte Presse zu kriegen!»

Mit bebender Stimme versuchte Carlisle, seine Verärgerung zu unterdrücken. «Ich muss mir nicht sagen lassen, wie ich meine Arbeit zu tun habe, Mr. Murray. Und wenn Sie nichts dagegen haben, würde ich jetzt gerne damit weitermachen.»

«Werden Sie etwas wegen Cole unternehmen?»

«Wir werden es prüfen. Auf Wiedersehen.»

«Moment ...!», begann Ben, doch Carlisle hatte bereits aufgelegt. «Arschloch!» Als Ben das Handy gegen das Armaturenbrett schlug, knackte die Plastikschale. Er beruhigte sich kurz, knallte es dann noch zweimal und mit jedem Mal härter nach vorn und warf es schließlich auf den Beifahrersitz.

Aufgebracht starrte er durch die Windschutzscheibe. Im Geiste sah er, wie er in Carlisles Büro marschierte und sich den Mann zur Brust nahm, um ihm die Meinung zu sagen. Dann stellte er sich vor, auf den Schrottplatz zu gehen und Cole zur Rede zu stellen. Er versuchte sich auszumalen, wie er ihn niederschlug, doch selbst seine Wut reichte nicht aus, um diese Bilder glaubwürdig erscheinen zu lassen. Mit der kalten Realität konfrontiert, versiegte sein Zorn, und er saß wieder machtlos und trübsinnig im Wagen.

Grübelnd starrte er auf das Tor des Schrottplatzes.

Das Grummeln seines Magens rüttelte ihn auf. Steif und unbehaglich streckte er sich. Das Grummeln ertönte noch einmal. Ihm wurde klar, dass er Hunger hatte, und plötzlich fiel ihm bei dieser Erkenntnis siedend heiß etwas anderes ein.

O Gott, dachte er, die Aufnahmen.

Er schaute auf seine Uhr, fluchte und griff nach dem Handy. Als er es zerbrochen auf dem Beifahrersitz liegen sah, dachte er, dass er es nicht besser verdient hatte. Er versuchte es trotzdem. Tot. Er warf es weg und startete hastig den Motor. «Scheiße, Scheiße, Scheiße!»

Als er auf die Straße jagte, setzte hinter ihm ein wütendes Hupkonzert ein. Er ignorierte es, raste den Weg zurück, den er gekommen war, und betete um eine Telefonzelle. Aber überall waren nur Felder und Zäune. Er gelangte an die Kreuzung, wo er Coles Wagen gesehen hatte, beschloss, nach

Tunford zu fahren, um ein Telefon zu finden, überlegte es sich in letzter Minute anders und bog mit quietschenden Reifen ab. Der Wagen vibrierte, als er auf der Überholspur die Autobahn entlangbretterte. Er kam gut voran, bis er nach London kam, wo der Verkehr zäh wurde wie Morast. Als er das Atelier erreichte, gab es keinen freien Parkplatz, und er musste ewig durch die Seitenstraßen kurven, bis er endlich einen fand.

Er lief zurück und stampfte die Treppen hinauf. Schweißgebadet und atemlos stürzte er durch die Tür, eine Entschuldigung bereits auf den Lippen. Zoe schaute von einem Magazin auf.

Sonst war niemand da.

Er blieb keuchend auf der Türschwelle stehen. «Wo sind sie?»

Zoe widmete sich wieder ihrem Magazin und blätterte müßig durch die Seiten. «Weg.»

«Weg? Wohin?»

«Haben sie nicht gesagt. Aber ich nehme an, es gibt auch noch andere Fotografen.»

«Mist.» Er sackte gegen die Tür. «Konntest du ihnen nicht sagen, dass sie warten sollen?»

Sie schleuderte das Magazin weg und sprang auf. «Was glaubst du, was ich getan habe, verdammte Scheiße? Es ist halb drei, Ben! Wo zum Teufel bist du gewesen?»

Er schloss die Tür. «Ich wurde aufgehalten.»

«Aufgehalten? Das ist ja super! Du wirst aufgehalten, während ich Ausreden erfinden muss und am Telefon von diesem dämlichen Fotoredakteur angeschnauzt werde – der dir übrigens die Zeit der Models berechnen will. Ich stehe wie ein Vollidiot da, weil ich keine Ahnung habe, wo du bist! Du warst nicht zu Hause, und auf deinem Handy konnte ich dich auch nicht erreichen! Was hätte ich denn tun sollen, hä?»

Seine Kehle schmerzte. Er wischte sich den Schweiß von den Lippen. «Ich weiß, tut mir leid.»

«Ja, mir auch, Ben.» Sie hob ihre Hand und ließ sie wieder fallen, als hätte sie vergessen, was sie noch sagen wollte. «Was ist eigentlich in letzter Zeit mit dir los? Das ist ja keine Ausnahme heute. Ich habe das Gefühl, nur noch Entschuldigungen und Ausreden für dich erfinden zu müssen. Du kommst zu spät, du vergisst alles Mögliche. Du bist nicht mal bei der Sache, wenn du Aufnahmen machst! Dich scheint mit einem Mal alles einen Scheiß zu interessieren!»

«Hör zu, ich weiß, dass ich die Sache vermasselt habe, ich habe mich entschuldigt, also vergessen wir es.»

«Nein, das werden wir nicht!», brauste sie auf. «Ich habe seit Wochen darüber hinweggesehen. Aber jetzt habe ich die Schnauze voll!»

«Na dann such dir doch einen anderen Job, niemand hält dich auf!»

Ihr Gesicht wurde weiß. Sie starrte ihn an und holte dann ihre Jacke.

«Tut mir leid», sagte Ben. Sie ignorierte ihn und nahm ihre Tasche vom Sofa. «Ich habe es nicht so gemeint, okay?»

Sie ging an ihm vorbei zur Tür.

«Zoe ...» Er legte eine Hand auf ihren Arm. Sie schüttelte sie ab, ohne ihn anzuschauen. «Ich bitte dich, komm schon ...» Er streckte wieder seine Hand nach ihr aus.

«Fass mich nicht an, du Arschloch!»

Ihre Lippen waren zusammengepresst und zitterten. Er sah, dass ihre Augen feucht waren. «Es tut mir leid», wiederholte er. «Ich hätte das nicht sagen dürfen.»

«Nein, das hättest du nicht, verdammte Scheiße.»

«Kann ich jetzt von der Tür weg, oder willst du immer noch gehen?»

Sie trat zurück in den Raum, ließ ihre Tasche auf das Sofa fallen und blieb mürrisch wartend vor ihm stehen. Ben strich sich das Haar aus der Stirn, das schon wieder ziemlich lang geworden war, nachdem er es hatte abschneiden lassen. «Ich weiß, dass ich in letzter Zeit ein bisschen unverlässlich war ...»

Zoe schnaubte.

«... und mir ist klar, dass du es deswegen schwer hattest. Ich war einfach unglaublich abgelenkt und musste ein paar Dinge klären. Aber ich verspreche dir, dass ich mich bemühen werde, in Zukunft meinen Kram auf die Reihe zu kriegen, okay?»

Sie betrachtete ihn unbeeindruckt. «Ich bin doch nicht blöd.»

«Was soll das jetzt heißen?»

«Ach, komm schon! Du rennst plötzlich mit so einem Riesenteil von Teleobjektiv rum, bist nie zu Hause, kommst ständig zu spät und hast es immer eilig. Man muss kein Genie sein, um sich auszumalen, was du treibst.»

Und da dachtest du, du wärst so raffiniert gewesen. Um etwas Zeit zu gewinnen, zog er seine Jacke aus und hängte sie auf. Sein Hemd klebte am Rücken. Er zupfte daran, damit es sich von der Haut löste. «Sie verdienen es nicht, ihn zu haben.»

Zoe brauchte nicht zu fragen, von wem er sprach. «Dafür ist es ein bisschen spät, oder? Mir tut die ganze Sache leid und so, aber jetzt ist er nun einmal bei ihnen. Du wirst damit leben müssen.»

Ben schüttelte den Kopf.

«Und was soll es bringen, mit einem Teleobjektiv hinter ihnen herzuspionieren?»

Er antwortete nicht.

«Mein Gott, Ben, merkst du nicht, wie obsessiv du wirst? Und während du den Spanner spielst, geht deine Karriere den Bach runter.»

«So schlimm ist es nicht», sagte er zerknirscht, aber er war sich nicht sicher, auf welchen Teil ihrer Anklage er sich eigentlich bezog. Er spürte, wie seine Wangen zu glühen begannen.

«Ach nein? Und was soll das Ganze bringen?»

«Ich will ihn zurück.»

Es war das erste Mal, dass er es zugegeben hatte, auch sich selbst gegenüber. Und kaum hatte er seine Hoffnung ausgesprochen, kam eine abergläubische Unruhe in ihm auf, als könnten sich jetzt die Götter, die Vorsehung und das Pech dagegen verschwören.

Zoe schien nach weiteren Argumenten zu suchen, doch dann gab sie mit einem Mal auf und ließ sich aufs Sofa fallen. «Ich hoffe nur, du weißt, was du tust.»

Ich auch. Ben ging zum Kühlschrank und schenkte sich ein Glas Wasser ein. Zoe beobachtete ihn und kaute besorgt an den Nägeln. «Kann ich irgendetwas tun?»

Das Angebot rührte ihn. «Danke, aber du hast schon genug am Hals gehabt.»

Sie nickte, schien aber immer noch abgelenkt zu sein. «Kann ich dich dann um einen Gefallen bitten?»

«Ja, klar. Worum geht's?»

«Um die Aufnahmen morgen. Ich helfe dir beim Aufbauen und so, aber hast du was dagegen, wenn ich dann gehe?»

«Wenn du nicht bleiben willst», sagte er, nur zu gern

bereit, ihr entgegenzukommen. Er füllte sein Glas nach. «Hast du etwas anderes vor?»

Sie betrachtete ihre abgeknabberten Fingernägel. «Eigentlich nicht. Aber Daniel ist eines der Models, und ich möchte ihn lieber nicht sehen.» Sie zuckte mit den Achseln, was die Sache herunterspielen sollte. «Wir hatten letzte Woche einen Riesenzoff.»

Es dauerte ein paar Minuten, ehe ihm klar war, über wen sie sprach. Der Dressman, der Zoe nach den Aufnahmen am Strand mitgenommen hatte, hieß Daniel. Ben hatte nicht gewusst, dass er an den Aufnahmen des nächsten Tages beteiligt war – und falls er es doch wusste, dann hatte er es vergessen. Und dass sich Zoe auch nach der Sache am Strand mit ihm getroffen hatte, war ihm völlig entgangen.

Ich habe tatsächlich den Überblick verloren, dachte er.

«Ach», sagte er. «Das tut mir leid.»

«Na ja, was soll's.» Sie stand auf und streckte sich betont gleichgültig. «Es läuft halt nicht immer so, wie man es sich vorstellt, oder?»

Ben trank das Wasser und tat so, als hätte er es nicht gehört.

Cole legte die Autotür auf die verbeulte Motorhaube, schob sie umher, bis sie im Gleichgewicht war, betrachtete sie und verrückte sie noch ein Stückchen. Er hob ein anderes, nicht mehr zu erkennendes Autoteil hoch und vollzog damit den gleichen sorgsamen Prozess, bis er offenbar zufrieden war. Die Teile gehörten zu einer neuen Schrottladung, die er in der vergangenen Woche angesammelt haben musste. Wenn er abends nach Hause kam, war es mittlerweile zu dunkel geworden, aber an den Wochenenden war er noch immer draußen im Garten und sortierte seine neuesten Errungenschaften mit der Sorgfalt eines Briefmarkensammlers.

Wenige Meter daneben saß Jacob wie üblich auf dem Autositz, zu dieser Jahreszeit in einem dicken, bis zum Kinn zugeknöpften Dufflecoat, und war in ein Geduldspiel vertieft. Das einzige Zugeständnis seines Vaters an das Wetter war die lange Trainingshose, die er jetzt anstatt seiner Shorts trug. Der Atem der beiden stand wie Nebel in der Luft.

Ben blies in seine hohlen Hände, ohne den Blick vom Sucher zu nehmen. Es war ohne Zweifel verdammt kalt. Die Kälte drang durch die Wollmütze, die er sich bis über die Ohren gezogen hatte, und die mit Fleece gefütterte Goretex-Jacke. Seine Finger waren vom Hantieren mit der Kamera taub, aber mit Handschuhen hätte er gar nicht arbeiten können. Er rieb seine Nasenspitze und überlegte, ob er noch einen Kaffee trinken sollte. Schwerfällig tastete er nach der Thermoskanne. Wenn sie leer war, würde ihn nichts mehr wärmen, bis er wieder im Wagen saß.

Die Weitsicht siegte. Statt den Kaffee auszutrinken, stopfte er die Hände in die Taschen. «Komm schon, mach irgendwas», sagte er zu dem vergrößerten Bild von Cole. Aber typisch Cole: Er hatte keine Lust, ihm den Gefallen zu tun. Mit der gleichen gewissenhaften Sorgfalt wie eh und je bewegte er die geschundenen Metallteile umher, als würde er schauen, wie sie zusammenpassten. Irgendetwas kam Ben bei dem Gedanken in den Sinn, aber er konnte es nicht greifen, und dann war es schon wieder weg. Er seufzte ungeduldig, als Cole die eingedellte Autotür von der Stelle wegnahm, mit der er vor fünf Minuten noch glücklich gewesen zu sein schien, und sie in einen anderen Bereich des Gartens trug.

«Es ist nur Schrott», murmelte Ben. «Was soll der Scheiß?»

Er richtete seine Aufmerksamkeit auf das Haus. Cole und Jacob waren bereits im Garten gewesen, als er angekommen war, Sandra hatte er aber noch nicht gesehen. Den zugezogenen Vorhängen im Schlafzimmer nach zu urteilen, war sie noch nicht aufgestanden. Ben hoffte, dass sie ihr verschlafenes Wochenende genoss. Am Abend zuvor hatte er sie angerufen und das Gespräch wie selbstverständlich aufgenommen. Als er sie daran erinnert hatte, dass er an diesem Wochenende wieder Recht auf Umgang mit Jacob hatte, hatte sie entgegnet, dass die Erkältung des Jungen schlimmer geworden sei, aber keiner von beiden hatte einen Anspruch darauf erhoben, dass die Lüge etwas anderes war als eine Formalität. Ihr Gespräch hatte einen ziemlich neckischen Unterton gehabt, beinahe flirtend. Als Ben auflegte, hatte er einen Ständer.

Er starrte hinab auf die verschlossenen Vorhänge und wollte, dass Sandra sie öffnete. Aber sie blieben zugezogen. Was soll's, dachte er. Er rückte von der Kamera ab und griff nach der Thermoskanne. Der heiße Dampf des Kaffees kondensierte auf seinen Wangen, als er die Hände um den Plastikbecher legte und sich darüberbeugte. Die Luft war feucht und dunstig. Irgendwo in der Nähe krächzte eine Krähe, doch ansonsten herrschte im Wald vollkommene Stille. In den letzten Wochen waren die Herbstfarben den Grau- und Brauntönen des Winters gewichen, eine Jahreszeit mit einem Farbspektrum, das Ben schon deprimierend genug fand, wenn er nicht draußen hocken musste. Die kleinen Eichen, die sein Versteck bildeten, waren mittlerweile bis auf ein paar tote Blätter, die wie verfrühter Weihnachtsschmuck aussahen, völlig kahl. Er fühlte sich nicht mehr unsichtbar zwischen den Bäumen, obgleich die Äste sich so dicht überlappten, dass er bezweifelte, aus ein paar Metern Entfernung gesehen werden zu können. Aber es verstärkte das Gefühl der Unsicherheit, und wenn er dort saß und Leute im Wald hörte, wagte er nicht, sich zu bewegen, bis er sicher war, dass sie verschwunden waren.

Er nahm einen extragroßen Snickers-Riegel aus der Tasche und riss die Folie auf. Die Schokolade war von der Kälte hart und brüchig. Als er sie mit einem Schluck Kaffee herunterspülen wollte, merkte er, dass der bereits lau geworden war.

Er verzog das Gesicht, trank ihn aber trotzdem und aß den halben Riegel. Den Rest steckte er in die Tasche und schaute dann wieder durch den Sucher. Die Vorhänge blieben gnadenlos verschlossen. Er neigte die Kamera, sodass er Jacob und Cole im Garten sehen konnte.

Cole hatte mit den ballettartigen Bewegungen seines Aufwärmtrainings begonnen. Ben beobachtete lustlos, wie er sich dehnte und streckte. Er hatte das alles unzählige Male gesehen, ihn aber nie wieder dabei erwischt, Jacob zu bedrohen. Mittlerweile glaubte er nicht mehr daran, dass es noch einmal geschehen würde. Wahrscheinlich war er tatsächlich Zeuge eines einmaligen Vorfalls geworden. Selbst Cole schien nicht so verantwortungslos zu sein, es mehr als einmal zu versuchen.

Warum er sie in diesem Fall weiterhin beobachtete, wollte er sich nicht erklären.

Seitdem er entdeckt hatte, dass Cole und Jacob ihre Tage gemeinsam auf dem Schrottplatz verbrachten, umgeben von verbeulten und demolierten Autowracks, hatte sich irgendwie Bens gesamte Perspektive verändert. Teilweise konnte er das auf seine Eifersucht und seine Wut zurückführen, weil Cole so viel Zeit egoistisch mit seinem Sohn verbrachte. Doch die Gleichgültigkeit, die sie im Garten scheinbar füreinander zeigten, kam ihm nun eher wie eine extreme Vertrautheit vor, so als wären sich die beiden der Anwesenheit des anderen derart bewusst, dass sie sie für selbstverständlich hielten. Manchmal wollte er sogar glauben, dass Jacobs unermüdliches Vertieftsein in seine Spiele und Coles Verhalten irgendwie miteinander verbunden waren, dass ihre offenbar so unterschiedlichen Beschäftigungen auf ein und denselben obskuren Zweck ausgerichtet waren.

Dann erinnerte er sich daran, dass Jacob Autist war und Cole mit einem Bein in der Klapse stand, und fragte sich, ob er vielleicht schon selbst nicht mehr ganz zurechnungsfähig war.

Er lehnte sich wieder zurück und blies gelangweilt in seine Hände. Da rührte sich etwas in der ersten Etage des Hauses. Er schaute durch die Kamera und war sofort wieder munter, als er sah, wie die Vorhänge im Schlafzimmer aufgezogen wurden. Sandra Cole kniff die Augen zusammen und wandte sich schnell wieder vom Tageslicht ab. Ben erwartete, dass sie das Zimmer verließ, doch sie ging zum Bett, setzte sich auf die Kante und rieb ihre Schläfen. Er grinste.

War eine harte Nacht, was?

Schnell schraubte er den Polarisationsfilter vor das Objektiv und stellte die Schärfe neu ein. Das Innere des Schlafzimmers tat sich vor ihm auf. Sandras Haar war zerzaust, die dunklen Wurzeln bildeten einen struppigen Mittelscheitel. Der schmuddelige Bademantel war locker um ihre Taille geschnürt. Als sie mit den Händen durch ihr Haar fuhr, öffnete sich das Revers, sodass eine Brust herausfiel. Auch als sie die Arme wieder senkte, blieb die Brust entblößt. Dann stand sie schwerfällig auf. Sein Finger drückte reflexartig auf den Auslöser. Der offene Bademantel gewährte ihm einen kurzen Blick auf ihren Bauchnabel und das schwarze Schamhaar, ehe sie sich umdrehte und das Zimmer verließ.

Hinter der kleinen Milchglasscheibe des Bades ging das Licht an. Ben wartete mit dem Finger auf dem Auslöser. Wie eisig das Kameragehäuse war, nahm er kaum noch wahr. *Das Schlafzimmer, geh zurück ins Schlafzimmer.*

Das Licht im Bad erlosch. Die Schlafzimmertür ging auf, und Sandra kehrte zurück. Ihr Haar war jetzt nass und glatt zurückgekämmt, das chemische Blond glänzte metallisch. Ungeschminkt wirkte ihr Gesicht sowohl jünger als auch formloser.

Sie hatte den Bademantel nicht wieder geschlossen, und nun zog sie ihn aus. Ihre Brustwarzen waren aufgerichtet. Er fragte sich, ob sie geduscht hatte, eine Vermutung, die einen Augenblick später bestätigt wurde, als sie sich mit dem Bademantel den Rücken abtrocknete. Dann ließ sie ihn aufs Bett fallen, öffnete eine Schublade der Frisierkommode und wühlte darin herum. Ohne etwas herausgenommen zu haben, schob sie die Schublade ungeduldig zu und hob ein weißes Stoffteil vom Boden auf. Es war ein Slip. Sie schüttelte ihn kurz, ehe sie hineinstieg und ihn hochzog. Die Dehnungsstreifen auf ihrem blassen Bauch kamen ihm jetzt wie Narben vor.

Sie zog einen BH an, den sie auch vom Boden aufgehoben hatte, und stieg dann in eine enge Jeans. Mit einem Wackeln der Hüfte zog sie den Hosenbund hoch und schloss mit einem kurzen Ruck den Reißverschluss. Dann nahm sie einen cremefarbenen Pullover von der Lehne eines Stuhls und zog ihn beim Hinausgehen über den Kopf.

Er beobachtete das Schlafzimmer noch eine Weile, bis klar war, dass sie nicht zurückkehren würde. Als er sich streckte, wurde er sich der Erektion bewusst, die schmerzhaft in seiner Jeans gefangen war. Während er versuchte, das mittlerweile vertraute, leicht schmutzige Gefühl zu verdrängen, das jedes Mal aufkam, wenn er sie beobachtete, rutschte er auf seinem Stuhl umher, bis es bequemer war, und nahm dann den Snickers-Riegel aus der Tasche. Er biss hinein und schaute in sich versunken den Berg hinab zum Haus. Im Garten sah er noch immer die winzigen Gestalten von Cole und Jacob.

Cole hielt das Motorenteil über Jacobs Kopf.

Als Ben die Anspannung erkannte und sah, wie das Gewicht in Coles Händen schwankte, wurde die Schokolade in seinem Mund zu einem dicken Klumpen. Er beugte sich zur Kamera vor und fummelte mit kalten und steifen Fingern daran herum. «O bitte, bitte, bitte», murmelte er, ohne sich darüber im Klaren zu sein, ob er um Jacobs Sicherheit flehte oder um ausreichend Zeit, damit er das Geschehen fotografieren konnte.

Der Garten fegte verschwommen am Sucher vorbei, dann kamen Cole und Jacob ins Blickfeld. Während das Motorenteil langsam und wacklig nach oben gestemmt wurde, stellte er hastig die Schärfe und eine neue Belichtungszeit ein. Der Filter war noch vor dem Objektiv, aber daran konnte er jetzt nichts ändern. Als die Sehnen an Coles Hals hervortraten und sich sein Mund zu einer stummen Grimasse öffnete, schaltete Ben den Kameramotor ein, drückte auf den Auslöser und betete, dass noch genug Film übrig war.

Eine Sekunde bevor Cole sich zur Seite drehte und das Gewicht fallen ließ, begann die Kamera zu surren. Das Metallteil krachte neben Jacob zu Boden, und im gleichen Augenblick war der Film zu Ende und wurde automatisch zurückgespult.

Wie viel habe ich? Genug? Er wusste es nicht. Schnell schraubte er den Filter vom Objektiv, wechselte den Film und verschoss die Hälfte davon, während Cole noch vornübergebeugt nach Atem rang. Ben achtete darauf, dass auf jedem Bild das Metallteil zu sehen war, das sich neben Jacob in den Boden gegraben hatte.

Cole richtete sich auf und hinkte davon. Ben ließ sich zurücksacken. Er merkte, dass er noch einen Klumpen halbgekauter Schokolade im Mund hatte, und spuckte ihn aus. Der Rest des Snickers-Riegels war aus der Folie gefallen und lag neben seinen Füßen. Er schaute auf den Filmbehälter in seiner Hand und schüttelte ihn prüfend, um sich zu beruhigen.

Mein Gott.

Um ein Haar hätte er es verpasst. Die ganze Zeit, Woche für Woche, hatte er darauf gewartet, und als es schließlich geschah, hätte er es beinahe nicht mitgekriegt. Nur weil er damit beschäftigt gewesen war, einer Frau beim Umziehen zuzuschauen.

Du erbärmliches Arschloch. Über den Rand der Kamera hinweg sah er den nun wieder geschrumpften Cole in den Schuppen gehen. Wenn er hinauskommen würde, wusste Ben, würde er zu Jacob gehen und einen weiteren Monolog zum Besten geben. Hinter dem Küchenfenster bewegte sich etwas, wahrscheinlich war es Sandra Cole, die was auch immer tat. Obwohl er sich dafür verachtete, war Bens Neugier sofort wieder angestachelt. Fast zwanghaft fühlte er sich dazu genötigt, erneut durch den Sucher zu schielen, um indirekt an ihrem Leben teilzuhaben. Doch stattdessen schraubte er das Objektiv von der Kamera.

Er packte alles ein, stand dann auf und klappte den Stuhl zusammen. Er schaute sich noch einmal um, damit er auch ja nichts vergaß. Sein Schlupfwinkel mit dem plattgedrückten Gras zwischen den Bäumen war ihm mittlerweile so vertraut wie sein Zuhause.

Aber er würde nicht wieder zurückkehren.

Der Kaffee und die Aufregung drückten auf seine Blase. Er ließ seine Taschen bei den Eichen stehen und entfernte sich ein paar Meter, um zu pinkeln. Sein Urin dampfte wie eine gelbe Säure auf dem verwelkten Gras. Er hatte gerade die letzten Tropfen abgeschüttelt und wollte seine Hose zumachen, als ein bellendes Geschöpf aus dem Unterholz hinter ihm heranpreschte.

Für einen Augenblick dachte er, es wäre Coles Bullterrier, aber der Hund war kleiner und weiß, ein Jack-Russell-Mischling. Als er in sicherem Abstand stehenblieb und hysterisch zu kläffen und zu knurren begann, sank Ben erleichtert gegen einen Baum.

«Bess! Hierher!»

Durch die Bäume kamen zwei Männer auf ihn zu. Ich habe nicht aufgepasst, dachte er, und seine Erleichterung verpuffte. Da achte ich einmal nicht darauf, ob jemand im Wald ist ... Der Hund hatte aufgehört zu bellen und trottete leise knurrend davon. «Tut mir leid», sagte der Mann, der gerufen hatte. Er gab dem noch immer knurrenden Hund einen Stups mit dem Fuß. «Aus!»

Ben unterdrückte den Drang, hinüber zu seiner Kameraausrüstung zu schauen, die halb versteckt zwischen den Eichen lag. Darunter der Film von Cole und Jacob. Er rang sich ein Lächeln ab. «Schon gut. Ich habe mich nur zu Tode erschreckt.»

«Sie ist ein kleiner Giftzwerg», räumte der Mann ein, und als er sich umwandte, spürte Ben einen Hoffnungsschimmer. Doch sein Begleiter rührte sich nicht und musterte Ben argwöhnisch.

«Das ist doch der Kerl, der Willie Jackson angemacht hat, neulich im Pub», sagte er. «Der Kerl, der Johns Jungen hatte.»

Im Wald war es plötzlich totenstill. Ben spürte, wie ihm das Lächeln im Gesicht erstarrte, konnte aber nichts dagegen tun. Der Mann, der ihn erkannt hatte, war klein und hatte fahle Haut und verkniffene, rattenartige Züge. Ben konnte sich nicht daran erinnern, ihn im Pub gesehen zu haben, aber er hatte auch nicht aufmerksam auf die anderen Gäste geachtet. Etwas abseits von ihnen hoppelte der Jack Russell schnüffelnd durch das feuchte Gras.

Sein Besitzer war stehengeblieben. Er war älter als der andere Mann, ein kräftiger Typ Mitte fünfzig, der wie ein Handwerker aussah. Er schaute hinab auf Coles Haus, das am Fuß des Berges zu sehen war. Mit steinerner Miene wandte er sich zu Ben um. «Was haben Sie hier zu suchen?»

«Das ist ein öffentlicher Wald, oder?» Aus dem Augenwinkel sah Ben den Hund auf sein Versteck zulaufen.

«Er hat gefragt, was du hier zu suchen hast, verdammte Scheiße», sagte der kleinere Mann betont langsam, als würde er mit einem Idioten sprechen.

Ben konnte den Hund zwischen den Eichen herumstöbern hören. Er versuchte, die unbekümmerte Haltung einzunehmen, die ihm im Pub jede Angst genommen hatte, aber es wollte nicht gelingen. «Ich bin nur spazieren gegangen, okay?»

«Aber nicht hier, verdammte Scheiße.» Der kleine Mann hatte seine Fäuste geballt. Sie waren so zierlich wie er und sahen aus wie verknotete Knochenklumpen. Er trat mutig einen Schritt vor, aber die Stimme des anderen hielt ihn zurück.

«Schon gut, Mick.»

Der Kleine drehte sich zornig um. «Scheiße, Mann, nichts ist gut! Was hat er in unserem Wald zu suchen?»

«Gar nichts. Er geht.» Ohne Ben aus den Augen zu lassen, deutete er mit dem Kopf in Richtung der Straße. «Na los. Hauen Sie ab.»

Ben zögerte. Zwischen den Eichen kläffte der Hund, dann wackelten die Zweige, und er tauchte wieder auf und versprühte Wassertropfen, als er durch das hohe Gras sprang. «Na gut, ich gehe.»

Unter seinen Stiefeln knirschten verfaulte Eicheln, als er sich zu entfernen begann. Er wollte in der Nähe warten und später zurückkommen, um seine Ausrüstung zu holen. Doch schon nach wenigen Schritten stellte sich ihm der kleine Mann in den Weg.

«Du gehst nirgendwohin.»

«Mick», ermahnte ihn der Ältere.

«Er hat hier einen Riesenwirbel gemacht!»

«Das ist nicht dein Problem, Mick. Es ist Johns Sache, nicht unsere.»

«Dann bringen wir das Schwein runter, damit John sich um ihn kümmern kann.»

Bens Mund war trocken geworden. «Hören Sie, ich werde einfach gehen, okay? Ich werde nicht wieder herkommen.»

Das Grinsen des Mannes sah beinahe so aus, als würde er die Zähne fletschten. «Nein, ganz bestimmt nicht.»

Ben kam kurz in den Sinn, davonzurennen, aber das erschien selbst ihm zu armselig. Der ältere Mann überlegte und nickte dann knapp. Der andere, der auf den Namen Mick hörte, gab Ben einen Schubs. Ben schlug seine Hände weg.

«Fass mich nicht an!»

Das Grinsen des Mannes verschwand, doch bevor er reagieren konnte, trat der Ältere zwischen die beiden. «In Ordnung, gehen wir.»

Ben dachte an den Film in seiner Tasche. Ohne ein Wort

drehte er sich um und begann, den Berg hinabzugehen, um die beiden von dem wertvollen Beweismaterial wegzulotsen.

Der Hang war matschig und mit dornigen Büschen und Brombeersträuchern übersät, denen sie ausweichen mussten. Als sie den Pfad am Fuß des Berges erreicht hatten, konnte man Coles Haus nicht mehr sehen. Ben marschierte seiner Eskorte voran, ohne wahrzunehmen, was geschah. In seinem Kopf hatte sich eine große Leere ausgebreitet. Einmal schaute er zurück, hinauf in den Wald. Sie schienen weit davon entfernt zu sein, auf völlig fremdem Terrain. Die Stelle, an der er so viele Tage auf seinem Beobachtungsposten gesessen hatte, konnte er nicht erkennen.

Er befand sich jetzt auf der anderen Seite des Objektivs.

Dann sah er den hohen Maschendrahtzaun an der Rückseite von Coles Garten vor sich. Aus dieser Perspektive bildete der Schrotthaufen eine Mauer, die jeden Blick auf das, was dahinter lag, versperrte. Als er näher kam, konnte er Coles Stimme hören. Ben fragte sich, wann er aus dem Schuppen gekommen war.

«... in allem ist alles eingeschrieben», sagte Cole gerade. Hinter den Schrottbergen war er nicht zu sehen. Ben stellte sich vor, dass er vor Jacob hockte und ihn mit ernster Miene anschaute. Er verlangsamte seinen Schritt und lauschte. «Wir können es nicht sehen, aber wir müssen es nur suchen, an der richtigen Stelle und sehr gründlich. Und sobald du es gesehen hast, das System erkannt hast ...»

«John!» Der kleine Mann rüttelte am Maschendrahtzaun. «John! Du hast Besuch!»

Cole verstummte. Sie warteten an der Pforte, auch dort konnte man nicht viel vom Garten sehen. Ben hatte das Gefühl, neben sich zu stehen. Er hörte ein Geräusch, und dann sprang der Bullterrier über die niedrigste Stelle des

Schrotthaufens. Der Zaun erzitterte, als er dagegenprallte und sich knurrend auf die Hinterläufe stellte. Dann erschien Cole, und Ben wurde plötzlich wieder ins Hier und Jetzt zurückgeholt.

Sie schauten sich über die Metalltrümmer hinweg an.

«Hab ihn erwischt, wie er im Wald herumgeschnüffelt hat, John», sagte der kleine Mann, der seine Aufregung kaum bändigen konnte. «Ich dachte mir, du willst ihn vielleicht sehen.»

Cole sagte nichts. Mit seinem lädierten Knie wirkte er unbeholfen, als er durch eine Lücke in dem Schrotthaufen trat und ein Schlüsselbund aus der Tasche seiner Trainingshose zog. Sein Gesicht war erhitzt und das Sweatshirt verschwitzt. Er schloss die Pforte auf und öffnete sie. Sofort preschte der Bullterrier hinaus. Ben zuckte zusammen, aber er war mehr an dem Jack Russell interessiert. Der kleinere Hund hatte seine Ohren angelegt und den Schwanz zwischen die Beine geklemmt, als er beschnuppert wurde. Wie auf ein Signal stürmten sie dann zusammen in das hohe Gras.

«Bess!», rief der ältere Mann hinter ihnen her.

«Ihr passiert nichts», sagte Cole und schaute Ben an. Doch der war einen Schritt vorgetreten, um durch die Lücke zu gucken, hinter der Jacob auf dem Autositz saß. Wie Opfergaben lagen ein verbeulter Autokühler und eine Radkappe vor ihm auf dem Boden.

«Jacob!» Als der Junge mit leerem Blick aufschaute, spürte Ben einen Stich im Herzen. *O Gott, er erinnert sich nicht einmal an mich.*

Doch dann breitete sich auf Jacobs Gesicht ein Lächeln aus.

Er rutschte von dem Autositz und lief durch den Garten

auf die Pforte zu. Ben wollte ihm entgegengehen, doch da blieb ihm plötzlich der Atem weg. Cole hatte ihm mit dem Handkanten auf den Brustknochen geschlagen. Ben taumelte zurück. Jacob blieb abrupt stehen, sein Lächeln verschwand.

«Ich habe Ihnen gesagt, Sie sollen nicht wieder herkommen», sagte Cole.

Ben stockte der Atem, aber er versuchte, es nicht zu zeigen. «Ich habe ein Recht, ihn zu sehen.»

«Sie haben keine Rechte.»

«Was ist mit ihm? Hat er auch keine?»

«Ich entscheide, was richtig für ihn ist.»

«Zum Beispiel, dass er nicht mehr zur Schule muss, oder wie?»

Cole starrte ihn ungerührt an. «Es ist mein Junge. Niemand kann mir vorschreiben, was ich mit ihm mache.»

Ehe Ben etwas entgegnen konnte, war aus dem Garten wieder ein Geräusch zu hören. Er wandte sich um und sah Sandra Cole, die sich einen Weg durch den Schrott bahnte. Die Sachen, die sie trug, hatte er sie zuvor anziehen sehen. Es schien eine Ewigkeit her zu sein.

Sie blieb an der Pforte stehen. «Wie geht's, Sandra?», fragte der kleine Mann mit einem anzüglichen Grinsen. Sie beachtete ihn nicht, schaute kurz Ben an und wandte sich dann an ihren Mann.

«Was ist los?»

«Bring Steven rein», forderte Cole sie auf.

«Warum?»

«Bring ihn rein.»

«Um Himmels willen, John ...»

«Sofort.»

Ihre Wangen wurden rot, dann drehte sich um und packte grob Jacobs Hand. Jacob schrie auf und wollte sich losreißen.

«Neineineinein!» Sie kümmerte sich nicht darum und zerrte den kreischenden Jungen zum Haus. Sie hob ihn am Handgelenk die Stufen hoch, bevor sie die Tür zuknallte.

Ben starrte Cole an. Er zitterte, aber eher aus Wut als aus Angst. «Sie interessiert es doch einen Scheiß, was am besten für ihn ist! Sie interessieren sich nur für sich selbst!»

Cole ging auf ihn zu.

«Bitte, John, mach jetzt keine Dummheiten», sagte der ältere Mann halbherzig, aber Cole hörte nicht auf ihn. Ben trat automatisch einen Schritt zurück und hasste sich dafür.

Was soll's, dachte er und holte mit der Faust nach Coles Kopf aus.

Cole wich dem Schlag mühelos aus. Er packte Ben genau über dem Ellbogen und langte mit der anderen Hand unter seinem ausgestreckten Arm hindurch, und Ben spürte, wie er schwerelos gegen den Zaun geschleudert wurde. Der Maschendraht drückte sich in sein Gesicht, dann wurde sein Arm ruckartig auf den Rücken gedreht, und er erhielt einen brutalen Schlag in die Nieren.

Der Schmerz durchzuckte ihn noch zweimal, und wenn er seine Blase nicht zuvor schon im Wald entleert hätte, dann wäre es nun wohl von allein passiert. Es tat so sehr weh, dass ihm der Schrei in der Kehle stecken blieb. Der Schmerz nahm erst ab, als er herumgerissen wurde. Verschwommen sah er Cole vor sich, der selbst jetzt noch ungerührt wirkte, und dann traf ihn eine Faust direkt unter den Rippen.

Es war, als hätte sein Herz zu schlagen aufgehört. Er krümmte sich zusammen, sah, wie Coles Knie sein Blickfeld ausfüllte, und schon schien sein Kopf vor lauter Schmerz zu bersten.

Er wusste nicht mehr, wo oben und unten war, bis er mit ungeheurer Wucht aufprallte. Unter seinen Fingern fühlte er Erde, dann wurde er hochgezogen. Dunkle Formen kamen zwischen ihn und das graue Licht dort oben. Ein schwerer Stoß schien sein Gesicht zu zerschmettern, dann stürzte er zurück. Er hörte das Krachen seines berstenden Schädels und sah den Mann vor dem Pub mit beiden Füßen darauf landen. Er lag auf dem Straßenpflaster, Gehirnmasse und Blut sickerten durch die Risse in seinem Kopf. Er konnte sie mit den Fingern fühlen, breite und tiefe und kalte Risse, voller Kiesel und Dreck, zerfurcht vom Profil zahlloser Fahrradreifen. In der Nähe schrien Menschen. Seine Lunge blähte sich gegen den Schmerz in seiner Brust auf und saugte Luft ein. Als wäre dadurch eine Blockade durchbrochen worden, rollte er sich auf die Seite und übergab sich. In dem Erbrochenen war Blut. Er berührte seine Nase. Sie fühlte sich komisch an. Sein Mund war geschwollen und blutig. Noch immer schrien die Stimmen.

Als er aufschaute, sah er, dass Sandra beide Arme um Cole gelegt hatte und verzweifelt versuchte, ihn zurückzuziehen. Der ältere der beiden Männer, die Ben zu Cole gebracht hatten, stand neben ihnen, eine Hand auf Coles Schulter. Ein halbherziger Versuch, den Mann zu bändigen. Der Kleine schaute aufgeregt und mit erhitztem Gesicht zu.

«Lass ihn, John, verdammte Scheiße, willst du ihn umbringen?», schrie Sandra. «Lass ihn gehen, es reicht.»

«Verschwinde.» Coles Blick war auf Ben gerichtet.

«Was soll das? Willst du jedem zeigen, was für ein verdammt harter Kerl du bist, oder was? Glaubst du, das interessiert irgendjemanden?»

Mit einer plötzlichen Drehung stieß er sie zur Seite. Sie stürzte gegen einen der Pfosten und brachte den ganzen Zaun zum Schwanken.

«Komm schon, John, genug ist genug», sagte der ältere

Mann, unternahm aber keinen Versuch, ihn aufzuhalten. Ben wollte aufstehen, doch alles drehte sich. Seinen Körper hatte alle Kraft verlassen. Cole packte mit beiden Händen den Kragen seiner Jacke und hob ihn hoch, dass seine Füße kaum noch den Boden berührten.

«Das nächste Mal bringe ich dich um.»

Er ließ Ben fallen. Durch die Bewegung wurde das Schwindelgefühl noch schlimmer. Cole wandte sich zu seiner Frau um. Sie hatte sich an den Zaunpfosten geklammert und blutete aus einer Schramme auf der Wange. Er drohte ihr mit dem Finger.

«Komm mir nie wieder in die Quere.»

Er hinkte zurück in den Garten. Sandra Cole wischte ihre Wange ab und starrte das Blut auf ihrer Hand an.

«Alles in Ordnung, Sandra?», fragte der ältere Mann.

Sie schaute ihn nicht an. «Was glaubst du wohl?» Wackelig stieß sie sich vom Zaun ab und folgte ihrem Mann.

Der kleine Mann gab einen Freudenschrei von sich. «Verdammte Scheiße! Hä? Verdammte Scheiße!» Mit fiebrigen Augen starrte er Ben an. «Ich wette, du lässt dich hier nie wieder blicken, du Arsch, oder?»

Er hatte die Fäuste geballt und kam näher. Ben versuchte, auf die Beine zu kommen.

«Lass ihn, Mick.»

Der Kleine drehte sich überrascht um. «Weshalb? Komm schon, Bri...»

«Lass ihn in Ruhe, habe ich gesagt!» Der Ältere kam zu Ben und zog ein großes Taschentuch hervor. Er reichte es ihm. «Ich wusste nicht, dass so etwas geschehen wird.»

Ben schlug seine Hand weg. Ihm war zum Heulen zumute. «Was haben Sie denn gedacht, was er tut?»

Der Mann blieb einen Moment neben ihm stehen, steckte

dann sein Taschentuch weg und ging hinüber zum Wegesrand. Er gab einen schrillen Pfiff von sich. «Bess!»

Etwas weiter den Weg hinunter raschelte es in den Büschen. Die Jack-Russell-Hündin kam mit heraushängender Zunge herangeprescht. Als ihr Besitzer begann, den Pfad zurückzuschreiten, trottete sie hinter ihm her. Der kleine Mann wartete einen Moment, ehe er ihnen mürrisch folgte.

Erst jetzt bemerkte Ben die Gesichter, die über die Zäune und Mauern der angrenzenden Grundstücke stierten. Eines nach dem anderen verschwand, niemand wollte etwas mit der Sache zu tun haben. Er rappelte sich auf und lehnte sich an den Zaun. Mund und Nase waren geschwollen. Einige Zähne waren locker. Er berührte sie vorsichtig mit der Zunge und rieb seinen schmerzenden Bauch. Als er sich umdrehte und Blut spuckte, sah er, dass er doch nicht ganz allein war.

Von der anderen Seite des Pfades beobachtete ihn der Bullterrier.

Ben schaute sich nach irgendetwas um, womit er sich verteidigen konnte – ein Stock, egal was. Aber er fand nichts. Er riskierte wieder einen Blick auf den Hund. Aus dessen Kehle kam ein leises Grummeln. Ohne ihm in die Augen zu schauen, stieß Ben sich langsam vom Zaun ab und wagte einen vorsichtigen Schritt.

Da stürzte sich der Hund auf ihn.

Ben prallte zurück gegen den Zaun und trat wild um sich, um sich das Tier vom Leib zu halten. Der Bullterrier machte ein Geräusch wie eine ungeölte Kettensäge, während er seinen Fuß schnappte und umherschüttelte. Um nicht hinzufallen, griff Ben in den Maschendraht, die Arme ausgebreitet wie bei einer Kreuzigung. Er hatte das Gefühl, sein Fuß wäre in einen Schraubstock geraten. Die Zähne des Hundes durchbohrten das dicke Leder seines Stiefels. Er ließ ihn erst los, als Ben ihm den anderen Fuß gegen den Schädel rammte, doch seine Zähne schlitzten ihm nicht nur die Hose, sondern auch die Wade auf. Dann hörte er Schreie und sah die beiden Männer zu ihm zurücklaufen. Die Jack-Russell-Hündin rannte vor ihnen her und erreichte aufgeregt kläffend den Zaun. Der Bullterrier ließ von Ben ab und fiel über sie her. Die kleine Hündin jaulte auf, als sie auf den Rücken geschleudert wurde.

«Lass sie los, du Scheißköter!», schrie der ältere Mann, während er heranstürmte. Er versuchte den Bullterrier von seiner immer hysterischer jaulenden Hündin wegzutreten. Dann war Cole da. Er schob den anderen Mann zur Seite und packte das mit Nieten beschlagene Halsband seines Hundes. Der Bullterrier würgte, als Cole ihn zurückriss und so hochhob, dass nur noch die Hinterläufe den Boden berührten. Er wollte sich noch einmal auf den kleineren Hund stürzen, doch Cole schlug ihm auf den Kopf und schüttelte ihn einmal kräftig. Hechelnd regte sich der Bullterrier ab. Seine Schnauze glänzte feucht.

«O Gott, o Gott», stöhnte der ältere Mann und sank auf die Knie. Die kleine Hündin lag zuckend auf dem Boden, ihr weißes Fell war mit dem Blut verfilzt, das ihr aus der Kehle und dem Bauch quoll. «O nein, schaut sie an!» Der Mann schob seine Hände unter die Hündin und presste sie sich an die Brust. Das Tier zuckte krampfartig und verschmierte die Jacke seines Besitzers, der die Wunden mit demselben Taschentuch zu stillen versuchte, das er Ben angeboten hatte. «Dein Scheißköter, John! Ich werde ihn umbringen! Ich werde ihn umbringen, das schwöre ich dir!»

Cole hielt den Bullterrier noch immer am Halsband. Der Hund rang röchelnd nach Atem, die Jagdlust war ihm aber vergangen. Cole schaute ausdruckslos auf die Jack-Russell-

Hündin, wandte sich dann ab und stieß seinen Hund durch die Pforte.

«Rein.»

Der Bullterrier lief mit wedelndem Stummelschwanz in den Garten. Cole folgte ihm.

Die Krämpfe der Hündin legten sich. Ihr Besitzer weinte. «Hast du gehört, was ich gesagt habe?», rief er in den Garten. «Ich werde es tun! Ich werde ihn ...»

Bei dem ohrenbetäubenden Knall stob eine Schar Vögel flügelschlagend in den Himmel. Ben und die beiden Männer erstarrten voller Bestürzung, während das Echo erstarb. Dem kleinen Mann war das Lachen vergangen. Er lief zur Pforte und starrte hinein.

«Ach du Scheiße!»

Ben humpelte zu ihm und versuchte verzweifelt, über die Schrottberge hinwegzugucken. Der Bullterrier lag in der Mitte des Gartens. Der größte Teil seines Kopfes war weggesprengt. Eines seiner Beine zuckte, dann war es ruhig.

Cole stand mit einer Schrotflinte über dem Hund.

«Mein Gott, John, du kannst ihn doch nicht einfach erschießen!» Der kleine Mann klang entsetzt.

Cole knickte den Lauf der Flinte um und ließ die Patronenhülse aus der Kammer fallen. «Es ist mein Hund. Ich kann machen, was ich will.»

Bei den Worten hatte er Ben angeschaut. Dann ließ er die Flinte zuschnappen und hinkte zurück zum Haus.

«Scheißkerl», sagte der ältere Mann, der die leblose Hündin in seinen Armen betrauerte. Er war mit Blut beschmiert. «Scheißkerl.»

Der Kleinere nahm seinen Arm. «Komm, Brian.»

Sie gingen den Pfad hinab. Ben wartete, bis sie ein gutes Stück voraus waren, ehe er ihnen folgte.

Kapitel 16

Die Anwältin nahm sich zum Betrachten der Fotos Zeit. Ihre Augenbrauen hoben sich, als sie die Bilder sah, auf denen Cole das Motorenteil über Jacobs Kopf stemmte, und sie hoben sich erneut bei denen von Sandra Cole und dem Mann im Schlafzimmer. Bevor sie weitermachte, warf sie Ben einen kurzen Blick zu.

Er wartete schweigend, bis sie fertig war, und widerstand dem Bedürfnis, es sich etwas bequemer zu machen. Der Stuhl war zwar gut gepolstert, doch selbst nach einer Woche tat ihm der Bereich über dem Steiß noch weh. Die Schwellungen an Nase und Mund waren größtenteils zurückgegangen, er hatte auch keine Zähne verloren, aber unter den Augen waren noch blaue Flecken. Und da die Wade, die der Hund aufgerissen hatte, nur langsam heilte, juckte sie unerträglich.

Usherwood war bei den letzten Fotos angelangt. Sie legte sie vor sich auf den Schreibtisch und strich abwesend über die Ränder. «Tja ...» Sie holte tief Luft und räusperte sich. «Ich kann verstehen, dass Sie besorgt sind.»

Ben wartete darauf, dass sie noch etwas sagte. Sie schaute wieder auf die Fotos und kaute nachdenklich auf ihrer Unterlippe. «Wie lange haben Sie das Haus beobachtet?», fragte sie, ohne ihn anzusehen.

Ben spürte, wie er rot wurde. «Eine ganze Weile.» Er wollte weder ausführlicher werden noch sich rechtfertigen.

Sie lächelte schwach. «Vielleicht ist es ganz gut, dass es keine strengeren Persönlichkeitsrechte gibt.»

«Die hätten mich auch nicht abgehalten.»

Seine Worte klangen entschiedener, als er beabsichtigt hatte. Die Anwältin betrachtete erneut das oberste Foto auf dem Stapel, als könnte sie darin etwas sehen, was ihr bisher entgangen war. Dann berührten ihre Finger das Bild von den scharfkantigen Schrottteilen so vorsichtig, als hätte sie Angst, sich zu schneiden. «Mir ist nicht ganz klar, was ich für Sie tun kann.»

«Ich möchte wissen, wie ich Jacob zurückbekommen kann.»

Sie schob die Fotos seufzend zur Seite. «Das ist leider nicht so einfach. Die Gerichte nehmen ein Kind nur sehr ungern den Eltern weg – oder einem Elternteil in diesem Fall. Und bei Jacob ist es noch schwieriger, weil er bereits das Trauma erlebt hat, aus einer häuslichen Umgebung gerissen zu werden. Es ist äußerst unwahrscheinlich, dass man ihn einem weiteren Umbruch aussetzen wird, wenn man nicht der Ansicht ist, dass es dafür absolut keine andere Alternative gibt.»

«Welche Alternative gibt es sonst? Soll man ihn auf einem Schrottplatz wohnen lassen, mit einer Stiefmutter, die herumhurt, und einem Vater, der ein Schei...», er bremste sich, «... der ein Wahnsinniger ist?»

«Ich habe nicht gesagt, dass man nichts unternehmen würde, aber ein Kind den Eltern wegzunehmen wird als letzter Ausweg betrachtet. Dazu muss man zu der Ansicht gelangen, dass Jacob substanziellen Risiken ausgesetzt ist, wenn er dort lebt.»

«Cole jongliert mit zentnerschweren Metallgewichten über seinem Kopf herum. Ist das nicht Risiko genug?»

«Aber Sie müssen einräumen, dass er körperlich nicht verletzt worden ist. Ich weise nur darauf hin, wie die Situation ist, Mr. Murray.»

«Ich weiß, ich weiß. Entschuldigen Sie.» Er versuchte sich zu beruhigen. «Wie wäre das Procedere?»

Usherwood lehnte sich zurück. «Sobald Sie die örtlichen Behörden von Ihren Bedenken in Kenntnis gesetzt haben, wird man sich mit allen Beteiligten zusammensetzen und nach eingehender Beratung entscheiden, ob und was getan werden muss. Wenn man zu der Ansicht gelangt, dass Jacobs körperliche oder seelische Unversehrtheit in Gefahr ist, wird man ihn möglicherweise ins Kinderschutzprogramm aufnehmen. Wenn das Risiko für ihn als beträchtlich angesehen wird, kann den Eltern per Gerichtsbeschluss das Sorgerecht entzogen und das Kind einer Pflegefamilie anvertraut werden. Aber so weit kommt es nur in äußerst extremen Fällen. Und das ist dieser nicht.»

«Es besteht also keine Chance, dass man ihn wieder zu mir lässt», sagte er matt.

Für einen kurzen Augenblick sah sie ihn tatsächlich mitfühlend an. «Es tut mir leid. Sie können natürlich trotzdem einen Antrag auf Betreuungsrecht stellen. Aber um Jacob dauerhaft seinem Vater wegzunehmen, müssen die Behörden zu der Entscheidung gelangen, dass die Situation dort so schlimm ist, dass es absolut keine Möglichkeit gibt, seine Sicherheit zu garantieren, wenn er bei ihm lebt. Und um ehrlich zu sein, das wird kaum geschehen.»

«Was ist mit den Fotos? Zählen die überhaupt nicht?»

Sie zog sie wieder heran, schüttelte aber den Kopf, als sie sie auffächerte. «Die Tatsache, dass seine Frau eine Affäre hat – oder Affären», ergänzte sie mit einem Zucken des Mundes, «ist so oder so bedeutungslos, ganz gleich ob sie dafür eine Bezahlung annimmt oder nicht. Auch Prostituierte dürfen Kinder haben. Und was Cole selbst betrifft ...» Sie blätterte durch die Fotos, bis sie eines gefunden hatte, auf dem er den Metallblock über Jacob hielt. Durch den Polarisationsfilter war es schlecht belichtet, aber Ben war froh gewesen, diesen Moment überhaupt festhalten zu können. «Ja, auf den Bildern sieht man, dass er seinen Sohn einem Risiko aussetzt. Bei einer Gelegenheit. Es gibt keinerlei Beweise dafür, dass es häufiger vorkommt.»

Sie hob eine Hand, um Bens Widerspruch zuvorzukommen. «Sein Garten ist voller Schrottteile – man wird ihn auffordern, sie zu entfernen. Er ist unachtsam, wenn er Krafttraining macht – man wird ihn auffordern, in Zukunft vorsichtiger zu sein. Der schwerwiegendste Vorwurf, der ihm gemacht werden kann, ist, dass er Jacob vorsätzlich von der Schule fernhält, aber wenn er in dieser Sache einlenkt, wird selbst das nicht besonders gegen ihn sprechen. Ich weiß, dass er Ihrer Meinung nach unberechenbar und gefährlich ist, aber im Moment gibt es dafür keine Beweise. Es kann nicht nachgewiesen werden, dass er psychische Probleme hat.»

Ben hatte einen bitteren Geschmack in der Kehle. «Und dass er mich halb tot geprügelt und seinem Hund den Schädel weggeblasen hat, spielt keine Rolle?»

«Haben Sie nicht gesagt, dass Sie zuerst versucht haben, ihn zu schlagen? Vor Zeugen?»

Er schaute hinab auf seine Hände. «Und was ist mit dem Hund?»

«Solange die Polizei nichts unternimmt, können wir leider nichts tun.»

Ben rieb erschöpft sein Gesicht. Er wusste, dass sie recht hatte. Nachdem er seine Kameraausrüstung aus dem Wald geholt hatte, war er langsam zum Polizeirevier von Tunford gefahren. Der diensthabende Sergeant hatte erschrocken aufgeschaut, als Ben lädiert und blutbeschmiert hereingehumpelt war, doch seine Haltung hatte sich sofort geändert, als ihm klar wurde, mit wem er es zu tun hatte.

Ben fragte sich, ob es in der Stadt überhaupt einen Menschen gab, der ihn nicht widerwärtiger fand als den Dreck unter seinen Füßen.

«Was genau haben Sie im Wald hinter dem Haus getan, Sir?», hatte der Sergeant gefragt.

«Ich bin spazieren gegangen», hatte Ben ihm gesagt und seinem Blick standgehalten, während der Sergeant schweigend auf weitere Ausführungen gewartet hatte. Und als die Fragen beinah höhnisch geworden waren, hatte er versucht, seine Wut im Zaum zu halten. «Hört sich für mich so an, als hätte er sich nur verteidigt, Sir», hatte der Sergeant an einer Stelle mit beleidigender Höflichkeit bemerkt. «Wenn ich Sie wäre, würde ich mich glücklich schätzen, so glimpflich davongekommen zu sein.»

Obwohl Ben in dem Moment wusste, dass er nur seine Zeit verschwendete, versuchte er es weiter. «Er hat seinen Hund erschossen, um Himmels willen!»

«Vielleicht hat er es nur zum Wohl der Allgemeinheit getan, Sir. Wenn der Hund Sie angefallen hat, wie Sie behaupten, hätte er sowieso eingeschläfert werden müssen.»

«Es ist also in Ordnung, dass er mit einer Flinte herumballert, wenn er ein Kind im Haus hat?»

«Solange er einen Waffenschein dafür hat, und ich nehme an, er hat einen. Er ist ein verantwortungsvoller Mann, Sir. Nicht wie so mancher andere. Er kennt sich mit Schusswaffen aus.» Der Sergeant lächelte herablassend. «Außerdem treiben sich in diesen Wäldern eine Menge Drecksviecher herum.»

Ben gab auf. Alles tat ihm weh, er war geschwächt und erschöpft. Er musste unbedingt den Biss verbinden und die Nase untersuchen lassen.

Vor allem musste er aus dieser Stadt verschwinden.

«Fahren Sie vorsichtig», hatte der Sergeant gesagt, als Ben sich zum Gehen wandte. «Sie sehen ein bisschen mitgenommen aus. Nicht dass Sie noch verhaftet werden.»

Usherwood schaute Ben besorgt an. «Mir ist klar, dass Sie das alles nicht hören wollen, aber ich kann Ihnen nur sagen, was wahrscheinlich geschehen wird. Es gibt eindeutige Gesetze für solche Situationen.»

Ben rang sich ein Lächeln ab. «Ich hätte nicht gedacht, dass es solche Situationen häufiger gibt.»

Die Anwältin betrachtete die Fotos. «Kann ich die behalten?»

Er nickte. Er hatte mehrere Abzüge von den besten Aufnahmen gemacht. Alle anderen, auch die von Sandra Cole, ob nackt oder bekleidet, hatte er verbrannt.

«Ich sage nicht, dass die Behörden die Beweise ignorieren werden. Sie könnten auf jeden Fall als Druckmittel eingesetzt werden, um Cole dazu zu bringen, Ihnen den Kontakt mit Jacob zu gewähren», sagte Usherwood, und es hörte sich an, als würde sie ihm einen Trostpreis spenden.

«Und was passiert, wenn er sich weiterhin weigert? Wird man ihm dann Jacob wegnehmen?»

«Nein, aber Sie haben einen rechtlichen Anspruch darauf. Irgendwann wird er Sie den Jungen sehen lassen müssen.»

Ben massierte vorsichtig den Rücken seiner Nase. Sie war noch immer empfindlich. «Sie haben ihn kennengelernt. Kam er Ihnen wie ein Mensch vor, der sich irgendetwas sagen lässt?»

Er stand auf, während sie noch darüber nachdachte.

«Ich melde mich.»

Jetzt, wo er nicht mehr in den Wald hinter Coles Haus fuhr, wurden ihm die Tage lang. Da er nicht wusste, was er sonst mit der freien Zeit anstellen sollte, füllte er sie mit Arbeit. Zoe war unverkennbar erleichtert, dass man sich wieder auf ihn verlassen konnte, und sah darin ein Zeichen, dass sich die Situation normalisierte. Doch Ben konnte sich nicht einmal mehr daran erinnern, was «normal» bedeutete. Die Normalität war ein Zustand, der – vielleicht für immer – mit Sarahs Tod aufgehört hatte zu existieren. Im Grunde hatte er mehr denn je das Gefühl, neben sich zu stehen. Nach außen hin schien er zu funktionieren; er redete, aß und ging aus, aber nichts davon hatte eine Bedeutung für ihn. Er konnte nicht einmal sagen, dass er deprimiert war, denn er fühlte tatsächlich nichts. Es war, als würde er nur ein Zimmer eines riesigen Hauses bewohnen. Manchmal war er sich der restlichen Räume bewusst, die darauf warteten, dass er sie wieder bezog, er spürte aber keinerlei Bedürfnis, seine emotionale Einzimmerwohnung zu verlassen. Denn dann hätte er sich auch fragen müssen, wie sein nächster Schritt aussehen sollte.

Aber es gab keinen.

Er war ans Ende gelangt, ohne etwas erreicht zu haben. Cole würde sich nicht ändern. Er würde vielleicht den Anschein erwecken, wenn er dazu gezwungen wurde, aber nur so lange, bis er wieder allein war, und dann wäre Ben in der gleichen Situation, in der er jetzt war. Näher als durch das Teleobjektiv würde er Jacob nicht mehr kommen.

Zwei Wochen nach seinem Besuch bei Ann Usherwood war er noch zu keiner Entscheidung gekommen. Er hatte sich nicht wieder bei ihr gemeldet. Es machte keinen Sinn. Gerade als er wieder einmal mechanisch seiner Arbeit nachging, klingelte im Atelier das Telefon. Zoe nahm ab und legte dann eine Hand auf die Sprechmuschel.

«Ein Typ für dich. Er will nicht sagen, wer er ist, aber es soll wichtig sein.»

Ben stand gerade auf einer Trittleiter und wechselte einen Scheinwerfer aus. «Sag ihm, ich bin beschäftigt.»

Er hörte, wie sie seine Worte weitergab. Das Fotomodell sah gelangweilt aus, während die zermürbt wirkende Stylistin ihre Garderobe überprüfte. «Findest du, das Top sollte am Rücken enger gemacht werden?», fragte sie und zog die Träger zwischen den Schulterblättern zusammen, sodass der Stoff über den Brüsten des Models spannte.

Obwohl es ihm im Grunde egal war, versuchte er, sich auf die Frage einzulassen.

«Ich soll dir sagen, sein Name ist Quilley», rief Zoe hinter ihm.

Ben traute seinen Ohren nicht.

«Komm schon, Ben, willst du mit ihm reden oder nicht?»

Er stieg von der Trittleiter. Als sie ihm das Telefon reichte, merkte er, dass er noch die Glühlampe in der Hand hatte. Im ersten Moment wusste er nicht, was er damit machen sollte. Dann legte er sie auf die Fensterbank und nahm den Hörer.

«Also soll ich das jetzt enger machen oder nicht?», fragte die Stylistin.

Ben deutete abwesend auf Zoe, damit sie sich darum kümmerte. Sie schaute ihn fragend an, ehe sie sich in Bewegung setzte. Er hielt den Hörer an sein Ohr.

«Hallo?»

«Hallo, Mr. Murray. Lange nicht gesehen.»

Die Wut stieg ohne Vorwarnung in ihm auf. Ihre Heftigkeit schwächte ihn wie ein Fieberanfall. «Was wollen Sie?»

«Nur ein bisschen plaudern, mehr nicht. Sind Sie noch da, Mr. Murray?»

Ben lagen so viele Beleidigungen und Anklagen auf der Zunge, dass er den Mund nicht mehr aufbekam. Wenn der Detektiv im gleichen Raum wie er gewesen wäre, hätte sich Ben auf ihn gestürzt. «Ich habe nichts zu sagen.» Seine Stimme war belegt.

«Sie sind noch ein bisschen aufgebracht, merke ich. Sie hätten das, was passiert ist, nicht persönlich nehmen dürfen. Es war nur eine geschäftliche Angelegenheit, mehr nicht. Ich habe Ihnen ja gesagt, ich bin in der Informationsbranche. Wenn eine Person nicht kaufen will, bietet man seine Ware jemand anderem an.»

«Interessiert mich nicht. Sie sind Abschaum. Ein Stück Scheiße.»

Im Augenwinkel sah er, dass Zoe, das Model und die Stylistin zu ihm herüberstarrten. Er drehte ihnen den Rücken zu.

«Sie haben selbstverständlich ein Recht auf Ihre Meinung», sagte Quilley. «Doch bevor Sie sich zu sehr ereifern, komme ich zur Sache. Da wir gerade beim Thema waren: Mir sind da ein paar Informationen in die Hände geraten, die Sie interessieren könnten. Mehr noch, ich bin mir absolut sicher, dass sie Sie interessieren werden.»

Bens Neugier war stärker als sein Bedürfnis, den Hörer auf die Gabel zu knallen. «Über Jacob?»

«Indirekt, würde ich sagen. Oder vielleicht direkt, je nach Blickwinkel. Sagen wir, sie haben etwas mit der gegenwärtigen Situation zu tun.»

«Worum geht es?»

Er hörte Quilley kichern. «Ja, das ist die Frage, nicht wahr? Und die nächste Frage lautet: Wie dringend wollen Sie es herausfinden?»

«Warum sollte ich glauben, dass Sie etwas wissen?»

«Ich dachte, dass gerade Sie diese Frage nicht stellen müssen, Mr. Murray. Sie sollten doch aus persönlicher Erfahrung wissen, dass ich mich ziemlich gut auf Nachforschungen verstehe. Besonders wenn ich der Meinung bin, dass es sich lohnt.»

«Und warum haben Sie die ganze Zeit damit gewartet?»

«Sagen wir, ich bin geschäftlich in eine gewisse Flaute geraten und habe deshalb beschlossen, mich um ein paar unerledigte Dinge zu kümmern.»

«Mit anderen Worten, Sie haben keine Aufträge mehr.» Ben konnte seine Schadenfreude nicht unterdrücken. «Niemand empfiehlt Sie mehr weiter, richtig?»

«Ich würde mir an Ihrer Stelle keine Sorgen darum machen, Mr. Murray. Tatsache ist, dass ich etwas zu verkaufen habe. Jetzt müssen wir nur noch feststellen, ob Sie es kaufen wollen.»

«Das kann ich erst sagen, wenn ich weiß, worum es sich handelt.»

«Wenn ich Ihnen das sage, würde ich mich selbst in eine ungünstige Lage bringen, oder? Sie werden mir leider vertrauen müssen.» Das Bedauern des Detektivs klang genauso freundlich wie unaufrichtig.

Ben biss sich auf die Lippe. «Wie viel wollen Sie?»

«Nun, das ist Verhandlungssache, nicht wahr?»

«Noch habe ich nicht gesagt, dass ich interessiert bin. Ich weiß, was Cole treibt, wenn das alles ist, was Sie zu bieten haben.»

Für einen Moment entstand eine Pause, dann war wieder ein heiteres Glucksen zu hören. «Wer hat behauptet, es hätte etwas mit ihm zu tun? Aber ich sage Ihnen was», fuhr Quilley fort, während Ben seine Worte noch verdaute, «denken Sie ein oder zwei Tage darüber nach. Fragen Sie sich, wie viel Ihr Stiefsohn Ihnen wert ist. Und wenn Sie sich entschieden haben, rufen Sie mich an.»

Der Detektiv ließ Ben Zeit, das sacken zu lassen. «Aber ich gebe Ihnen einen Rat», sagte er dann. «Ich würde nicht zu lange warten. War nett, mit Ihnen zu plaudern, Mr. Murray.»

Am Abend traf er sich mit Keith in einem Pub. Das Lokal war überfüllt mit Leuten, die nach Feierabend ein Glas trinken wollten. Es gab keine Sitzplätze mehr, aber er fand eine freie Ecke zwischen Zigarettenautomat und Theke. Während er wartete, bestellte er ein Bier. Keith war unpünktlich. Als er sich in den Pub drängte, waren sein Haar und die Schultern seines Mantels mit schmelzendem Schnee besprenkelt. «Der erste Schneefall des Jahres, und es ist noch nicht mal Weihnachten», klagte er, während er die Flocken mit der Hand wegfegte. Bei der Aussicht auf ein Weihnachten ohne Sarah und Jacob hatte Ben das Gefühl, in ein schwarzes Loch zu fallen. Eigentlich hatte er auch darüber nicht nachdenken wollen.

Anscheinend kam an diesem Tag alles hoch.

«Ich kann nicht lange bleiben», sagte Keith und schälte sich aus seinem Mantel. «Ich habe in einer Stunde, äh, eine Verabredung.»

«Mit Jo?»

«Äh, ja. Willst du was trinken?»

«Ich habe schon. Aber ich hole dir was.» Ben drehte sich

zur Theke um und gab Keith die Gelegenheit, seine Verlegenheit in den Griff zu kriegen. Obwohl die Affäre offenbar munter weiterging, war es ihm immer noch peinlich, darüber zu sprechen.

«Also, was genau hat Quilley gesagt?», fragte Keith, nahm die Zitronenscheibe aus dem Tonic, um das er gebeten hatte, und knabberte daran. Er hatte Ben erzählt, dass es ein Appetitzügler sei. Die Untreue hatte ihn immerhin dazu gebracht, weniger zu trinken und abzunehmen. Da die Zigarren auch schnell wieder verschwunden waren, fragte sich Ben, ob Tessa den plötzlichen Wandel tatsächlich so arglos hinnahm, wie Keith offenbar glaubte.

Er fasste das Gespräch mit dem Detektiv zusammen. Keith nippte an seinem Tonic, während er aufmerksam zuhörte, ganz der Anwalt. «Gut, du hast zwei Möglichkeiten», sagte er, nachdem Ben fertig war. «Entweder du sagst ihm, er soll zum Teufel gehen, oder du zahlst und hoffst, dass er wirklich etwas Nützliches weiß. Wenn du das tust, musst du entscheiden, wie viel dir die Sache wert ist und wie du sicherstellst, dass Quilley dich nicht nur ausnimmt.»

«Du meinst also, ich sollte es wagen?»

«Kannst du es einfach ignorieren?»

Ben schüttelte zögernd den Kopf.

«Dann hast du ja deine Antwort. Aber verlange, dass er dir einen Anhaltspunkt gibt, was er verkauft, bevor du zahlst, sonst nimmt er nur das Geld und erzählt dir, dass Cole Cornflakes zum Frühstück isst. Wenn er wirklich etwas weiß und wenn er tatsächlich dringend Geld nötig hat, wird er dir schon einen Hinweis geben. Wenn nicht, hat er wahrscheinlich nur versucht, dich zu schröpfen.»

«In dem Fall bringe ich den Kerl um.»

Keith ließ die Zitronenschale in einen Aschenbecher fallen. «Das würde bestimmt helfen, Jacob zurückzukriegen, oder?»

Die Wut flaute genauso schnell wieder ab, wie sie gekommen war. Nach der Leere der letzten zwei Wochen war der plötzliche Gefühlsansturm wie eine Völlerei nach einer Fastenzeit. «Trotzdem gibt es keine Garantie, dass seine Informationen mir irgendwie helfen», sagte er mutlos.

«Nein, aber es gibt nur eine Möglichkeit, das herauszufinden.»

Ben starrte in sein Glas, hatte aber keine Eingebung.

«Wenn du dich dafür entscheidest, die Sache zu riskieren, solltest du jedenfalls nicht den Eindruck erwecken, zu neugierig zu sein. Dann wird er nur den Preis hochtreiben.»

«Er hat mir geraten, nicht zu lange zu warten.»

«Er wird dir kaum sagen, dass keine Eile besteht, oder? Ich würde das Arschloch ein oder zwei Tage schmoren lassen. Bleib cool.» Keith schaute auf seine Uhr. «Tut mir leid, aber ich muss los.»

«Wo triffst du dich mit ihr?»

Keith versuchte seine Verlegenheit zu kaschieren, indem er sein Glas auf den Zigarettenautomaten stellte und in seinen Mantel schlüpfte. «Irgendein Restaurant in Soho. Aber kein libanesisches», sagte er gequält.

«Was hast du Tessa gesagt?»

Ben bereute die Frage sofort. Für einen Augenblick machte Keith ein erschrockenes Gesicht. «Sie denkt, ich muss länger arbeiten. Was für ein Klischee, oder?» Er lächelte matt. «Lass mich wissen, wie es gelaufen ist.»

Ben versprach es ihm. Als Keith den Pub verließ, schaute er ihm hinterher. Der teure Mantel war noch feucht auf den Schultern, Keiths Schädel war mittlerweile fast kahl. Ben hoffte, dass er seinem Freund nicht die Laune verdorben hatte. Dann dachte er an Tessa, die zu Hause mit zwei Kindern saß, und hatte auch mit ihr Mitleid. Er wünschte um Keiths willen, dass die andere es wert war. Sie begann ihm auch schon leidzutun, doch da bremste er sich.

Hör auf, dachte er, um nicht auch noch in Selbstmitleid abzugleiten. Wie kann ich mir anmaßen, Mitleid mit anderen zu haben?

Er trank sein Bier aus. Da es draußen weiterhin schneite und er nichts Besseres zu tun hatte, bestellte er sich ein neues.

Er befolgte Keiths Rat einen ganzen Tag lang, dann hielt er es nicht mehr aus und rief Quilley an. Die wiedererwachte Hoffnung hatte ihn unruhig gemacht, und als er die mechanische Stimme des Anrufbeantworters hörte, wäre er beinahe durchgedreht. Er wartete zehn Minuten und versuchte es erneut, doch genauso vergeblich. Während des Nachmittags rief er immer wieder an, wurde aber jedes Mal von der aufgezeichneten Stimme der Sekretärin begrüßt, die ihn bat, Name und Nummer zu hinterlassen. Er legte auf, ohne etwas zu sagen. Als er auch am frühen Abend noch niemanden erreicht hatte, akzeptierte er, dass er bis zum nächsten Morgen würde warten müssen.

Doch auch dann hörte er nur die Stimme auf dem Anrufbeantworter.

Dieses Mal hinterließ er eine Nachricht und forderte Quilley barsch auf, sich bei ihm zu melden. Danach fühlte er sich eine Weile besser, denn nun lag es an dem Detektiv.

Aber Quilley meldete sich nicht.

Ben wartete einen weiteren Tag, ehe er wieder anrief. Erst versuchte er es von zu Hause, dann vom Atelier, wo er mit Zoe Fotoaufnahmen vorbereitete. Er hatte sich mittlerweile derart daran gewöhnt, das Band zu hören, dass er völlig überrascht war, als jemand heranging.

Die Sekretärin klang noch schroffer, als er sie in Erinnerung hatte. «Er ist nicht hier», schnauzte sie, als er nach dem Detektiv fragte.

«Wann kommt er zurück?»

«Keine Ahnung.»

«Kann ich ihn heute noch erreichen oder erst morgen?»

«Wie gesagt, keine Ahnung.»

Er versuchte sich zu beherrschen. «Gibt es irgendeine andere Nummer, unter der ich ihn erreichen kann?»

Sie lachte bitter auf. «Dann müssen Sie schon im Krankenhaus anrufen.»

«Er ist im Krankenhaus?» Es beruhigte ihn ein wenig, dass hinter der Abwesenheit des Detektivs keine finsteren Motive steckten. «Was ist los mit ihm?»

«Er wurde zusammengeschlagen.»

Die Unruhe war wieder da. «Wer war es?»

«Woher soll ich das wissen?»

«Wann ist es passiert?»

«Keine Ahnung, vor ein paar Tagen», blaffte sie. «Hören Sie, ich bin nicht die richtige Ansprechpartnerin. Ich arbeite nicht mehr für ihn. Er schuldet mir zwei Monatsgehälter, und ich wette, die kann ich nach dieser Sache völlig vergessen. Ich bin nur hergekommen, um meine Sachen abzuholen. Ich weiß nicht einmal, warum ich überhaupt ans Telefon gegangen bin.»

Er spürte, dass sie auflegen wollte. «Sagen Sie mir wenigstens, in welchem Krankenhaus er ist.»

Sie seufzte gereizt auf, gab ihm aber den Namen, ehe sie das Gespräch beendete. Ben legte langsam den Hörer auf. Wahrscheinlich gab es unzählige Leute, die Quilley gerne eins auswischen würden, sagte er sich. Es musste nicht unbedingt etwas bedeuten. Er könnte sogar überfallen worden sein.

Aber Ben glaubte nicht daran.

Die Aufnahmen sollten in ein paar Stunden beginnen. Er versprach Zoe, frühzeitig zurück zu sein, und fuhr zum Krankenhaus. Es dauerte eine Weile, bis er Quilleys Zimmer gefunden hatte. Er hatte sich eine Geschichte zurechtgelegt, damit man ihn zu ihm lassen würde, aber es war den ganzen Tag Besuchszeit. Niemand hielt ihn auf, als er hineinging.

Das Bett des Detektivs war halb mit gestreiften Vorhängen vom Rest des Zimmers abgetrennt. Er schien Ben nicht zu bemerken. Er lag flach auf dem Rücken und trug ein gebügeltes blaues Krankenhausnachthemd. An einem Chromständer neben seinem Bett hing ein Tropf, dessen Schlauch in seinem Arm steckte. Sein Gesicht war so dunkel geschwollen, dass es aussah, als wäre er verbrannt worden. Über seiner Nase war ein Verband geklebt, ein weiterer bedeckte ein Ohr. Das Haar darum war abrasiert worden. Seine hohlen Wangen und sein Doppelkinn waren wie bei einem alten Mann mit silbrigen Stoppeln übersät.

Er starrte an die Decke. Als Ben ans Bett trat, schaute er ihn kurz an und sofort wieder weg. Er schien ihn weder zu erkennen noch interessiert zu sein.

«Ihre Sekretärin hat mir gesagt, wo Sie sind», sagte Ben.

Quilley antwortete nicht.

«Ich bin's, Ben Murray», fügte Ben vorsichtshalber hinzu.

«Ich weiß, wer Sie sind.»

Die Stimme war ein schwaches Krächzen. Quilleys Blick blieb auf die Decke gerichtet.

«Sie hat mir erzählt, dass Sie zusammengeschlagen worden sind.» Ben hielt inne. «Wer war es?»

Nichts.

«War es Cole?»

Die Augen des Detektivs hatten vielleicht etwas geflackert, aber das war alles.

«Er war es, richtig?»

«Lassen Sie mich in Ruhe.»

Ein paar seiner Vorderzähne fehlten, fiel Ben auf. Er setzte sich auf die Lehne des Stuhls. «Haben Sie es der Polizei gemeldet?» Keine Antwort. «Sie haben ihm erzählt, dass Sie etwas herausgefunden haben, nicht wahr? Haben Sie ihm gesagt, dass Sie es mir erzählen werden, wenn er Ihnen nichts zahlt? Und dann? Wollten Sie Ihre Informationen an den Meistbietenden verkaufen, oder wollten Sie von uns beiden Geld nehmen? Doch vorher hat Cole die Scheiße aus Ihnen herausgeprügelt.»

Quilley schaute ihn nicht an, doch sein Kinn zitterte.

Ben beugte sich näher zu ihm. Er verströmte einen Geruch nach Antiseptikum und Schweiß. «Was haben Sie herausgefunden?»

Der Detektiv starrte stur an die Decke. Das Zittern seines Mundes wurde heftiger. Als er schluckte, schien der Adamsapfel die Haut durchbrechen zu wollen.

«Ich bezahle Sie», sagte Ben.

Quilley schloss die Augen. Aus dem Winkel des einen kam eine Träne und lief seitlich zum Ohr hinab.

«Bitte, es ist wichtig. Hat es etwas mit Cole zu tun?»

Erst sah es so aus, als wollte Quilley auch die Frage ignorieren. Dann schüttelte er langsam den Kopf.

«Womit dann? Mit seiner Frau? Ich weiß, dass sie etwas mit anderen Männern hat, wenn Cole bei der Arbeit ist. Ist es das? Oder ist es etwas anderes?» Quilley rührte sich nicht. Ben holte tief Luft und versuchte, seine Verärgerung im Zaum zu halten. «Warum wollen Sie es mir nicht sagen? Weil Sie Angst vor ihm haben?»

Der Detektiv drehte seinen Kopf zur Seite.

Ben stand auf. Er hatte gedacht, er würde eine gewisse Befriedigung verspüren, diesen Mann gebrochen zu sehen. Das war nicht so, er hatte aber auch kein Mitleid. Ohne ein weiteres Wort verließ er das Zimmer. Auf seinem Weg aus dem Krankenhaus kam er am Schwesternzimmer vorbei. Eine pummelige, junge Krankenschwester saß am Schreibtisch und schrieb etwas. Als Ben näher kam, schaute sie auf.

«Ich bin ein Freund von Mr. Quilley. Weiß jemand, was mit ihm geschehen ist?»

Es dauerte einen Moment, bis sie wusste, von wem er sprach. «Ach, der Mann, der zusammengeschlagen wurde? Nein, ich glaube nicht. Er sagt, er kann sich an nichts erinnern. Aber bei dem Ausmaß der Verletzungen gehen wir davon aus, dass es mehrere gewesen sein müssen. Er hat eine Menge innere Quetschungen. Er hat Glück gehabt, dass er nicht getötet wurde.»

Kapitel 17

Selbst nachdem er an der Abzweigung nach Tunford vorbeigefahren war, konnte er die Anziehungskraft der Stadt spüren. Noch mehrere Meilen danach war ihm deutlich bewusst, dass der Ort hinter ihm lag, so als würde ein Teil seines Verstandes zurückschauen und ihn verschwinden sehen.

Hier draußen war der Schnee liegen geblieben. Die schmutzigen weißen Haufen am Straßenrand schmolzen nur langsam weg, und die kahlen Bäume und Felder sahen aus, als wären sie mit Schimmel überzogen. Ben hatte die Heizung aufgedreht, aber die eisige Feuchtigkeit schien noch immer an seiner Kleidung zu haften.

Vielleicht haftete sie aber auch an ihm selbst.

An diesem Sonntag lag das Industriegebiet verlassen da. Die Stadt wirkte ähnlich ausgestorben. Ein paar Fenster der Reihenhäuser waren mit Lametta und bunten Kugeln geschmückt, was im grauen Tageslicht jedoch traurig aussah. Als er die Straße erreichte, in der die Patersons wohnten, sah er, dass weitere Häuser verschwunden waren. Der nahezu eingeebnete Schotterstreifen erstreckte sich nun über die Hälfte der Straße. Die Bagger und Raupen standen geduldig zwischen den Trümmern und warteten nur darauf, dass man sie auf den Rest losließ.

Ben parkte vor dem Haus und klopfte an die Tür. Der

Blumenkasten auf der Fensterbank enthielt nur Erde. Die Scheibe darüber war beschlagen. Er merkte, wie die Feuchtigkeit in seine Lungen drang, und stampfte mit den Füßen auf.

Die Tür wurde geöffnet. Ron Paterson begrüßte ihn mit einem Nicken und trat zurück, um ihn hereinzulassen. In der Küche roch es nach gebratenem Fleisch. In dem gefliesten Kamin brannte ein Kohlenfeuer. Die Wärme hüllte Ben ein und verscheuchte auf einen Schlag die Kälte.

Paterson schloss die Tür. «Geben Sie mir Ihre Jacke.»

Ben zog sie aus und reichte sie ihm. Paterson ging hinaus und hängte sie an die Garderobe am Fuß der Treppe. «Haben Sie wirklich nichts dagegen, dass ich gekommen bin?», fragte Ben, als er zurückkehrte.

«Wenn es so wäre, hätte ich es gesagt.» Er deutete zum Tisch. «Sie können sich ruhig setzen.»

Ben hatte am Vortag angerufen und gefragt, ob er vorbeischauen könne. Paterson hatte ihm gesagt, er solle am nächsten Tag vor dem Mittagessen kommen. Nach einem Grund für den Besuch erkundigte er sich nicht. Es musste nicht erst gesagt werden, dass es etwas mit Jacob zu tun hatte.

«Wie geht es Ihrer Frau?»

Paterson füllte den Wasserkocher. «Mary ist im Krankenhaus.»

«Ich hoffe, es ist nichts Schlimmes.» Ben hatte sie im oberen Stockwerk vermutet.

«Sie machen ein paar Untersuchungen.» Paterson sagte es sachlich, ohne sich seine Gefühle anmerken zu lassen. Er stellte den Wasserkocher an. «Mögen Sie eine Tasse?»

Er nahm eine Teekanne und Becher aus dem Schrank und setzte sich dann an den Tisch. «Also, was kann ich für Sie tun?»

«Sie haben da etwas gesagt, als ich das letzte Mal hier war. Über Sandra Cole.»

«Ich habe eine Menge gesagt.»

«Sie haben angedeutet, dass Sie etwas über sie gehört haben. Ich habe mich gefragt, was das wohl war.»

Ben hatte sich an das Gespräch erinnert, nachdem er Quilley besucht hatte. Ihm war klar, dass er die Fahrt vielleicht nur auf sich nahm, um nutzlosen Tratsch zu hören. Aber seine Sonntage waren nicht mehr so erfüllt, dass er keine Zeit übrig hatte.

Paterson fuhr mit der Zunge über seine Zähne. Er schaute Ben nicht an, machte aber auch nicht den Eindruck, als würde er von ihm wegschauen. «Nur Gerüchte.»

«Was für Gerüchte?»

«Ich möchte keinen Tratsch verbreiten.»

«Es könnte wichtig sein.»

Paterson überlegte. «Weshalb?»

Ben erzählte es ihm.

Jacobs Großvater hörte kommentarlos zu. Einmal stand er auf, um den Wasserkocher auszustellen, er setzte aber keinen Tee auf. Ansonsten rührte er sich nicht, als Ben Coles Aktivitäten im Garten und Sandras im Schlafzimmer beschrieb. Ben erzählte ihm, dass Jacob nicht mehr zur Schule gebracht wurde und was passiert war, als ihn die beiden Männer im Wald entdeckt hatten. Er ließ nichts aus, abgesehen von der Tatsache, dass er sich beinahe von Sandra Coles billiger erotischer Ausstrahlung hatte ablenken lassen. Er wollte hervorheben, wie unberechenbar Cole war und dass er nicht nur ungeeignet war, Jacob aufzuziehen, sondern auch eine konkrete Gefahr für den Jungen darstellte.

Aber als er Patersons grimmiges Gesicht sah, wusste er, dass es gar nicht nötig war.

Nachdem er alles berichtet hatte, trat Stille ein. Die Kohlen im Kamin stürzten funkensprühend in sich zusammen. Die Gasheizung zischte leise. Paterson stand auf und drehte sie herunter.

«Wir haben keinen Alkohol im Haus», sagte er und holte Bens Jacke.

Paterson führte Ben in den Arbeiterclub. Er war überparteilich und befand sich in einem alten, hässlichen Backsteingebäude mit einem noch hässlicheren Vorbau aus den 1960er Jahren. Am Eingang saß ein älterer, fetter Mann in einem braunen, dreiteiligen Anzug hinter einem Tisch. Er grüßte Paterson mit einem geschnauften «Tag, Ron» und schob ein Buch über den Tisch, in das man sich eintragen musste. Ben schrieb seinen Namen in die Spalte für Gäste und folgte Paterson nach drinnen.

Es war ein großer Saal mit einer hohen Bühne an einem Ende. Die Decke war mit bunten Papiergirlanden geschmückt, und an den Wänden hingen Luftballons, denen bereits die Luft ausging. Die Bühne war mit goldenen Plastikfransen gerahmt, die ein Teil der Weihnachtsdekoration hätten sein können, wenn sie nicht so abgetakelt ausgesehen hätten, als würden sie schon ewig dort hängen. Vor der Bühne standen ungeordnet runde, dunkle Holztische mit dazu passenden Stühlen. Ein paar waren besetzt, überwiegend von Männern, aber die meisten waren frei.

Ben wollte die Getränke bezahlen, doch Paterson wollte davon nichts wissen. «Sie sind mein Gast», sagte er in einem Ton, in dem Etikette und Tradition mitschwangen. Sie trugen ihre Biere zu einem Tisch am Fenster. Paterson grüßte ein paar Gäste mit einem Nicken, blieb aber nirgendwo auf ein Wort stehen. Nachdem sie sich gesetzt hatten, stießen sie an und tranken den ersten Schluck Bier. Es war kalt und reich an Kohlensäure. Ben unterdrückte einen Rülpser, als sie ihre Gläser auf den Tisch stellten.

Keiner von beiden schien zu wissen, wie er anfangen sollte.

«Abends wird es hier ziemlich voll. Besonders am Wochenende.» Paterson deutete mit dem Kinn zur Bühne. «Manchmal werden auch gute Stücke gezeigt.»

«Aha.»

«Mary und ich sind oft hier gewesen. Bevor wir nach London zogen und dann auch am Anfang, als wir wieder zurückgekommen waren. Bis es mit Mary richtig schlimm wurde. Jetzt ist es schwierig.» Er schaute sich im Saal um, als würde er ihn zum ersten Mal wahrnehmen.

Sie tranken noch einen Schluck.

«Ich kann für nichts bürgen», sagte Paterson und kam abrupt zum Thema. «Es ist nur, was die Leute gesagt haben. Nichts Konkretes.»

Ben nickte.

Paterson betrachtete sein Bier. «Sie soll eine recht üble Vergangenheit haben.»

«Inwiefern?»

«War ein ziemlich böses Mädchen. Hat Geld dafür genommen.» Er schaute Ben an, als wollte er sich vergewissern, dass er ihn verstand.

«Sie meinen, sie war eine Prostituierte?»

«Das habe ich jedenfalls gehört. Ein Sohn eines Clubmitglieds hat einen Kumpel, der mit Cole in Aldershot stationiert war. Sie soll sich an das halbe Regiment verkauft haben, bevor sie ihn geheiratet hat.» Er schürzte missbilligend seine Lippen. «Nach dem, was Sie sagen, scheint sie immer noch im Geschäft zu sein.»

Ben war enttäuscht. Selbst wenn es stimmte, war es nicht die Enthüllung, auf die er gehofft hatte. «Haben Sie sonst noch etwas gehört?»

Er konnte sehen, wie Paterson um eine Entscheidung rang. «Man hat sich erzählt, dass sie mal in Schwierigkeiten gesteckt haben soll», sagte er schließlich. «Andere Schwierigkeiten. Aber ich sage Ihnen was: Ich höre mir solche Sachen nicht an.»

«Kennen Sie jemanden, der etwas wissen könnte?»

Paterson überlegte und schüttelte dann den Kopf.

«Was ist mit dem Sohn des Clubmitglieds, von dem Sie gesprochen haben?»

«Die Familie ist letztes Jahr weggezogen. Wohin, kann ich Ihnen nicht sagen.» Anscheinend hatte er die Frustration in Bens Gesicht gelesen. «Sie dachten, ich könnte Ihnen etwas erzählen, das Ihnen hilft, ihn zurückzubekommen.»

Es war keine Frage. Ben hatte seine Motive nicht preisgegeben, er hatte nur erwähnt, dass er sich Sorgen um Jacob machte. «Mir wurde gesagt, dass es aussichtslos ist.»

Paterson trank einen Schluck Bier. «John Cole wird ihn nicht hergeben. Ganz egal, was man von ihm verlangt.»

Ben reagierte nicht.

«Er war schon immer besitzergreifend. Er mochte es nicht, wenn unsere Jeanette ausgegangen ist oder etwas getan hat, ohne ihn zu fragen. Damals war er schon schlimm genug. Jetzt, wo er seinen Sohn zurückhat, wird er ihn sich von niemandem wegnehmen lassen.» Er klopfte mit einem Finger auf den Tisch. «Wirklich von niemandem. Und ich möchte mir gar nicht vorstellen, was passiert, wenn es jemand versucht.»

«Sie meinen, ich sollte den Jungen einfach aufgeben.»

Für einen Moment schien den älteren Mann eine Müdigkeit zu überkommen, dann war sie verschwunden. «Mir gefällt es genauso wenig wie Ihnen, dass mein Enkel in diesem Haus lebt. Aber absichtlich wird John ihm nichts tun. Der Junge ist alles, was er hat. Vergessen Sie seine Frau, dieses Flittchen.» Er machte eine abweisende Geste. «Sie bedeutet nichts. Er hat sein Leben nur auf den Jungen ausgerichtet. Wenn er glaubt, dass er ihm wieder weggenommen wird, wird seine Welt zum zweiten Mal zusammenbrechen. Ich glaube, dann ist er zu allem fähig.»

«Ich werde vorsichtig sein», sagte Ben.

Paterson griff nach seinem Glas. «Ich mache mir dabei weniger Sorgen um Sie.»

Sie tranken noch ein Bier im Club. Dieses Mal bezahlte Ben – die Regel, dass Gäste eingeladen wurden, galt also offenbar nur für die erste Runde. Dann gingen sie zurück zum Haus. Paterson lud ihn ein, zum Mittagessen zu bleiben. «Ich habe genug für zwei gekocht», sagte er. «Die Macht der Gewohnheit.»

Danach schauten sie sich gemeinsam auf dem kleinen Fernseher im Wohnzimmer das Sonntagsspiel der Premier League an. Ben fühlte sich angenehm schläfrig. Durch die Kombination aus Bier, Mittagessen und dem im Kamin knisternden Feuer war er so entspannt wie seit Ewigkeiten nicht mehr. Sie verbrachten einen großen Teil des Nachmittags schweigend, ohne dass die Stille unangenehm war. Als Paterson verkündete, dass er sich fertig machen müsse, um seine Frau zu besuchen, bot Ben an, ihn ins Krankenhaus zu begleiten. Offen und unbefangen lehnte der alte Mann ab.

«Sie ist noch nicht richtig auf dem Damm. Aber Sie können uns besuchen, wenn sie wieder zu Hause ist.»

Ohne beleidigt zu sein, verstand Ben, dass es Zeit für ihn

war zu gehen. Paterson brachte ihn zur Tür, sie gaben sich jedoch nicht die Hand. Es wäre unpassend gewesen.

«Bedrängen Sie ihn nicht zu sehr», sagte Paterson zum Abschied.

Fast hätte Ben «okay» gesagt.

Aber nur fast.

Weihnachten verbrachte er in der Karibik. Es war einer dieser Traumaufträge, die hin und wieder eintrudelten, eine Hauruckaktion einer Werbeagentur, die in letzter Minute beschlossen hatte, den Fotografen auszutauschen, und ihren Klienten gleich im neuen Jahr etwas vorweisen musste. Sie klangen erleichtert, als Ben den Auftrag annahm.

Beinahe so erleichtert, wie er es war.

Er schickte Jacob ein großes Paket mit Weihnachtsgeschenken, war sich aber unsicher, ob er verstehen würde, von wem es kam. Oder ob Cole ihm die Geschenke überhaupt geben würde. Bevor er abreiste, sprach er mit Ann Usherwood darüber, Ermittlungen über Sandra Coles Vergangenheit einzuholen. Die Anwältin war skeptisch gewesen. Sie hatte darauf hingewiesen, dass es kostspielig wäre und ihnen wahrscheinlich nichts offenbaren würde, was sie nicht bereits wussten. «Wenn es etwas Belastendes gegeben hätte, wäre es den Behörden bekannt gewesen», hatte sie gesagt. Doch Ben bestand darauf.

Er musste wissen, was Quilley fast umgebracht hatte.

Den Flug trat er an, ohne noch etwas von ihr gehört zu haben. Im letzten Moment sträubte sich alles in ihm gegen die Reise, sodass er den Job beinahe abgesagt hätte. Plötzlich war er davon überzeugt, dass etwas Katastrophales passieren würde, wenn er nicht vor Ort war, um es zu verhindern. Nur die Tatsache, dass Usherwood sich über Weihnachten sowieso nicht bei ihm melden würde, und die Einsicht, dass sein Ruf als Fotograf ansonsten völlig ruiniert gewesen wäre, trieben ihn zum Flughafen.

Als er aus der Maschine stieg und die strahlende Sonne auf der Haut spürte, war er froh, dass er es getan hatte. Er war so weit weg von allem, was er mit Weihnachten verband oder ihn schmerzhaft an Sarah und Jacob erinnern konnte, dass die Tage, vor denen er Angst gehabt hatte, beinahe unbemerkt verstrichen. Selbst der erste Weihnachtstag ging relativ schmerzlos vorüber. Nach der Arbeit am Morgen verbrachten sie den Rest des Tages damit, sich langsam an der Strandbar zu betrinken. Zum Abend hatte Ben sogar vergessen, welche Jahreszeit es war.

Silvester konnte er allerdings nicht entfliehen. Da war er wieder zurück in London. Er war zu einigen Partys eingeladen worden, zu mehr als sonst, hatte aber, obwohl er den Grund dafür kannte und dankbar war, keine Lust, zu einer zu gehen. Er beschloss, die Tür abzuschließen, die Uhren umzudrehen und dann Videos anzuschauen und zu trinken, bis der Januar unumstößlich begonnen hatte.

Doch dann überfielen ihn die Erinnerungen an frühere Jahre. Nur vier Silvester hatte er mit Sarah verbracht, was ihm jetzt unglaublich wenig vorkam. Die beste Silvesternacht war ihre zweite gewesen. Sie hatten Jacob zu Sarahs Eltern gebracht und waren auf eine Party in Knightsbridge gegangen. Das Haus war grotesk feudal gewesen, sie hatten aber kaum Leute gekannt und waren kurz nach Mitternacht verschwunden. Leicht angetrunken waren sie nach Hause zurückgekehrt, hatten sich kichernd ausgezogen und auf dem Wohnzimmerboden geliebt.

Im letzten Jahr war Silvester weniger denkwürdig gewesen. Jacob hatte eine Erkältung bekommen, und sie waren zu Hause geblieben. Doch in der Rückschau, wissend, dass es der letzte Silvesterabend war, den sie zusammen verbracht hatten, der letzte Jahreswechsel, den Sarah erlebt hatte, war es sogar noch bedeutungsvoller. Es schien viel näher und gleichzeitig wesentlich weiter weg zu sein als nur zwölf Monate.

Er stellte die Wodkaflasche in Reichweite auf den Boden und schaute sich ein stumpfsinniges Video nach dem anderen an.

Das Klingeln des Telefons holte ihn aus dem Halbschlaf. Er erschrak und kippte das Wodkaglas um, das wackelig auf seiner Brust gestanden hatte. Als er aufstand, drehte sich alles um ihn. Die Szenen auf dem Fernsehschirm wollten kein zusammenhängendes Bild ergeben. Das Telefon klingelte weiter. Er wünschte, er hätte den Stecker herausgezogen. Er hatte keine Lust, von irgendjemandem Neujahrsgrüße zu hören.

An ein frohes neues Jahr glaubte er sowieso nicht.

Verärgert über die Belästigung, nahm er den Hörer ab. «Ja?», sagte er absichtlich grob.

Am anderen Ende hörte er Partylärm: Musik, fröhliches Gejohle, Feuerwerk. «Ben? Bist du das?»

Auch wenn er nicht damit gerechnet hatte, erkannte er die Stimme durch den Wodkanebel. «Dad?»

«Kannst du mich hören?»

«Ja! Wo bist du?»

«Wir sind bei Freunden.»

Ben spürte, dass er enttäuscht war, weil sich sein Vater nicht in der Nähe befand. Im gleichen Moment wusste er, dass es absurd war.

«Ich dachte, ich rufe an und schaue, wie es dir geht.»

«Ach ... nicht schlecht. Und dir?»

«Gut!» Es entstand eine Pause. «Ich wollte nur sagen ...»
Nein. Wünsch mir kein «frohes neues Jahr». Bitte nicht.
«... tja, du weißt schon. Ich denke an dich.»
Ben merkte, dass er einen Kloß im Hals bekam.
«Bist du noch da, Ben?»
«Ja.»
Im Hintergrund brüllte jemand. Gelächter brach aus. Er konnte hören, wie der Name seines Vaters gerufen wurde. Es klang nach seiner Stiefmutter.
«Ich muss wieder», sagte sein Vater, legte aber nicht sofort auf. Wer auch immer seinen Namen rief, wurde lauter. «Pass auf dich auf.»
Ben wollte etwas sagen, doch da war der Hintergrundlärm der Party schon dem Wählton gewichen.
Er legte den Hörer auf. Draußen wurden Feuerwerkskörper abgeschossen. Es konnte nicht weit nach Mitternacht sein. Er rieb sich die Augen und kehrte dann zurück zu seinem Wodka.

Das neue Jahr lief so weiter, wie das alte aufgehört hatte. Er arbeitete und ging nach der Arbeit etwas trinken und kam dann zurück in ein leeres Haus. Der Januar war schon immer der Monat gewesen, den er am wenigsten mochte. Er sagte sich, dass er ihn einfach überstehen musste. An einem verregneten Sonntag fiel ihm beim Videoschauen ein, dass eigentlich sein Besuchstag war. Er hatte es vergessen. Es bedrückte ihn, aber nicht weil er noch irgendeine Hoffnung hatte, dass Cole ihm den Umgang mit Jacob erlauben würde, sondern weil es bedeutete, dass er die Dinge bereits schleifenließ. Es war ein Vorgeschmack darauf, wie es in Zukunft sein würde.

Er fragte sich, ob er nicht aufhören sollte, sich an Strohhalme zu klammern. Vielleicht sollte er auf Usherwood hören und seine Bestrebungen auf etwas eher Erreichbares wie sein Recht auf Umgangskontakt richten. Doch sofort meldeten sich wieder die Gegenargumente. Cole würde seinen Sohn niemals teilen, ganz gleich, was man ihm sagte. Solange Jacob bei ihm war, würde er weiterhin tun, was ihm gefiel, bis er schließlich etwas tat, was selbst die Behörden nicht ignorieren konnten.

Ben hoffte nur, dass Jacob den unbeugsamen Willen seines Vaters so lange überleben würde.

Eigentlich hatte er damit gerechnet, gleich im neuen Jahr von Ann Usherwood zu hören, doch der Februar begann, ohne dass sie sich gemeldet hatte. Er war schon zu dem Schluss gekommen, dass Sandra Coles Vergangenheit eine weitere Sackgasse war, als die Anwältin ihn eines Morgens anrief.

«Wie schnell können Sie bei mir in der Kanzlei sein?», fragte sie.

Ben war im Atelier und wollte gerade mit Aufnahmen beginnen. Sein erster Impuls war, sie abzublasen, doch dann dachte er an Zoe und entschied sich dagegen. «Nicht vor morgen. Haben Sie etwas herausgefunden?»

«Genug, um zu wissen, dass die Überprüfung durch die Behörden nicht so gründlich war, wie sie hätte sein sollen», sagte sie. «Sandra Cole hat eine zwölf Jahre alte Vorstrafe wegen Prostitution und Drogenvergehen. Sie war schon einmal verheiratet, und zwar mit einem Zuhälter und Drogendealer namens Wayne Carter. Damals hat sie in Portsmouth gelebt, es war also eine andere Stadtverwaltung dafür zuständig, und nach der Scheidung hat sie ihren Geburtsnamen wieder angenommen. Selbst wenn die Sozialbehörden hier ihre Vergangenheit gründlich überprüft hätten – was sie offensichtlich nicht getan haben –, hätten sie es leicht übersehen können.»

Aufregung und Unglaube fegten Bens Depression davon. Aber Usherwood war noch nicht fertig.

«Sie haben allerdings noch mehr übersehen», fuhr sie fort. «Sandra und Wayne Carter hatten ein Kind, ein Mädchen. Es starb durch elterliche Misshandlung, als es achtzehn Monate alt war.»

Kapitel 18

Eine Weile hatte der Regen aufgehört, doch als die ersten Gestalten aus dem Pub trotteten, begann es wieder zu schütten. Es waren vor allem Männer. Sie schlugen die Jackenkragen hoch und zogen gegen den vom Wind gepeitschten Regenguss die Köpfe ein. Offenbar hatten sie lieber klatschnasse Haare und durchweichte Schultern, als einen Schirm zu benutzen und damit in Verdacht zu geraten, Weicheier zu sein.

Ben beobachtete, wie die letzten der Nachmittagsgäste davoneilten. Die Straße wirkte wieder wie ausgestorben. Er kurbelte das Seitenfenster ein wenig herunter, damit die beschlagenen Fenster frei wurden. Ein feiner Sprühregen wehte herein und ließ ihn erzittern. Er hatte den Motor ausgeschaltet, als er vor zwanzig Minuten parkte, und die Wärme, die die Heizung während der Fahrt aufgebaut hatte, war nun größtenteils verflogen.

Er schob seine Hände unter die Achseln und wartete. Nach einer weiteren halben Stunde ging die Tür des Pubs wieder auf, und eine Frau kam heraus. Ihr Gesicht war hinter einem Schirm versteckt, den der Wind umzustülpen drohte. Ben wischte die beschlagene Scheibe. Er war sich nicht sicher, ob sie es war. Dann wehte eine Windböe ihre Jacke auf, sodass man das kurze Kleid darunter sehen konnte, und da gab es für ihn keinen Zweifel mehr.

Als sie am Wagen vorbeikam, stülpte sich ihr Schirm um. Sie blieb stehen und mühte sich damit ab. Ben öffnete die Beifahrertür, und fast hätte der Wind sie ihm aus der Hand gerissen.

«Kann ich Sie mitnehmen?»

Sandra Cole bückte sich und versuchte, ihn durch den Regen zu sehen. Als ihr Gesicht plötzlich erstarrte, wusste er, dass sie ihn erkannt hatte. Mit einem Ruck klappte sie den Schirm wieder auf die richtige Seite. Dann, als wäre er nicht da, klapperte sie mit ihren hochhackigen Schuhen auf dem nassen Asphalt davon.

«Ich kann auch jederzeit zur Hintertür hereinschleichen», rief er.

Sie blieb stehen, sah ihn an und versuchte, sich darüber klarzuwerden, was er meinte. Bens Rücken begann zu zwicken, weil er sich die ganze Zeit über den Beifahrersitz beugte und die Tür offen hielt. «Es bringt doch nichts, bei dem Wetter zu Fuß zu gehen», sagte er.

Sie stand unschlüssig da. Dann schaute sie schnell die Straße auf und ab, klappte den Regenschirm zusammen und stieg ein.

Sie atmete etwas schwer, als er losfuhr. Sofort roch es im Wagen nach ihrem Parfüm und nassen Kleidern. Feuchtigkeit und Kälte waren mit ihr hereingekommen, aber er meinte, darunter auch ihre Körperwärme wahrzunehmen. Ihr Haar, durch den Regen annähernd so dunkel wie ihre Naturfarbe, klebte auf ihrer Stirn und ihrem Nacken. Das Regenwasser perlte von ihrem Gesicht wie Schweiß.

Er bemerkte einen großen blauen Fleck auf einer Wange, der vergeblich mit Make-up abgedeckt war.

«Was wollen Sie?», fragte sie.

«Wir müssen reden.»

«Ach, wirklich?»

«Ich glaube schon.»

«Ich nicht. Ich habe Ihnen nichts zu sagen.»

«Vielleicht doch, wenn Sie wissen, worüber ich reden will.»

Er war nicht so zuversichtlich, wie er zu klingen versuchte. Seine Aufregung über Ann Usherwoods Neuigkeiten war verblasst, nachdem sie ihm erzählt hatte, dass eine geheim gehaltene Vorstrafe – besonders eine zwölf Jahre alte – keinen Einfluss auf die gegenwärtige Situation hatte. Die Bekanntgabe wäre peinlich für die Behörden, aber das war alles. Der Tod von Sandras Kind war zwar eine ernste Sache, aber nur ihr Mann war verurteilt worden. Man hatte ihn des Totschlags für schuldig befunden; die schlimmste Anklage gegen sie lautete Vernachlässigung der Sorgepflicht.

«Cole kann nicht dafür verantwortlich gemacht werden, was seine Frau getan hat, bevor er sie kennengelernt hat», hatte die Anwältin gesagt. «Und selbst wenn man sie für unfähig hält, mit einem anderen Kind in einem Haushalt zu leben, was ich ehrlich gesagt nicht glaube, zu wem wird Cole Ihrer Meinung nach wohl halten, wenn er gezwungen wird, eine Wahl zwischen den beiden zu treffen?»

Die Antwort lag auf der Hand. Was hat das nun gebracht?, hatte er sich müde gefragt. Was hat es gebracht, verdammt nochmal? Usherwood hatte gesagt, dass es sie in eine wesentlich bessere Position brachte, um sein Recht auf Umgangskontakt einzufordern, und ihn gefragt, ob er wolle, dass sie nun seine Beschwerde vor den Behörden vertrat. Nein, hatte er gesagt. Noch nicht.

Zuerst wollte er mit jemandem sprechen.

In der Enge des Wagens spürte er Sandra Coles argwöhnische Blicke, aber er konzentrierte sich auf die Straße. Sie schwiegen, bis sie das Haus erreicht hatten. Er hielt den Wagen an und schaltete den Motor aus.

«Sagen Sie schon, was Sie zu sagen haben», forderte sie ihn auf.

«Ich würde lieber drinnen mit Ihnen sprechen.»

«Sie können nicht reinkommen.» Unter dem aggressiven Ton klang sie beinahe ängstlich.

«Wenn wir hier sitzen bleiben, können uns alle Nachbarn sehen. Es wird ihm nicht gefallen, wenn er davon hört, oder?»

Sie presste ihre Lippen zusammen und stieg dann aus. Ben nahm seine Tasche vom Rücksitz und folgte ihr. Der Regen prasselte auf das Pflaster und durchnässte ihn auf den paar Metern bis zum Haus völlig. Es hätte ihn nicht gewundert, wenn sie die Tür hinter sich zugeknallt hätte, aber sie hatte sie offen gelassen.

Er ging hinein und wischte sich das Wasser vom Gesicht. In der Diele war es dunkel und kühl. Ein saurer Geruch stand in der Luft, den er nicht einordnen konnte. Irgendwo im Haus konnte er Sandra hantieren hören und folgte den Geräuschen.

Der Flur führte am Wohnzimmer vorbei. Die Tür war angelehnt. Er blieb stehen und spähte durch den Schlitz. Auf Sofa und Sesseln waren Kleidungsstücke und auf dem Boden Spielzeuge und Magazine verstreut. Ein T-Shirt von Jacob hing über einer Stuhllehne. Er konnte sich daran erinnern, wie Sarah es gekauft hatte. Er wandte sich ab, ging an einem Autolenkrad vorbei, das an der Wand lehnte, und betrat die Küche.

Die Küche wirkte gleichzeitig vertraut und fremd, als hätte er sie schon einmal in einem Traum besucht. Er war daran gewöhnt, sie von außen zu sehen, eingerahmt zuerst durch das Fenster und dann durch den Sucher, in dem sie so zweidimensional erschien wie ein Bild auf dem Fernsehschirm. Die Realität war sowohl lebendiger als auch irgendwie unwirklicher. Er konnte nicht ganz glauben, dort zu sein. *Ich bin im Inneren des Spiegels.* Er schaute durch das Fenster, aber der Berghang war hinter Regen und Nebel versteckt und kaum zu erkennen.

Im Vordergrund hob sich der Trümmerhaufen dunkel ab.

Sandra hatte einen Heizstrahler angestellt und drehte sich zu ihm um. Sie lehnte sich gegen die Arbeitsplatte und stemmte die Fäuste in die Hüfte.

«Und?»

Jetzt, wo Ben dort war, wusste er nicht, wie er beginnen sollte. Er stellte seine Tasche auf den Boden.

«Ich will Jacob zurück.»

Sandra starrte ihn an, warf dann ihren Kopf zurück und lachte auf. «Ach, das ist alles?» Ihr Gesicht bekam einen verächtlichen Zug, aber sie sah auch fast ein wenig erleichtert aus. «Wenn das alles war, was Sie sagen wollten, dann können Sie auch gleich wieder nach London abhauen. Danke fürs Mitnehmen.»

Die heiße Luft aus dem Heizstrahler hatte den Raum noch nicht erwärmt, er hatte aber bereits das Gefühl, in seiner dicken Jacke zu ersticken. «Wovor haben Sie Angst?»

«Ich habe vor gar nichts Angst. Ich möchte nur, dass Sie sich verpissen und uns in Ruhe lassen.»

«Ich soll Sie in Ruhe lassen?», sagte er ungläubig. «Die ganze Sache hat damit begonnen, dass Sie mir den Kontakt mit Jacob verweigert haben.»

«Wenn Sie sich solche Sorgen um den kleinen Scheißer machen, hätten Sie ihn nicht weggeben sollen.»

«Ich wusste doch noch nicht, was Cole für ein Typ ist.»

Sie ließ ihre Arme fallen und trat einen Schritt auf ihn zu. «Er ist kein Hund! Er hat auch einen Vornamen!»

Ben wich nicht zurück. «Sie wissen, dass sein Verhalten nicht richtig ist.»

«Ach ja?»

«Ich glaube schon. Und Sie wollen genauso wenig wie ich, dass Jacob hier ist.»

«Weshalb glauben Sie so genau zu wissen, was ich will?»

Weil ich dich beobachtet habe. «Liege ich etwa falsch?»

Sie schaute weg. «Das ändert sowieso nichts. Was ich will, spielt keine Rolle», sagte sie, und ihre Verbitterung war in diesen Worten fast greifbar. Abrupt drehte sie sich wieder zu ihm um. «Glauben Sie, es bringt irgendetwas, wenn Sie hierherkommen? Glauben Sie wirklich, ich helfe Ihnen? Oder dass ich es überhaupt könnte?»

«Ich habe es gehofft.»

«Da haben Sie umsonst gehofft! Tut mir leid, Sie zu enttäuschen.» Sie ging zu ihrer Handtasche und zog eine Packung Zigaretten hervor.

«Selbst wenn ich Jacob nicht zurückbekommen kann, möchte ich die Gewissheit haben, dass man sich angemessen um ihn kümmert», sagte Ben. «Er braucht speziellen Unterricht, er muss Kontakt mit anderen Kindern haben. Das alles bekommt er hier nicht.»

Sandra entzündete ein Streichholz und hielt es an die Zigarette, die sie sich zwischen die Lippen geklemmt hatte. «Das Leben ist hart, was?»

«Was soll dieser Macho-Scheiß mit den Gewichten, die er im Garten über Jacobs Kopf stemmt? Was ist, wenn er sie fallen lässt?»

Sie sah ihn durchdringend an, fragte aber nicht, woher er davon wusste. Die Furcht, die er schon zuvor meinte entdeckt zu haben, flackerte für einen Moment wieder in ihren Augen auf. «John lässt sie nicht fallen.»

«So einfach ist das, ja? Ein Fehler, und Jacob ist tot, aber Sie tun einfach so, als könnte nichts passieren?»

Sie zuckte mit den Achseln.

«Haben Sie nichts daraus gelernt, dass Ihre eigene Tochter getötet wurde, weil Sie nicht aufgepasst haben?»

Ihr Gesicht wurde kreidebleich. Der blaue Fleck auf ihrer Wange hob sich wie ein Muttermal davon ab. «Wer hat Ihnen das gesagt?»

Ben hatte das Thema nicht ganz so brutal zur Sprache bringen wollen, aber nun konnte er nichts anderes tun, als weiterzumachen. «Ich weiß, dass Sie schon einmal verheiratet waren. Und ich weiß von Ihrer Vorstrafe.» Er versuchte sich einzureden, dass er keinen Grund hatte, sich schlecht zu fühlen.

Sandra schwankte leicht, als wäre sie kurz davor, in Ohnmacht zu fallen. Sie schloss die Augen. «Das haben Sie von diesem verfluchten Detektiv, stimmt's? Ich wünschte, John hätte ihn umgebracht.»

Das hat er beinahe getan, dachte Ben. «Hat er Geld verlangt?»

Ihr Gesicht wirkte abgespannt, als sie nickte. «Er hat John gesagt, er würde dem Jugendamt davon erzählen, wenn er ihm nichts zahlt. Dämliches Arschloch.»

«Da hat Cole ihn zusammengeschlagen?»

Er dachte, sie würde ihn wieder anschreien, weil er nur Coles Nachnamen benutzte, aber sie tat es nicht. Dieses Stadium hatte sie schon hinter sich gelassen. Sie schaute ihn nur an, als wäre eine Antwort auf seine Frage überflüssig.

Er spürte, wie er rot wurde. «Wusste er nichts über Ihre Vergangenheit, bevor Quilley es ihm erzählt hat?»

«Doch, er wusste es. Aber es hat für ihn keine Rolle gespielt. Er ist anscheinend nie auf den Gedanken gekommen, dass ihn irgendetwas daran hindern könnte, seinen Sohn zurückzubekommen. Es ist sein Sohn, und basta.»

«Sind Sie nicht auf den Gedanken gekommen?»

«Natürlich bin ich darauf gekommen! Aber was hätte ich denn tun sollen? Es ihm sagen? Ich wäre voll am Arsch gewesen, wenn er gedacht hätte, wegen mir würde er seinen geliebten kleinen Sohn nicht zurückbekommen. Ich habe monatelang nicht richtig geschlafen, weil ich Angst hatte, dass es herauskommt.»

Ihre Wangen hatten wieder Farbe bekommen, aber sie sah immer noch müde aus. «Ich war total erleichtert, dass es keiner herausgefunden hat.»

«Hatten Sie keine Angst, dass man Sie im Fernsehen erkennen könnte?»

«Glauben Sie, ich sehe noch so aus wie vor zwölf Jahren?», meinte sie höhnisch. «Gott, ich wünschte, es wäre so. Außerdem dachte ich, die Sache ist ausgestanden. Die Behörde hat keine Verbindungen zwischen mir und dieser dummen, drogenabhängigen Nutte hergestellt, die zuließ, dass ihr Mann ihr Kind totprügelt. Ich dachte, ich habe das alles endlich hinter mir gelassen und ein bisschen Rampenlicht verdient.» Ihre kurze Aufheiterung war nicht von Dauer. «Dann ist wieder dieser verfluchte Detektiv aufgetaucht.»

«Wie hat Cole es aufgenommen?», fragte Ben.

Sie starrte ihn finster an. Der blaue Fleck auf ihrer Wange leuchtete fast. «Was glauben Sie wohl?»

Er schaute verlegen weg.

«Das war das erste Mal, dass er mich geschlagen hat.»

Ben musste daran denken, wie Cole sie gegen den Zaun geschleudert hatte. Anscheinend konnte man ihm seine Skepsis ansehen.

Ihre Gesichtszüge verhärteten sich. «Ich habe schon einmal einen Mann gehabt, der mich verprügelt hat. Glauben Sie, ich hätte nochmal so einen geheiratet?»

Doch sie schien keine Kraft mehr zu haben, um ihren Zorn aufrechtzuerhalten. Sie sank wieder gegen die Arbeitsplatte und zog an der Zigarette. «Gott, hätte ich doch bloß nie von Ihnen oder Ihrem Sohn gewusst. Warum konnten Sie uns nicht einfach in Ruhe lassen?»

Diese Frage hatte sich Ben selbst häufig gestellt. Er hatte keine Antwort. «Ich habe das alles nicht gewollt. Wenn Ihr Mann» – fast hätte er «vernünftig» gesagt, aber dieses Wort passte nicht einmal mehr annähernd zu Cole – «anders gewesen wäre, hätte ich mich damit zufriedengegeben, Jacob einmal im Monat zu sehen.»

Ob das stimmte, wusste er allerdings nicht genau. Er konnte sich an keinen Zeitpunkt erinnern, an dem es zwischen ihm und Cole hätte anders verlaufen können. Beide waren durch ihre Charaktere und die Ereignisse zwangsläufig ihrem Weg gefolgt, der Ben nun in diesen Raum geführt hatte, um mit Coles Frau zu sprechen. Und wohin würde er ihn von dort weiterführen? Er hatte das verwirrende Gefühl, neben sich zu stehen und auf etwas zurückzuschauen, was bereits geschehen war. Ihm war, als wäre die Entscheidung bereits getroffen worden und wartete nur darauf, dass er hinterherkam.

Dann ging das Gefühl vorüber.

«Wie haben Sie ihn kennengelernt?», fragte er.

«Oh, bitte nicht.»

«Nein, ich würde es wirklich gerne wissen.» Das stimmte.

Er wollte, dass sie sich öffnete, er war aber auch aufrichtig neugierig.

Eine Weile machte sie noch ein verärgertes Gesicht, dann zuckte sie mit den Achseln. «Nachdem ich aus Portsmouth weggegangen war, wohnte ich in der Nähe von Aldershot, nicht weit von dort, wo er stationiert war. Ich bin dort mit einer Menge Soldaten herumgezogen. Sie wissen schon.»

Ben glaubte zu wissen, was sie meinte.

«Ich arbeitete in einem Pub, und eines Abends sind mir zwei Einheimische auf den Wecker gegangen, weil ich nicht mit ihnen mitgehen wollte. Ich sagte ihnen, dass sie sich verpissen sollen, aber sie hatten schon eine Menge getrunken und wurden ruppig. In dem Moment kam John vorbei und hat ihnen gesagt, sie sollen damit aufhören. Ich kannte ihn nicht, aber man konnte sehen, dass er ein Soldat war. Das lag nicht nur am Haarschnitt. Er hatte so etwas an sich. Er stand einfach da und sagte kein Wort, während die anderen beiden eine große Klappe hatten. Das war kurz nachdem er angeschossen und kurz bevor er entlassen wurde. Er hinkte damals noch ziemlich schlimm. Trotzdem hätten die beiden wissen müssen, dass man sich besser nicht mit ihm anlegt. Er war ganz bei sich, und sie waren besoffen. Einer wollte auf ihn losgehen.»

Sie wurde still, während sie sich erinnerte, und musste dabei lächeln. «Danach haben sie für eine Weile keine große Klappe mehr gehabt.» Das Lächeln verschwand, als sie wieder in die Gegenwart zurückfand. «Die beiden waren vernünftiger als Sie.»

Ben ging zum Fenster. Dadurch war er ihr näher. Er spürte, dass sie ihn argwöhnisch beobachtete, als er hinaus in den Garten schaute. «Was macht er da draußen?»

«Er ist nicht da, er ist bei der Arbeit.»

«Sie wissen, was ich meine.»

«Nein, weiß ich nicht.»

Sie klang wenig überzeugend. Er sah, wie sie kurz verstohlen durchs Fenster in den Garten schaute. Ihr Mund zog sich auf einer Seite zusammen, als sie auf der Innenseite ihrer Wange kaute. Ben fühlte sich seltsam wohl mit ihr.

«Baut er irgendwas?», fragte er.

«Warum fragen Sie ihn nicht selbst?»

«Weil ich meinen nächsten Geburtstag erleben will.»

Das Lächeln kehrte zurück, aber es war kurzlebig. Er wartete. Sie drückte ihre Zigarette aus.

«Er sucht nach dem System.»

«Er sucht was?»

«Das Scheißsystem.» Sie sprach es theatralisch aus, aber ohne Humor. «Er glaubt, dass alles ein System hat. Dass es einen Grund für alles gibt, was passiert, nur dass wir ihn nicht sehen können. Er meint, dass er überall versteckt ist und dass man nur zu wissen braucht, wo man suchen muss.»

Sie deutete mit einer Handbewegung hinaus. «Deswegen haben wir den ganzen Schrott da draußen. Denn wenn er ihn gründlich genug durchsucht, erkennt er darin vielleicht sein System. Er glaubt, dass man es leichter in zertrümmerten Sachen finden kann. Da ist es näher an der Oberfläche oder so. Er hat so ein Gerät, mit dem er den Polizeifunk abhören kann. Wenn irgendwo ein Unfall ist, ist er immer gleich vor Ort und schleppt die Wracks ab. Je schlimmer der Unfall, desto besser. Vor einer Weile gab es auf der Autobahn eine Massenkarambolage, da musste er sich vom Schrottplatz extra einen Lkw leihen, um seine ganzen verfluchten Souvenirs nach Hause zu bringen.»

Ben dachte daran, wie Cole die Metallteile im Garten sortierte und jede neue Anordnung genau studierte. Dann erinnerte er sich, wie er das erste Mal hergekommen war, um Jacob abzuholen. Cole hatte damals gesagt, Ben sei kein Teil des «Systems» mehr.

Er wollte lieber nicht darüber nachdenken, was das bedeuten sollte.

«Was erwartet er darin zu erkennen?», fragte er.

«Was weiß ich. Irgendeine Erklärung dafür, warum passiert, was passiert. Warum sein Sohn entführt wurde, warum seine Frau vor einen Bus gelaufen ist, warum er in Nordirland verwundet wurde und seine Kameraden getötet wurden. Vielleicht sogar, warum er in einem Waisenhaus aufgewachsen ist. Er glaubt, es muss für alles einen Grund geben. Und er glaubt, wenn er das System erkannt hat, kennt er auch den Grund für alles.»

Sie starrte durch das regenverschmierte Fenster auf die verbeulten Metallteile, als hoffte auch sie, dort eine Erklärung zu finden.

«War er schon so, als Sie ihn kennengelernt haben?»

Sandra schüttelte den Kopf, ohne sich umzuschauen. «Er war anders als die meisten anderen Soldaten, die ich kennengelernt hatte, aber das war alles.» Ihr Mund zuckte. «Zum Beispiel versuchte er mir nicht sofort an die Wäsche zu gehen. Das war eine Sache, die ich an ihm mochte. Und er war ein stiller Typ. Nicht schüchtern, aber still. Die meisten von denen haben dir sofort ihre Lebensgeschichte erzählt, er aber wollte lieber meine hören. Ich habe ihm nicht alles erzählt, auf jeden Fall nicht gleich, und erst als ich ihm erzählt habe, was mit Kirstie passiert ist, mit meinem Mädchen, da hat er darüber gesprochen, was ihm passiert ist.»

Sie schniefte. Ben war sich nicht sicher, ob sie kurz vor dem Weinen war oder ob es an der trockenen Wärme in der Küche lag. Seine Nase kitzelte jedenfalls deswegen.

«Nachdem er die Sache mit Kirstie gehört hatte, sagte er eine Ewigkeit kein Wort mehr. Ich dachte, ich hätte ihn abgestoßen und dass er mich genauso dafür verantwortlich machte wie alle anderen. Aber dann erzählte er mir, dass sein Sohn aus dem Krankenhaus verschwunden ist und seine Frau sich umgebracht hat. Er meinte, dass Leute wie wir, die ihr Leben versaut haben, deswegen beschädigt sind. Genauso hat er es gesagt: ‹beschädigt›. So aufgeregt wie damals habe ich ihn nie wieder erlebt. Er meinte, wir wären füreinander bestimmt, da wir beide unsere Kinder und alles verloren hatten. Damals hat er gesagt, es wäre ein Teil des Systems, aber genau kann ich mich nicht erinnern. Ich dachte nur, er ist romantisch. Leicht bescheuert, aber romantisch.»

Sie lachte kurz und bitter auf. «Dabei war ich für ihn auch nur ein beschissenes Schrottteil.»

Am liebsten hätte er sie in den Arm genommen, doch er behielt seine Hände in den Taschen. «War er damals auch schon so davon besessen?»

«Keine Ahnung. Ich glaube nicht. Warten Sie mal, ich zeige Ihnen etwas.»

Sie ging aus der Küche. Er hörte sie den Flur hinunter und ins Wohnzimmer gehen. Es klang so, als würde sie eine Schublade aufziehen. Kurz darauf kam sie mit einem großen Fotoalbum zurück. Sie legte es neben ihn auf die Arbeitsplatte. Sie roch nach Parfüm und Zigarettenrauch und leicht nach Achselschweiß.

Er nahm die Hände aus den Taschen.

«Das ist Johns Album», sagte sie, schlug es auf und blätterte schnell durch die ersten Seiten. Ben sah Bilder eines jüngeren Cole, der auf einem Motorrad saß, in einer grünen Uniform dastand und lächelnd einen Arm um eine schwangere jüngere Frau gelegt hatte.

Er erkannte Jeanette Cole, Jacobs Mutter, aber Sandra hatte schon weitergeblättert.

«Hier», sagte sie. «Die hat er gemacht, als er am Golf war. Während des Krieges.»

Sie trat ein kleines Stück zur Seite, damit er die Bilder sehen konnte. Er spürte die Wärme ihrer Hüfte, die beinahe seine berührte, als er näher kam. Es waren vier Fotos, zwei auf jeder Seite. Auf einem war eine brennende Ölquelle zu sehen. Die anderen zeigten Trümmerlandschaften in der Wüste. Ein Panzer, dessen rechte Kette abgerissen war. Über dem verrußten Geschützturm lag eine verkohlte Leiche. Das Wrack eines Hubschraubers, dessen Rotorblätter schlaff wie verwelktes Laub herunterhingen.

«Die hat er gemacht, noch bevor seine Frau schwanger war», sagte Sandra. «Bevor bei ihm alles den Bach runterging. Ich glaube nicht, dass er damals schon von Wracks besessen war, die Bilder waren einfach nur Souvenirs, wissen Sie? Erst nach unserer Hochzeit hat er gezielt nach Schrottteilen gesucht und sie hier gelagert.»

Diese Art von Souvenirs hätte Ben nicht mit nach Hause gebracht. Vielleicht war Coles Obsession damals noch nicht voll ausgebildet, die Anlage dafür war auf jeden Fall bereits vorhanden. Die Bilder auf den nächsten Seiten zeugten von der gleichen morbiden Faszination. Die meisten waren nicht in der offenen Wüste, sondern an einer Straße aufgenommen worden, die voller ausgebrannter Militär- und Zivilfahrzeuge war. Sie waren umgestürzt, die Reifen waren platt oder geschmolzen und die Karosserien wie Papier zerknittert. Auf manchen Fotos erstreckte sich die Straße bis zum Horizont, und außer den zahllosen Wracks war weit und breit nichts zu sehen. Die Leichen, die dazwischen lagen, schienen keine Bedeutung zu haben.

Ben schaute sich den Rest des Albums an. Am Anfang gab es auch normale Schnappschüsse von grinsenden britischen Soldaten vor einem orientalischen Laden und vor einem Zelt im Sand, aber mit der Zeit hatte Cole offenbar nur noch Trümmer fotografiert.

Statt der Wüste zeigten die Fotos dann eine kältere, vertrautere Landschaft. Auf einer Straße lag ein umgekippter Truppentransporter. Dahinter sah man graue Wolken, grüne Hügel und Büsche. Der zertrümmerte Wagen lag halb in einem Bombenkrater.

«Das ist in Nordirland», sagte Sandra. Er konnte ihren Atem an seinem Ohr spüren. Er schlug die Seite um. Die Motive ähnelten sich, doch jetzt schien bei den Fotos mehr auf die Belichtung und die Perspektive geachtet worden zu sein. Während die früheren Bilder nur Schnappschüsse und vor allem durch ihren Inhalt dramatisch gewesen waren, wirkten diese selbstbewusster und durchdachter. Auf einem zeichneten sich die Trümmer eines Fahrzeugs vor einem Sonnenauf- oder -untergang ab. Die Sonne wurde von manchen Teilen reflektiert, während sie den Rest in ein tiefes Schwarz tauchte. Das Foto war körnig und schlecht entwickelt, aber trotzdem wirkungsvoll.

«War dies bei seinem letzten Einsatz drüben?», fragte Ben. «Nachdem Jacob verschwunden und seine Frau gestorben war?»

«Ja, ich glaube.» Sandra klang eher misstrauisch als überrascht. «Warum?»

«Nur so.» Er sagte sich, dass er zu viel in ein paar Fotos hineininterpretierte. Aber er konnte sich des Gedankens nicht erwehren, dass die ersten lediglich von einer morbiden Neugier gefärbt waren, während Cole bei den letzten bereits begonnen hatte, etwas zu suchen.

Er blätterte weiter. Es gab nur noch ein Foto. Es war schwarz-weiß und aus einer Zeitung ausgeschnitten und zeigte zwei Land Rover der Army. Der erste lag auf dem Dach, bei dem zweiten, der dahinter stand, waren die Türen geöffnet und die Windschutzscheibe zerschmettert. In der Karosserie klafften dunkle Löcher, die wie Einschüsse aussahen.

«Das war der Hinterhalt, bei dem John angeschossen wurde», erzählte Sandra ihm. «Eigentlich sollte er in dem ersten Wagen sitzen, der auf dem Dach liegt, weil er der Corporal war. Aber bei dem hat das Funkgerät nicht funktioniert, deshalb ist er mit dem anderen gefahren. Ungefähr eine Meile nachdem er die Wagen gewechselt hat, ist der erste über eine Landmine gefahren. Alle Insassen wurden getötet. Dann haben die Schweine mit einem Maschinengewehr auf sie geschossen.»

Ben klappte das Album zu.

«Von mir waren nicht viele Fotos drin, was?», sagte sie. Aus ihrer Verbitterung war Verletzung geworden.

«Wann hat er damit begonnen, die Schrottteile mit nach Hause zu bringen?», fragte er, um das Thema zu wechseln.

«Wir waren kaum hier eingezogen.» Sie rückte von ihm weg. Er war sich nicht sicher, ob er erleichtert war oder nicht. «Er hatte sich nach einem Job umgesehen. Ich dachte, er würde etwas in einer Werkstatt finden oder so. Wussten Sie, dass er eine Ausbildung als Schlosser hat? Er kann alles reparieren, was mit Maschinen und so zu tun hat, da hat er echt was drauf. Deswegen ist er bei der Army auch zu den Pionieren gegangen. Aber dann kam er eines Tages nach Hause und sagte, er hätte einen Job auf dem Schrottplatz. Mir war es egal, ich dachte, es wäre nur für den Übergang. Ich habe mir nicht mal was dabei gedacht, als er plötzlich Teile mit nach Hause gebracht hat. Am Anfang dachte ich, er will sie zurechtmachen und verkaufen, was weiß ich. Dann fing er an, von seinem System zu reden.»

Sie starrte Ben an, als wäre es seine Schuld. «Es war vorher schon schlimm genug, aber als er herausgefunden hat, dass Steven» – *Jacob*, dachte er – «noch am Leben ist, hat er plötzlich doppelt so viel angeschleppt. Ich habe ihm gesagt, dass die Leute vom Jugendamt einen Anfall kriegen, wenn sie das Zeug sehen, aber er hat nicht hingehört. Und sie sind ja auch nie hinten in den Garten gegangen. Sie haben sich ein bisschen im Haus umgeschaut, das war's. Als sie in die Küche gekommen sind, habe ich einfach die Vorhänge zugezogen. Vollidioten.»

Sie hatte es ohne Emotion gesagt. Ihr enges Kleid schmiegte sich an ihre Oberschenkel, als sie sich gegen die Tischkante lehnte. «Jetzt hat John für nichts anderes mehr Zeit. Er könnte in jeder Werkstatt einen Job kriegen und gutes Geld verdienen, aber er will nicht. Und er muss auch noch für alles zahlen, was er mit nach Hause bringt. Das fette Arschloch, für das er arbeitet, zieht es ihm vom Gehalt ab, als hätte er nicht genug von dem Kram. John hört mir nicht mehr zu. Er spricht kaum noch mit mir. Er kümmert sich nur noch um seinen verdammten Schrott. Und um das Kind. Er lässt seinen geliebten Sohn nicht mehr aus den Augen. Er glaubt, der Kleine könnte ihm helfen, das System zu erkennen, weil er immer mit Puzzles und diesem Zeug spielt.»

«Das ist doch Blödsinn. Viele autistische Kinder sind beim Puzzeln gut. Es ist nichts Ungewöhnliches.»

«Erzählen Sie das mal John», sagte sie bitter. «Er glaubt, das passt alles zusammen. Erst wird Steven ihm helfen, und dann kann er Steven helfen. Oder so ähnlich. Es passt alles ins *System*, oder?»

Ihr Ton war voller Sarkasmus. Ben erinnerte sich, wie Cole Metallteile vor Jacob aufgebaut hatte, als würde er auf seine Reaktion warten. Als könnte der Junge erkennen, was sein Vater darin vermutete. «Ach du Scheiße.»

«Ach, Sie haben ja keine Ahnung», sagte Sandra. Sie lächelte wieder, aber es sah nicht freundlich aus. «Er trainiert, bis ihm schlecht wird. Er will in einen Zustand kommen, in dem er sein beschissenes System *sehen* kann. Bisher hat er es offenbar noch nicht geschafft, aber das bedeutet nur, dass er härter trainieren muss. Davon kriegt er einen klaren Kopf, sagt er. Hat er jedenfalls mal gesagt. Jetzt spricht er überhaupt nicht mehr darüber. Auf jeden Fall nicht mit mir, aber manchmal höre ich, wie er dem Jungen davon erzählt. Als ob der ihn verstehen würde.»

«Stemmt er deswegen das Maschinenteil über Jacobs Kopf? Um sich härter zu fordern?»

Für einen Augenblick bekam ihr Gesicht einen argwöhnischen Zug, dann war er verschwunden. «Nehme ich an», sagte sie und betrachtete ihre Nägel. «Ich habe nicht gefragt.»

Sie hatte auch noch nicht gefragt, woher er wusste, was Cole im Garten tat. Ben fragte sich, ob sie lieber nicht wissen wollte, was er sonst noch gesehen haben könnte.

«Was macht er in dem Schuppen?», fragte er.

Ihr Blick war eine Mischung aus Angst und Abneigung. Er wich schnell einer Resignation. «Sie können es sich selbst anschauen.»

Sie lief an ihm vorbei zur Hintertür. Als er ihr folgen wollte, blieb sie plötzlich stehen, sodass er mit ihr zusammenstieß. Er wich zurück und wurde rot.

«Tut mir leid», murmelte er.

«Hab den Schlüssel vergessen.» Sie wirkte zufrieden, als

sie den Schlüsselbund aus einer Schublade der Einbauküche nahm, so als hätte sie sich etwas bewiesen. Ben spürte, dass sie sein überlegenes Gefühl geschickt untergraben hatte. Regen und eisige Luft fegten in die Küche, als sie die Tür öffnete. Er machte seine Jacke zu, während Sandra nicht einmal eine angezogen hatte. Im Garten war es matschig. Statt Rasen war auf dem Boden aus zerbrochenen Pflastersteinen ein schmaler Trampelpfad verlegt worden. Durch den Regen sah Ben den runden Metallwall.

Er war größer geworden.

Ben wich einem spitzen Karosserieteil aus, das aus dem Haufen hervorragte. Der Sitz, auf dem Jacob gespielt hatte, während Cole das Maschinenteil über ihn stemmte, sah nass und verlassen aus. Die davor liegenden verbeulten Autoteile ähnelten einem ausgenommenen Tier.

Sandra schloss das Vorhängeschloss auf und öffnete die Schuppentür. Der Wind riss sie ihr aus der Hand und knallte sie gegen die Holzwand. Ben folgte ihr hinein.

Ein beißender Geruch nach Teer, Harz und altem Schweiß strömte ihm entgegen. Es war dunkel und so beengt, dass er dicht neben Sandra stehen musste. Das Haar klebte ihr am Kopf, klatschnass vom Regen. Von seinem tropfte ihm Wasser ins Gesicht und auf den Nacken. Er blinzelte, um den Gegenstand erkennen zu können, der den größten Teil des Schuppens einnahm.

Zuerst hielt er es einfach für eine Art Trainingsmaschine wie aus einem Fitnesscenter. Er konnte einen Stahlrahmen, Rollen und schwere Gewichte erkennen. Dann sah er die Seile, die an der langen Holzbank angebracht waren, und die ölverschmierten Zahnräder.

Das Gerät schien eher dafür bestimmt zu sein, etwas auseinanderzureißen, als zu trainieren.

«Deswegen geht er hier rein», sagte Sandra. Sie zitterte. «Er hat sie selbst gebaut.»

Ben versuchte sich noch immer darüber klarzuwerden, was es war. Im Grunde glaubte er es zu wissen, er konnte es nur nicht ganz glauben. «Was ist das?»

«Eine Folterbank, was dachten Sie denn?»

Die Seile hatten Schlaufen für Handgelenke und Knöchel, außerdem gab es ein Geschirr aus Stirnband und Kinnriemen mit Klettverschlüssen. Sowohl die Seile als auch das Geschirr waren mit Gewichten verbunden, die wie stählerne Früchte über Kopf- und Fußende der Bank hingen und wiederum mit den schweren Zahnrädern gekoppelt waren. Sandra fuhr mit den Fingern über den Rahmen. Ihre Nägel waren abgekaut und spröde.

«Er schnallt sich selbst an und löst die Bremse der Gewichte. Die Zahnräder stoppen sie erst, wenn sie fast auf den Boden gekracht sind, aber sobald sie über eine Kerbe gesprungen sind, kann man sie nicht mehr zurückziehen. Er hat es so gebaut, dass sie immer schwerer werden, je weiter sie nach unten fallen. Die einzige Möglichkeit, sie anzuhalten, ist damit.» Sie zeigte auf einen Mechanismus am Kopf der Bank. Er bestand aus ein paar kleineren Gewichten und war am Kopfgeschirr angebracht. «Es ist eine Art Kupplungshebel. Aber man muss diese Gewichte mit dem Nacken weit genug vom Boden heben, damit er einrastet.»

«Mein Gott.»

«John lässt sich so weit wie möglich auseinanderziehen und versucht dann, sich so lange, wie er kann, in der Position zu halten. Als er die Bank gerade gebaut hatte, bin ich mal reingekommen und habe ihn dabei gesehen. Ich habe mich so erschrocken, dass er die Konzentration verloren hat und beinahe gestorben wäre. Nachdem er sich befreit hatte, hat er sich übergeben und mir verboten, jemals wieder hier reinzukommen. Ich dachte, er würde mich schlagen, aber das hat er nicht getan. Damals nicht.» Ihre Stimme klang völlig gleichgültig. «Seitdem habe ich ihn nie wieder dabei gesehen, aber daran, wie lange er hier drinbleibt und wie er aussieht, wenn er wieder rauskommt, merke ich, dass er es immer weiter und weiter treibt. Eines Tages ...» Sie beendete den Satz nicht.

Ben versuchte sich vorzustellen, was es für ein Gefühl war, in die Maschine geschnallt zu sein. «Warum tut er das?»

Sie rieb sich die Arme. «Er glaubt, der Schmerz ist gut. Angeblich wird er dadurch gereinigt und kann sich besser konzentrieren oder so. Damit er sein tolles *System* erkennen kann.»

Ben starrte auf die Seile. Sie hatten Schweißflecken, und an manchen Stellen sahen sie aus, als wären sie mit getrocknetem Blut beschmiert. «Sind Sie sicher, dass er sich nicht einfach selbst bestraft?»

Sie betrachtete die Folterbank, als würde sie ihr Angst machen. «Ich bin mir bei gar nichts sicher.» Sie wandte sich plötzlich ab. «Gehen wir wieder rein. Ich friere.»

Beim Hinausgehen fiel Ben auf einem Regal neben der Tür die Schrotflinte auf. Er musste daran denken, wie sie den Kopf des Hundes zugerichtet hatte. Immerhin schließt er den Schuppen ab, dachte er, als er zuschaute, wie Sandra das schwere Vorhängeschloss zuschnappen ließ. Er folgte ihr zurück ins Haus. Kaum hatten sie die Küchentür hinter sich zugemacht, beschlugen die Scheiben. Sie waren beide klatschnass, aber er hatte wenigstens eine Jacke an. Sandras Kleider klebten an ihr. Unter ihrem Pullover konnte man die Umrisse ihres BH sehen. Ihre Brustwarzen ragten durch beide Stoffschichten hervor.

«Sie machen den Teppich ganz nass», sagte sie. «Wenn Sie noch bleiben wollen, können Sie auch Ihre Jacke ausziehen.»

Er tat es und legte sie über seine Tasche. Sie reichte ihm ein Handtuch. Obwohl es bereits feucht war und nicht besonders sauber aussah, nahm er es. Sandra rieb mit einem anderen energisch ihr Haar.

«Ich bin nass bis auf die Haut.» Ohne Schüchternheit zog sie ihren Pullover aus und ließ ihn auf einen Stuhl fallen. Auf Armen, Brust und Bauch hatte sie eine blasse Gänsehaut. Ihr weißer BH war halb durchsichtig.

«Es stört Sie doch nicht, oder?», fragte sie und klemmte ihr nasses Haar hinter die Ohren. Ihre großen Brüste hoben sich bei der Bewegung.

«Nein.» Er versuchte sich zu erinnern, was er als Nächstes sagen wollte. «Hören Sie ...»

«Kaffee?»

«Äh, gerne.»

Über dem Bund ihres Rocks hatte sie eine kleine Speckrolle. Sie ging zur Spüle und füllte den Wasserkocher. Links unter dem BH-Riemen hatte sie auf dem Rücken ein Muttermal von der Größe eines kleinen Fingernagels. Als er sie durch das Teleobjektiv beobachtet hatte, war es ihm nicht aufgefallen.

Er zwang sich, durch das Fenster auf den Schrotthaufen zu schauen.

«Warum nur Autowracks?»

«Was?» Sie drückte den Stecker des Wasserkochers mit einem festen Ruck in die Steckdose. Neben ihren Rippen zuckte ein Muskel.

«Der ganze Schrott. Warum sind es nur Autoteile? Warum nicht auch Teile von Kühlschränken oder Waschmaschinen?»

«Weil Autounfälle so brutal sind. Gerade fuhr die Kiste noch herum, im nächsten Moment ist sie Schrott. Und irgendein Mensch mit ihr. Er glaubt, dass jedes Teil, das er nach Hause bringt, eine Art Erinnerung daran ist. Dass jemand ums Leben gekommen ist.» Sie hatte sich zu ihm umgedreht, schien für einen Augenblick jedoch vergessen zu haben, dass er da war. Dann tauchte sie wieder aus ihrer Versunkenheit auf und lächelte.

«Ich verstehe nicht, welchen Sinn es machen soll, nach Gründen zu suchen», sagte sie. «Die Dinge passieren eben, oder? Man muss einfach das Beste aus dem machen, was man hat.»

Ben sagte nichts, da sie nun auf ihn zukam. Sie wandte ihren Blick nicht von seinem ab und lächelte noch immer. Als sie dicht vor ihm stehenblieb, war er überrascht, wie klein sie war. Er spürte, wie der Stoff ihres Büstenhalters gegen sein Hemd streifte. Ihre großen Brüste kamen ihm wie eine unterschwellige Bedrohung vor. Sie legte ihre Hände flach auf seine Brust. Erst waren sie kalt, dann kam die Hitze durch.

«Und was haben *Sie?*», fragte sie und schaute hoch zu ihm. Gleichzeitig rutschte eine Hand tiefer und bahnte sich langsam einen glühend heißen Weg seinen Bauch hinab. Das Pochen in seinem Kopf verdoppelte sich mit dem in seinem Schritt, wo ihre Hand mittlerweile angekommen war. Als sie dagegendrückte, durchfuhr ihn ein Zittern, als hätte sie eine Stimmgabel angeschlagen. Um sein Gleichgewicht zu halten, wich er ein Stück zurück, und da hörte er unter seinen Schuhen etwas knirschen.

Er schaute hinab. Eines von Jacobs Geduldspielen war unter seinen Absatz geraten. Winzige Silberkugeln rollten aus dem zerbrochenen Plastikgehäuse. Als er seinen Fuß hob, stoben noch mehr davon und rollten wie Quecksilberperlen über den schmutzigen Teppich.

«Macht nichts», sagte Sandra. «John hat ihm einen ganzen Haufen davon gekauft. Sie liegen überall rum.»

In Ben rührte sich etwas, doch es hatte nichts mit dem Druck ihrer Hand zu tun. Er machte einen weiteren Schritt zurück. Sie betrachtete ihn überrascht, dann verschloss sich ihre Miene. Sie ließ ihre Hand hängen.

«Okay», sagte sie und schaute weg. Unsicher verschränkte sie die Arme über der Brust. «Tut mir leid, wenn ich nicht gut genug für Sie bin. Ich nehme an, Sie sind an Models gewöhnt.»

Ben fiel nichts zu sagen ein, was die Situation verbessert hätte. Der Wasserkocher schaltete sich mit einem Klicken aus, der Dampf beschlug die Fensterscheibe noch mehr. Vorsichtig, um auf keine Silberkugel zu treten, brachte er noch etwas mehr Abstand zwischen sie. Er versuchte, sich wieder darauf zu konzentrieren, warum er hergekommen war.

«Ich werde dem Jugendamt sagen, dass Ihr Mann meiner Meinung nach nicht in der geistigen und seelischen Verfassung ist, um für Jacob zu sorgen», sagte er.

Sandra ging zu dem Stuhl hinüber, auf dem ihr Pullover lag. «Machen Sie, was Sie wollen.»

«Das ganze Zeug dort in dem Schuppen. Er ist selbstzerstörerisch. Ich werde nicht zulassen, dass Jacob etwas geschieht, nur weil sein Vater von irgendeiner Idee besessen ist.»

«Schön für Sie.» Sie befühlte den nassen Pullover und ließ ihn mit einer verärgerten Miene wieder fallen. Dann nahm sie ein Sweatshirt von einem anderen Stuhl.

«Werden Sie mich unterstützen?»

Sie hielt im Anziehen des Sweatshirts inne und starrte ihn an. «Sie unterstützen? Sie spinnen wohl!»

«Sie haben mir gerade erzählt, wie er ist.»

«Das heißt noch lange nicht, dass ich behaupten werde, er ist irgend so ein Irrer, nur damit Sie ihm seinen Sohn wegnehmen können.»

«Er braucht Hilfe.»

Sie lachte schrill auf. «Brauchen wir nicht alle Hilfe?» Sie zog mit einem Ruck das Sweatshirt über den Kopf. «Und tun Sie doch bloß nicht so, als würden Sie sich Gedanken um John machen. Sie interessieren sich einen Scheiß für ihn. Sie machen sich nur Sorgen um das Kind.»

«Würden Sie das nicht auch tun?»

Sie hob gleichgültig die Schultern. «Der Junge wird sich genauso zurechtfinden müssen wie jeder von uns. Und wenn das alles war, was Sie wollten, dann können Sie sich jetzt verpissen. Ich muss mich ums Abendessen kümmern.»

Ben nahm seine Tasche und holte die Fotos von ihr und den Männern im Schlafzimmer hervor. Als er sie ihr hinhielt, sah sie ihn verstört an. «Was soll das?»

Da er nicht antwortete, kam sie einen Schritt näher und nahm sie. Sie starrte auf das erste und sah sich schnell ein paar weitere an.

Dann schleuderte sie ihm die Fotos entgegen.

«Sie Arschloch! Sie Scheiß...!»

Er dachte, sie würde auf ihn einschlagen, aber sie senkte die Arme und ließ den Kopf hängen. «Ich hoffe, Sie haben es genossen. Sie verfluchtes Stück Scheiße.»

Seine Wange brannte von der Kante eines der Fotos. Er legte seine Finger auf die Stelle. Als er sie zurückzog, waren sie mit Blut befleckt. Er suchte nach einem Taschentuch. Seine Arme kamen ihm tonnenschwer vor. Er hatte das Gefühl, als würde er sich durch einen Sumpf aus Schuld bewegen.

«Und was haben Sie jetzt damit vor?», fragte sie. «Wollen Sie einen auf Quilley machen? Wollen Sie mich erpressen, damit ich sage, John soll weggesperrt werden?»

Er drückte das Taschentuch auf den Schnitt. «Ich möchte nur, dass Sie dem Jugendamt das sagen, was Sie mir gesagt haben.»

«Damit Sie Steven wiederkriegen? Was glauben Sie wohl, was er mit mir macht, wenn ich das tun würde?»

«Was wird er tun, wenn er erfährt, dass Sie mit anderen Männern geschlafen haben, während er bei der Arbeit war? Und dass Sie Geld dafür genommen haben?»

Sie bedeckte ihre Augen. Ein Teil von Ben wollte im Boden versinken. Er tat sein Bestes, diesen Teil zu ignorieren. «Man wird ihm Jacob wahrscheinlich sowieso nicht wegnehmen.» *Du verdammter Heuchler.* «Aber wenn niemand etwas unternimmt, wird er früher oder später einen von beiden töten. Entweder Jacob oder sich selbst. Sie werden ihn so oder so verlieren.»

Sie schluckte mehrmals, während sie mit den Händen über ihre Wange rieb und die Haut wie eine Gummimaske verzog. Mascaraspuren folgten ihren Fingern.

«Da glaubst du, du kannst die Vergangenheit hinter dir lassen», sagte sie. «Glaubst, du kannst ihr entkommen, aber man entkommt ihr nie. Sie bleibt immer ein Teil von dir. Als ich John kennenlernte, dachte ich ...»

Sie beendete den Satz nicht. Durch die verschmierte Wimperntusche sah ihr Gesicht aus, als wäre es zu lange im Regen gewesen.

«Wir haben seit einem Jahr keinen Sex mehr gehabt.»

Ich will das nicht hören, dachte Ben, aber er rührte sich nicht. Das war er ihr schuldig.

Sie starrte auf die am Boden verstreuten Fotos. «Schon

bevor diese Sache angefangen hat, haben wir nicht mehr miteinander geschlafen. Er hat kein Interesse mehr daran. Er ist zu einem verfluchten Mönch geworden. Sex ist eine Ablenkung, es würde ihn daran hindern, sein System zu erkennen. Besonders wenn er mit jemandem wie mir schläft. Er sagt es zwar nicht, aber ich kann es an seinen Blicken sehen. Mit den Schwänzen, die die Alte hatte, kann man die Straße bis nach London pflastern. Deshalb dachte ich irgendwann, na schön, wenn ich in seinen Augen eine billige Nutte bin, dann verhalte ich mich eben auch so. Als mich das nächste Mal im Pub ein Kerl angemacht hat, habe ich gesagt, okay, warum nicht. Und wenn ich es schon einmal getan hatte, warum sollte ich es nicht noch einmal machen? Das Geld kam mir auch ganz gelegen. Auch daran ist John nicht mehr interessiert. Wir hätten die Geschichte an die Zeitungen verkaufen und ein Vermögen machen können, aber nein! Das hätte ihn ja davon abhalten können, das System zu sehen, nicht wahr?»

Der kurze Wutausbruch flaute schnell wieder ab. Sie zuckte mit den Achseln. «Hin und wieder darf ein Kerl vorbeikommen. Viele sind es nicht, weil die meisten zu viel Angst vor John haben. Aber es gibt auch welche, die macht gerade das geil. Manchmal bilde ich mir sogar ein, dass sie wirklich mich wollen. Dabei müsste ich es mittlerweile besser wissen. Selbst John hat nur geglaubt, er hätte irgendwas in mir gesehen, und jetzt will er auch das nicht mehr.»

Sie schaute Ben von oben bis unten an. Er fühlte sich verbrannt von der Verachtung, die er in ihren Augen sah.

«Aber das spielt ja keine Rolle, oder? Ich bin nur eine dreckige Hure. Ich bin es ja gewöhnt, mich zu verkaufen.»

Er zwang sich dazu, an das Bild von Jacob zu denken, wie er unter dem hochgestemmten, schlammverschmierten

Maschinenteil saß, das jederzeit hinabfallen konnte, und versuchte damit, sein schlechtes Gewissen zu verdrängen. «Werden Sie mir helfen?»

Sandra starrte teilnahmslos die Fotos auf dem Boden an. Sie sah alt und erschöpft aus. «Habe ich eine Wahl?»

«Alles, was Sie sagen, können wir vertraulich behandeln. Er muss nicht davon erfahren.»

«Gehen Sie einfach.»

Er nahm seine Tasche und seine Jacke. Sie stand unbeweglich zwischen den Fotos, als er hinausging. Nachdem er im Wagen saß, fiel ihm auf, dass er noch immer das Taschentuch in der Hand hielt, das er auf seine Wange gedrückt hatte. Das Blut darauf sah aus wie das Klecksbild bei einem Rorschachtest. Er knüllte es zusammen und stopfte es in seine Tasche, ohne sich die Mühe zu machen, das Muster zu deuten.

Kapitel 19

Keith unternahm seinen Selbstmordversuch in der gleichen Woche, in der die Sozialbehörden beschlossen, eine Sitzung mit allen an Jacobs Fall beteiligten Personen abzuhalten. Ben hatte ihnen die Fotos von Coles Aktivitäten im Garten vorgelegt und sie von Sandras Bereitschaft unterrichtet (wenn man es so nennen konnte), zu bestätigen, dass ihr Mann geistig krank war und eine Bedrohung für seinen Sohn darstellte. Das allein wäre schon genug Zündstoff gewesen, um eine Ermittlung auszulösen. Doch seine Neuigkeiten über Sandras Vergangenheit, die man völlig übersehen hatte, kamen einem brennenden Streichholz in einer Kiste voller Feuerwerkskörper gleich.

Ben sagte sich, dass er keine Wahl hatte. Er war Sandra in keiner Weise verpflichtet und konnte es sich nicht leisten, Beweise zu ignorieren, die seine Beschwerde untermauerten. Er versuchte sich damit zu beruhigen, dass die Sünden ihrer Vergangenheit sowieso eines Tages entdeckt worden wären und dass er sie ausreichend schützte, indem er über ihre jüngsten Affären Stillschweigen bewahrte.

Aber dadurch fühlte er sich kein bisschen besser.

Sandras Bitte, ihre Aussage vertraulich zu behandeln, wurde von den Behörden stattgegeben, wenn auch ungern. Trotz allem hatte Ben weiterhin das Gefühl, dass man Cole eigentlich nicht für gefährlich hielt. Er wusste nicht, ob die Behörden sich einfach nur sträubten, die Fehler bei ihrer ursprünglichen Einschätzung zuzugeben, aber besonders Carlisle reagierte mit dem trotzigen Widerwillen eines Kindes, das sich die Finger verbrannt hatte. Auf jeden Fall konnte der Sozialarbeiter seine Abneigung gegen Ben nun nicht mehr verbergen. Er betrachtete ihn offenbar als Unruhestifter, der nur versuchte, eine neu geformte Familie auseinanderzureißen. Ben hoffte, dass es den Mann nicht blind machte für das Risiko, das Cole für Jacob darstellte.

Er versuchte, seine Erwartungen realistisch einzuschätzen. Selbst jetzt war Ann Usherwood noch der Meinung, dass er keine Chance hatte, Jacob zurückzubekommen. Diese Möglichkeit würde bei der Sitzung nicht einmal in Betracht gezogen werden. «Wie ich Ihnen bereits gesagt habe, Mr. Murray, es muss eine definitive Risikoschwelle erreicht sein, damit überhaupt in Erwägung gezogen werden kann, Jacob seinem Vater wegzunehmen, und so weit ist es in diesem Fall noch lange nicht. Der Junge wird möglicherweise ins Kinderschutzprogramm aufgenommen, man wird vielleicht auf einer strengen Überwachung bestehen, während die geistige Gesundheit seines Vaters beurteilt wird, aber das ist alles. Ich glaube wirklich, Sie sollten sich alles Weitere aus dem Kopf schlagen.»

Aber das konnte er nicht. Und er glaubte weiterhin nicht, dass es so einfach werden würde. Es ging nicht mehr nur um Jacob und Cole, nun ging es auch um Ben und Cole. Eine vernünftige Lösung war für ihn nicht abzusehen.

Cole würde sie nicht zulassen.

Er grübelte immer noch darüber nach, was wohl passieren würde, als Tessa anrief, um ihm mitzuteilen, dass Keith die Abgase seines neuen BMW mit einem Schlauch ins

Innere des Wagens umgeleitet und sich darin eingeschlossen hatte.

In gewisser Weise war es ein größerer Schock für ihn als Sarahs Tod. Der war ein Zufall gewesen, eine Laune des unergründlichen Universums, eine Katastrophe zwar, aber nicht anders, als wenn sie bei einem Flugzeugabsturz oder durch einen Blitzschlag ums Leben gekommen wäre. Keiths Selbstmordversuch schien jedoch ein ungeschriebenes Naturgesetz zu verletzen. Solange Ben ihn kannte, war er der Ordnungsliebende und Verlässliche von ihnen beiden gewesen. Es war undenkbar, dass er versuchte, sich das Leben zu nehmen.

Aber das galt auch dafür, dass er eine Affäre hatte.

Ben hatte sofort ins Krankenhaus fahren wollen, doch Tessa war dagegen gewesen. Keith sei außer Lebensgefahr, hatte sie gesagt, und sowohl sie als auch die Jungs seien bei ihm. «Sonst braucht er niemanden.»

Sie hatte kühl und selbstbeherrscht geklungen, so als würde sich ihr Ehemann von einer Grippe erholen und nicht von einem fehlgeschlagenen Selbstmordversuch. Ben nahm an, dass es am Schock lag, doch als er am Abend, nachdem Keith entlassen worden war, bei ihnen zu Hause vorbeischaute, begrüßte sie ihn genauso kontrolliert.

«Du kannst nicht lange bleiben. Ich möchte nicht, dass er sich verausgabt», sagte sie ihm. Ihr Lächeln war so starr wie Porzellan. Er hatte sich auf Tränen, Bestürzung und Selbstanklagen eingestellt. Stattdessen verströmte sie die gleiche selbstzufriedene Zuversicht, die sie normalerweise bei ihren Dinnerpartys annahm.

Er wunderte sich noch darüber, als er ihr ins Wohnzimmer folgte. Keith saß auf einem Sessel vor dem Fernseher, dessen Ton so leise eingestellt war, dass er unmöglich etwas verstehen konnte. Er machte ein verlegenes Gesicht, als Tessa Ben hereinführte.

«Schau mal, wer dich besuchen kommt», verkündete sie mit einer Falschheit, die Ben zusammenzucken ließ. Sie sagte, sie sei in der Küche, falls die beiden sie bräuchten, und verschwand. Der Nachgeschmack ihrer Anwesenheit hing mit ihrem Parfüm in der Luft und hemmte das Gespräch noch mehr.

Ben setzte sich auf die Sofakante. «Und, wie geht es dir?»

«Okay.»

Keith schaute auf seine Hände, auf den Fernseher und schließlich wieder auf seine Hände. Sein Gesicht war blass und schmaler als beim letzten Mal, als Ben ihn gesehen hatte. Die Ungeheuerlichkeit dessen, was er hatte tun wollen, stand zwischen ihnen. Und Bens Enttäuschung. Er hatte das Gefühl, seinen Freund nicht mehr zu kennen.

«Willst du darüber reden?»

Keith richtete seine Aufmerksamkeit wieder auf den Fernseher. «Was gibt es darüber zu reden? Ich habe versucht, mich umzubringen, und ich ...» Er zuckte mit den Achseln und musste dann husten. «Tut mir leid», sagte er, nachdem der Anfall vorüber war. «Ich bin noch ein bisschen schweratmig.»

«Warum hast du es getan?» Die Frage, die Ben die ganze Zeit bedrückt hatte, platzte schließlich aus ihm heraus. «Und warum hast du nichts gesagt?»

«Es gab nichts zu sagen. Jo hat mit mir Schluss gemacht.» Keith lächelte schwach. «Noch so ein Scheißklischee, was?»

Ben merkte, dass er seine Fragen und Antworten abwog, bevor er sie äußerte. «Wann?»

«Letzte Woche.»

Sein erstes Gefühl war Erleichterung darüber, dass es eine

spontane Tat gewesen war, dass er nicht so mit seinen eigenen Problemen beschäftigt gewesen war, dass er die Anzeichen übersehen hatte. Dann schämte er sich dafür. «Was ist passiert?»

«Ihr wurde die Möglichkeit angeboten, für das New Yorker Büro der Plattenfirma zu arbeiten. Sie fliegt nächsten Monat, aber sie meinte, es wäre besser, sofort einen Schlussstrich zu ziehen, damit hier keine offenen Fragen bleiben.»

«Deshalb hast du ... Du weißt schon ...»

«Versucht mich umzubringen? Wahrscheinlich habe ich es nicht ertragen, eine ‹offene Frage› zu sein.»

«Weiß Jo es?»

«Das bezweifle ich. Die meisten Leute bei der Arbeit denken, ich bin einfach krank. Sie muss es auch nicht wissen. Ich habe es nicht getan, damit sie ihre Meinung ändert oder um ihr eins auszuwischen. Ich habe es für mich getan.»

Die sachliche Art, mit der er darüber sprach, war zermürbend. «Du wirst so etwas nicht noch einmal versuchen, oder?»

Keith lehnte seinen Kopf zurück und starrte an die Decke. «Nein, ich glaube nicht», sagte er nachdenklich. «Um dir die Wahrheit zu sagen, ich kann mich nicht einmal daran erinnern, wie ich mich dabei gefühlt habe. Vielleicht liegt es an den Beruhigungsmitteln, mit denen sie mich vollgepumpt haben, aber es kommt mir jetzt alles ziemlich weit weg vor. Im Moment kann ich mir nicht vorstellen, dass ich mich in irgendetwas derart reinsteigern könnte. Ich fühle mich nur ziemlich leer.»

Ben erinnerte sich, wie er sich nach Sarahs Tod gefühlt hatte oder als Jacob zu Cole gekommen war. Aber er hatte nie an Selbstmord gedacht.

Er fragte sich, ob das etwas über ihn aussagte.

«Was ist mit Tessa und den Jungs?», fragte er und fühlte sich merkwürdig betrogen. «Wie haben sie es aufgenommen?»

«Ach, ganz gut, Tessa sogar sehr gut. Andrew hat wohl nicht ganz verstanden, was los war, aber ich wünschte, Scott hätte mich nicht gefunden.» Er schürzte seine Lippen. «Also ich meine, dann lieber jemand anders.»

Tessa hatte Ben erzählt, dass ihr ältester Sohn in die Garage gegangen war und seinen Vater bei laufendem Motor in dem verriegelten Wagen sitzen gesehen hatte. Ben mochte den Jungen nicht, aber das Erlebnis hätte er ihm nicht gewünscht. «Was hat sie wegen Jo gesagt?»

Keith schaute nervös zur Tür. «Sie weiß nichts von ihr.»

«Auch jetzt nicht? Sie wird doch irgendeine Ahnung haben!»

«Sie glaubt, dass der Druck bei der Arbeit zu viel für mich war.» In Keiths Gesicht war wieder Farbe zurückgekehrt, aber sie betonte nur seine dunklen Augenringe.

«Du willst es ihr nicht erzählen?»

«Wozu? Es ist vorbei. Sie ist doch so schon fertig genug.»

Ben entgegnete nichts, aber er musste daran denken, wie sich Tessa verhalten hatte. Er hätte es nicht «fertig» genannt.

«Der Arzt hat mich krankgeschrieben», fuhr Keith fort, «deswegen werden wir wohl für ein oder zwei Wochen wegfahren und versuchen, das alles hinter uns zu lassen.» Er klang nicht begeistert.

Bevor Ben etwas sagen konnte, ging die Tür auf, und Tessa kam herein. Ihr Lächeln hatte sich nicht verändert, seit sie das Zimmer verlassen hatte.

«Ich glaube, das reicht für heute. Wir wollen ihn doch nicht überanstrengen, oder? Anweisung des Arztes.»

Sie war neben der Tür stehengeblieben und wartete, dass

Ben verschwand. Er schaute Keith an und rechnete mit einer Entgegnung, aber Keith betrachtete wieder schweigend seine Hände.

Ben stand auf. «Ich melde mich. Wir können ein Bier trinken gehen, bevor ihr abreist.»

Keith nickte, jedoch ohne Überzeugung, und Ben wusste, dass sie es nicht tun würden. Selbst wenn Keith es wollte, Tessa würde es nicht erlauben.

«Er braucht einfach Ruhe», sagte sie, nachdem sie Ben in die Diele gelotst hatte. «Er hat sich in letzter Zeit zu viel zugemutet, das ist das Problem. Ich werde dafür sorgen, dass er sich in Zukunft nicht mehr so viel aufhalst. Er soll an den Wochenenden und spätabends nicht mehr arbeiten und mit dummen, kleinen Bands bis in die Puppen ausgehen müssen.»

Sie öffnete die Haustür und schaute ihn an. «Er hatte zu viel um die Ohren, aber das ist jetzt vorbei. Er muss mehr Zeit mit seiner Familie verbringen. Wir sind alles, was er braucht.»

Ihr Lächeln war so heiter und entschlossen wie das einer Schönheitskönigin, und als Ben das sah, wurde ihm klar, dass Keith sich irrte. Sie wusste es. Vielleicht nicht alle Einzelheiten, keine Namen und Orte, aber genug.

Und jetzt wusste sie, dass sie gewonnen hatte.

Auf der Treppe waren Schritte zu hören. Als Ben sich umdrehte, sah er Scott herunterkommen. Der Junge betrachtete ihn mürrisch und unternahm keine Anstalten, etwas zu sagen, als er an ihm vorbeiging.

«Hey, Scott, sag Hallo zu Ben», forderte Tessa ihn auf, aber er wurde nicht einmal langsamer. Ihr Lächeln zuckte, als sie ihm hinterherschaute. «Er ist immer noch ein bisschen durcheinander.»

Ben verabschiedete sich und ging. Die Tür fiel hinter ihm ins Schloss. Er merkte, dass er sich angespannt hatte, als könnte das gesamte Haus wie Glas zersplittern.

Auf dem Weg zu seinem Wagen dachte er, dass eine Familie auch zerstört werden konnte, wenn sie zusammenblieb.

Die Sitzung war für die kommende Woche anberaumt. Er hatte schließlich zu akzeptieren begonnen, dass er Jacob nicht zurückbekommen würde. Zumindest war ihm klargeworden, dass er nichts dafür tun konnte. Er wusste, dass er sich damit abfinden und mit seinem Leben fortfahren musste. Mehr noch, er musste sich ein neues erschaffen, denn von dem Leben, das er einmal hatte, war nicht mehr viel übrig. Aber diese Erkenntnis machte es nicht einfacher. Er merkte, dass er nicht bei der Sache war und nur auf den Tag der Sitzung wartete.

Danach, sagte er sich, wird alles besser werden.

Am Abend davor ging er mit Zoe auf eine Party zum Start eines neuen Magazins. Er hatte abzusagen versucht, aber sie wollte nichts davon hören. «Was hast du denn sonst vor? Willst du allein zu Hause vor der Glotze hocken, dich betrinken und dir den Kopf darüber zerbrechen, was morgen passieren wird?»

Das war tatsächlich fast genau sein Plan gewesen. «Nein», sagte er. «Natürlich nicht.»

Die Party fand in einer Kellerbar in Soho statt, einem dunklen, in blaue und violette Lichter getauchten Schuppen, in dem jeder leichenblass aussah. Er kannte eine Menge Leute, mit den meisten hatte er entweder schon einmal zusammengearbeitet oder bei ähnlichen Anlässen getrunken. Zoe, deren Haar mal wieder rot war, wich so lange nicht von seiner Seite, bis sie sicher war, dass er nicht sofort nach Hause zurückfuhr, und verschwand dann in der Menge. Ben fand sich im Gespräch mit dem Fotoredakteur des neuen Magazins wieder, der anzunehmen schien, dass Ben nur dort war, um Aufträge zu ergattern, und ihm tatsächlich welche anbot. Dann traf er einen anderen Fotografen, einen Bekannten, den er seit über einem Jahr nicht mehr gesehen hatte. In größerer Runde kamen sie auf Zensur zu sprechen, und irgendwann steckte Ben mitten in einer Diskussion mit einem Autor, einem leidenschaftlichen Mann mit Mundgeruch, über die Verantwortung des Künstlers. Er hatte Spaß dabei, bis der Autor ihn einen kommerziellen Fotografen nannte, als wäre er dadurch eine Art fotografischer Prostituierter, dessen Ansichten wertlos waren. Ben wollte Einspruch erheben, merkte aber, dass er es nicht konnte.

Der Mann hatte recht.

Keine seiner Arbeiten hatte eine dauerhafte Wirkung. Die Modefotografien waren gerade so lange von Bedeutung wie die Mode, die sie zeigten, und seine Werbeaufnahmen konnten höchstens einen gewissen Kitschwert für sich beanspruchen. Er war gut in dem, was er tat, aber was er tat, war nichts wert. Es war Wegwerfware. Und er hatte sich diese Arbeit ausgesucht.

Was machte das also aus ihm?

Er hatte schon lange aufgegeben, mehr als eine technische Kompetenz erreichen zu wollen, weil er der Meinung gewesen war, dass jede Fotografie am Ende darauf hinauslief: ein Triumph der Form über den Inhalt, des handwerklichen Könnens über die Kunst. Er fragte sich, ob die Beschränkung gar nicht an ihm lag, sondern der Kamera eigen war, aber das war nur eine Ausrede dafür, dass er nichts zu sagen hatte. Und jetzt? Er wusste es nicht. Ihm fiel nichts ein, aber die Erkenntnis, dass er sich nicht einmal mehr bemühte, versetzte ihm einen unerwarteten Verlustschmerz. Merkwürdigerweise musste er an Cole denken, der bei seiner Suche nach einem System nicht müde wurde, verbeulte Metallteile immer wieder neu anzuordnen.

Vielleicht ging es gar nicht so sehr darum, *was* man zu sagen hatte, sondern einfach darum, es zu sagen.

Mit einem Mal machten ihn die Drinks schläfrig. Er war kurz davor, betrunken zu werden, und das wollte er vermeiden. Er stellte sein Glas ab. Der Autor redete noch immer angeregt auf ihn ein und betrachtete Bens Schweigen offenbar als Einverständnis. Ben entschuldigte sich und ließ ihn allein. Er schaute sich im Raum nach Zoes roten Haaren um, aber bei der violetten Beleuchtung konnte man keine Farben erkennen. Er gab auf und ging hinaus.

Draußen war es kalt und windig. Auf der Straße glitzerte der Raureif, als wäre das triste Pflaster mit unzähligen, winzigen Leuchtdioden übersät. Schon konnte er den Gedanken, den er gerade noch gehabt hatte, nicht mehr fassen. Und als ein Taxi vor ihm anhielt, vergaß er ihn ganz.

Auf der Rückbank des Taxis dachte er bereits daran, was am nächsten Morgen bei der Sitzung geschehen würde.

Sie fand im Hauptgebäude der für Cole zuständigen Gemeindeverwaltung statt. Der Raum sah aus wie ein anonymer Sitzungssaal, in dem nur ein langer Tisch stand, der von Plastikstühlen umgeben war. Als Ben ankam, waren die meisten bereits besetzt. Carlisle saß ihm gegenüber und sprach leise mit jemandem, von dem Usherwood sagte, er sei wahrscheinlich sein Amtsleiter. Neben den beiden saß eine grauhaarige Frau vom Kinderschutz, die die Sitzung leiten sollte. Es waren noch weitere Leute im Raum, unter anderem eine uniformierte Polizistin von einer Kinderschutzeinheit, aber Ben kannte niemanden.

Die Einzigen, die fehlten, waren John und Sandra Cole.

Die grauhaarige Frau schaute auf ihre Uhr. «Ich nehme an, Mr. und Mrs. Cole sind benachrichtigt worden, um welche Zeit sie hier sein sollen?», fragte sie Carlisle.

Der Sozialarbeiter rutschte unruhig auf seinem Stuhl umher. «Ich habe gestern mit ihnen gesprochen. Sie ...»

Er verstummte, da die Tür aufging. Der Anwalt, der Cole schon zuvor vertreten hatte, eilte herein. Sein Gesicht war gerötet, er machte einen nervösen Eindruck. «Entschuldigen Sie die Verspätung», sagte er. «Wir sind, äh, etwas aufgehalten worden.»

Er gab keine weitere Erklärung ab, und niemand fragte, als zuerst Sandra und dann John Cole eintrat. Sandra schaute keinen der Anwesenden an, als sie neben dem Anwalt Platz nahm. Sie war – für ihre Verhältnisse – konservativ mit einem langärmeligen Pullover und einem bis zu den Knien reichenden Rock gekleidet. Cole trug den gleichen zerknitterten Anzug, den Ben bereits an ihm gesehen hatte. Er schaute sich mit starrem Blick im Raum um.

Als er Ben sah, blieb er abrupt stehen.

«Äh, Mr. Cole ...», sagte sein Anwalt. Sandra schaute hinab auf ihren Schoß. Cole blieb noch einen Moment stehen, ging dann weiter und setzte sich, ohne Ben aus den Augen zu lassen.

Die grauhaarige Frau räusperte sich. «Ich möchte gerne allen Anwesenden für ihr Kommen danken. Mein Name ist Andrea Rogers, ich werde diese Sitzung leiten. Statt getrennt zu beraten, haben sich sowohl Mr. und Mrs. Cole als auch Mr. Murray bereit erklärt, gemeinsam zu erscheinen und Informationen auszutauschen.»

Sie wandte sich an die Coles. «Normalerweise hätte ich vorher ein paar Minuten allein mit Ihnen gesprochen, aber da wir spät dran sind, werden wir leider gleich anfangen müssen.»

Sandra hatte auch bei dem unterschwelligen Tadel nicht den Kopf gehoben. Cole starrte weiterhin Ben an, während die Vorsitzende die verschiedenen Sozialarbeiter und Fachleute im Raum vorstellte. Die letzte Person, zu der sie kam, war ein Sozialarbeiter der Stadt, in der Sandra Cole früher gelebt hatte.

Ben sah, wie Sandra zusammenzuckte, als er vorgestellt wurde.

«Bevor wir beginnen, möchte ich darauf hinweisen, dass dies keine wie auch immer geartete rechtsgültige Anhörung ist», sagte Rogers. «Niemand steht hier vor Gericht. Das Ziel dieser Sitzung ist, verschiedene Bedenken zu besprechen, die hinsichtlich Jacobs Wohlergehen erhoben worden sind, und zu entscheiden, ob sich daraus Gründe ergeben, ihn in das Kinderschutzprogramm aufzunehmen oder nicht.»

Cole drehte sich abrupt zu ihr. «Sie werden ihn nicht wegnehmen.»

«Das hat niemand behauptet, Mr. Cole. Aber es ist eine Beschwerde erhoben worden, und wir haben die Pflicht, diese zu prüfen.»

Sie hielt seinem starren Blick in aller Ruhe stand, ehe sie sich wieder ihren Notizen widmete. «Die Grundlage der Beschwerde betrifft Jacobs besondere schulische Bedürfnisse. Außerdem sollen Sie ihn in bestimmten Fällen einem physischen Risiko ausgesetzt haben und dies möglicherweise weiterhin tun. Darüber hinaus müssen wir neue Informationen bewerten, die über Ihre Frau bekannt geworden und von den örtlichen Behörden übersehen worden sind.»

Sandra schien in sich zusammenzusacken. Ben spürte, wie sich Coles Blick wieder auf ihn richtete.

«Wo ist Jacob heute?», fragte Rogers.

«Er ist gegenwärtig in der Schule», antwortete Coles Anwalt, als wollte er dafür Beifall ernten. «Mein Mandant ist sich jetzt der Bedeutung bewusst, welche die Förderung seines Sohnes hat, und hat mir das Versprechen gegeben, dass er in Zukunft wie üblich am Unterricht teilnehmen wird.»

«Das höre ich gerne. Aber wir werden uns leider davon überzeugen müssen, dass dieses Versprechen auch eingehalten wird. Außerdem müssen wir über zusätzliche Maßnahmen nachdenken, die möglicherweise getroffen werden müssen, um eine solch lange Phase der Benachteiligung auszugleichen.»

«Mein Mandant ist sich darüber im Klaren, dass ...»

«Er ist in keiner Weise benachteiligt», unterbrach Cole ihn.

«Ich meinte das in schulischer Hinsicht», sagte Rogers. «Jacob ist Autist. Er benötigt ...»

«Er ist mein Sohn. Ich bin alles, was er braucht.»

«Mir ist der Hintergrund dieses Falls bekannt, Mr. Cole, und ich erkenne an, wie schwierig das alles für Sie sein muss, aber irgendwo hat die Nachsicht auch ein Ende. Wir sind hier, um zu entscheiden ...»

«Es gibt nichts zu entscheiden.»

Rogers wandte sich an Coles Anwalt. «Vielleicht können Sie Ihrem Mandanten erklären, dass es in seinem eigenen Interesse ist, zu kooperieren, Mr. Barclay. Er wird später die Möglichkeit haben, seine Sichtweise darzulegen, im Moment aber kommen wir mit dieser Blockadehaltung nicht weiter.»

Der Anwalt beugte sich besorgt zu Cole und flüsterte auf ihn ein. Überall am Tisch wurden Papiere zusammengerafft, da sich jeder den Anschein geben wollte, nicht auf die beiden zu achten. Cole sagte nichts, aber seine Kiefermuskeln zuckten heftig. Ben spürte, dass die Polizistin ihn anschaute. Als er sie anlächelte, schenkte sie ihm nur einen kalten Blick.

Schließlich lehnte sich der Anwalt mit der Vorsicht eines Mannes zurück, der ein labiles Gefüge unbedingt aufrechterhalten will. Er lächelte Rogers unsicher an.

«Okay», sagte er.

Die Fachleute gaben der Reihe nach ihre Einschätzung zum Fall wieder. Als Erstes sprach ein Beamter der Schulbehörde, ein kleiner, pummeliger Mann mit einem Stoppelbart. Er schilderte die Ausreden, die Sandra für Jacobs Abwesenheit in der Schule vorgeschoben hatte: dass er krank sei, eine Erkältung oder Fieber habe. Dann berichtete er, dass er vor kurzem den Schrottplatz aufgesucht und Jacob in einem Autowrack sitzen gesehen hatte, während sein Vater ganz in der Nähe mit einem Schneidbrenner arbeitete.

«Er machte nicht den Eindruck, krank zu sein, und es gab keinen ersichtlichen Grund, warum er nicht am Unterricht teilnehmen sollte. Als ich Mr. Cole fragte, warum sein Sohn nicht in der Schule sei, verweigerte er die Antwort.» Er warf Cole einen Blick zu. «Genauer gesagt, reagierte er überhaupt nicht. Er fuhr mit seiner Arbeit fort, als wäre ich überhaupt nicht dort.»

Ben stellte sich Cole mit einem Schneidbrenner in der Hand vor und dachte, dass der Mann glimpflich davongekommen war.

Als Nächstes sprach eine Kinderpsychologin. Die Spezialistin für Autismus wies auf die Wichtigkeit eines speziellen Unterrichts und des Kontaktes mit anderen Kindern hin. Einem autistischen Kind diese Möglichkeiten vorzuenthalten sei «unverantwortlich», sagte sie. Dass sie es vermied, Cole bei ihren Ausführungen anzuschauen, sprach für sich.

Cole ließ alles über sich ergehen, als hätte es nichts mit ihm zu tun.

Der Sozialarbeiter aus Sandras früherem Wohnort hatte ein jungenhaftes Gesicht, das in sich zusammenfiel. Mit einem leichten Stottern berichtete er, dass sie an dem Abend, als man ihre Tochter ins Krankenhaus brachte, betrunken gewesen war. Die Polizei hatte die Sozialwohnung, in der sie mit ihrem Ehemann lebte, eigentlich nur gestürmt, weil sie ihn wegen Drogenvergehen verhaften wollte, dabei aber das Mädchen dehydriert und halb verhungert, in ihrem eigenen Urin und Kot liegend, aufgefunden.

Sandra hielt den Kopf gesenkt, als er die Verletzungen beschrieb, die von den Ärzten entdeckt worden waren, die teilweise verheilten Knochenbrüche, die inneren Quetschungen sowie den Schädelbruch.

«Der Vater gab zu, sie geschlagen zu haben», sagte der Sozialarbeiter. «Er habe es getan, um ihr den Mund zu stopfen. Er gab seiner Frau die Schuld, aber nur weil sie das Kind nicht beruhigen konnte. In seinen Augen schien er nichts Unrechtes getan zu haben. Drei Tage später ist das kleine Mädchen im Krankenhaus an Lungenentzündung gestorben. Wayne Carter wurde zu drei Jahren wegen Totschlags und zu weiteren zwei Jahren wegen Drogenvergehen verurteilt. Mrs. Carter ...», er deutete mit dem Kopf auf Sandra, die ihre Augen mit der Hand abschirmte, «... wurde der Vernachlässigung ihrer Sorgepflicht für schuldig befunden, aber das Gericht war der Ansicht, dass sie von ihrem Mann dominiert und bedroht worden ist. Sie wurde zu einem Jahr auf Bewährung verurteilt. Danach verlagerte sie ihren Wohnsitz außerhalb des Zuständigkeitsbereiches unserer Behörde.»

Er klappte die Akte zu. «Das ist alles.»

Sandra gab ein ersticktes Geräusch von sich. Ihre Schultern hoben sich, als sie ihr Gesicht bedeckte. Ben sah ihre abgekauten Fingernägel. Er unterdrückte das Mitleid, das automatisch in ihm aufkam.

«Ist alles in Ordnung mit Ihnen?», fragte Rogers.

Sandra nickte, ohne den Kopf zu heben. Ihr Haar hüpfte auf und ab. Die dunklen Wurzeln sahen neben dem blondierten Rest traurig und verletzlich aus.

«Würden Sie gerne eine Pause machen? Wir können ...»

«Bringen wir es einfach hinter uns.» Sandra rieb ihre Augen und senkte dann die Hände. Ihr Gesicht war rot und geschwollen. Der Anwalt reichte ihr ein Taschentuch, das sie schweigend nahm.

Cole beobachtete sie gleichgültig und schaute dann weg. Es war, als hätte er sie nie zuvor gesehen.

Rogers wandte sich an Carlisle. «Ich denke, es ist an der Zeit, dass wir die Sicht des Jugendamtes hören, Mr. Carlisle.»

Der Sozialarbeiter holte tief Luft. «Äh, ja, zunächst einmal sollte ich wohl darauf hinweisen, dass Mrs. Cole – oder Mrs. Carter, wie sie damals hieß – zwar versäumt hat, ihr Kind vor seinem Vater zu schützen, aber nicht direkt am Tod ihrer Tochter beteiligt war. Und obwohl es natürlich bedauerlich ist, dass es Kommunikationsprobleme zwischen ...»

«Es gab keine Kommunikationsprobleme», unterbrach ihn der andere Sozialarbeiter ruhig. «Wir wurden nicht gefragt. Und es wäre sowieso alles aus den Akten ersichtlich gewesen.»

«Dennoch würde ich gerne klarstellen, dass ...»

«Mr. Carlisle», unterbrach Rogers ihn, «es wird mit Sicherheit geklärt werden müssen, warum Mrs. Coles Vergangenheit übersehen worden ist, aber das ist nicht der

Zweck dieser Sitzung. Wir wollen hier einschätzen, wie die gegenwärtige Situation ist und wie damit umgegangen werden soll, und uns nicht gegenseitig die Schuld zuweisen oder Ausreden erfinden.»

Carlisle schien etwas entgegnen zu wollen, doch der Mann, in dem Usherwood seinen Amtsleiter vermutet hatte, legte eine Hand auf seinen Arm und hielt ihn zurück.

«Entschuldigen Sie uns.»

Sie tauschten sich kurz im Flüsterton aus. Dann lehnte sich Carlisle errötet zurück. Er sah aus, als hätte er in eine Zitrone gebissen. Ben spürte eine gewisse Schadenfreude.

Doch als der Sozialarbeiter die Ergebnisse ihrer Nachforschungen beschrieb, konnte er spüren, dass Cole ihn anstarrte. Sein Blick war magnetisch. Es bedurfte einer körperlichen Anstrengung, nicht in seine Richtung zu schauen, dabei wollte Ben seinen Blick in diesem Moment gar nicht erwidern. Er merkte nicht einmal, dass er den Ausführungen nicht mehr zuhörte, bis ihn der Klang seines eigenen Namens aus der Versenkung riss.

«Würden Sie uns die gerne näher erklären, Mr. Murray?»

Ben sah Rogers für einen kurzen Augenblick verwirrt an. Sie hielt Kopien der Fotos hoch, die er von Jacob und Cole gemacht hatte. Als er sich umschaute, sah er, dass ihn jeder erwartungsvoll betrachtete. Oder fast jeder. Sandra saß noch immer vornübergebeugt auf ihrem Stuhl.

Und Cole fixierte ihn sowieso die ganze Zeit mit seinem leeren Blick.

Er spürte ihn wie eine Last, als er stockend beschrieb, was er im Garten gesehen hatte.

«Wenn Sie besorgt waren, warum haben Sie sich dann nicht gleich an das Jugendamt gewandt, bevor Sie anfingen, die Fotos zu machen?», fragte Rogers irgendwann.

«Es war sinnlos. Ich hatte es bereits versucht.» Er schaute zu Carlisle. «Ich wusste, dass mir niemand glauben würde.»

«Und Sie hielten es auch nicht für angebracht, Ihre Bedenken Mr. Cole gegenüber zu äußern?»

«Er hatte mich bereits gewarnt, was passieren würde, wenn ich ihm erneut unter die Augen treten sollte», sagte Ben. «Und als ich wieder bei ihm war, hat er mich zusammengeschlagen und seinen Hund erschossen.»

Darauf kam es zu einem kleinen Aufruhr unter den Anwesenden, Coles Anwalt protestierte, doch Ben hörte nicht zu. Er zwang sich, Coles starrem Blick standzuhalten.

In diesen Augen sah er seinen Tod.

Während der Beratung mussten sie den Raum verlassen. Man hatte die Wahl, entweder draußen auf dem Gang oder in einem angrenzenden Vorzimmer zu warten. Ben zögerte, bis sich die Coles und ihr Anwalt für das Vorzimmer entschieden hatten, und ging dann hinaus auf den Gang. Usherwood begleitete ihn. Sie unterließ jede Spekulation, wofür er dankbar war. Er holte für beide Kaffee aus einem Automaten, dann saßen sie schweigend da.

Bevor sie hinausgegangen waren, hatte Rogers Cole gefragt, ob er etwas sagen wollte. «Vielleicht möchten Sie sich zu den bisherigen Ausführungen äußern oder etwas hinzufügen, ehe wir zu einer Entscheidung über Jacob kommen.»

Er hatte sich zu ihr umgedreht und sie angeschaut. «Steven. Er heißt Steven.»

Mehr hatte er nicht gesagt.

Als Ben bei seinem dritten Kaffee war, wurden sie zurück in den Sitzungssaal gerufen. Er stellte den Plastikbecher unter die Bank und sagte sich beim Aufstehen, dass er nur durch das Koffein so zitterte. Die Coles saßen schon am Tisch, als er und Usherwood eintraten. Er nahm Platz und spürte, dass Cole ihn bereits wieder anstarrte. Sandra vermied noch immer jeden Blickkontakt. Ihre Augen waren rot und geschwollen, und sie knabberte an ihrem Daumennagel.

Rogers wartete, bis sich jeder hingesetzt hatte. «Wir haben die Situation besprochen und können nun auf der Grundlage der Informationen, die wir gehört haben, Empfehlungen für einen Sorgeplan aussprechen. Obwohl Mrs. Coles Vergangenheit in Betracht gezogen werden muss, sind wir bereit zu akzeptieren, dass die Vorgänge vor zwölf Jahren nicht unbedingt eine Auswirkung auf ihre gegenwärtige Familiensituation haben müssen. Es gibt keinen Hinweis darauf, dass Jacob ...», sie schien seinen Namen mit Nachdruck zu betonen, «... vorsätzlich physische Schädigungen erlitten oder in Zukunft zu befürchten hat. Aufgrund seiner besonderen Bedürfnisse sind wir dennoch der Ansicht, dass es *emotionale* Schädigungen mit sich ziehen könnte, wenn er nicht am Schulunterricht teilnimmt, und diese Angelegenheit kann nicht länger ignoriert werden. Wir sind zu der Auffassung gelangt, dass dieses Risiko seine Aufnahme ins Kinderschutzprogramm rechtfertigt. Darüber hinaus wird beurteilt werden müssen, ob ein zusätzlicher Unterricht oder eine Therapie für ihn notwendig sind, um die versäumte Zeit auszugleichen.»

Ben spürte, wie sich Enttäuschung in ihm breitmachte, als ihm die Bedeutung der Entscheidung klar wurde. Jacob blieb bei Cole. Obwohl er versucht hatte, nichts anderes zu erwarten, war die Bestätigung bitter.

«Ein weiteres Thema, das angesprochen werden muss», fuhr Rogers fort, «ist die Gefahr, dass Jacob verletzt wird, und zwar entweder aufgrund der unsicheren Umgebung, die durch die, äh, übertriebene, in seinem heimischen Umfeld gelagerte Schrottmenge geschaffen wurde, sowie aufgrund einiger Ihrer Handlungen, Mr. Cole.»

Fast unmerklich legte sich Coles Stirn in Falten, so als würde ihm erst jetzt klarwerden, was vor sich ging. Rogers machte weiter.

«Obwohl wir anerkennen, dass er körperlich nicht geschädigt worden ist und dass es von keiner Seite böswillige Absichten gibt, sind wir der Meinung, dass es in Jacobs Interesse ist, den Schrott zu entsorgen. Da Sie auf einem Schrottplatz arbeiten, wird das sicherlich kein großes Problem darstellen. Wenn doch, können wir für Sie eine Entsorgung organisieren.»

Jetzt starrte Cole sie an.

«Verstehen Sie, was ich gerade gesagt habe, Mr. Cole?», fragte sie.

Er schüttelte langsam den Kopf. «Das können Sie nicht. Ich habe kein Geld dafür.»

Es entstand eine unbehagliche Pause. Ben konnte beinahe sehen, wie Rogers ihre Worte wählte. «Wir werden außerdem vorschlagen, dass Sie sich einer Beurteilung durch einen Psychologen unterziehen. Ich kann ...»

«Einen Psychologen?»

«Ich kann Ihnen versichern, dass wir diese Maßnahme nicht als Geringschätzung verstehen. Aber wir sind der Meinung, dass es in Hinsicht auf ... äh, bestimmte Aspekte Ihres Verhaltens hilfreich sein könnte.»

Als Cole nichts entgegnete, schien sie sich leicht zu entspannen. «Ich schlage vor, dass wir in drei Monaten erneut zusammenkommen und dann hoffentlich ...»

«Nein.»

Das Wort fiel wie eine Bombe in den Raum. Rogers

wandte sich geduldig an Cole. «Ich verstehe, wie Sie sich fühlen, aber ...»

«Sie verstehen überhaupt nichts.»

Rogers schaute Coles Anwalt an. «Mr. Barclay, würden Sie Ihren Mandanten bitte darauf hinweisen, dass er in dieser Sache wirklich keine Wahl hat und dass es in seinem eigenen Interesse sein sollte, mit uns zu kooperieren.»

Der Anwalt nickte, doch Cole kam ihm zuvor. «Es ist mein Junge. Wir brauchen keine Leute, die sich einmischen.»

Rogers seufzte. «Mr. Cole, wir haben uns sehr bemüht, für jeden das Beste zu tun. Aber unser Hauptinteresse gilt Jacobs Wohlergehen. Und ich muss Ihnen ganz offen sagen, dass wir uns einmischen *werden*, wie Sie sich ausdrücken. Für uns alle wäre es wesentlich leichter, wenn Sie mit uns statt gegen uns arbeiten. Es muss kein Problem geben, aber wenn Sie eine Zusammenarbeit mit uns verweigern, werden wir andere Optionen in Erwägung ziehen müssen. Eine davon wäre, Ihnen Jacob wegzunehmen, und das wollen Sie sicherlich ...»

«Sie nehmen ihn mir nicht weg!» In Coles Stimme lag eine Wut, die vorher nicht da gewesen war.

«Ich weise nur auf die Alternativen hin. Ich sage nicht, dass ...»

«Niemand nimmt ihn wieder weg!»

Jetzt schaltete sich Carlisle ein. «Das hat auch niemand vor, Mr. Cole. Wir wollen nur ...»

«Das hat er getan, oder?» Cole richtete seinen finsteren Blick auf Ben. «Seine Schlampe hat ihn schon einmal weggenommen, und jetzt versucht er es wieder.»

Cole sprach, als wären nur sie beide im Raum. Ben konnte sich seinem durchdringenden Blick nicht entziehen. Er war voller Hass, aber Ben meinte, auch etwas anderes in ihm zu erkennen, eine Regung, die er noch nie bei Cole gesehen hatte: Panik.

Carlisle machte eine beschwichtigende Handbewegung. «Schauen Sie, Mr. Cole, ich hatte von Anfang an mit Ihnen und Jacob zu tun, und ich kann Ihnen versprechen, dass niemand in dieser Behörde vorhat, Ihnen Ihren Sohn wegzunehmen oder in irgendeiner Weise Ihre Familie auseinanderzubringen.» Er warf Ben einen eisigen Blick zu. «Ich verstehe, wie schwer das alles für Sie sein muss, aber wir wollen Ihnen wirklich nur helfen. Wir lassen uns nicht von irgendwelchen Behauptungen leiten. Unsere Nachforschungen haben ergeben, dass es gewisse Bedenken gibt, und Ihre Frau hat uns ...»

Er verstummte. Seine Augen weiteten sich, als ihm das Ausmaß seines Fehlers bewusst wurde.

«Was hat meine Frau?»

Ben spürte die plötzliche Spannung im Raum. Er sah, dass Sandra unbeweglich und mit gesenktem Kopf dasaß.

Carlisles Gesicht war dunkelrot. «Äh, ich wollte nur sagen, dass, äh ...»

«Was hat meine Frau getan?»

O Gott, dachte Ben.

Rogers versuchte, die Sache wieder in die Hand zu nehmen. «Wir schweifen vom Thema ab», sagte sie, aber Coles Aufmerksamkeit war nur auf Sandra gerichtet.

«Was hat meine Frau Ihnen erzählt?»

«Sie helfen sich damit nicht, Mr. Cole», ermahnte Rogers ihn. «Damit erreichen Sie gar nichts.»

«Sieh mich an», forderte Cole seine Frau auf. Aber Sandra rührte sich nicht.

«Mr. Cole, ich muss Sie bitten ...»

«Sieh mich an!»

Sandra schloss die Augen. Cole starrte sie ungläubig an. Und verpasste ihr dann eine Ohrfeige.

In dem stillen Raum klang der Schlag erschreckend laut. Sie wäre mitsamt dem Stuhl umgefallen, wenn ihre Knie nicht gegen die Unterseite des Tisches geknallt wären, der durch den Aufprall erzitterte. Als der Stuhl wieder auf alle vier Beine krachte, schlug Cole sie erneut.

Dieses Mal stürzte Sandra zu Boden. Nach dem ersten Schock setzten sich nun die Anwesenden in Bewegung. Die Polizistin war als Erste aufgesprungen. «Okay, das reicht ...», begann sie und streckte beschwichtigend eine Hand aus, als Cole aufstand. Er rammte ihr den Ellbogen in den Bauch und schmetterte ihr fast gleichzeitig die Faust ins Gesicht. Sie knallte gegen ein paar Aktenschränke und rutschte dann an ihnen hinab.

«Um Gottes willen!», sagte Coles Anwalt und legte eine Hand auf den Unterarm seines Mandanten. Cole riss ihn vom Stuhl und schlug seinen Kopf auf den Tisch.

Während der Anwalt zusammenbrach, beugte sich Cole hinab und zog Sandra an ihrem Pullover hoch. Er versetzte ihr schnell hintereinander zwei Boxhiebe. Mittlerweile versuchten die anderen einzuschreiten. Ben sah, wie Carlisle an Coles Schulter fasste und «Bitte, Mr. Cole!» sagte, bevor Cole ihn gegen die Wand warf und ihm das Knie in den Unterleib stieß. Der Sozialarbeiter fiel vornüber, und Cole drehte sich zu Sandra um, die versuchte davonzukriechen. Die Polizistin, aus deren Nase Blut strömte, sprach hastig in ihr Funkgerät. Carlisles Amtsleiter packte Cole von hinten. Cole trat ihm gegen das Schienbein und schleuderte ihn gegen die Psychologin, die gerade aufstehen wollte. Beide stürzten zu Boden. Rogers schrie etwas in ein Telefon, während die Polizistin wieder auf Cole zuging. Er stieß sie zur

Seite, beugte sich dann hinab und zog Sandras Kopf an den Haaren hoch.

Wie in Trance stand Ben auf. Das Scharren der Stuhlbeine veranlasste Cole dazu, sich umzudrehen.

Sie schauten sich über den Tisch hinweg an.

Cole ließ seine Frau fallen und zerrte den Tisch weg, der kreischend über den Boden schrammte und auf die Seite krachte. Ben nahm seinen Stuhl und warf ihn auf Coles Beine. Als er sein lädiertes Knie traf, strauchelte Cole. Dann kickte er den Stuhl weg und kam auf Ben zu.

Der Tür flog auf. Ein Wachmann kam in den Raum, schaute sich um und rief: «Mein Gott!» Cole versetzte ihm einen Stoß mit dem Kopf, während zwei weitere Wachen folgten. Auf seinem verletzten Bein stehend, trat Cole dem einen in den Magen und rammte dem anderen die Faust unters Kinn. Der Wachmann, dem er einen Kopfstoß gegeben hatte, packte seine Knie. Cole schlug ihm auf den Nacken. Der Mann ließ los, aber die Tür schwang erneut auf, und zwei Polizisten kamen herein, die sich sofort auf Cole stürzten. Er kämpfte verbissen und schweigend, doch dann gab sein Bein nach, und er ging zu Boden. Selbst jetzt wehrte er sich noch, ohne einen Ton von sich zu geben. Jemand brüllte nach Handschellen, und erst als sie ihm gewaltsam angelegt wurden, schrie er auf.

«NEIN!», schrie er. «NEIN! KEINER NIMMT IHN MIR WEG! ES IST MEIN JUNGE!»

Als seine Arme auf dem Rücken gefesselt wurden, warf er sich wild umher und trat aus. Ein Wachmann wurde von einem Fuß getroffen und stöhnte auf. «Los, raus mit ihm», keuchte einer der Polizisten. Da er sich noch immer wehrte, wurde Cole halb zur Tür getragen, halb gezerrt.

«NEIN! NEIN!» Er ließ Ben nicht aus den Augen, als

sie ihn in den Gang schafften. «ES IST MEIN JUNGE! ES IST MEIN JUNGE!»

Die Tür fiel hinter ihnen zu.

Im Saal kehrte wieder Stille ein. Die Psychologin hielt ihr gebrochenes Handgelenk und weinte leise. Die anderen rappelten sich auf und halfen denen, die noch mit ihren Verletzungen zu tun hatten. Einer der Wachmänner lag in der stabilen Seitenlage auf dem Boden und wurde von Rogers versorgt. Die Polizistin, die selbst im Gesicht blutete, wiegte Coles Frau in den Armen. Sandra schüttelte langsam den Kopf, über ihre Wangen liefen Tränen. Sie sah Ben mit Augen an, die fast zugeschwollen waren.

«O Gott, was habe ich getan?», stöhnte sie.

Er hatte keine Antwort.

Kapitel 20

Als Ben damit fertig war, die Blumen in der Vase zu arrangieren, richtete er sich wieder auf. Der heitere Farbfleck wirkte fehl am Platz zwischen all dem toten Rispengras, von dem das Grab bedeckt wurde. Der alte Strauß war welk und durchgeweicht. Er wickelte ihn in das Papier der frischen Blumen und legte ihn auf den Boden, um ihn später mitzunehmen. Von den nassen Stängeln waren seine Hände eiskalt geworden. Er schlüpfte wieder in die Handschuhe und zog die Schultern hoch. Es war zwar nicht windig, aber die Kälte drang durch seine dicke Jacke und die Sohlen seiner Stiefel.

Er hatte das Bedürfnis verspürt, Sarahs Grab zu besuchen. Nein, das stimmte nicht ganz – er hatte sich zu einem Besuch verpflichtet gefühlt. Doch nun, da er die Blumen ausgetauscht hatte, wusste er nicht mehr weiter. Neben seinem Strauß stand ein anderer, noch nicht verwelkter, daher wusste er, dass ihre Eltern kürzlich hier gewesen waren. Er fragte sich, ob sie sich ihrer Tochter in irgendeiner Weise näher fühlten, wenn sie auf dem Boden standen, in dem sie begraben war. Er wünschte, bei ihm wäre es so. Er wollte mit ihr sprechen können, ihr sagen, was geschehen war, aber die Vorstellung, vor dem Grab einen Monolog zu führen, selbst einen stummen, erschien ihm theatralisch und falsch. Also stand er nur da, trat von einem Fuß auf den anderen, ohne zu wissen, warum er blieb, aber auch unfähig, sich zum Gehen zu überwinden.

Seitdem Cole vor drei Tagen Amok gelaufen war, wurde er diese Beklemmung nicht mehr los. Er konnte sie sich nicht erklären. Eigentlich hätte er sich bestätigt fühlen sollen, denn Cole hätte keinen deutlicheren Weg wählen können, um zu beweisen, dass Ben recht hatte. Stattdessen wollte sich das Gefühl, dass das Geschehene sein Fehler war, dass er irgendwie dafür verantwortlich war, nicht abschütteln lassen. Es wurde noch durch die Vermutung bestärkt, dass auch die anderen Beteiligten ihm die Schuld gaben. Nachdem Sandra Cole zu einem Krankenwagen gebracht worden war, hatte er mit der Polizistin gesprochen. Sie hatte feuchte Papierhandtücher auf ihre blutende Nase gepresst und darauf gewartet, selbst versorgt zu werden, und da Ben unverletzt im Raum stand, hatte er sich genötigt gefühlt, etwas zu sagen.

«Die Verstärkung war ziemlich schnell hier.» Sie schaute ihn über das feuchte graue Papier an, ohne etwas zu erwidern. Das Blut hatte es dunkel gefärbt, als wäre es ein Lackmustest für Brutalität. «Ich meine die Beamten, die zu Hilfe gekommen sind», sagte er, verunsichert durch ihr Schweigen. «Es hat nicht lange gedauert, bis sie reagiert haben.»

Sie nahm das Papiertuch von ihrer Nase und betrachtete es. «Sie waren in Bereitschaft. Die Gemeindeverwaltung bittet darum, wenn sie glauben, dass jemand aggressiv werden kann.»

Ben war überrascht gewesen. Er hatte gedacht, er sei der Einzige, der wusste, wozu Cole fähig war. «Sie dachten also, er könnte gewalttätig werden?»

Sie hatte das Papiertuch wieder an die Nase gehalten. Der Blick, mit dem sie ihn bedachte, war schwer zu deuten.

«Der Grund, warum wir um die Bereitschaft gebeten wurden, waren Sie.»

Cole war angeklagt und in Untersuchungshaft genommen worden, und da Sandra weder dazu in der Lage noch willens war, sich um seinen Sohn zu kümmern, hatte man Jacob einer Pflegefamilie anvertraut. Ben war mitgeteilt worden, dass sie in der Nähe seiner Schule wohnte, sodass er ohne Probleme am Unterricht teilnehmen konnte, aber mehr hatte man ihm nicht sagen wollen. Sein Angebot, ihn zu sich zu nehmen, war schroff abgelehnt worden. Der Sozialarbeiter – nicht Carlisle, der war noch krankgeschrieben – hatte darauf hingewiesen, dass Ben keinen Antrag auf Betreuungsrecht gestellt hatte. Außerdem war Jacob nicht auf Dauer in Pflege gegeben worden. Man hoffte, dass er am Ende zu seinem Vater zurückkehren könne.

Vorausgesetzt natürlich, dass Cole keine Gefängnisstrafe antreten musste.

Ben sagte sich, dass er eigentlich froh sein sollte, aber irgendwie wollte sich keine Zufriedenheit einstellen. Die Erinnerung daran, wie Cole in Handschellen aus dem Raum gezerrt worden war, war zu lebendig. Er hatte das Gefühl, alles nur schlimmer statt besser gemacht zu haben.

Er hatte das Gefühl, etwas zerstört zu haben.

Am Tag nach der Sitzung hatte er überlegt, sich bei Sandra Cole zu melden. Am Ende hatte er es aber nicht getan. Er konnte sich nicht vorstellen, dass sie mit ihm würde sprechen wollen, und er hätte nicht gewusst, was er sagen sollte. «Tut mir leid» war kläglich und unpassend, wenn das Leben eines Menschen zugrunde gerichtet worden war. Stattdessen hatte er alle Fotos und Negative verbrannt, die er noch von ihr hatte. Es erschien wie eine leere Geste, und als er zugeschaut hatte, wie das Papier und die Zelluloidstreifen aufflammten und schwarz wurden, hatte ihn das Bedürfnis gepackt, noch mehr zu büßen. Er hatte das Teleobjektiv und den Polarisationsfilter geholt und hinaus zum Feuer getragen. Den Filter hatte er sofort hineingeworfen, bei dem Objektiv hatte er jedoch gezögert. Ihm kam in den Sinn, wie teuer es gewesen war. Wenn er etwas wiedergutmachen wollte, sollte er es besser verkaufen und das Geld an Sandra schicken. Eine Weile hatte er das schwere Teil in den Händen gewogen und dann in die Flammen fallen lassen.

Ein Mann mit zwei Kindern trat an das Nachbargrab. Ben und der Mann nickten sich zu, dann taten sie so, als wäre der andere nicht da. Die Kinder machten einen bedrückten Eindruck, dennoch durchschnitten ihre hellen Stimmen die Friedhofsruhe. Mit einem letzten Blick auf Sarahs Grab hob Ben die verwelkten Blumen auf und ging davon. Er machte einen Umweg an einem Müllkasten vorbei, der mit anderen, weggeworfenen Sträußen vollgestopft war. Durch den Maschendraht ragten abgebrochene Stängel, und die einst fröhlichen Blüten von Chrysanthemen, Rosen und Nelken waren verwelkt und zerdrückt. Er warf seine Blumen hinein und hielt dann inne. Nach einem Augenblick ging er zum Wagen und holte seine Kamera.

Er fotografierte den Müllbehälter aus verschiedenen Blickwinkeln und verschoss dabei einen ganzen Film. Er hätte weitergemacht, wenn ihn nicht eine alte Frau misstrauisch beobachtet hätte. Als sie mit einem eifrigen Schwung ihres Gehstockes heranmarschierte, packte er seine Sachen zusammen und verschwand.

Während er davonfuhr, kam ihm seine eigene Sterblichkeit in den Sinn. Die Symbolik des mit welken Blumen gefüllten Müllbehälters, quasi ein Friedhof inmitten eines Friedhofs, war natürlich so offensichtlich wie abgedroschen.

Als Nächstes würde er noch die Todesanzeigen in der Zeitung lesen. Er versuchte, bei dem Gedanken zu lachen, aber so leicht konnte seine Stimmung nicht aufgebrochen werden. Er wusste, er wartete darauf, dass etwas passierte, ohne eine Ahnung zu haben, was es sein könnte. Als Jugendlicher hatte er wiederkehrende Träume gehabt, aus denen er zu Tode erschrocken erwacht war, überzeugt, dass er sich am Rande einer unbestimmten Katastrophe befand, die er nie genau erkennen konnte. Ähnlich erging es ihm jetzt. Seine Vernunft sagte ihm, dass es lediglich an seinem Gefühl der Leere lag, daran, dass er eine innere Unruhe verspürte, aber es überzeugte ihn nicht.

Nichts war entschieden worden. Dies war nur die Ruhe vor dem Sturm. Alles andere war ein Vorspiel gewesen. Jetzt, da Coles Seele offengelegt worden war, da die zivilisierte Haut der Zurückhaltung und Kontrolle schließlich von ihm abgefallen war, wollte sich Ben lieber nicht vorstellen, was der Mann tun könnte oder wo er aufhören würde.

Es herauszufinden bereitete ihm eine höllische Angst.

Zwei Tage später kam es in den Morgennachrichten. Er war am Abend zuvor mit Keith bei einem Fußballspiel gewesen, einem Derby zwischen den Spurs und Arsenal, das Tottenham kläglich verloren hatte, und noch immer mit ihrem Zusammentreffen beschäftigt, als er sein Frühstück zubereitete. Es war das erste Mal, dass sie beide seit seinem Selbstmordversuch etwas unternommen hatten. Nach außen hin schien Keith wieder der Alte zu sein. Er erwähnte den Vorfall mit keinem Wort, ebenso wenig die Frau, die ihn ausgelöst hatte. Nach ein paar Tagen war er wieder zur Arbeit gegangen, als wäre nichts gewesen. Dennoch hatte Ben den Eindruck, dass etwas an seinem Freund fehlte. Es war, als wäre ein Teil von Keith damals im Auto gestorben. Oder vielleicht schon früher, als seine Freundin mit ihm Schluss gemacht hatte. Jetzt mit ihm zu sprechen war, als wenn man Musik mit einem Dolby-System hörte. Es war eine abgedämpfte, gefilterte Version, der alle Klarheit und jedes Knistern fehlte.

Ben hoffte, dass es nicht von Dauer war.

Die Meldung kam im Radio, aber dem schenkte er keine Aufmerksamkeit. Keith und Tessa wollten am nächsten Tag in Urlaub fahren und mit Scott und Andrew Disneyland besuchen, und während im Hintergrund von dem Mord an einer Frau berichtet wurde, fragte sich Ben gerade, ob Keiths labile Psyche schon wieder so weit war, den Anblick einer Minnie Mouse herzenden Tessa zu ertragen. Als er Milch auf seine Cornflakes schüttete, sprang ihn plötzlich der Name Sandra Cole an.

Er zuckte zusammen, als hätte er einen Schlag bekommen.

«... Leiche wurde gestern Abend von einem Nachbarn im Garten ihres Hauses gefunden», verlas der Nachrichtensprecher. «Es wird angenommen, dass sie erschlagen wurde. Die einunddreißigjährige Mrs. Cole war die Ehefrau von John Cole, der letztes Jahr in den Schlagzeilen war, als er nach sechs Jahren seinen entführten Sohn zurückbekommen hatte. Mr. Cole, der nach einem tätlichen Angriff auf Sozialarbeiter gestern auf Kaution aus der Untersuchungshaft entlassen worden ist, wird zur Befragung von der Polizei gesucht.»

Der Nachrichtensprecher ging zur nächsten Meldung über. Ben hörte etwas fließen und sah, dass er noch immer die Milchflasche schräg hielt. Er stellte sie ab, unternahm aber keinen Versuch, die weiße Pfütze aufzuwischen, die über die Kante der Arbeitsplatte tropfte. Ihm war schwindelig, dann wurde ihm übel. Schließlich ging beides vorbei. Er schaute sich in der Küche um, von dem Bedürfnis getrieben, etwas zu tun, aber ohne eine Idee, was. Benommen setzte er sich hin.

Meine Schuld. Meine Schuld.

Unfähig, still sitzen zu bleiben, stand er wieder auf. Er ging zum Telefon und erkundigte sich bei der Auskunft nach der Nummer des Polizeireviers in Tunford. Der Polizist, der seinen Anruf entgegennahm, klang nicht wie der, den er angetroffen hatte, nachdem Cole seinen Hund erschossen hatte. Er gab Ben die Nummer der zuständigen Abteilung. Als er dort durchgekommen war, fragte eine Polizistin höflich nach seinem Namen und dem Grund seines Anrufs. Er versuchte es zu erklären, merkte aber gleich, dass seine Ausführungen ziemlich unzusammenhängend waren. Er war sich selbst nicht ganz sicher. Die Polizistin sagte, dass sie seine Nachricht weitergeben würde, und dankte für seinen Anruf.

Er legte auf und starrte ins Leere. Dann wischte er die Milch auf und ging hinaus. Es gab keinen Grund, so früh im Atelier zu sein, aber er musste das Haus verlassen. Er war noch keine Meile weit gefahren, als ihm klar wurde, wohin es ihn wirklich trieb.

Er drehte um und machte sich auf den Weg nach Tunford.

Als er auf der Autobahn war, rief ihn Keith auf dem Handy an. «Hast du es gehört?»

Ben bejahte. «Ich bin gerade auf dem Weg dorthin.»

«Nach Tunford? Weshalb?»

«Keine Ahnung.» Aber er wusste es. Er musste wissen, ob Jacob in Sicherheit war und ob die Polizei ihn beschützte. Aber er wollte nicht darüber sprechen, er wollte nicht einmal daran denken, bis er Gewissheit hatte. «Kannst du San...»

Scheiße. «Kannst du Zoe anrufen, meine ich? Sie soll die Aufnahmen heute absagen. Erzähl ihr ... egal, erzähl ihr einfach, was passiert ist.» Zoe würde sich eine bessere Ausrede einfallen lassen können als er.

Eine Schwermut breitete sich in ihm aus, je näher er der Stadt kam. Es war ein kalter, strahlender Morgen. Der Himmel war klar und arktisch blau. Er kam an vertrauten Wegepunkten vorbei: der Abzweigung, die er immer nahm; der Straße, die in den Wald führte; dem Polizeirevier und dem Pub. Alles war unverändert, trist und winterfest. Fast hätte man annehmen können, dass die Meldung in den Nachrichten falsch war.

Dann bog er in die Straße, in der die Coles wohnten, und sah die vielen Polizeifahrzeuge. Die Nachbarn schauten über ihre Zäune oder standen in kleinen Gruppen zusammen. Manche wurden von uniformierten Polizeibeamten befragt. Er fuhr am Haus vorbei, hielt an und stieg aus. Die Eingangstür der Coles war geöffnet. Gelbes Flatterband sperrte den Pfad und den Garten ab. Vor dem Zaun stand ein großer weißer Wohnwagen mit karierten Streifen auf den Seiten. Eine kleine Treppe führte hinauf zu einer Tür, und als sich Ben näherte, öffnete sie sich, und eine Polizistin stieg heraus. Sie sah Ben und kam auf ihn zu.

«Kann ich Ihnen helfen, Sir?»

Er riss sich von dem Anblick eines Mannes in Zivil los, der im Flur der Coles kniete und etwas auf dem Teppich untersuchte.

«Ich muss mit dem Ermittlungsleiter sprechen.»

Sie betrachtete ihn mit steinerner Miene. «Können Sie mir sagen, worum es geht?»

«Um den Mord.» Es klang lächerlich geheimnisvoll.

Die Polizistin fragte nach seinem Namen und ging dann

zurück in den Wohnwagen. Einen Moment später kehrte sie zurück. «Würden Sie bitte hereinkommen?»

Ben ging die Stufen hinauf. Das Innere des Wagens wirkte wie ein kleines Büro. Ein Mann mittleren Alters in einem grauen Anzug sprach mit einem bulligen Constable, der ein Klemmbrett in den Händen hielt. Nachdem der Uniformierte hinausgegangen war, wandte sich der Mann an Ben.

«Ich bin Detective Inspector Norris. Wie kann ich Ihnen helfen, Mr. Murray?» Er sprach mit dem breiten Dialekt Mittelenglands.

«Haben Sie Cole gefunden?»

«Wir suchen nach Mr. Cole, damit er uns bei unseren Ermittlungen hilft», sagte Norris unverbindlich. «Die Kollegin hat gesagt, Sie hätten Informationen bezüglich des Mordes an Mrs. Cole?»

Ben ging nicht darauf ein. «Er wird seinen Sohn suchen.»

Er wusste es ohne jeden Zweifel. Die Gewissheit hatte ihn im Wagen wie ein Schlag getroffen. Doch nun, wo er einen Polizisten überzeugen musste, brach er wieder in Schweiß aus. «Das Jugendamt hat seinen Sohn letzte Woche in eine Pflegefamilie gegeben ...»

«Ja, ich weiß.»

Ben kam ins Stammeln. «Seine Frau hat gegen ihn ausgesagt. Er hat es herausgefunden und ... und deswegen hat er das getan. Er wird versuchen, seinen Sohn zu kriegen.»

«Hat sich Mr. Cole bei Ihnen gemeldet?»

«Nein, aber ...»

«Vielleicht können Sie mir sagen, was genau Sie mit dieser Sache zu tun haben, Sir?»

«Ich bin der Stiefvater des Jungen.»

Der Polizist dachte eine Weile darüber nach. «Verstehe.»

«Hören Sie, ich kenne Cole, ich weiß, was für ein Typ er

ist. Er wird nichts zwischen sich und seinen Sohn kommen lassen.»

«Ich verstehe Ihre Sorge, Mr. Murray, aber wenn der Junge in einer Pflegefamilie ist, wird Mr. Cole seinen Aufenthaltsort nicht kennen.»

«Sie schicken ihn auf dieselbe Schule wie vorher. Er ist Autist, es gibt nicht viele Schulen dieser Art. Cole wird ihn dort suchen und ...»

«Einen Moment.» Norris ging zu einem anderen Mann in Zivil. Sie sprachen so leise miteinander, dass Ben nichts verstehen konnte. Der andere Mann nickte und nahm ein Telefon. Der Inspector kam zurück. «Ich habe einen Wagen geschickt. Wir werden den ganzen Tag eine Streife vor der Schule postieren.»

Ben war erleichtert, aber noch nicht ganz beruhigt. «Wissen Sie, dass er früher Soldat war?»

«Wir kennen seinen Hintergrund. Gibt es sonst noch etwas, womit Sie glauben, uns helfen zu können?»

Es war wie eine Entlassung formuliert. Ben fiel nichts mehr ein. Er schaute durch das kleine Fenster des Wohnwagens. Dahinter war das Haus der Coles zu sehen. «Wie ist es passiert?»

«Es tut mir leid, aber wir sind kein Auskunftsbüro. Wir stecken mitten in einer Mordermittlung, deshalb ...»

«Um Gottes willen, ich war derjenige, der sie dazu gebracht hat, gegen ihn auszusagen!»

Er hatte nicht laut werden wollen. Für einen Moment herrschte Stille im Wohnwagen. Norris musterte ihn und nahm dann Platz. Die Hintergrundgeräusche setzten wieder ein. «Cole wurde gestern Nachmittag auf Kaution freigelassen. Von Nachbarn haben wir erfahren, dass er gegen fünf Uhr hier angekommen ist. Man konnte eine heftige Auseinandersetzung hören, was anscheinend nichts Neues ist, dann wurde Cole gegen halb sechs beim Wegfahren gesehen. So um elf Uhr abends war ein Mann mit seinem Hund auf dem Pfad hinter dem Haus unterwegs. Ihm fiel auf, dass die Hintertür der Coles geöffnet war. In dem Licht, das herausschien, sah er etwas im Garten liegen. Er hielt es für eine Leiche, aber es war schwer zu erkennen.» Er zuckte mit den Achseln. «Dahinten liegt eine Menge Schrott herum.»

«Ich weiß», sagte Ben.

Norris schaute ihn an, ging aber nicht darauf ein. «Der Mann hat das örtliche Polizeirevier angerufen. Ein Beamter wurde vorbeigeschickt, und der hat Sandra Cole gefunden. Auf jeden Fall vermutete er, dass sie es war. Ihr war mit einem Motorenteil der Schädel eingeschlagen worden. Alles in Ordnung, Sir?»

Ben nickte. Als er hörte, womit Cole seine Frau getötet hatte, schien sich der Raum zu drehen. Er hatte keinen Zweifel, um was es sich handelte. Zweimal hatte er gesehen, wie Cole es über Jacob stemmte. Bei der Erinnerung daran, wie der schwere Metallzylinder auf den Boden gekracht war, zuckte er zusammen.

«Wir warten noch auf den Bericht des Pathologen, um zu erfahren, ob sie bereits tot war, als ihr Schädel zertrümmert wurde», fuhr der Inspector fort. «Sie ist außerdem brutal zusammengeschlagen worden. Es ist möglich, dass einige Verletzungen erst nach Eintritt des Todes verursacht wurden, aber wahrscheinlich wurden sie ihr vorher zugefügt. Wie auch immer, Cole war jedenfalls zur Todeszeit hier.»

«Hat man sie gewarnt, dass Cole freigelassen worden ist?»

Norris schien ein wenig zu zögern. «Das kann ich im Moment nicht beantworten.»

«Das heißt nein, oder? Niemand hat ihr etwas gesagt.»

«Wie gesagt, ich habe noch nicht alle Informationen.»

Doch jede Kritik blieb Ben im Halse stecken, wenn er an seine eigene Rolle bei den Ereignissen dachte. *Ohne mich wäre sie noch am Leben.* Seine Wut brach in sich zusammen. «Halten Sie mich auf dem Laufenden, falls etwas passiert?» Er zog eine Visitenkarte aus seinem Portemonnaie. «Sie können mich jederzeit über die Mobilnummer erreichen.»

Der Inspector nahm die Karte, sagte aber nicht, ob er sich melden würde. «Danke für Ihre Hilfe, Mr. Murray.»

Ben verstand den Wink nicht. «Sie halten an der Schule nach ihm Ausschau, ja?»

«Das ist organisiert.» Norris winkte die Polizistin herbei, mit der Ben zuvor gesprochen hatte. «Begleiten Sie Mr. Murray bitte hinaus.»

Nach der Wärme im Wohnwagen schien es draußen kälter denn je zu sein. Er ging zurück zu seinem Wagen, ohne auf die neugierigen Blicke der Nachbarn zu achten. Er sagte sich, dass die Polizei wusste, was sie tat, dass Jacob in Sicherheit sein würde. Er konnte nichts mehr tun.

Ihm war allerdings nicht eingefallen, zu fragen, ob sich die Schrotflinte noch im Schuppen befand.

Er folgte der bekannten Route den Berg hinauf, von dem man die Stadt überblickte. Er stellte den Wagen auf seinem alten Parkplatz ab und kletterte über die Mauer. Der Wald war so kahl, dass man sich nicht vorstellen konnte, er würde jemals wieder grün werden. Als er durch die Bäume hinabstieg, rutschte er auf dem glitschigen Boden und dem Laub aus und fiel hin. Der Matsch verdreckte seine Jacke und drang in die Wunde an seiner Hand, die er sich durch eine abgebrochene Wurzel zugezogen hatte. Er holte ein Taschentuch hervor und presste es darauf.

Die Eichengruppe erschien ihm kleiner als in der Erinnerung, zudem kahler und ungeschützter. Am Eingang zu seinem Versteck entdeckte er eine Snickers-Verpackung zwischen den spärlichen Grasresten. Ansonsten wies nichts darauf hin, dass er jemals dort gewesen war. Er hob die Folie auf und steckte sie in seine Tasche.

Der Hang, der zu den Häusern hinabführte, sah so verödet aus, als wäre er verätzt worden. In Coles Garten war eine blasse Zeltwand aufgestellt worden, die den Bereich innerhalb des dunklen Rings aus Schrott abschirmte. Vor dem Zaun am Ende des Gartens hatten sich ein paar Kinder versammelt und versuchten hineinzuspähen.

Hinter ihm knackte ein Zweig. Cole, dachte er und wirbelte herum. Ein Polizist in einer reflektierenden gelben Jacke kam den Hang hinab auf ihn zumarschiert und blieb einen Meter vor ihm stehen.

«Na, haben wir eine gute Aussicht?»

Bens Herz pochte noch wie wild. «Nicht besonders.»

Der Polizist betrachtete ihn unfreundlich. «Würden Sie mir verraten, was Sie hier machen?»

Es muss an der Luft hier oben liegen, dachte Ben. Oder an mir. «Spazieren gehen.»

«Ist das Ihr Wagen, der oben an der Straße steht?»

«Wenn Sie einen roten Golf meinen, dann ja.»

«Wie lautet das Kennzeichen?»

«Keine Ahnung.»

«Wie heißen Sie?»

Ben sagte es ihm. Der Polizist sprach in sein Funkgerät, ohne ihn aus den Augen zu lassen. Die Antwort, die er erhielt, schien ihn zu enttäuschen.

«In Ordnung, dann gehen Sie.» Er deutete mit dem Daumen Richtung Straße.

«Sind Sie sicher, dass Sie mich nicht verhaften wollen?», entgegnete Ben in einem Anflug von Sturheit.

Der Polizist starrte ihn an wie einen Psychopathen. «Ich werde es Ihnen nicht noch einmal sagen.»

Ben schaute ein letztes Mal den Berg hinab und ging dann zurück zu seinem Wagen.

Er fuhr ins Atelier, obwohl die Aufnahmen abgesagt worden waren. Nachdem er aufgeschlossen hatte und hineingegangen war, fiel ihm ein, dass er vielleicht etwas vorsichtiger sein sollte. Cole hatte bereits seine Frau getötet, und Ben machte sich keine Illusionen darüber, was passieren würde, wenn er ihm wieder begegnete. Doch er konnte die Bedrohung für ihn selbst nicht ernst nehmen. Er bezweifelte nicht, dass Cole ihn umbringen würde, wenn sich ihm die Gelegenheit dazu bot, aber er wusste auch, was dem Mann am wichtigsten war.

Jacob.

Er versuchte sich zu sagen, dass es keinen Anlass zur Sorge gab. Cole war nur ein einzelner Mann und durch sein Hinken weder unauffällig noch besonders beweglich. Obwohl er ein ehemaliger Soldat war, würde es nur eine Frage der Zeit sein, bis man ihn schnappte. Und dann würde man neu darüber verhandeln müssen, bei wem Jacob leben sollte. Denn niemand konnte mehr leugnen, dass Cole das Recht auf seinen Sohn verwirkt hatte.

Allerdings gelang es Ben nicht, sich selbst davon zu überzeugen, dass es so einfach sein würde.

Er beschäftigte sich mit Arbeiten, zu denen er sonst nie kam, überprüfte die Vorräte seiner Dunkelkammer und erledigte kleinere Reparaturen, alles nur, um sich irgendwie abzulenken. Er hätte fast damit begonnen, das gesamte Atelier aufzuräumen, als er sich an den Film erinnerte, den er auf dem Friedhof verschossen hatte.

Er erwartete nicht viel von den Aufnahmen, aber indem er den Film entwickelte, hatte er wenigstens etwas zu tun. Schon nach den ersten Abzügen sah er, dass der Film fehlerhaft gewesen war. Das kam gelegentlich vor. Die Belichtung stimmte nicht, und die Farben waren so trübe und schlecht aufgelöst, dass die Blumen kaum zu erkennen waren. Vor diesen abstrakten Farbklecksen sah der Maschendraht des Müllbehälters wie ein verschwommenes geometrisches Muster aus. Verärgert warf er die Abzüge weg. Dann schaute er noch einmal hin. Er hob sie auf und betrachtete sie aus verschiedenen Blickwinkeln.

Eigentlich ist es ein ziemlich interessanter Effekt, dachte er und machte auch von dem Rest Abzüge.

Jetzt sprach ihn gerade die Undeutlichkeit der Bilder an. Die alltäglichen Gegenstände wirkten plötzlich weniger konkret und gleichzeitig wesentlich lebendiger. Statt die Wirklichkeit abzubilden, deuteten diese Bilder sie lediglich an. Sie riefen ein vages Gefühl von Vertrautheit hervor und widersetzten sich zugleich dem Wiedererkennen. Er überlegte gerade, wie er diesen Effekt absichtlich hervorrufen könnte, als sein Handy klingelte.

Beim zweiten Klingeln hatte er es gefunden.

«Hallo?», meldete er sich atemlos.

«Ist dort Mr. Murray?»

Er erkannte die Stimme des Polizeiinspektors. *O Gott, bitte. Hoffentlich haben sie ihn erwischt.* «Ja.»

Die Hoffnung auf eine gute Nachricht wurde schnell zerstört. «Es tut mir leid», begann der Inspector, und plötzlich wollte Ben den Rest nicht mehr hören.

«Cole hat sich heute Nachmittag gewaltsam Zutritt in die Schule verschafft», fuhr die belegte Stimme des Polizisten fort. «Er hat seinen Sohn mitgenommen.»

Es wurde im Fernsehen gezeigt. Die Schultore und dahinter das Backsteingebäude der Schule. Weinende Kinder, die von Erwachsenen weggeführt wurden. Augenzeugenberichte, ein Polizeiwagen, dessen Heck eingedellt war. Eine verrostete und verbeulte Stoßstange am Bordstein, Glassplitter.

Der Inspector hatte sich gerechtfertigt. Er hatte direkt vor dem Haupttor einen Streifenwagen mit zwei Beamten postieren lassen. Sie waren gewarnt worden, wie gefährlich Cole war, und hatten den Befehl erhalten, kein Risiko einzugehen und Hilfe zu rufen, sobald sie ihn erblickten.

Doch dann war mit quietschenden Reifen ein rostfarbener Escort um die Ecke gejagt und hatte ihren Wagen gerammt. Ehe er zu schaukeln aufgehört hatte, war Cole mit einer Schrotflinte aufgetaucht und hatte Funkgerät und Armaturenbrett in Einzelteile zerlegt. Dem ersten Polizisten hatte er den Gewehrkolben ins Gesicht geknallt, dem zweiten befohlen auszusteigen und ihn ebenfalls bewusstlos geschlagen.

Dann war er in die Schule gegangen, hatte Jacob genommen und war davongefahren.

«Wir wussten nicht, dass er bewaffnet ist», sagte Norris. «Wenn wir es gewusst hätten ...»

Dann hätte es auch nichts geändert. Cole hätte Jacob trotzdem irgendwie gekriegt. Dass Ben die Schrotflinte vergessen hatte, verlängerte zwar die Liste der Fehler, die er zu verantworten hatte, gleichzeitig hatte er jedoch das Gefühl, dass alles so gekommen war, wie es kommen musste. Die Ereignisse strebten einer unvermeidlichen Lösung zu, die er erahnen konnte, die er aber nicht wagte anzuerkennen. Er hörte

kaum zu, als der Polizist versicherte, dass Cole gefasst werden würde, dass der Wagen beschädigt worden war, dass ein behinderter Mann und ein autistischer Junge zu Fuß nicht weit kommen konnten. Er musste nur daran denken, wie Cole den Bullterrier erschossen hatte. *Es ist mein Hund.*
Es ist mein Junge.

Er konnte sich nicht erinnern, jemals so viel Angst gehabt zu haben.

Am Anfang klingelte ständig das Telefon. Die Hoffnung und die Angst, die jedes Klingeln auslöste, zermürbten ihn. Aber es waren nur Bekannte, die ihre Unterstützung anboten und fragten, ob es Neuigkeiten gebe. Er sagte jedem das Gleiche. Danke, nein, es gebe keine Neuigkeiten, er werde sie auf dem Laufenden halten. Er bat sie alle, nicht wieder anzurufen, und erklärte, dass er die Leitung frei halten wollte. Dann wurden die Anrufe weniger und hörten schließlich ganz auf. Plötzlich herrschte Totenstille im Haus.

Das war auch nicht besser.

Es war unmöglich, still zu sitzen. Er lief von einem Zimmer ins andere, nur um in Bewegung zu bleiben und der Angst zu entfliehen, die ihn zu überwältigen drohte. Er schenkte sich einen Drink ein, ließ ihn aber nach dem ersten Schluck stehen. Es wäre nur eine künstliche Erleichterung gewesen, außerdem wollte er einen klaren Kopf behalten. Das Sandwich, das er sich machte, blieb auch unangetastet.

Es war ein völlig anderes Gefühl als damals, als Sarah im Sterben lag. Er hatte es nicht glauben können und war wie betäubt gewesen. Selbst als sie starb, so furchtbar es auch gewesen war, hatte er gewusst, was geschah, und war bei ihr gewesen. Jetzt wusste er überhaupt nichts, nicht einmal ob Jacob lebte oder tot war, ob Cole ihm das Gehirn herausgepustet hatte wie seinem Hund.

Die einzige Gewissheit, die ihm blieb, war, dass Cole seinen Sohn nie wieder hergeben würde.

Am Abend kam Keith vorbei. «Du hast nichts gehört?», fragte er, als Ben ihn hereinließ, aber es war eigentlich keine Frage. Sie setzten sich in die Küche, tranken Kaffee, ohne richtig zu reden. «Tessa lässt dir liebe Grüße ausrichten», sagte Keith irgendwann.

Ben nickte teilnahmslos. Da fiel ihm etwas ein. «Wolltest du nicht in Urlaub fahren?»

«Erst morgen früh.»

«Hast du schon gepackt?»

Das leere Gerede brachte beide zum Lächeln. Der Moment ging schnell vorbei. «Tessa wird sich schon darum kümmern.» Keith zögerte. «Wie auch immer, ich habe ihr gesagt, dass ich vielleicht nicht mitkomme.»

«Warum nicht?»

«Komm schon, Ben.»

«Es gibt keinen Grund, deinen Urlaub platzenzulassen.»

«Ich komme noch ein paar Tage ohne Donald Duck aus.»

«Ich weiß, aber ...»

«Ben», sagte Keith ruhig, aber bestimmt, «ich werde nicht mitfahren, okay? Es ist meine Entscheidung. Ich habe Tessa gesagt, dass ich hinterherfliege, sobald diese Sache überstanden ist. Solange die Jungs Achterbahn fahren können, werden sie nicht einmal bemerken, dass ich nicht da bin. Ich werde später nachkommen, und Tessa ... Tja, Tessa wird sich mit meiner Kreditkarte zufriedengeben müssen.»

Ben schaute ihn an. Obwohl er völlig von seinen Sorgen vereinnahmt war, hatte ihn sein Freund überrascht. Keith zuckte mit den Achseln. «So was wie das hier relativiert einiges.»

Er ging nicht weiter darauf ein, aber er wirkte wieder

mehr wie der alte Keith, den er vor dem Selbstmordversuch gekannt hatte. Er blieb noch eine Weile, bis Ben ihm schließlich sagte, er solle nach Hause gehen. Nachdem er fort war, ging Ben ins Wohnzimmer und schaltete den Fernseher an. Ihm war nicht bewusst, wie müde er war, und er hätte behauptet, niemals schlafen zu können, doch irgendwann döste er auf dem Sofa weg. Mit rasendem Herzschlag schnellte er hoch. Auf dem Fernsehbildschirm war nur ein Flimmern zu sehen. Ein leises Knistern erfüllte das Zimmer. Sonst war kein Ton im Haus zu hören. Er sah, dass es nach zwei Uhr war. Er ging zum Telefon und nahm den Hörer ab, um sich zu vergewissern, dass es noch funktionierte. Während er den Hörer in der Hand hielt, überlegte er, Norris anzurufen. Aber der Inspector hatte versprochen, sich bei ihm zu melden, wenn etwas passierte. Er legte den Hörer wieder auf.

Wo sind die beiden?

Sein Mund war ausgetrocknet. Er ging in die Küche und schenkte sich ein Glas Wasser ein. Selbst das musste er hinunterzwingen. Er schüttete die Hälfte weg, und als er das Glas in die Spüle stellen wollte, verfing sich seine Hand am Rand des Abtropfregals. Das Glas rutschte ihm aus der Hand und zerbrach.

Automatisch bückte er sich und begann, die Scherben aufzulesen. Die kleineren Splitter waren über den ganzen Küchenboden verteilt. Sie erinnerten ihn an etwas. Er starrte auf den Boden, ohne zu merken, dass er sich nicht mehr rührte. Da fiel es ihm ein. Die zerschmetterte Windschutzscheibe auf der Straße. Der demolierte Streifenwagen. Die Stoßstange von Coles verbeultem Escort. *Wohin würde Cole gehen?*

«O mein Gott.»

Er lief zum Telefon und wählte Norris' Nummer. Eine Polizistin meldete sich. Bens Stimme bebte, als er ihr sagte, dass er unbedingt mit dem Inspector sprechen müsse. Sein Nachdruck überzeugte sie wohl. Sie bat ihn, einen Moment zu warten. Norris kam an den Apparat, er klang müde.

«Sie sind auf dem Schrottplatz», sagte Ben.

Diese Fahrt nach Tunford, die zweite innerhalb von vierundzwanzig Stunden, war sowohl die schnellste als auch die längste. Die Straßen waren leer, und sobald er auf der Autobahn war, trat er das Gaspedal durch. Der Wagen klapperte. Er konnte die Vibrationen durch das Lenkrad spüren, während er an einen Gott appellierte, an den er nicht glaubte, und ihm Angebote und Versprechungen machte. *Mach, dass es ihm gutgeht. Ich werde glauben. Nimm mich stattdessen.*

Er hatte Norris nicht gesagt, dass er hinfahren würde. Er hatte es auch nicht geplant. Der Inspector hatte versprochen, den Schrottplatz zu überprüfen, aber es war unmöglich gewesen, einfach dazusitzen und zu warten. Er war sich sicher, dass Cole Jacob dorthin gebracht hatte. Da Coles eigene Schrottsammlung abgesperrt war, gab es kein anderes Ziel für ihn.

Sein Weg war vorgezeichnet.

Ben war verärgert, dass er langsamer werden musste, nachdem er die Autobahn verlassen hatte. Die Straßen waren unbeleuchtet, und einmal trat er instinktiv auf die Bremse, weil vor ihm etwas aus einer Hecke geflitzt kam. Der wehende Schwanz eines Fuchses verschwand durch einen Zaun auf der anderen Seite. Er schaltete runter und beschleunigte wieder.

Ein Polizeiposten sperrte die Straße ab. Dahinter konnte er die Mauern des Schrottplatzes sehen, die von einem Wald aus Blaulichtern erleuchtet wurden. *O Gott.* Als ein Polizist zu ihm kam, kurbelte er das Fenster hinunter.

«Was ist passiert?»

«Tut mir leid, Sir, die Straße ist gesperrt. Sie müssen wenden und ...»

«Haben Sie Cole gefasst?»

«Tut mir leid, Sir, Sie müssen ...»

«Sagen Sie Inspector Norris, dass Ben Murray ihn sprechen muss! Bitte, es ist dringend!»

Widerwillig ging der Polizist zurück zu seinem Wagen. Er beugte sich hinein und nahm das Funkgerät. Eine Ewigkeit verging, ehe er sich aufrichtete.

Dann winkte er Ben durch.

Vor dem Schrottplatz säumten in einem großen Durcheinander Streifenwagen und Polizeitransporter die Straße. Dazwischen warteten zwei Krankenwagen. Die Blaulichter gaben der Szenerie eine Rummelplatzatmosphäre. Sobald er einen freien Platz gefunden hatte, hielt er an und verließ den Wagen, ohne ihn abzuschließen. Im Schutz ihrer Fahrzeuge hatten uniformierte Polizisten die Mauern umstellt. Die meisten trugen Waffen. Ein Beamter sah ihn und eilte herbei. Ben kam allen Fragen zuvor, indem er sofort nach Norris fragte. Der Polizist musterte ihn argwöhnisch und forderte ihn auf zu warten. Ben sah zum hohen Tor des Schrottplatzes. Es war geschlossen, doch davor stand Coles Ford Escort.

Ihm wurde schlecht.

Der Polizist kehrte zurück und führte ihn durch das Durcheinander zu einem weißen Wohnwagen, der genauso aussah wie der, der noch am Morgen vor Coles Haus gestanden hatte. Ben hatte das Gefühl, als wäre es wesentlich länger her. Norris stand davor und sprach mit einem großen Mann in einer kugelsicheren Weste. Ihr Atem dampfte in der kalten Luft. Als er Ben sah, wandte er sich von dem anderen ab.

«Mr. Murray, ich glaube nicht ...»

«Sind sie drinnen? Geht es Jacob gut?»

Norris holte tief Luft, als wollte er etwas entgegnen, dann seufzte er auf. «Coles Wagen ist hier, deshalb vermuten wir, dass er auf dem Hof ist. Mehr wissen wir nicht. Der Eigentümer ist mit einem Schlüssel für das Haupttor auf dem Weg hierher.»

«Können Sie nicht über die Mauer gehen?»

Der große Mann schaltete sich ein. «Sie ist mit Glasscherben und Stacheldraht gesichert. Ich werde niemanden dort rüberschicken, wenn auf der anderen Seite jemand mit einer Schrotflinte warten könnte.»

Durch sein kurzgeschorenes blondes Haar schimmerte die Kopfhaut. Man konnte ihm deutlich ansehen, dass ihm die Anwesenheit eines Zivilisten ein Dorn im Auge war.

«Das ist Sergeant O'Donnell», stellte Norris vor. «Er leitet das Sondereinsatzkommando. Und wenn ich Sie nun bitten dürfte, wir haben eine Menge zu tun und ...»

«Wenn Cole dort drinnen ist, könnten Sie mich brauchen», sagte Ben schnell. «Ich kenne ihn.»

«Ich glaube nicht, dass ...»

«Bitte. Ich werde Ihnen nicht im Weg sein.»

Norris überlegte. «Ich werde dem Superintendent sagen, dass Sie hier sind. Vielleicht möchte er, dass der Vermittler mit Ihnen spricht.»

Er stieg in den Wohnwagen. Sergeant O'Donnell marschierte ohne ein weiteres Wort davon. Nach einem Moment ging die Wohnwagentür auf, und Norris winkte Ben herein.

Das Licht drinnen war grell, die Luft von Kaffee und Zigaretten verpestet. Der kleine Raum schien voller Aktivität zu sein. Ein kräftiger Mann mit Schnurrbart und blutunterlaufenen Augen hockte mit einem fleischigen Oberschenkel auf der Ecke eines Schreibtisches. Zwischen seinen dicken, gelb verfärbten Fingern brannte eine kleine Zigarre. Der Mann neben ihm hatte sein rotblondes Haar wie eine Regenplane in Wimbledon zur Seite gekämmt, um seinen kahlen Schädel abzudecken. Beide trugen keine Uniform und sahen müde und zerknittert aus.

«Mr. Murray», sagte Norris, «das sind Superintendent Bates und Detective Inspector Greene. Inspector Greene ist unser Vermittler, er wird die Kommunikation mit Cole übernehmen. Vorausgesetzt, er ist dort», fügte er sarkastisch hinzu.

«Das ist er», sagte Ben.

Der Superintendent war der kräftige Mann. «Hoffen wir, dass Sie recht haben», sagte er mit der Miene eines Mannes, der ungern zur frühen Stunde aus dem Schlaf gerissen wird. «Ken, schauen Sie bitte nach, wo der verdammte Eigentümer bleibt, ja? Er müsste längst hier sein.»

Norris ging schnell hinaus. Der Mann, den er als Vermittler vorgestellt hatte, wandte sich an Ben. «Was können Sie uns über Cole erzählen?»

Ben versuchte, seine Gedanken zu sammeln. «Äh, er ... er ist unausgeglichen. Unberechenbar. Gewalttätig, in sehr guter körperlicher Verfassung, abgesehen von seinem Bein. Er wurde angeschossen, als er in der Army war. In Nordirland.»

Ein gereiztes Seufzen des Superintendent stoppte ihn. «Wir brauchen nicht seinen ganzen Lebenslauf. Wir wollen wissen, wie er tickt, damit wir wissen, wie wir mit ihm umgehen müssen.» Er drückte seine Zigarre mit kaum verhohlener Ungeduld aus.

Ben versuchte es erneut. «Er ist von seinem Sohn besessen. Nichts anderes interessiert ihn. Ich glaube ...» Die Worte fielen ihm schwer. «Ich glaube, er würde eher sich und seinen Sohn töten, als ihn sich wieder wegnehmen zu lassen.»

Der Vermittler nickte ruhig. «Welche Beziehung haben Sie zu ihm? Glauben Sie, dass er auf Sie hören würde?»

Ben spürte, wie ihn die beiden erwartungsvoll anschauten. «Ich bin der Grund, warum er dort ist.»

Er berichtete ihnen so verständlich, wie er konnte, von seiner Rolle in Coles Wahnwelt. «Dann wird er also nicht gerade seine Waffe aus dem Fenster werfen, wenn Sie ihn darum bitten, oder?», bemerkte der Superintendent, nachdem er fertig war. Greene sah verärgert aus, entgegnete aber nichts. Die Wohnwagentür ging auf, und Norris steckte seinen Kopf herein.

«Entschuldigung, Sir. Der Eigentümer ist da.»

Der Superintendent hievte sich auf die Beine und ging hinaus. Der Vermittler schenkte Ben das erste freundliche Lächeln der gesamten Nacht. «Sie können ruhig hier drinnen warten. Wir sagen Ihnen Bescheid, wenn etwas passiert.»

«Was geschieht jetzt?», fragte Ben. Nun, da gehandelt werden sollte, keimte seine Angst wieder auf.

«Wenn wir das Tor aufgekriegt haben, werden wir sehen, wie die Situation drinnen ist. Wenn Cole und sein Sohn dort sind, werden wir versuchen, mit ihm Kontakt aufzunehmen. Wir bringen ihn zum Reden, finden heraus, was er will, beruhigen ihn.»

Ben dachte an die Ungeduld des Superintendent. «Sie werden aber nicht geradewegs reinstürmen, oder?»

Greene schien seine Gedanken zu lesen. «Das Letzte, was wir wollen, ist eine Konfrontation. Meistens muss man bei solchen Situationen einfach abwarten.» Er lächelte ihn wieder an. «Keine Sorge. Wir wissen, was wir tun.»

Cole auch, dachte Ben, sagte aber nichts.

Der Vermittler verschwand. Ben wartete, hielt es bald nicht mehr aus und ging zur Tür. Niemand hielt ihn davon ab, den Wohnwagen zu verlassen. Die leitenden Polizeibeamten sah er vor einem Wagen stehen. Bei ihnen war der Schrotthändler, der sich nur einen Mantel über seinen Schlafanzug geworfen hatte. Sein Bauch spannte den Stoff wie bei einer Schwangeren. Er sah verwirrt und ängstlich aus, während er die Fragen der Polizisten beantwortete.

Schließlich wurde er weggeführt. Sergeant O'Donnell, der Leiter des Einsatzkommandos, eilte zu einer Gruppe Polizisten, die sich hinter einem weißen Land Rover versammelt hatten. Der Superintendent, der Vermittler und Norris kamen zum Wohnwagen zurück. Ben trat einen Schritt zur Seite, aber die drei nahmen keine Notiz von ihm, als sie hineingingen.

Ben zitterte und merkte, wie kalt ihm war. Er schaute an sich hinab und sah, dass seine Jacke offen war. Er machte den Reißverschluss zu und klappte den Kragen hoch. Aber sein Körper war bereits so ausgekühlt, dass er im ersten Moment kaum einen Unterschied spürte. Seine Haut war eiskalt und gefühllos.

Drüben beim Tor rührte sich etwas. Zwei Polizisten mit Helmen und kugelsicheren Westen liefen gebeugt darauf zu. Andere richteten ihre Gewehre auf die Oberkante der Mauer. Die zwei Männer hantierten am Schloss herum, dann schwenkten die beiden Torflügel auf. Der Land Rover sprang brummend an, fuhr langsam auf den Eingang zu und blieb stehen. Die Scheinwerfer leuchteten in den dunklen Schrottplatz, aber Ben konnte aus seiner Position nicht hineinschauen. Bewaffnete Polizisten verschwanden durch das Tor, schwarze Gestalten, die nur kurz von den Lichtern des Wagens angestrahlt wurden. Ben konnte das Knistern von Funkgeräten und einzelne Wortfetzen hören. Nach einem Moment fuhr der Land Rover langsam hinein.

Er konnte es nicht ertragen. Als er vom Wohnwagen wegschlich, rechnete er ständig damit, dass jemand rufen und ihn aufhalten würde, doch nichts geschah. Er musste nicht weit gehen, um durch das offene Tor zu schauen.

Cole war nicht untätig gewesen. Der Land Rover hatte gleich wieder stehenbleiben müssen. Die Scheinwerfer und der Strahler auf seinem Dach tauchten den Bereich hinter dem Tor in ein grelles weißes Licht. Darin konnte Ben sehen, dass der zu dem Bürogebäude führende Weg mit Autowracks versperrt worden war. Sie waren zwischen den akkuraten Stapeln auf beiden Seiten in drei oder vier Schichten hastig übereinandergehäuft worden. Über den Wracks war der Ausleger des Krans zu sehen. Dahinter konnte er gerade noch das dunkle Bürogebäude erkennen.

Die Polizisten, die den Schrottplatz betreten hatten, machten keine Anstalten, die Barrikade zu erklimmen. Für eine Weile schien alles stillzustehen. Dann ging die Tür des Wohnwagens auf, und der Vermittler kam heraus. Er wäre an Ben vorbeigelaufen, wenn der ihn nicht angesprochen hätte.

«Was ist los?»

Greene schaute ihn erschrocken an. «Gehen Sie bitte zurück in den Wohnwagen, Mr. Murray. Dieser Bereich ist noch nicht gesichert.»

«Ich bleibe vom Tor weg, ich möchte nur wissen, was passiert. Bitte, sagen Sie mir, ob Ihre Kollegen etwas gefunden haben!»

Der Vermittler schien eine Entscheidung zu treffen.

«Noch nicht. Er hat sich verbarrikadiert, und wir konnten ihn nicht über das Telefon des Schrottplatzes erreichen. Entweder ignoriert er es, oder ... oder er kann es nicht hören.»

Ben war sein Zögern nicht entgangen, und er wusste, was es bedeutete. «Was haben Sie jetzt vor?», fragte er mit unsicherer Stimme.

«Wir müssen versuchen, auf andere Weise mit ihm Kontakt aufzunehmen. Aber bitte, Mr. Murray, wenn Sie jetzt nicht zurück in den Wohnwagen gehen, muss ich Sie auffordern, den Bereich zu verlassen.»

Mit vor Konzentration verbissener Miene eilte er davon. Erst da fiel Ben auf, dass der Mann nun auch eine kugelsichere Weste angelegt hatte. Widerwillig gehorchte er und entfernte sich Richtung Wohnwagen, konnte sich aber nicht dazu bewegen, wieder hineinzugehen. Er beobachtete, wie Greene durch das Tor zu O'Donnell ging, der im Schutz einer geöffneten Tür des Land Rovers stand. Ein paar andere Polizisten kauerten vor der Barrikade, hinter der das Bürogebäude lag. Ben sah, wie Greene etwas an den Mund hob.

«JOHN COLE.»

Als die verstärkte Stimme durch die Nacht dröhnte, zuckte Ben zusammen. Das Echo hing in der kalten Luft und wurde langsam leiser. *Cole-ole-ole.*

«SIND SIE DORT, JOHN? HIER SPRICHT DIE POLIZEI. NIEMAND WIRD IHNEN ETWAS TUN. WIR WOLLEN NUR MIT IHNEN REDEN.»

Reden-eden-eden. Das Echo erstarb. Es kam keine Antwort. Die Autowracks ragten wie ausgeweidete mechanische Kadaver über den Polizisten auf. Der Vermittler versuchte es erneut. Hin und wieder hielt er inne und wartete auf eine Reaktion, auf ein Lebenszeichen, ehe er mit fester, ruhiger Stimme und einer anderen Formulierung fortfuhr. Der dunkle Schrottplatz saugte seine Worte auf und blieb eine Reaktion schuldig. Ben schlang seine Arme um sich. *Bitte, Gott.*

Greene und O'Donnell berieten sich. Ben konnte sie ins Funkgerät sprechen sehen, vermutlich informierten sie den Superintendent im Wohnwagen. Er hätte am liebsten geschrien. Wie als Antwort darauf kam Bewegung in die Gruppe am Wagen. Zwei Beamte machten sich daran, vorsichtig die Barrikade zu erklimmen. Ben konnte ein metallisches Quietschen hören, als die Motorhauben und Dächer unter ihrem Gewicht ins Schwanken gerieten. Die Autowracks wackelten gefährlich, aber schließlich hatten es die Polizisten nach oben geschafft.

Der donnernde Knall vom Büro wurde beinahe von einem Lärm übertönt, der klang, als würden Hagelkörner auf ein Blechdach prasseln. Einer der Polizisten auf der Barrikade schrie auf, dann stürzten beide in einem heillosen Durcheinander hinab. Die oberen Autowracks verrutschten quietschend und krachten mit einem entsetzlichen Schlag zu Boden. Ben sah, wie die unten wartenden Polizisten auseinanderstoben, als die gesamte Barrikade in sich zusammenbrach. Sie brüllten und liefen umher, und über all dem Chaos krachte immer wieder die Schrotflinte. «*Weg, weg, weg!*», rief jemand, und in seinem Schock spürte Ben eine ungeheure Erleichterung, weil Cole noch am Leben war und weil das bedeutete, dass auch Jacob lebte.

«Gott sei Dank», sagte er, ohne sich darum zu scheren, dass er weinte. «Gott sei Dank.»

Doch seine Erleichterung wich schnell einer Beschämung, als er sah, wie die Verletzten vom Hof und in Sicherheit getragen wurden. Es waren nicht nur die zwei Männer, die auf der Barrikade gewesen waren, sondern auch andere, die von den herabstürzenden Autowracks getroffen worden waren. Er hörte die verzweifelten Rufe nach Sanitätern, während die blutenden, stöhnenden und bewusstlosen Gestalten abseits des Tores abgelegt wurden, er hörte die Schreie, dass noch jemand eingeklemmt war. Das Gesicht eines Mannes war eine glänzende schwarze Maske, in der sich das Licht der Streifenwagen spiegelte, als er hinausgeschleppt wurde. Ben beobachtete, wie er auf den Boden gelegt und ihm die Schutzweste, die sich als nutzlos erwiesen hatte, abgestreift wurde, um damit seinen Kopf abzustützen. Die Sirenen der vorfahrenden Krankenwagen ertönten, Sanitäter sprangen heraus. Im Hintergrund konnte er Greenes Stimme durch das Megaphon hören. Wie in Trance begann er loszugehen, durch die verletzten Polizisten hindurch, angetrieben nur von dem dringenden Bedürfnis, dieser Katastrophe ein Ende zu setzen. Da hielt ihn jemand grob zurück.

«Was haben Sie hier zu suchen, verdammte Scheiße? Zurück, aber sofort!»

Das Gesicht des Polizisten war vor Wut und Angst verzerrt. Ben spürte den Speichel des Mannes auf seinen Wangen.

«Ich muss mit Inspector Gr...»

«Sind Sie taub? Weg hier, habe ich gesagt!»

Der Polizist packte ihn und schob ihn weg. Ben konnte den Vermittler hinter der offenen Tür des Land Rovers stehen sehen, eingerahmt von den herabgestürzten Autowracks. «Greene! *Greene!*», schrie er, während er zurückgestoßen wurde. Der Vermittler drehte sich und sah ihn, schien zu zögern und kam dann gebückt und schlurfend zu ihm gelaufen. Sein Gesicht sah abgespannt aus.

«Ich habe Ihnen gesagt, Sie sollen aus dem Weg bleiben!»

«Lassen Sie mich mit Cole reden!»

Der Vermittler wandte sich an den Polizisten, der ihn noch immer festhielt. «Bringen Sie ihn weg.»

«Nein, warten Sie! Lassen Sie mich los!» Er versuchte den Polizisten abzuschütteln, aber es war vergeblich. «Lassen Sie es mich wenigstens versuchen!», rief er dem weggehenden Vermittler hinterher. «Er wird nicht auf Sie hören, aber vielleicht auf mich! Um Gottes willen, warten Sie doch!»

Greene blieb stehen und gab dem Polizisten ein Zeichen. Ben merkte, dass er losgelassen wurde, aber er spürte, dass der Polizist wie ein heißgemachter Wachhund nur darauf lauerte, ihn wieder zu packen, um seine Frustration an jemandem auszulassen. Ben roch seinen schlechten Atem, als der Vermittler fragte: «Was würden Sie ihm sagen?»

«Keine Ahnung, vielleicht könnte ich mich im Austausch für Jacob anbieten.» Der Vermittler schüttelte entschieden den Kopf und wandte sich ab. «Okay, okay», sagte Ben schnell. «Er will seinen Sohn. Das alles hier geschieht nur, weil er glaubt, dass man ihm Jacob wegnehmen will. Ich werde ihm sagen, dass ich nicht mehr versuchen werde, den Jungen zu sehen, und dass er ihn haben kann. Ich kann ihm sagen, dass ich die beiden für immer in Ruhe lasse, wenn er sich jetzt ergibt.»

Er starrte Greene flehend an. «Bitte!»

Der Vermittler schaute zum Trümmerfeld auf dem Schrottplatz. Dann drehte er sich um und sprach in sein Funkgerät. Durch das Knistern konnte Ben zwar die schroffe Stimme des Superintendent hören, aber kein Wort verstehen. Greene kam zurück. Er nickte knapp.

«Wir werden Sie nicht mit ihm sprechen lassen. Er ist so schon unberechenbar genug, und wir können es nicht riskieren, irgendetwas zu tun, was ihn dazu provozieren könnte, sich selbst oder dem Jungen etwas anzutun. Wir müssen ihn beruhigen und zum Reden bringen, aber bleiben Sie in der Nähe, falls er Fragen stellt, bei denen Sie uns helfen können.»

Er bedeutete Ben, ihm zu folgen. «Bleiben Sie dicht hinter mir.» Sie gingen durch das Tor auf den Platz. Plötzlich erschien alles wesentlich größer. Durch die grellen Lichter und den Geruch nach Öl und Metall fühlte sich Ben an einen Flughafen bei Nacht erinnert.

Als sie das Heck des Land Rovers erreicht hatten, warf ihm der Sergeant einen feindseligen Blick zu. «Warten Sie hier», forderte der Vermittler Ben auf. «Er wird zwar nicht über die Autos hinwegschießen können, aber ich möchte trotzdem, dass Sie aus der Schusslinie sind. Wenn ich Sie brauche, sage ich Ihnen Bescheid.»

Greene ließ ihn stehen und ging zu O'Donnell, der hinter der Tür des Land Rovers kauerte. Draußen vor dem Schrottplatz jagten die Krankenwagen mit heulenden Sirenen davon. Ben schaute an den Polizisten vorbei zum Bürogebäude, das er undeutlich hinter umgestürzten Autowracks erkennen konnte. Sie versperrten noch immer den Weg, aber jetzt lagen sie so durcheinander da, als wären sie aus einem Eimer gekippt worden. Es sah aus wie eine Erwachsenenversion des Schrotthaufens in Coles Garten.

Der Vermittler betrachtete das dunkle Büro über die Autotür hinweg und hielt das Megaphon vor den Mund.

«HIER IST WIEDER IAN GREENE, JOHN. WIR SIND NOCH HIER. KEINER VON UNS WIRD GEHEN, ALSO KÖNNEN WIR AUCH REDEN. ICH WEISS, DASS SIE VERÄRGERT SIND, ABER GEWALT WIRD NIEMANDEM HELFEN. DENKEN SIE DARAN, WAS SIE MIT ...»

Ben griff nach seinem Arm, bevor er den Satz beenden konnte. «Sagen Sie nicht Jacob!», sagte er schnell, als sich der Vermittler wütend zu ihm umdrehte. «Cole nennt ihn Steven.»

Der Zorn verschwand aus Greenes Blick. Er bedeutete Ben, zurückzutreten, und hob wieder das Megaphon vor seinen Mund. Er fuhr im gleichen, wohlüberlegten Ton fort; ein vernünftiger Mann, der vernünftige Alternativen anbot. *Es wird nicht funktionieren.* Die Überzeugung packte Ben mit einer kalten Gewissheit. Mit Vernunft war Cole nicht zu ködern. Er folgte allein seinem wahnsinnigen Programm, und vernünftige Lösungen passten dort nicht hinein. Mit Worten würden die Polizisten ihn nicht zur Aufgabe bewegen, und wenn sie schließlich das Bürogebäude erstürmten, würde er Jacob erschießen und dann sich selbst.

Ben sah keine Möglichkeit, die nicht mit Tod und Verderben endete.

Er zitterte unkontrolliert. Greene versuchte, Cole zu überreden, ans Telefon zu gehen. Er hätte genauso gut Selbstgespräche in einem leeren Zimmer führen können. Der Vermittler hielt einen Moment inne, dann sagte er: «ICH HABE MIT BEN MURRAY GESPROCHEN, JOHN. ER WILL DAS GANZE HIER AUCH NICHT. ER SAGT, ER WILL SIE UND STEVEN NICHT AUSEINANDERBRINGEN. REDEN SIE MIT UNS, JOHN. VIELLEICHT KÖNNEN WIR ...»

Die Stimme aus dem Bürogebäude war deutlich zu verstehen. «*Ist Murray da?*»

Als er Coles Stimme hörte, spannte sich Ben an. Der Vermittler zögerte. «JA, ER IST HIER, JOHN. WOLLEN SIE MIT IHM SPRECHEN? GEHEN SIE ANS TELEFON UND ...»

«*Schicken Sie ihn rein.*»

«SIE WISSEN, DASS ICH DAS NICHT TUN KANN, ABER SIE KÖNNEN AM ...»

Bei dem Knall der Schrotflinte zog jeder den Kopf ein. Aus dieser Nähe konnte Ben durch die Barrikade die Mündung aufblitzen sehen. «*Schicken Sie ihn rein!*»

«Scheiße!», sagte O'Donnell. Greene holte tief Luft. Ben war bei ihm, ehe er das Megaphon wieder benutzen konnte.

«Lassen Sie mich reingehen!»

«Ich habe Ihnen gesagt, Sie sollen zurückbleiben!»

«Tun Sie, was er sagt!»

Die Flinte krachte wieder los. «*Sie haben fünf Minuten.*»

Ben packte Greenes Arm. «Bitte! Vielleicht kann ich mit ihm reden! Wer weiß, was er sonst macht!»

Der Vermittler riss sich los. «Ich weiß, was er macht, wenn Sie reingehen. Schaffen Sie ihn hier weg!», forderte er O'Donnell auf.

«Er hat meinen Sohn!», schrie Ben, und zum ersten Mal wurde ihm klar, dass es der Wahrheit entsprach. Aber der Sergeant zog ihn bereits weg und winkte einen anderen Polizisten heran. «Bringen Sie ihn zurück in die Kommandozentrale.»

Der Polizist packte seinen Arm über dem Ellbogen und bugsierte ihn durch das Tor. «Ist ja gut, ich kann allein gehen!», sagte Ben, doch der Polizist lockerte seinen Griff nicht, als sie hinausgingen. Die Krankenwagen waren verschwunden, aber auf der Straße lagen wie der Müll einer blutigen Straßenfeier überall Ausrüstungsgegenstände und Uniformteile herum. Eine kugelsichere Weste lag wie ein überfahrener Hund im Rinnstein. Daneben ein einzelner, aufrecht stehender Stiefel, dessen feuchtes Leder glänzte. Hier und da sah er dunkle Flecken auf dem überfrorenen Asphalt, die keine Ölspuren waren. Ben fragte sich, wie ein paar alte, in einer Metallkassette gefundenen Zeitungsausschnitte zu dieser Katastrophe führen konnten. Als sie den weißen Wohnwagen erreicht hatten, zitterte er mehr denn je.

«Ich muss mich übergeben», sagte er.

Der Polizist wich zurück, als Ben sich an einen Laternenpfahl stützte. Sein Funkgerät zischte, und eine blecherne Stimme schnarrte. Der Polizist antwortete forsch, dann legte er eine Hand auf Bens Schulter. «Kommen Sie klar?»

«Geben Sie mir nur ein paar Minuten.»

«Gehen Sie in den Wohnwagen, wenn Sie sich erholt haben. Man wird Ihnen einen Tee geben.»

Ben bedankte sich, ohne aufzusehen. Der Polizist ließ ihn vor dem Wohnwagen stehen und lief zurück zum Schrottplatz. Noch immer vornübergebeugt, sah Ben, wie er hinter den Mauern verschwand.

Dann richtete er sich auf und schaute sich um.

Außerhalb des Schrottplatzes hatte sich die Aufregung gelegt. Im Schutz ihrer Fahrzeuge warteten die Polizisten angespannt, was Cole als Nächstes tun würde. Niemand schaute sich um, als Ben näher kam.

Während er auf eine freie Lücke zwischen zwei Streifenwagen zuging, versuchte er, nicht daran zu denken, was er tat, so als könnte selbst das Geräusch seiner Gedanken die Aufmerksamkeit auf ihn lenken. Greenes Stimme dröhnte wieder aus dem Lautsprecher, doch er hörte sie kaum. Als er die Lücke erreicht hatte, zögerte er. Nur wenige Meter entfernt standen ein paar Polizisten. Sofort kamen Zweifel in ihm auf. *Tu es einfach.*

Er ging weiter.

Er war an den Fahrzeugen vorbei und kam auf die freie Fläche vor dem Tor. Dahinter erkannte er den Land Rover und die umgestürzten Autowracks. Jetzt konnte er von jedem gesehen werden. Er beschleunigte seinen Schritt, betete um ein paar Sekunden der Verwirrung und stellte sich auf einen plötzlichen Zuruf ein. Nach wenigen Metern ertönte er.

Er hatte die Wirkung einer Startpistole. Während Ben hinter sich Rufe und Schritte hörte, sprintete er los. Vor ihm drehten sich O'Donnell und Greene um. Als der Sergeant ihm den Weg abschneiden wollte, schwenkte er auf die andere Seite des Land Rovers. Mit Schmerzen in der Kehle und in der Brust wich er einem anderen Polizisten aus, dann türmte sich die umgestürzte Barrikade vor ihm auf.

Sein Plan war gewesen, die demolierten Autos an der niedrigsten Stelle zu überwinden, doch nun blieb ihm keine andere Wahl, als geradewegs auf das erste Wrack zu springen, das er erreichte. Sein Fuß rutschte von einem vereisten Kotflügel ab, aber er bekam etwas Kaltes und Scharfkantiges zu fassen und zog sich daran hoch. Die Rufe waren jetzt hinter und unter ihm. Eine Hand packte seinen Knöchel. Er zog sein Bein an und trat nach hinten. «Scheißkerl!», sagte jemand, und sein Fuß war befreit. Die Karosserien waren eisig und scharfkantig. Er kletterte auf ein Autodach und sprang, als es sich unter ihm zu bewegen begann, auf das nächste. Der Haufen war so wackelig, dass er auf allen vieren weiterkroch, immer das Geschrei der Polizei im Ohr. Dann war er oben, rief: «*Hier ist Ben Murray, ich komme rüber!*», und als er auf der anderen Seite hinunterkrabbelte, knallte und blitzte es vom Bürogebäude. *O Gott, dieses Arschloch!*, dachte er und rutschte nach unten. Er versuchte zu springen, stieß sich ab und landete hart auf dem rissigen Beton der Auffahrt. Er rollte sich zusammen und legte die Arme um seinen Kopf, da die Schrotflinte ein zweites Mal abgefeuert wurde. Wider

Erwarten wurde er von keiner Kugel getroffen. Stattdessen klang es so, als wären unzählige Kieselsteine gegen die Autowracks über ihm geschleudert worden. «*Zurück! Zurück! Runter!*», schrie jemand, und für einen Augenblick glaubte er, die gesamte durch den Rückzug der Polizisten wackelnde und quietschende Barrikade würde über ihm zusammenstürzen.

Dann war es still.

Langsam streckte er sich. Er lag direkt vor einem Wagen, der auf die Seite gefallen war. Er schaute hoch, sah, wie er schwankend über ihm aufragte, und kroch hastig darunter weg. Er hatte das Gefühl, dass sein ganzer Körper geprellt und aufgekratzt war, außerdem schmerzte sein Knöchel beim Auftreten, aber ansonsten war er unverletzt. Um das Zittern zu stoppen, rieb er seine Arme, aber die Zähne wollten nicht aufhören zu klappern. «O Gott», keuchte er, «o Gott.» Die Erinnerung an die Schüsse hallte noch in seinem Kopf nach. Aber sie hatten die Polizisten zurückdrängen sollen und waren nicht für ihn bestimmt gewesen.

Cole wollte, dass er zu ihm kam.

Auf der anderen Seite der Barrikade hörte er Greenes unverstärkte Stimme. «Murray! *Murray!* Können Sie mich hören?»

«Alles in Ordnung.» Die Worte waren ein unverständliches Krächzen. Er strengte sich an, seine Stimme fester klingen zu lassen. «Mir geht's gut!»

In der Stille konnte er die Erleichterung des Vermittlers hören. «Okay, bleiben Sie, wo Sie sind. Suchen Sie sich irgendwo ein Versteck, aber gehen Sie nicht von den Autos weg. Rühren Sie sich nicht vom Fleck.»

Ben antwortete nicht. Er schaute den Weg hinab zu dem dunklen Büro. Die Scheinwerfer des Land Rovers drangen in gebrochenen Strahlen durch die Barrikade, aber sie reichten nicht so weit. Starr und still wartete das Gebäude auf ihn. Ben machte sich auf den Weg.

«Murray? Mr. Murray!» Greenes Stimme wurde leiser. «Hey, machen Sie keine Dummheiten, verdammte ...»

Ben ging weiter. Der Boden war gefroren, bei jedem Schritt knirschte es. Auch die Türme der ausgedienten Autos auf beiden Seiten waren mit Raureif überzogen. Nachdem er das aufgefächerte Licht des Land Rovers hinter sich gelassen hatte und seine Augen sich an die Dunkelheit gewöhnt hatten, konnte er die Wracks im Mondlicht funkeln sehen.

Von der Kletterei über die Barrikade waren seine Hände wund und froren. Das Einsatzkommando schien bereits weit hinter ihm zu liegen. Greene forderte ihn nun durchs Megaphon zur Rückkehr auf, aber selbst das schien entfernt und unwichtig zu sein, weit weniger real als seine Schritte auf dem vereisten Beton. Jetzt war es eine Sache zwischen Cole und ihm. Wie eigentlich schon die ganze Zeit.

Er musste daran denken, wie er mit Keith über diesen Weg gefahren war. Seitdem war der Schrottplatz so oft in seinen Gedanken aufgetaucht, dass er kaum glauben konnte, erst einmal dort gewesen zu sein. Er fragte sich, ob er seit diesem Besuch eine einzige richtige Entscheidung getroffen hatte.

Und ob es richtig war, was er jetzt tat.

Als er sich dem unbeleuchteten Gebäude näherte, fühlte er sich ungeschützt und allein. Unruhig schaute er hinauf zu dem rechteckigen schwarzen Loch des Fensters im ersten Stock. Von dort waren die Schüsse abgefeuert worden. Es stand weit offen, aber er konnte nicht hineinsehen. Doch er wusste, dass Cole ihn beobachten würde. Über den Lauf der Flinte hinweg.

Er zitterte unter seiner dicken Jacke. Er hatte keinen Plan, keine Ahnung, was er tun sollte, wenn er das Büro erreicht hatte. Er hatte keinerlei Chance, den ehemaligen Soldaten zu überwältigen, und er glaubte keine Sekunde daran, dass Cole mit ihm sprechen wollte oder davon überzeugt werden konnte, sich zu ergeben und Jacob gehen zu lassen. Es gab nur einen Grund, warum er wollte, dass Ben zu ihm kam, und für einen Augenblick konnte Ben es nicht fassen, dass er seinem eigenen Tod entgegenging.

Aber es gab keine Alternative.

Gott, ich habe Angst. Mittlerweile hatte er das Büro fast erreicht. Der Schatten des Gebäudes lag quer vor ihm wie ein Loch im Boden. Er trat hinein, war sich mehr denn je des offenen Fensters bewusst, widerstand aber dem Impuls, darunter wegzueilen. *Die Genugtuung gebe ich ihm nicht.*

Er konnte den Raum im Erdgeschoss sehen, in dem Keith und er den fetten Schrotthändler getroffen hatten. Daneben war der Gang, der wie ein dunkler Schlund ins Haus führte. Ben blieb am Eingang stehen. Er konnte sie nicht sehen, aber am anderen Ende lag die Treppe hinauf in den ersten Stock, wo Cole auf ihn wartete. *Und Jacob, so Gott will.* Es roch nach feuchtem Mauerwerk. Er tastete seine Taschen nach Streichhölzern ab, aber er hatte keine dabei. Er schaute sich um und zögerte den Moment hinaus, in dem er in die Finsternis treten musste. Im Osten war ein Leuchten am Himmel zu sehen, und er stellte überrascht fest, dass die Dämmerung nicht mehr weit war. Er starrte einen langen Augenblick hinauf, wandte sich dann um und betrat den Gang.

Er musste sich seinen Weg ertasten. Es war unmöglich, etwas zu sehen. Als sein Fuß gegen etwas Hartes stieß, wich er zurück, dann wurde ihm klar, dass es die erste Stufe war.

Seine Hände fanden die Wand und ein kaltes Metallgeländer. Er hielt sich daran fest und stieg so leise wie möglich hinauf. Die Stufen führten zu einem kleinen Betonabsatz, von dem es in entgegengesetzter Richtung weiter hinauf ging. Außer Atem hielt er inne. Hoch oben in der Wand war ein kleines Fenster. Obwohl es beinahe völlig verschmiert war, war es hier etwas heller auf der Treppe. Er stieg weiter hinauf. Als er fast oben war, trat Cole aus der Dunkelheit.

Ben blieb stehen. Er konnte Coles Gesicht nicht erkennen, aber er sah, dass der Lauf der Schrotflinte auf seine Brust gerichtet war. Obwohl er wusste, dass es zwecklos war, streckte er schützend eine Hand aus.

«Warten Sie ...», sagte er.

Dann gab es einen krachenden Feuerstoß.

Rauch vernebelte die Luft. Seine Ohren klingelten, als er schnell nachlud und dabei schaute, ob der Fotograf sich noch rührte. Die doppelte Ladung der Schrotflinte hatte ihn die Stufen hinabgeschleudert, jetzt lag der Körper zusammengekrümmt und reglos auf dem Treppenabsatz. Als sich seine Augen vom Mündungsblitz erholten, konnte er an den Wänden und am Boden dunkle Blutspritzer erkennen. Um sicherzugehen, wartete er noch einen Moment, ließ dann die Flinte zuschnappen und ging zurück ins Büro.

Cole schlich in großem Bogen durch den Raum und stellte sich mit dem Rücken an die Wand neben das Fenster. Er hob die Spiegelfliese hoch, die er vom Waschbecken in der Toilette abgerissen hatte, und drehte sie so, dass er die Barrikade sehen konnte. Die berechenbaren Arschlöcher begannen hinüberzuklettern. Er holte tief Luft, wirbelte dann herum und feuerte durch das Fenster, dieses Mal einen Lauf nach dem anderen und nicht beide gleichzeitig, wie er es bei dem Fotografen-Arsch getan hatte. Er duckte sich, ohne auf den Schmerz im Knie zu achten, klappte den Verschluss auf und schob zwei neue Patronen ein, rutschte auf dem Hintern auf die andere Seite des Fensters, richtete sich auf und feuerte erneut.

Dann ließ er sich zurück auf den Boden fallen. Sein kaputtes Bein lag steif vor ihm. Während er mit einer Hand nachlud, schaute er wieder in den Spiegel. Rufe und Schreie, aber die Arschlöcher hatten sich verpisst. Auf die Entfernung war die Flinte ziemlich ungenau und wahrscheinlich nicht tödlich, selbst mit den Großwildpatronen nicht, die auf drei Meter ein zehn Zentimeter großes Loch in ein sechs Zentimeter starkes Brett pusteten und auf zwei Meter einen Fotografen-Arsch praktisch in zwei Stücke rissen, aber sie hatte eine gute Streuung. Er vergewisserte sich, dass keiner auf seine Seite gekommen war, und senkte dann den Spiegel.

Im sicheren Abstand von der Linie aus Stühlen, Mülleimern und Kisten, die er vor dem Fenster aufgestellt hatte, um den möglichen Schussbereich der verdammten Scharfschützen zu markieren, ging er hinüber zum Schreibtisch. Er hatte ihn auf die Seite gekippt und damit den Teil des Raumes abgetrennt, der außerhalb der Schusslinie lag. Dahinter hatte sich Steven zusammengekauert. Der Junge hatte die Augen zugekniffen, die Hände auf die Ohren gepresst und schaukelte vor und zurück. Als er ihn sah, war Cole erneut wütend, dass sie ihn zwangen, die Flinte zu benutzen. Er strich über den Kopf seines Sohnes.

«Schhh, alles in Ordnung. Alles in Ordnung.»

«Nicht knallen! Nicht knallen!»

Das Haar seines Sohnes fühlte sich weich und fein an. Sanft zog er ihm die Hände von den Ohren. Steven schüttelte vehement den Kopf.

«Nicht knallen!»

«Nein, nicht mehr oft.»

Er hatte noch sieben Patronen übrig. Die letzten beiden würde er dafür verwenden, dass die Arschlöcher ihn und seinen Sohn nicht wieder trennen konnten.

Eine Weile blieb er bei ihm, dann ging er um die Markierung herum zurück zum Fenster und schaute durch den Spiegel nach draußen. An der Barrikade war niemand. Er hoffte, dass ein paar von den Bullen dabei draufgegangen waren, als sie zusammenstürzte. Er hatte sie so aufgebaut, dass sie schon in sich zusammenfiel, wenn man sie nur schief ansah. Jedenfalls waren sie dadurch lange genug aufgehalten worden, als sie kapiert hatten, dass sie ihn nicht mit ihrem Gerede herauslocken konnten. Unten klingelte wieder das Telefon, aber er beachtete es genauso wenig wie zuvor. Er kehrte zum Schreibtisch zurück. Steven hatte noch immer die Augen geschlossen, aber er schaukelte nicht mehr so heftig. Cole setzte sich auf den Boden und legte ihm einen Arm um die Schulter. Dann wickelte er einen Streifen Kaugummi aus, brach ihn in zwei Teile und gab einen Steven. Der Junge kaute darauf, ohne die Augen zu öffnen.

«Sie lassen uns einfach nicht in Frieden», sagte Cole und schaute auf ihn hinab. «Es bleibt keine Zeit mehr. Sie können uns einfach nicht in Ruhe lassen.» Er strich seinem Sohn eine Haarsträhne aus dem Gesicht, legte dann seinen Kopf gegen den Schreibtisch und schaute durch das Fenster auf den heller werdenden Himmel.

«Wir waren fast am Ziel. Ich konnte es spüren. Ich bin schon einmal nah dran gewesen, aber so noch nicht. In der Wüste war ich ganz nah dran, aber das war mir damals nicht klar. Erst als das mit dir und deiner Mami passiert ist. Es war genau vor mir, aber ich konnte es nicht sehen. Da war so viel ... *kaputt* ... dass dir der Atem weggeblieben ist. Es war, als wenn alles genau so sein sollte, als wenn es normal wäre. Aber es war zu früh. Dir muss erst selbst was Schlimmes passieren. Du musst selbst fast kaputt sein. Der Schmerz macht alles andere unwichtig, und dadurch siehst du klarer. Du musst das erst durchmachen, bevor du erkennst, dass nicht alles Scheiße ist, dass es so was wie Glück oder Pech nicht gibt. Alles passt und funktioniert zusammen, wie eine große Maschine. Alles ist ein Teil derselben Sache, alles ist ein Teil des Systems.»

Er verstummte und neigte lauschend den Kopf. Draußen war es völlig still geworden. Er wandte sich wieder an Steven.

«Für alles gibt es einen Grund», fuhr er fort. «Dieser Grund, das ist das System. Du musst es nur sehen können. Die Wissenschaftler sagen, dass alles aus dem gleichen Stoff gemacht ist, aus diesen kleinen ... diesen kleinen Teilchen. Immer wenn sie glauben, sie hätten herausgefunden, was das kleinste Teilchen ist, merken sie, dass es ein noch kleineres gibt. Das heißt also, dass du, ich, der Boden, der Schreibtisch hier, dass alles miteinander verbunden ist. Und wenn alles miteinander verbunden ist, dann ist alles, was mit einem Ding oder einem Menschen passiert, selbst wenn er auf der anderen Seite der Welt ist, ein Teil des Ganzen. Ein Teil von uns. Es hat eine Auswirkung auf uns, auch wenn wir es nicht wissen. Die ganze Zeit ...»

Er runzelte die Stirn und verschränkte seine gespreizten Finger.

«... die ganze Zeit findet diese *Verzahnung* statt. Alles greift ineinander. Solange das System im Gleichgewicht ist, ist alles okay. Aber manchmal bist du nicht mehr im Einklang damit und dann ...», er ballte beide Hände zu einer

Doppelfaust, «... gehen die Dinge kaputt. Wie diese Wracks da draußen. Jedes ist irgendwie ... *erstarrt*.» Das Wort gefiel ihm. «Sie sind eine Art Aufzeichnung. Das System steckt in jedem Teilchen von ihnen, und wenn du es sehen könntest, könntest du verstehen, warum passiert, was passiert, und du könntest verhindern, dass alles kaputtgeht. Aber du musst wissen, wie du suchen musst.»

Durch das Megaphon ertönte wieder die Stimme. Er rutschte über den Boden zum Fenster. Der Himmel war noch heller geworden. Die Wracks waren nicht mehr nur mit Reif bedeckte, dunkle Formen. Durch den Spiegel konnte er sehen, dass die Arschlöcher auf der anderen Seite der Barrikade noch immer untätig blieben. Sie hatten nur eine große Klappe.

Er schlich zurück zum Schreibtisch. Steven schaukelte wieder. Cole hielt seinen Sohn und schaukelte mit ihm.

«Als du zurückgekommen bist, war das ein Zeichen, dass ich bald das System erkennen würde. Alles kam wieder an seinen Platz, und ich kam wieder ins Gleichgewicht. Selbst deine Art passt. Am Anfang habe ich sie nicht verstanden. Aber du bist hier eingeschlossen ...» Er strich sanft über die Stirn seines Sohnes. «Du siehst alles als ein System. Ich versuche, eins zu erkennen, und du versuchst, aus einem rauszukommen.» Seine Miene wurde ernster.

«Aber sie lassen uns nicht in Ruhe. Ein bisschen mehr Zeit, mehr bräuchten wir doch nicht. Nur ein bisschen mehr Zeit.»

Er legte müde seinen Kopf zurück und wurde dann von einem neuen Geräusch im Hof aufgeschreckt. Mit seinem steifen Bein kroch er zum Fenster und schaute durch den Spiegel hinaus. Draußen tat sich etwas. Ein Motor wurde angelassen. Plötzlich erzitterten die Autowracks der Barrikade. Eines schwenkte herum und fiel hinab. Gerade als er den gelben Baggerarm erkennen konnte, wurde der Spiegel zerschmettert.

Als mit Verzögerung der Schuss knallte, krachte die Kugel schon in die Wand am anderen Ende des Raumes. Cole zählte bis zehn, ignorierte die durch die Scherben verursachten Schnittwunden und feuerte dann mehrmals blind durch das Fenster ab. Er duckte sich weg, bevor man auf ihn anlegen konnte, rutschte auf die andere Seite des Fensters und feuerte erneut.

Er ließ sich auf den Boden fallen und griff nach den Patronen. Fünf waren noch übrig, drei weitere für die Arschlöcher. Hinter sich hörte er ein Geräusch. Er klappte den Verschluss mit nur einem geladenen Lauf zu und wirbelte herum, die Flinte im Anschlag.

Der Fotograf stand in der Tür.

Mit letzter Kraft hatte sich Ben die Stufen hochgeschleppt. Zum zweiten Mal sah er Cole mit der Schrotflinte auf ihn zielen, aber er konnte sich nicht rühren. Er hatte keine Ahnung, wie lange er für den Weg hinauf gebraucht oder wie lange er bewusstlos dagelegen hatte. Er war über und über mit seinem eigenen Blut beschmiert. In der Beuge seines rechten Armes lag das, was von seiner linken Hand übrig geblieben war. Immer wieder durchzuckte ihn ohne Vorwarnung der Schmerz, bis er fast ohnmächtig wurde. Die linke Hand hatte er schützend ausgestreckt, dann hatte Coles Schuss sie zerschmettert und ihn die Stufen hinuntergeschleudert.

Durch das zerfetzte Loch in seiner Jacke konnte man die kugelsichere Weste sehen, die er draußen von der Straße aufgehoben hatte. Die äußere Stoffschicht direkt über seinem Herzen war aufgerissen.

Die Weste war schon beschädigt gewesen, ehe er sie angelegt hatte. Sie sah aus, als wäre sie beim Einsturz der Barrikade von einem Wrackteil getroffen worden. Ben hatte sie unter seiner Jacke versteckt, denn wenn Cole sie gesehen hätte, hätte er wahrscheinlich auf seinen Kopf gezielt. Die Weste hatte ihm zwar das Leben gerettet, aber er hatte das Gefühl, als wären seine Rippen gequetscht worden. Bei jedem Atemzug schien in seiner Brust etwas zu reißen. Außerdem konnte er entweder durch den Blutverlust oder durch den Aufprall bei seinem Sturz alles nur verschwommen sehen.

Er hielt sich am Türrahmen fest, um nicht wieder hinunterzufallen, und sah Jacob hinter einem umgekippten Schreibtisch kauern. *Gott sei Dank.* Er hatte die Augen zusammengekniffen und den starren Gesichtsausdruck, der typisch für ihn war, wenn er verwirrt und verängstigt war. Ben wusste, dass der Junge ihn nicht bemerkt hatte. Er versuchte etwas zu sagen, brachte aber kein Wort hervor. Als er wieder zu Cole schaute, fiel ihm der Halbkreis aus Möbeln und anderen Gegenständen in einigem Abstand vom Fenster auf. Er hatte keine Ahnung, was das sollte. Cole stand außerhalb des Kreises und starrte ihn über den Lauf der Schrotflinte hinweg an.

Dann senkte er die Waffe und kam auf ihn zu.

Ben sah, dass ihm der Schaft der Flinte entgegenschleuderte, aber er konnte nicht ausweichen. Sein Kopf schien zu bersten, und ein neuer Schmerz vermischte sich mit den anderen. Seltsam distanziert spürte er, wie er zu Boden fiel. Als er die Augen öffnete, sah er Coles Stiefel vor sich. Er rollte sich zur Seite und schaute hoch. Cole ragte wie ein Riese über ihm auf. Der Kolben der Flinte wurde in Zeitlupe gehoben. Gleichgültig wartete Ben darauf, dass er hinabkrachte.

«Nein, Papa, nein, Papa, nein, Papa!»

Der Schrei drang langsam durch den Nebel in seinem Kopf. Cole starrte nicht mehr auf ihn hinab. Ben drehte sich, bis er Jacob sehen konnte. Der Junge hatte die Augen weit aufgerissen, doch während er wild umherschaukelte, schaute er überallhin, nur nicht zu Ben oder Cole.

«Neineinein!»

«Alles in Ordnung», sagte Cole, aber das Schaukeln und Schreien des Jungen wurden nur heftiger. Vom Hof konnte man ein lautes, metallisches Knirschen hören. Cole schaute verunsichert zum Fenster. Dahinter war mittlerweile graues Tageslicht zu sehen. Ben begann, sich zu Jacob zu schleppen. Seine Hand schmerzte so sehr dabei, dass er gellend aufschrie.

Cole starrte ihn an und schaute dann wieder zum Fenster.

Draußen war erneut Lärm zu hören. Ben schob sich mit den Füßen über den Boden. Seine Hand hinterließ eine breite Blutspur. Er sah, wie sich Coles Gesicht verzerrte. Der Mann presste sich eine Faust gegen die Stirn, als wollte er seinen Schädel zerdrücken. Er trat einen Schritt vor.

«Weg von ihm!»

Ben schleppte sich weiter und zog Jacob mit seiner unversehrten Hand an sich. Der Junge hatte die Augen wieder geschlossen und stöhnte und schaukelte. Cole packte die Flinte.

«Weg von ihm, habe ich gesagt!»

Ben starrte hoch zu Cole, als er ihren Sohn hielt. Er wollte etwas sagen, doch die Anstrengung, zu Jacob zu kommen, hatte ihm die letzte Kraft geraubt. In seinen Ohren dröhnte es, und vor seinen Augen wurde es dunkel. Er konnte den Kopf nicht mehr oben halten, als Cole die Flinte hob und anlegte.

In dem Moment stieg die Sonne über die Mauer des Schrottplatzes und strahlte in den Raum. Die plötzliche Helligkeit ließ Cole zusammenzucken. Er schaute hinaus über die mit Raureif bedeckten Autowracks, von denen das Sonnenlicht reflektierte. Ben sah, wie er die Stirn runzelte.

Dann straffte sich seine Miene.

Mit starrem Blick aus dem Fenster senkte er die Flinte. Durch das Dröhnen in seinen Ohren konnte Ben ihn murmeln hören. «Da ... da ist es ...»

Wie in Trance drehte sich Cole langsam zu ihnen um. Er schien Ben nicht mehr zu bemerken, als er auf Jacob hinabblickte. Ein metallisches Quietschen von draußen ließ ihn wieder zum Fenster schauen. Er ging zu der Barriere aus Möbelstücken und stellte mit der gleichen Bedachtsamkeit, mit der er seine Schrottteile sortiert hatte, einen kaputten Stuhl zur Seite.

Eine Weile blieb er vor der Lücke stehen und ließ sich das Sonnenlicht ins Gesicht scheinen. Mit Blick auf seinen Sohn legte er dann den Schaft der Flinte an seine Schulter und trat rückwärts hindurch.

Der Knall ertönte augenblicklich. Ben presste Jacob an sich und krümmte sich zusammen, aber Einschlag und Schmerz blieben aus. Nach einem Moment schaute er vorsichtig auf.

Die Kugel des Scharfschützen hatte Cole in der Brust getroffen und ihn zur Seite geschleudert. Er lag verrenkt auf dem Boden, einen Arm über den Kopf, den anderen zur Seite gestreckt wie in einer Parodie seiner Kraftübungen im Garten. Seine Augen schienen auf einen Punkt über Bens Kopf zu starren, auf irgendetwas hinter ihm, und Ben spürte das Bedürfnis, sich umzudrehen und nachzuschauen. Doch er konnte seinen Blick nicht von Cole wenden. Aus seiner Brust spritzten und quollen Unmengen von Blut, das sein

Sweatshirt tränkte und sich wie Hieroglyphen einer unbekannten Sprache in dunklen Wirbeln und Bahnen unter ihm zu einer riesigen Lache ausbreitete.

Jacob weinte. Ben presste das Gesicht des Jungen an seine Schulter, um ihm den Anblick seines toten Vaters zu ersparen. Das Dröhnen in seinen Ohren wurde immer lauter. Er legte seinen Kopf an die Wand und sah einen schräg über die Decke verlaufenden Streifen Sonnenlicht, in dem Staubkörner einen wirren Tanz aufführten. Als er versuchte, sich darauf zu konzentrieren, wurde ihm schwarz vor Augen.

Kapitel 21

Die Wespe knallte gegen das Fenster. Die Sonne strahlte auf gesamter Länge durch die Westseite des Ateliers und erfüllte es mit Licht. Das Fenster daneben war geöffnet. Zoe ging hinüber und versuchte, die Wespe mit einer Hand hinauszuscheuchen. «Na los, hau ab.»

Das Summen wurde hektischer, dann fand sie die Lücke und flog hinaus. «Mistdinger.»

«Du hättest einfach draufhauen sollen», sagte das Model und drehte den Schraubverschluss von der Mineralwasserflasche. «Mache ich immer.»

Zoe sah verlegen aus. «Bei einer Fliege hätte ich es auch gemacht.»

Ben sagte nichts. Er hatte sie auch schon dabei beobachtet, wie sie Fliegen hinauslotste, aber sie wollte sich ihre humanitäre Ader partout nicht anmerken lassen. Er spürte ihren Blick, während er sich mit dem Objektiv abmühte, doch sie bot ihm keine Hilfe an. Nach den ersten Irritationen waren sie übereingekommen, dass er allein zurechtkam, egal wie lange es dauerte. Manchmal wurde es jetzt bei den Aufnahmen ein bisschen spät, aber bisher hatte sich noch niemand beschwert. Die Qualität seiner Arbeit war nicht beeinträchtigt.

Außerdem wurde er immer geschickter. Anfänglich hatte

er Schwierigkeiten mit der Prothese gehabt, aber nach und nach gewöhnte er sich daran. Es war seine linke Hand, die er sowieso nur zum Halten und Abstützen gebrauchte. Sobald man den Schock beim Anblick des Gebildes aus Metallstäben, Kabeln und Plastik überwunden hatte, konnte man beinahe eine ästhetische Schönheit darin entdecken. Es war reine Gewöhnungssache. Im Krankenhaus hatte man ihm gesagt, dass er auch andere, der Natur nachempfundene Modelle haben könne, aber er war sich nicht sicher, ob er das wollte. Die unverhüllte Künstlichkeit seiner jetzigen Prothese erschien ihm ehrlicher. Er hatte eine Fotoserie begonnen und die Prothese sowohl allein als auch auf seiner verstümmelten Hand fotografiert, wobei er mit dem Effekt experimentierte, den er bei den verwelkten Blumen entdeckt hatte. Noch wusste er nicht, was daraus werden würde oder ob er die Aufnahmen jemals jemandem zeigen würde, aber er wollte damit weitermachen. Auf jeden Fall war es eine gute Therapie, durch die er zu akzeptieren lernte, was geschehen war.

Er hatte das Objektiv abgeschraubt und ein anderes angebracht. Zoe und das Model hatten sich diskret abgewandt. «Noch fünf Minuten, dann beginnen wir mit den letzten Aufnahmen, okay?», sagte er. Er legte die Kamera weg und ging zu Jacob, der auf dem Sofa saß. «Willst du was trinken, Jake?»

Jacob schüttelte den Kopf, ohne von dem Puzzle aufzuschauen, das er auf dem Couchtisch ausgebreitet hatte. Zur Abwechslung setzte er es mit der Bildseite nach oben zusammen. Ben hielt ihm die Prothese unter die Nase und bewegte die Finger. Jacob hielt inne und betrachtete sie.

Ben schaute auf ihn hinab. Bald waren die Ferien vorbei, und dann würde ihm der Junge im Atelier fehlen. Am

Anfang hatte er sich Sorgen gemacht, ob es funktionieren würde, wenn er während der Aufnahmen dabei war, aber es war alles gutgegangen. Er glaubte, dass auch Jacob die Zeit genossen hatte, aber das konnte man nie genau wissen.

Dem Antrag auf Betreuungsrecht war stattgegeben worden, während Ben noch im Krankenhaus gelegen hatte. Das Adoptionsverfahren war noch im Gange und zog sich wohl über ein weiteres Jahr hin. Aber man hatte ihm versichert, dass es keine Probleme geben dürfte.

So lange würde er allerdings keine rechte Ruhe finden.

Er versuchte, ein Puzzleteil aufzuheben, und schaffte es beim vierten Versuch. Er hielt es Jacob hin, der es wieder zu den aufgehäuften Teilen legte und ein anderes auswählte.

«Schlaumeier», sagte Ben. «Ich werde Oma Paterson bitten, dich dieses Wochenende nicht mit ihrem Treppenlift spielen zu lassen.»

Jacob lächelte kurz. Dann setzte er wieder seine normale, abwesende Miene auf und untersuchte die Prothese. Sie faszinierte ihn noch immer. Er berührte die Stahlglieder und Drähte und fuhr behutsam an ihnen entlang. Ben bewegte sie für ihn. Als der Junge die Hand vor sein Gesicht hielt und hindurchschaute, sah Ben hinter den Stahlfingern Coles starren Blick.

«Bist du so weit?», rief Zoe.

Ben nahm vorsichtig seine Hand weg. «Ja.»

Jacob widmete sich wieder dem Puzzle.

Weitere Titel

Der Hof

Flammenbrut

Katz und Maus

Obsession

Schneefall & Ein ganz normaler Tag

Tiere

Versteckt

Voyeur

David Hunter

Die Chemie des Todes

Kalte Asche

Leichenblässe

Verwesung

Totenfang

Die ewigen Toten

Jonah Colley

Die Verlorenen